LENA KIEFER

DON'T HATE ME

LENA KIEFER

DON'T HATE ME

cbj

Bei diesem Buch wurden die durch das verwendete Material und die Produktion entstandenen CO_2-Emissionen ausgeglichen, indem der cbj-Verlag ein Projekt zur Aufforstung in Brasilien unterstützt. Weitere Informationen zu dem Projekt unter: www.ClimatePartner.com/14044-1912-1001

MIX
Papier aus verantwortungsvollen Quellen
FSC® C083411
FSC
www.fsc.org

Wir produzieren
Klimaneutral
ClimatePartner.com/14044-1912-1001
Druckprodukt

Penguin Random House Verlagsgruppe
FSC® N001967

1. Auflage 2020

Umschlaggestaltung: Kathrin Schüler, Berlin
unter Verwendung zweier Motive von © Gettyimages (oxygen/Moment)
sh • Herstellung: AJ
Satz: GGP Media GmbH, Pößneck
Druck: CPI books GmbH
ISBN 978-3-570-16599-7
Printed in the Czech Republic

www.cbj-verlag.de
Dieses Buch ist auch als E-Book erhältlich.

Für Kathrin,
weil du die Kenzie für meine Willa bist.

1

Lyall

Der Lake Michigan sah um diese Jahreszeit aus, als wären wir auf einem fremden Planeten. Eis, so weit das Auge reichte, teils gebrochen, übersät mit Kristallen und Schnee. Ich stoppte und besah mir das surreale Bild, genau wie zahlreiche Leute entlang des Ufers, die ihre Smartphones gezückt hatten und das Schauspiel mit der Kamera festhielten. Meine eigene Faszination hielt sich in Grenzen, stattdessen war ich genervt. Zwar hatte ich nichts gegen Kälte, aber in diesem Fall bedeutete sie, dass ich schon seit Monaten nur im Indoor-Pool meines Wohnhauses schwimmen konnte und nicht draußen. Wahrscheinlich hätte ich vor dreieinhalb Jahren doch besser den Studienplatz in Los Angeles annehmen sollen.

Ich skippte auf meinem Kopfhörer zum nächsten Track in der Running-Playlist und setzte mich wieder in Bewegung. Eisiger Wind blies mir um den Kopf, als ich Richtung Navy Pier joggte, auf den Ohren *Water* von Bishop Briggs. Ich ließ die Vergnügungsmeile rechts liegen und schlug den Weg abseits der Luxusgeschäfte ein, die links begannen. Es war ein typischer Januartag, grau und irgendwie düster, sodass man glatt vergessen konnte, dass es bald wieder Frühling sein würde. Vielleicht lag das aber auch nur an mir.

Ich wich zwei Leuten aus, die Fotos vor dem Disney Store

machten, und wurde langsamer. Vor mir ragte das John Hancock Center auf, dessen beeindruckender Fassade ich nach über drei Jahren in dieser Stadt immer noch nicht müde wurde. Der Teil meines Herzens, der für Architektur schlug, hüpfte erfreut bei diesem Anblick. Was gut war, denn so wusste ich, dass es noch zu Emotionen fähig war. Theoretisch zumindest.

Die Kälte wurde beißender, also steuerte ich auf direktem Kurs meine Wohnung an und war froh, als ich ins warme Foyer kam. Der Portier grüßte mich freundlich, und ich erwiderte es, bevor ich den Aufzug nach oben zu meiner Wohnung nahm, mir ein Handtuch aus dem Schrank schnappte und dann ins Untergeschoss fuhr, wo das Apartmenthaus über ein Schwimmbad verfügte. Das war mir im Gegensatz zur Aussicht oder der Größe der Wohnung damals am wichtigsten gewesen.

Das Becken war verlassen, niemand schien es am späten Nachmittag benutzen zu wollen. Ich zog die Trainingsklamotten aus und sprang nach einer schnellen Dusche ins Wasser, zog meine Bahnen, fast eine Stunde lang. Wie immer fegten mir die Stille und der sanfte Druck auf meinen Ohren alle Gedanken aus dem Kopf. Zu schwimmen war die einzig wirksame Methode, wie ich zur Ruhe kam. Mich von den Gefühlen frei machen konnte, die mich seit Ewigkeiten quälten, von dem Schmerz, der Schuld, dem Abgrund, der sich immer wieder vor mir auftat. Die Schwärze, die sich sonst nur ab und zu gemeldet hatte, war nun mein ständiger Begleiter. Als ich schließlich auftauchte und ausatmete, fühlte ich mich jedoch etwas leichter. Ich sank für einen Moment auf die Liege neben dem Ausgang und atmete durch.

Da sprach mich jemand an.

»Hey, Lyall. Was für ein Zufall. Ich wusste gar nicht, dass du auch um diese Zeit schwimmst.«

Ich sah auf.

»Hey, Sophia. Ist eigentlich nicht meine Zeit, aber ich habe noch an der Projektarbeit gesessen, deswegen bin ich spät dran.«

Sophia wohnte zwei Stockwerke unter mir, ein hübsches Mädchen mit dunklen Haaren, hellen Augen und einer Figur, die selbst meinen Cousin Finlay hätte interessiert aufsehen lassen. Außerdem studierte sie wie ich Architektur, so viel hatte ich auf dem Flur schon erfahren, als sie vor ein paar Wochen eingezogen war.

»Ich habe übrigens die Doku über Norman Foster gesehen, die du mir empfohlen hast«, sagte sie. »Die war echt krass interessant. Keine Ahnung, wieso ich sie noch nicht kannte, wo ich doch so auf strukturellen Expressionismus stehe.«

Ich nickte. »Sag ich doch, es ist ein Geheimtipp.«

»Wo du das erwähnst …« Sie lächelte. »Ich wollte mir heute Abend Pizza holen und die anderen Geheimtipps von dir ansehen. Hast du Lust? Meine Couch ist gestern endlich angekommen, wir müssten also nicht einmal auf dem Boden sitzen.«

Es wäre so leicht gewesen, darauf einzugehen. Mit ihr etwas zu essen, die Dokumentation zu gucken, über Architektur zu quatschen, vielleicht mehr. Wäre ich ein normaler Typ gewesen, hätte ich keine Sekunde darüber nachgedacht. Aber Sophia war keines der Mädchen, mit denen man ins Bett ging und sie danach vergaß. Und ich suchte definitiv nicht nach mehr als Sex. Wenn mich der letzte Sommer eine Sache gelehrt hatte, dann, dass eine Beziehung etwas war, das ich nie haben konnte.

»Würde ich gerne, aber ich habe bald Abgabe für die Projektarbeit und sollte vernünftig sein«, sagte ich deswegen.

Sophias Lächeln wurde schwächer. Jeder Mensch, der auch nur ansatzweise zwischen den Zeilen lesen konnte, musste meine Worte als Abfuhr verbuchen.

»Klar«, antwortete sie also gedämpft. »Uni geht vor.«

»Ja, leider.« Ich hängte mir das Handtuch um den Hals und nahm meine Sachen. »Wir sehen uns.«

Sie nickte nur, und ich ging, ihre Enttäuschung im Nacken. Es war richtig gewesen, sie abblitzen zu lassen, aber es tat mir dennoch leid. Sophia konnte nicht wissen, dass ich sie weder zu wenig interessant noch zu wenig hübsch fand. Sie konnte nicht wissen, dass mein Herz nicht nur gebrochen war, sondern auch besetzt. Dass ich manchmal auf meine Lernunterlagen starrte und nichts davon sah, weil nur *sie* in meinem Kopf war.

Kenzie.

Fast fünf Monate war es her, seit ich sie zuletzt gesehen hatte. Seit sie mich auf der Straße außerhalb von Kilmore angefaucht hatte, ihr die Wahrheit zu sagen. Immer noch sah ich ihren Gesichtsausdruck vor mir, diese Mischung aus Abscheu, Fassungslosigkeit und Kummer. Und einen Funken Hoffnung darauf, dass das, was sie erfahren hatte, gelogen war.

Ich hatte diesen Funken erstickt. Und sie war gegangen. Für immer.

Seither hatte ich nicht ein einziges Mal versucht, sie anzurufen. Klar, ich hatte oft das Telefon in der Hand gehabt und »Miss Bennet« vor mir auf dem Display gesehen, aber ich hatte nie auf das Symbol mit dem Hörer gedrückt. Weil ich nicht wusste, was ich sagen sollte. Wie ich das erklären oder wiedergutmachen konnte. Oder ob ich es sollte, wo sie ohne mich doch viel besser dran war. Also hatte ich es gelassen. Ihre Nummer war zwar noch da, und manchmal sah ich sie, wenn ich nach einem anderen Kontakt suchte. Gewählt hatte ich sie jedoch nie.

Wie hatte ich glauben können, dass sie das mit Ada nie erfahren würde? Oder, noch dümmer, dass sie nicht gehen würde, wenn sie Bescheid wusste? Das waren nur zwei der Fragen, die mich seitdem quälten. Aber mit der Zeit waren sie leiser geworden, denn ich kannte die Antwort: Weil ich mich Hals über Kopf in Kenzie verliebt und darauf gehofft hatte, alles andere wäre unwichtig.

Ich fuhr hoch in meine Wohnung und schaltete meinen Laptop ein, um nach den Mails zu sehen. Eine davon war von meinem Cousin Logan, der vor Kurzem seinen Abschluss gemacht hatte und jetzt unsere Augen und Ohren im Familienrat war. Seit er einen Platz am Tisch bekommen hatte, wussten wir – die jüngere Generation, die unsere Familie in naher Zukunft auf einen neuen Kurs bringen wollte – viel besser, was vor sich ging, und ich konnte schneller reagieren, um die Informationen zu nutzen. Immerhin, an dieser Front lief also alles nach Plan.

Als ich aus der Dusche kam und mich abtrocknete, vibrierte mein Telefon nebenan auf dem Bett. Ich steckte das Handtuch um meine Hüften fest und nahm den Anruf an.

»Hey, Mum. Zweimal in einer Woche? Hast du etwa nichts zu arbeiten?«

»Haha«, kommentierte meine Mutter den Scherz. »Vielleicht möchte ich ja nur ab und zu hören, wie es meinem Lieblingssohn so geht?«

»Du hast nur einen Sohn.«

»Ach, Details. Wie geht es dir, mein Schatz?«

Ich unterdrückte ein Seufzen. Seit mich meine Mutter vor ein paar Wochen besucht und festgestellt hatte, dass ich eigentlich nur noch in die Uni und zum Sport ging – wenn ich nicht gerade lernte – hatte sie beschlossen, sich zu sorgen. Dabei hatte sie keine Ahnung, warum ich mich in mein Studium vergrub.

»Mir geht es gut, Mum«, versicherte ich ihr. »Genau wie am Mittwoch. Und in der Woche davor. Du hast keinen Grund, dir Gedanken zu machen.«

Sie unterdrückte ihr Seufzen nicht. »Dann gehst du wieder aus? Hast Spaß? Oder Dates?«

»Klar«, log ich. »Ständig.«

»Du bist ein grauenhafter Lügner.«

Etwas an dem Satz packte mein Inneres und mir blieb mit einem Schlag die Luft weg. Diese Worte waren so gängig, und trotzdem lag ich mit einem Mal wieder blutend auf dem dunklen Weg in Kilmore, Kenzie im Schein der Handytaschenlampe über mir, während sie genau diesen Satz sagte. Aber sie hatte unrecht gehabt, ich war ein hervorragender Lügner. Das hatte sie wenig später selbst gemerkt.

»Ich *habe* Spaß, okay?«, brachte ich heraus.

»Gut.« Mum wirkte nur halb überzeugt. »Was ist eigentlich mit der Einladung?«

»Welche Einladung?« Ich gab mich unschuldig. Meine Post lag auf dem Schreibtisch am Fenster, darunter auch ein schwerer Umschlag aus teurem Papier, bedruckt mit dem Logo der Henderson-Hotelgruppe. Ich ging hinüber und nahm ihn in die Hand, zog die Karte aber nicht heraus. Ich hatte den Brief schon letzte Woche geöffnet und wusste, was drinstand.

Lieber Mister Lyall Henderson, anlässlich der Eröffnung der Erweiterung unseres Hotels laden wir Sie herzlich zu unserer Eröffnungsfeier am 1. Februar ins Kilmore Grand ein. Abendgarderobe wird erbeten. Antwort bis 18. Januar. Wir freuen uns auf Ihr Kommen, Moira Henderson und das Team des Kilmore Grand.

»Die Einladung, auf die du Moira hin abgesagt hast.«

Wieder zog sich etwas in mir zusammen. »Ah, richtig, *die* Einladung. Und?« Mit einem präzisen Wurf beförderte ich den Umschlag in den Papierkorb am anderen Ende des Raums. Ich würde ganz sicher nicht zu der Eröffnung gehen.

»Muss ich dir das wirklich sagen?«, fragte meine Mutter. »Man erwartet dich dort. Du warst an dem Projekt beteiligt, außerdem wünscht deine Großmutter die Anwesenheit der gesamten Familie. Nach Weihnachten solltest du dir das wirklich nicht erlauben.«

Richtig, Weihnachten. Da hatte ich eine Grippe vorgetäuscht, um nicht anreisen zu müssen. Grandma hatte natürlich die Nase darüber gerümpft, aber doch eingesehen, dass ich in meinem Zustand besser nicht an den familiären Feierlichkeiten teilnahm.

»Gibt es einen Grund, warum du nicht nach Kilmore willst?«, fragte Mum weiter.

Ich schwieg, weil mir darauf keine Antwort einfiel. Zwar hätte ich ihr die Wahrheit sagen können, aber damit eine riesige Lüge aufdecken müssen: Meine Mutter glaubte nämlich, dass ich mich von Kenzie getrennt hatte, um meine Zukunft nicht zu gefährden. Nachdem sie im Sommer aus Kilmore verschwunden war, hatte ich niemandem außer Finlay erzählt, dass Kenzie über Ada Bescheid wusste. Denn wenn jemand aus der Führungsriege etwas davon erfahren hätte, dann wäre Kenzie unter Beschuss geraten. Man hätte sie Verschwiegenheitserklärungen unterzeichnen lassen und ihr Geld geboten, damit sie den Mund hielt. Nichts davon hatte ich für sie gewollt – und egal, wie sehr sie mich verachtete, hoffte ich doch, sie würde nichts verraten und die Aufnahme von Adas und meinem letzten Telefonat niemandem vorspielen. Also hatte ich Mum gegenüber geschwiegen. Und konnte ihr deswegen jetzt nicht die Wahrheit sagen.

»Lyall Toran Henderson«, hörte ich sie jetzt sagen. Wenn sie meinen vollen Namen nannte, meinte sie es auf jeden Fall ernst. »Du wirst nicht wieder eine Ausrede erfinden, um nicht aufzutauchen.«

»Okay, keine Ausrede. Wie wäre es dann damit, dass ich dieses Jahr meinen Abschluss mache und viel zu tun habe? Oder mit dem Ökowahnsinn, für einen einzigen Abend von Chicago nach Edinburgh zu fliegen? Das sind keine Ausreden, sondern Fakten.«

Keine hundert Pferde würden mich zu dieser Eröffnung bringen. Allein schon bei dem Gedanken, Kenzie in Kilmore zu begegnen, befiel mich blanke Panik. Ich wusste, die Chance, dass sie dort sein würde, war gering. Auch wenn sie an dem Projekt mitgearbeitet hatte, wollte sie vermutlich nicht an den Ort zurückkehren, der für sie vor allem mit schlechten Erinnerungen an mich verbunden war. Und ich konnte es kaum riskieren, dass meine Großmutter mich noch mehr auf dem Kieker hatte als sonst. Aber trotzdem musste ich auf Nummer sicher gehen. Obwohl es einen Teil in mir gab, der alles dafür gegeben hätte, sie noch einmal zu sehen, wusste der andere, rationale Part von mir genau: Wenn ich auf Kenzie traf, würde es mich endgültig in meine Einzelteile zerlegen.

»Es tut mir leid, Mum«, sagte ich. »Ich kann nicht.«

Dann legte ich auf.

2

Kenzie

»Du gehst schon?« Ein fragender Blick traf mich. Ein Blick aus schönen blauen Augen, die zu einem hübschen Gesicht mit zerstrubbelten blonden Haaren und einem sehr ansehnlichen Körper gehörten. Dem meines Ex. Und der war heute offenbar anhänglicher als sonst.

»Ja, ich bin mit dem Kochen dran.« Eilig zog ich Shirt und Pullover zusammen über den Kopf – genauso, wie Miles mir beides ausgezogen hatte – und fahndete nach meiner Jeans. Lag die noch im Flur?

»Okay, aber …« Er stützte sich auf seine Ellenbogen und sah mich an. »Wollen wir am Wochenende etwas essen gehen? Vielleicht in London. Du mochtest doch diesen Thai so gerne, draußen in Camden.«

Ich atmete ein. »Ehrlich gesagt … Ich glaube, das ist keine gute Idee. Du weißt doch, wir taugen nicht für eine Beziehung.« Der letzte Versuch war schließlich desaströs gewesen. »Für mich ist es gut so, wie es ist. Aber wenn du anders darüber denkst, sag es einfach. Dann beenden wir das hier.«

Er schüttelte den Kopf. »Nein, Quatsch, ich dachte nur, dass du … keine Ahnung. Dass dir das irgendwann nicht mehr reicht, eine schnelle Nummer und dann Ciao.«

Ich lächelte ihn kurz an. »Es reicht mir, okay?« Eigentlich

war es genau das, was ich wollte. Mein Hirn abschalten, nichts fühlen müssen, mich auf keinen Fall wieder öffnen. Miles war perfekt für dieses Arrangement. Ich kannte ihn, und auch wenn er ein Idiot war, konnte ich sicher sein, er würde mir nicht das Herz brechen. Denn dazu bedeutete er mir zu wenig. Ganz anders als … *Nein. Aus.*

»Willst du mir eigentlich irgendwann sagen, was da los war? Im Sommer in Schottland?« Miles setzte sich auf und zog die Stirn kraus. »Du fährst weg, kommst wieder und bist … das hier.« Er deutete auf seine Wohnung, auf sein Bett, und fasste damit alles zusammen, was in der letzten Stunde passiert war. So lief das nämlich seit Monaten zwischen uns. Einer von uns rief an, es gab Sex, wir verabschiedeten uns, fertig. »Ich meine, ich will mich nicht beschweren, es ist toll, aber –«

»Dann beschwer dich doch einfach nicht.« Ich lächelte leicht und war schon halb draußen. »Mach's gut, Miles.«

Die Wohnungstür lag hinter mir, bevor er antworten konnte, und ich lief eilig die Treppe hinunter, um zum Parkplatz zu gehen. Der alte Fiat meiner Schwester Willa stand in der hintersten Reihe, also zog ich meinen Mantel zu, während ich darauf zu stiefelte. Januar war definitiv mein Hass-Monat. Die behagliche Wärme von Weihnachten war weg, gute Vorsätze hatte ich mir gleich gespart und wurde stattdessen von dem Verdacht verfolgt, dass dieses Jahr kaum besser werden würde als das letzte. Wobei … schlimmer ging ja kaum.

Ich rammte den Schlüssel in das vereiste Schloss, zog die knarzende Tür des Mini-Autos auf und ließ mich auf den Fahrersitz fallen, bevor ich den Wagen anließ. Oder eher, es versuchte – denn er gab nur ein hustendes Röcheln von sich, das schnell wieder erstarb.

»Oh, komm schon, Fozzie Bear, lass mich nicht im Stich«, flehte ich den altersschwachen Fiat an, den Willa so sehr liebte, dass sie sich nicht dazu überreden ließ, ein zuverlässigeres Auto zu fahren. Sie behauptete beharrlich, dass der Wagen mit Benzin und Liebe einwandfrei fuhr. Was wohl der Grund dafür war, warum das Mistding trotz vollem Tank bei mir streikte.

Du weißt aber schon, dass du einen kaum drei Jahre alten Campervan in der Halle deines Vaters stehen hast, oder? Ja, das wusste ich. Nur behauptete ich seit dem Sommer, Loki brauche ein paar Verbesserungen, und fuhr seither alles, nur nicht ihn. Genau genommen hatte ich den Motor nicht mehr angelassen, seit ich den Wagen nach meiner Gewaltfahrt aus Schottland Ende August vor dem Haus abgestellt hatte. Mein Dad hatte ihn ausgeräumt und in die Firma gebracht, wo er in einer Ecke stand und geduldig darauf wartete, dass ich mich wieder hineintraute. Was wohl nie passieren würde. Am besten schenkte ich ihn Willa. Oder ich wartete, bis Eleni alt genug war, um zu fahren.

Fozzie hatte schließlich doch noch ein Einsehen und sprang, nachdem ich auf eine von Willas früheren Anweisungen hin das Armaturenbrett gestreichelt hatte, an. Miles wohnte nicht weit von meinem Elternhaus entfernt, also verbrachte ich die Fahrtzeit in eisiger Kälte, denn die Heizung des Fiat wurde erst nach einer halben Stunde warm – oder manchmal auch gar nicht.

»Ist jemand da?«, rief ich, nachdem ich die Haustür aufgeschlossen hatte und mich noch in Mantel und Schal bibbernd vor den Kamin hockte.

»Nur ich.« Willa kam die Treppe herunter, in Trägertop und Jogginghose. Im Gegensatz zu mir fror sie im Winter so wenig wie im Sommer. »Bist du zurück von deinem *Sexdate*?«

Ich rümpfte die Nase. »Nenn es nicht so.«

»Wieso nicht? Es ist doch genau das.« Sie stieg die restlichen Stufen hinunter und ging zum Kühlschrank. »Wie findet Miles das eigentlich? Kann er sein Glück kaum fassen?«

»Sozusagen.« Ich verlor kein Wort darüber, dass er mich

nach einem Date gefragt hatte, sondern zog meinen Mantel aus und hängte ihn an die Garderobe. Dann wickelte ich mir den Schal vom Hals und schaute ins Wohnzimmer. »Wieso hat Juliet die Weihnachtsdeko denn immer noch nicht abgehängt und auf den Dachboden gebracht? Wir haben Mitte Januar, Herrgott.«

Willa hob die Schultern. »Wir mögen die Lichterketten eben. Sie spenden Wärme in dieser dunklen Zeit.« Sie nickte bedeutungsvoll.

»Ich dachte, diese Ciara spendet dir Wärme«, grinste ich. Willas neueste Eroberung war eine Kollegin von ihr aus dem Kino und erst seit zwei Wochen aktuell.

»Nein, das ist vorbei. Aber ich habe am Samstag was mit Bear ausgemacht. Du weißt schon, der Typ aus dem Fitnessstudio. Hot. As. Hell.« Sie betonte die drei Wörter mit Nachdruck.

Ich lachte auf. »Na, hoffentlich isst er Kohlenhydrate nach 19 Uhr.« Die Bemerkung war unbedacht, aber sie katapultierte mich abrupt zurück in den vergangenen Sommer, als ich eine folgenschwere Entscheidung getroffen und geglaubt hatte, das Richtige zu tun. Nur um kurz darauf zu erfahren, dass alles, was ich geglaubt hatte, falsch gewesen war. *Fuck.* Wieso war es immer noch so furchtbar, daran zu denken? Es war doch schon fast ein halbes Jahr her.

Ich war aber nicht die Einzige, die daran dachte. Meine Schwester sah mich aufmerksam an. »Hast du eigentlich etwas von … du weißt schon wem gehört?«

»Nein.« Ich wandte mich ab, um das Gemüse für das geplante Abendessen aus dem Kühlschrank zu holen. »Hilfst du mir beim Kochen? Ich wollte Auflauf machen und bräuchte dringend noch zwei Hände und ein Messer.«

Willa wackelte mit den Fingern. »Sie gehören ganz dir. Wenn du meine Frage beantwortest.«

»Hab ich doch. Ich habe nichts von ihm gehört.« Und es tat weh. Natürlich war ich schockiert gewesen, stinksauer und abgrundtief enttäuscht. Aber er hatte nicht einmal versucht, es richtigzustellen.

Hast du das zu ihr gesagt, Lyall?! Hast du es gesagt und danach hat sie sich umgebracht? – Ja.

Das war alles gewesen. Ein schlichtes Ja. Kein *Lass es mich erklären*, kein *Bitte hör mir nur fünf Minuten zu*. Ich weiß, dass ich zugehört hätte. Vielleicht hätte es nichts geändert, aber ich hätte es getan. Nur war nichts gekommen. Er hatte nichts mehr gesagt, mich nicht angerufen, mir keine Nachricht geschickt, keine Mail, keine verfluchte Brieftaube. Damit hatte er es bestätigt: dass ich mich in jemanden verliebt hatte, dessen dunkle Seite ich nicht hatte sehen wollen. Und dass es falsch gewesen war, ihm zu vertrauen. Lyall hatte damit nicht nur mein Herz gebrochen. Er hatte *mich* gebrochen. Und ich hasste ihn dafür. Zumindest meistens.

»Kenz?«, fragte Willa. »Ich weiß, du willst nicht darüber reden, aber bist du sicher, dass du ihn nicht anrufen solltest?« Meine Schwester gab sich immer tough, dennoch war sie empfänglich für die Stimmungen von uns anderen. Sie wusste, da war etwas faul.

Ich hatte meiner Familie nie gesagt, dass Lyall und ich uns in Kilmore wieder versöhnt hatten – und was danach passiert war. Daher glaubten sie immer noch, dass ich das zwischen uns beendet hatte, um ihn zu beschützen. Und dass ich mich deswegen zurückgezogen hatte oder diese Sache mit Miles begonnen hatte. Sie wussten nichts davon, was ich erfahren hatte: dass der Kerl, in den ich mich mit jeder Faser verliebt hatte, für den Tod eines jungen Mädchens mitverantwortlich war – und es mir verschwiegen hatte. Natürlich hätte ich jedes Recht gehabt, es jemandem zu sagen, aber ich wollte nicht zugeben, dass ich mich geirrt hatte. Nicht die schockierten Blicke sehen, wenn meiner Familie bewusst wurde, mit wem ich da zusammen gewesen war.

»So sicher wie nie«, antwortete ich und begann, die Paprika zu waschen. »Er ist kein Thema mehr, Willy. Ich bin einfach nur ein bisschen gestresst von allem. Hier, kannst du die Karotten schälen?« Ich trocknete die Hände ab und schob ihr einen Beutel hin. »Wo ist eigentlich Leni? Sie sollte doch längst zurück sein.« Die Uhr an der Wand zeigte viertel vor sieben.

Willa bearbeitete die Karotten mit dem Sparschäler, als wäre sie König Artus und das Gemüse ein stumpfes Schwert. »Sie ist noch bei Cameron. Seine Mum bringt sie, hat sie vorhin geschrieben.«

Ich lachte bitter auf. »Na, immerhin eine von uns, die in der Lage ist, eine längere Beziehung zu führen.«

»Wenn man vierzehn ist, dann ist das ja auch einfach. Da reicht es, wenn du den Typen süß findest und zusammen Hausaufgaben machen kannst.« Meine Schwester trug die Karottenschalen zum Mülleimer in der Ecke. »Kompliziert wird es erst, wenn … Moment, was ist das denn?« Mit spitzen Fingern zog sie etwas aus dem Abfall und hielt es hoch. *Oh nein. Ich habe sie doch extra unter die Kartoffelschalen von gestern gestopft.*

»Willy –«, begann ich.

»Eine Einladung?«, fragte meine Schwester mit großen Augen, als sie das schmutzige Schriftstück entzifferte. »Vom *Kilmore Grand*? Du bekommst eine Einladung von den Hendersons und wirfst sie in den Müll? Bist du komplett bescheuert?«

»Nein, bin ich nicht.« Entschlossen nahm ich ihr das durchgeweichte Papier ab und warf es wieder in den Eimer. »Ich werde da nicht hinfahren.«

Willa verschränkte die Arme. »Aber es ist die Eröffnung. Von dem Neubau, in dem dein Konzept umgesetzt wurde. Bist du nicht gespannt, wie es da aussieht?«

»Natürlich bin ich neugierig. Aber ich will mit dieser Familie nie wieder etwas zu tun haben.« Das Öffnen der Haustür hielt mich davon ab, weiterzusprechen. Eleni kam herein, Camerons und Miles' Mutter – Melinda – im Schlepptau.

»Danke, dass du sie hergefahren hast«, lächelte ich sie an, nachdem wir uns begrüßt hatten. Ich hatte sie schon immer sehr gemocht – sie zu verlieren, hatte ich nach der Trennung schwerer verkraftet, als Miles nicht mehr zu sehen.

»Ach, für Eleni doch immer gerne. Wir haben es ja nicht so weit.« Sie sah mich an. »Sag mal, Kenzie, ich habe gehört, du und Miles, ihr seid wieder …?«

Ich gab mir Mühe, den Schreck über diese Frage zu verbergen. »Hat er das gesagt?«

»Nein, er hat nur erwähnt, dass ihr euch wieder trefft. Ich bin davon ausgegangen, dass das bedeutet, ihr würdet es noch einmal versuchen.«

Na toll. Wie sagte man der Mutter des Ex, dass man ihn nur sah, um mit ihm zu schlafen und dann fluchtartig das Haus zu verlassen? Willa hätte sicher genau das gemacht, aber ich wollte Elenis Freundschaft zu Cameron nicht gefährden.

»Wer weiß?«, lächelte ich. »Vielleicht wird ja wieder etwas draus. Momentan ist es eher eine lose Sache.«

Sie strahlte. »Das wäre toll, Kenzie, wirklich. Du hast ihm so gutgetan.«

Zum Glück bewahrten mich mein Vater und Juliet davor, ihr eine Antwort geben zu müssen, und nach ein paar Minuten Small Talk verabschiedete sich Melinda und ging. Als ich die Tür hinter ihr schloss und in die Küche zurücklief, tuschelten meine Schwestern miteinander.

»Was?«, fragte ich.

»Kilmore«, antwortete Juliet. »Ist es wahr, dass du nicht hinfahren willst?«

Ich verdrehte die Augen. »Ja, ist es. Danke, Willy, dass du es zu einem Fall für das Plenum machst.«

»Sehr gerne, Schätzchen.« Sie grinste nur. »Hör dir ruhig an, dass niemand versteht, warum du nicht dorthin willst.«

»Ich zumindest nicht.« Juliet runzelte die Stirn. »Ich würde sofort fahren, wenn ich du wäre.«

Eleni nickte. »Ich auch. Es ist bestimmt echt schön dort im Winter.«

»Und die würden dir sicher auf die Schulter klopfen, weil du deine Arbeit gut gemacht hast«, sagte Willa. »Könnte für deine Karriere hilfreich sein.«

Ich holte Luft. »Seid ihr mal auf die Idee gekommen, dass *er* da sein könnte?«, raunzte ich meine Schwestern an. »Und dass ich ihm nicht begegnen will? Er war an dem Projekt beteiligt, garantiert verlangt seine Familie, dass er zur Eröffnung kommt. Ich bin endlich über ihn hinweg, und ich will nicht, dass ein Treffen das kaputtmacht.«

Eleni sah mich an. »Du sagst nie seinen Namen«, stellte sie fest. »Ist man über jemanden hinweg, wenn man seinen Namen nie sagt?«

»Alles klar, dann nur für dich – ich will *Lyall* nicht begegnen, okay?« Ich bemühte mich, eiskalt zu wirken, gefestigt, stark. Aber Fakt war, ich hatte seinen Namen nicht mehr ausgesprochen, weil ich Angst davor hatte. Angst vor genau dem Gefühl, das mich jetzt überfiel, vor dem Schmerz, der Trauer über das, was wir hätten sein können. Ein *Für immer*. Wie lächerlich mir das im Nachhinein vorkam.

Meine Schwestern wechselten einen dieser Blicke, die ich nur zu gut kannte. Ich ignorierte sie und warf die rohen Karotten in die Form. Ich wollte nicht über Lyall reden. Am besten nie mehr.

»Ich werde nicht hinfahren«, sagte ich mit fester Stimme. »Also spart euch die Mühe. Und jetzt häng die Lichterketten ab, Juliet. Kein Mensch braucht diesen Mist noch.«

Sie funkelte mich an, dann stapfte sie hinüber ins Wohnzimmer. »Ich mochte dich lieber, bevor du was mit Lyall angefangen hast«, hörte ich sie murmeln.

Ja, dachte ich. *Ich mich auch.*

3

Lyall

Missmutig starrte ich auf mein Modell, das auf dem Couchtisch inmitten von Pappschnipseln stand und mir mit jeder Sekunde weniger gefiel. Je länger ich es betrachtete, desto überzeugter war ich, dass ich damit den Kurs niemals bestehen konnte. Es war uninspiriert, langweilig und hatte nichts von dem, was ich rüberbringen wollte. Ich war kurz davor, das ganze Ding in die Ecke zu pfeffern und komplett neu anzufangen. Und das, nachdem ich die halbe Nacht daran gearbeitet hatte. Jetzt war es acht Uhr morgens und ich wusste nicht, wie ich es bis heute um fünf am Nachmittag retten sollte. Denn da war spätestens Abgabe.

Eigentlich war es ein einfaches Thema – wir hatten freie Wahl in Bezug auf das Gebäude, und ich hatte mein absolutes Traumprojekt genommen, ein Hotel in New York, das modern war und sich dennoch perfekt in die Struktur der alten Gebäude der Stadt einfügte. Die Details hatte ich schon seit Jahren im Kopf, aber jetzt bekam ich es ums Verrecken nicht hin, sie auch umzusetzen.

Ein Klingeln an der Tür hielt mich davon ab, dem Modell den Todesstoß zu versetzen. Ich sah hoch und runzelte die Stirn. Wer konnte das denn sein? Es gab nur ein paar Leute, die vom Portier hochgelassen wurden, ohne dass er mich vorher anrief. Also war es entweder Sophia, was ich nach der Abfuhr nicht glaubte, oder aber jemand aus der Familie. Finlay, meine Mum oder …

»Edina«, stellte ich fest, als ich die Tür öffnete.

»Dir auch einen wunderschönen guten Morgen, Bruderherz.« Sie hielt eine Papiertüte hoch und lächelte. »Ich habe Frühstück dabei.«

»Was machst du hier?«, fragte ich, ohne auf ihre Worte einzugehen. Seit ich erfahren hatte, dass meine Schwester Kenzie im letzten Sommer dazu überredet hatte, sich von mir zu trennen, um mich zu beschützen, war unser Verhältnis alles andere als gut. Zwar war sie an der späteren Katastrophe nicht schuld gewesen, aber manchmal hatte ich das Gefühl, dass mit ihrer Intrige alles angefangen hatte, den Bach runterzugehen. Und obwohl Edina mir fehlte und ich ein seltenes Gefühl der Wärme spürte, weil sie hergekommen war, verzog ich keine Miene.

»Ich wollte dich sehen.« Ihre Schultern sanken ein wenig und sie atmete aus. »Mum hat gesagt, mit dir stimmt was nicht. Und nachdem du schon an deinem Geburtstag niemanden von uns sehen wolltest, dachte ich, jetzt muss ich nach dir schauen.«

Ich ging zur Seite und ließ sie damit in die Wohnung. »Du hättest nicht kommen müssen, mit mir ist alles in Ordnung. Mum übertreibt, wie immer.«

»Du siehst nicht aus, als wäre mit dir alles in Ordnung, Lye.« Der besorgte Ton in der Stimme meiner Schwester ließ mich innehalten. Ich presste die Lippen aufeinander und drehte mich zu ihr um. Edina deutete auf meine Klamotten, und ich ahnte, wie ich auf sie wirkte – in Jogginghose und ausgeleiertem Shirt, dazu barfuß und unrasiert. Natürlich sah ich nicht aus, als wäre ich okay.

»Wenn du vorher angerufen hättest, hätte ich mir was anderes angezogen«, sagte ich nur. Keine Erklärung, dass ich heute Nacht an dem Modell gesessen hatte, weil ich es später an diesem Tag abgeben musste – und deswegen so aussah. Ich musste mich vor ihr nicht rechtfertigen. Ich wollte es auch nicht.

Edina legte die Tüte auf den Tresen meiner offenen Küche und seufzte. »Du weißt, dass es mir leidtut, was ich getan habe, oder?« Wie immer verlor sie keine Zeit mit Small Talk.

»Ja«, antwortete ich. »Schließlich habe ich ungefähr dreihundert Sprachnachrichten auf dem Handy, in denen du mir das mitteilst.«

»Und trotzdem kannst du mir nicht verzeihen?« Sie sah mich bittend an.

Ich ging an ihr vorbei zur Kaffeemaschine. »Ich weiß, wieso du es getan hast. Und ich bin auch nicht sauer, weil du mich beschützen wolltest. Sondern weil du es hinter meinem Rücken gemacht hast, so wie *sie* es tun würde. Das ist genau Grandmas Stil. Immer schön unbemerkt die Fäden ziehen.«

Edina sank auf einen Küchenhocker. »Ich wusste einfach nicht, wie ich es in deinen sturen Dickschädel kriegen soll, dass du alles riskierst. Ich kenne dich, du hättest dich nicht davon abhalten lassen, mit Kenzie zusammen zu sein.«

Ich funkelte sie wütend an. »Das ist kein Grund, sie dafür zu benutzen, oder? Ihr aufzuladen, mir wehtun zu müssen, obwohl sie …« Ich beendete den Satz nicht, weil ich merkte, dass es sinnlos war. Das mit Kenzie war lange vorbei. Darüber zu reden brachte es nur wieder an die Oberfläche.

»Liegt es *daran*, dass das mit euch nicht weitergegangen ist?«, fragte Edina fast schon zaghaft. »Weil ich sie darum gebeten habe?« Meine Schwester wusste nichts vom wahren Grund für Kenzies und meine endgültige Trennung. Normalerweise wäre sie mit Finlay die Erste gewesen, der ich davon erzählt hätte. Aber wir hatten ja keinen Kontakt gehabt.

»Nein«, sagte ich ehrlich. »Das war nicht der Grund. Willst du einen Kaffee?« Ich holte zwei Becher aus dem Schrank, weil ich die Antwort auf die Frage kannte.

»Immer«, nickte Edina und wartete, bis ich ihr einen vollen Becher und die Milch aus dem Kühlschrank hinstellte. Zum ersten Mal sah ich sie aufmerksam an und stellte fest, dass ich nicht der Einzige war, der dunkle Schatten unter den Augen hatte. Edina sah müde und traurig aus – außerdem schien sie abgenommen zu haben, denn der blaue Pullover, den sie trug, wirkte zu groß für sie.

»Was ist los mit dir?«, fragte ich und merkte, dass meine Sorge die Wut auf sie zurückdrängte. »Macht dir das Studium zu schaffen?« Sie hatte erst im Herbst in London angefangen – Wirtschaft und Politikwissenschaften. Ich glaubte zwar nicht, dass irgendein Fach zu schwer für meine Schwester war, aber nach dem viel wahrscheinlicheren Grund wollte ich nicht fragen.

»Nein, das Studium ist okay.« Edina nickte, dann traten ihr jedoch Tränen in die Augen und sie kämpfte mit sich, um sie in Schach zu halten.

Sofort war ich bei ihr und zog sie in meine Arme, wie ich es schon mit zehn, mit vierzehn oder achtzehn getan hatte. Und sie lehnte sich an mich, wie sie es schon immer getan hatte, aber sie weinte nicht. Sie atmete nur tief ein und ließ mich nach kurzer Zeit wieder los.

»Geht schon«, murmelte sie und nahm einen Schluck von ihrem Kaffee. »Heilige Scheiße, Lyall! Auf welche Stufe hast du die Maschine eingestellt?«

»Die höchste.« Anders war mit so wenig Schlaf nicht über die Runden zu kommen.

»Offensichtlich.« Sie griff nach der Milchpackung und füllte ihren Becher damit bis zum Rand. Ich ging derweil zum Sofa und setzte mich hin, wartete darauf, dass Edina mir folgte. Sie faltete ihre langen Beine unter den Körper und schwieg.

»Geht es um Finlay?« So viel dazu, dass ich das Thema nicht hatte ansprechen wollen. »Was hat er jetzt wieder angestellt? Es war doch alles gut mit euch.« Oder so gut, wie es sein konnte. Nach der Entscheidung des Rates hatten sowohl Edina als auch Finlay alles darangesetzt, einander zu vergessen, das wusste ich von ihm. Meine Schwester hatte sogar damit angefangen, in London ein paar Kommilitonen zu daten, das wusste ich von Mum. Und mein Cousin … der fuhr sein übliches Programm – Models, Partys, ein bisschen Studium nebenher. Er hatte mir nicht gesagt, dass etwas vorgefallen war. Aber gut, auch mit ihm hatte ich sicher schon zwei Wochen nicht mehr geredet.

»Ja, war es«, schnaubte Edina, die Finger fest um ihren Becher gelegt. »Bis wir dann zufällig beide an Silvester in New York waren.«

Ich ahnte nichts Gutes. »Was ist passiert?« Ich wusste, wie verletzend beide werden konnten, wenn sie sich in die Enge getrieben fühlten. Und da sie nach Monaten Funkstille aufeinandergetroffen waren, hatten sie bestimmt übel gestritten. »Seid ihr euch an die Gurgel gegangen?«

»Schlimmer.« Sie sah mir in die Augen. »Wir haben miteinander geschlafen.«

Schockiert starrte ich sie an. »Fuck«, stieß ich dann aus.

»Ja, so nennt man das auch«, sagte sie mit einem trockenen Lachen.

»Scheiße, Edie! Wie konntet ihr nur?« Das war die Grenze gewesen, die die beiden nie überschritten hatten. Obwohl sie seit vier Jahren ineinander verliebt waren, hatten sie nie Sex gehabt – weil sie glaubten, dann wäre es unmöglich, sich noch voneinander fernzuhalten. Zu Recht, wenn ich mir meine Schwester so ansah.

»Es war … es war nicht geplant, Lye. Wir haben uns auf einer Party getroffen, sind aber bald verschwunden, durch die Stadt gefahren und irgendwann auf dem Dach des Mandarin Oriental gelandet. Dort haben wir geredet, gelacht, es war so entspannt wie seit Jahren nicht mehr zwischen uns. Aber als zwölf Uhr war, hat sich die Stimmung plötzlich komplett verändert. Fin hat mich geküsst, und ich habe es abgebrochen, weil ich wusste, es endet sonst in einem Desaster. Nur … dann stand ich unten vor dem Hotel und wusste, er ist da oben in der Suite … ich habe es nicht ausgehalten, also bin ich zu ihm. Wir dachten wohl beide, dass es der Schlussstrich sein könnte, den wir nie hingekriegt haben. Dass wir merken, es ist überhaupt nicht so besonders zwischen uns, wie wir es uns immer vorgestellt haben.«

Ich schnaubte, weil das genau nach Finlay klang. »Und? Wie beschissen war die Idee auf einer Skala von 1 bis 10?«

»24 ungefähr.« Edina schaute unglücklich in ihren Becher. »Ich bin früh am Morgen abgehauen und seitdem haben wir nicht mehr geredet.«

»Und wie geht es dir damit?« Ich wusste nicht, warum ich fragte. Ich konnte ihr die Antwort schließlich vom Gesicht ablesen.

Edina lachte auf, weil sie wohl das Gleiche dachte. »Wenn ich gedacht habe, vorher wäre es schlimm gewesen … vergiss es. Ich halte es kaum aus, ihn nicht zu sehen, ihn nicht anzurufen und mit ihm zu reden. Nicht nur, weil wir Sex hatten, sondern weil ich wieder gemerkt habe, wie wichtig er mir ist. Fin ist der Einzige, den ich will, Lye. Ich werde niemals einen anderen so lieben können wie ihn.« Sie holte tief Luft. »Aber ich weiß, dass wir keine Chance haben. Also versuche ich, mich damit abzufinden.«

Es war das alte Lied, und es wurde nicht schöner, nur weil man es immer wieder spielte. Aber noch während ich nach Worten suchte, die nicht klangen, als hätte ich bei einer früheren Aufnahme auf Repeat gedrückt, schüttelte Edina schon den Kopf. »Ich bin deinetwegen hier, nicht weil ich dich vollheulen will.« Sie deutete auf den Papierkorb, aus dem die Einladung ragte wie ein erhobener Zeigefinger. »Du wirst nicht zur Neueröffnung gehen?«

»Nein, ich habe abgesagt.«

»Es ist echt unklug, dich nicht dort blicken zu lassen. Das weißt du, oder?«

»Ja, aber ich kann nicht. Sie ... Kenzie ist vielleicht dort, und es ist besser, wenn wir uns nicht begegnen.« Vor allem für mich. Denn wenn ich Glück hatte, war *sie* längst darüber hinweg. Ich wünschte ihr so sehr, dass es so war. Obwohl sich mein Magen bei dem Gedanken, dass sie mit jemand anderem zusammen war, schmerzhaft verknotete.

»Hast du nie wieder mit ihr gesprochen seitdem?«, fragte Edina.

Ich schüttelte den Kopf.

»Warum nicht?« Meine Schwester verengte die Augen. »Offenbar magst du sie immer noch und Kilmore ist kein Hinderungsgrund mehr.«

»Es liegt nicht an Kilmore, dass ich sie nicht anrufen kann.«

»Woran denn dann? Sie ist bestimmt nicht nachtragend. Ich bin sicher, dass –«

»Sie weiß Bescheid«, unterbrach ich sie. »Kenzie weiß über Ada Bescheid, Edie.« Es gab keinen Grund, meiner Schwester das noch länger zu verheimlichen. »Und deswegen wird sie nie wieder auch nur ein Wort mit mir reden.«

Edina sah mich alarmiert an. »*Was* weiß sie darüber?«

»Alles.« Ich holte Luft. »Dass sie tot ist, wie sie gestorben ist und was ich damit zu tun hatte.«

»Seit wann schon?«

»Ende August. Sie hat es erfahren, bevor sie abgereist ist.«

»Etwa von dir?«

Ich schüttelte den Kopf und verkniff mir ein *Ich wünschte, sie hätte es von mir erfahren.* Denn auch dann hätte man das zwischen uns nicht retten können. Wer würde so etwas schon akzeptieren? Jemandem zu sagen, er solle sich umbringen, war unverzeihlich. Völlig egal, was mich dazu gebracht hatte.

»Nein, sie hat die Aufnahme von Adas und meinem letzten Gespräch von jemandem bekommen. Wahrscheinlich von Freddie.«

»Meine Güte, Lye!« Jetzt war der Schock Edina ins Gesicht geschrieben. »Und du hast es niemandem gesagt? Du weißt, dass das eine Sache für den Rat wäre.«

»Ja, weiß ich! Aber ich wollte nicht, dass man die Kavallerie auf Kenzie hetzt.« Zum Teil ihretwegen, jedoch auch, weil ich ihr nicht noch demonstrieren wollte, wie meine Familie tickte – und dass sie tatsächlich davon überzeugt war, alles mit Geld kaufen zu können, sogar ihr Schweigen. Kenzie wäre sicher zu stolz gewesen, den Betrag anzunehmen, aber sie hätte gewusst, dass man ihr nicht traute. Dass *ich* ihr nicht traute.

»Und stattdessen riskierst du, dass man dir das Leben ruiniert? Deine Zukunft?« Meine Schwester sah mich so streng an wie sonst nie. »Kenzie ist echt cool, aber wie konntest du so leichtsinnig sein? Da hätte alles passieren können. Sie hätte es der Presse erzählen können oder –«

Ich unterbrach sie. »Aber das hat sie nicht.«

»Nein. Was bedeutet, dass sie noch viel anständiger ist, als ich dachte.« Edina stieß die Luft aus. »Oder dass es für euch noch eine Chance gibt.«

»Das sicher nicht«, schnaubte ich und es galt mir selbst. »Du warst nicht dabei. Du hast nicht gesehen, wie Kenzie mich angeschaut hat, als hätte sie mich noch nie im Leben gesehen. Ihr ist in dem Moment klar geworden, dass alles, was sie über mich gedacht hat, falsch ist. Wenn sie noch irgendetwas für mich empfindet, dann Hass.«

»Hass ist ein heftiges Wort.«

»Das stimmt. Aber ich habe ihr ins Gesicht gelogen, in einer Situation, als sie mir zu hundert Prozent vertraut hat. Wenn sie mich nicht wegen dem hasst, was ich Ada angetan habe, dann auf jeden Fall deswegen.«

Edina fischte die Einladung aus dem Eimer und strich das Papier auf ihrem Oberschenkel glatt. »Logan meinte, dass im Rat über dich gesprochen wurde, seit du Weihnachten nicht in Kilmore warst. Öfter sogar. Grandma hat durchblicken lassen, dass es Konsequenzen haben wird, wenn du nicht zeigst, dass die Familie wichtig für dich ist.«

So etwas Ähnliches hatte meine Mutter auch gesagt.

Meine Schwester beugte sich vor. »Wir müssen nach vorne sehen, Lyall. Weitermachen, uns auf unsere Ziele konzentrieren. Das Studium abschließen, in den Rat eintreten, Grandmas Entscheidungen sabotieren, die Regeln ändern … und vielleicht ist dann ja noch Zeit für die Weltherrschaft.« Sie grinste.

Ich lachte leise auf, sagte aber nichts.

»Höre ich da ein ›Ich gehe zu der verdammten Eröffnung‹ heraus?«, fragte Edina.

»Ich denke darüber nach, okay?«

»Okay. Dann jetzt dazu.« Sie zeigte auf mein Modell. »Was wird das, wenn es fertig ist? Sieht aus wie eine Mischung aus dem Empire State Building, dem Coldwell House und diesem Pförtnerkabuff auf Grandmas Anwesen.« Sie zog mich nur auf, aber ich schnitt eine Grimasse.

»Es ist mein Untergang«, murrte ich unwillig. »Und null das, was ich wollte, viel zu plump, langweilig und einfallslos. Aber ich muss es heute Nachmittag abliefern, wenn ich eine Chance auf die Punkte haben will.«

»Alles klar.« Edina stand auf. »Dann frühstücken wir jetzt etwas und anschließend retten wir deine Note. Und das ohne Trübsal zu blasen. Deal?«

Ich lächelte, weil ich sie wirklich vermisst hatte.

»Deal.«

4
Kenzie

»Wie geht es Ihnen heute, Miss Stayton?«

»Gut. Ich meine … es war schon besser, aber ich schätze, besser geht es immer.« Ich lächelte schief und strich mit den Händen über die Armlehnen des roten Ledersessels.

»Ja, das ist wohl wahr.« Dr. Hanson lächelte zurück und nahm ihr Klemmbrett in die Hand. »Gab es denn in den letzten zwei Wochen Momente, in denen es Ihnen nicht gut ging?«

Sofort schoss mir die Erinnerung an die Einladung der Hendersons in den Kopf. »Ja. Aber ich habe das überwunden.«

»Und wie? Erzählen Sie mir davon.«

Ich schwieg. Wenn ich ihr das sagte, musste ich über Lyall sprechen – und dagegen sperrte sich etwas in mir.

Die Verhaltenstherapie hatte ich begonnen, zwei Monate nachdem ich aus Kilmore zurückgekehrt war. Nicht wegen Lyall, sondern meinetwegen. Als meine Mutter gestorben war, war meine ganze Familie zu Dr. Hanson gegangen – nur ich nicht. Ich hatte damals allein damit fertigwerden und keine Hilfe annehmen wollen, aber nachdem mich Kilmore in jeder Hinsicht erschüttert hatte, war ich nun doch hier. Vor allem, weil ich nach der Sache mit Lyall das Gefühl hatte, mir selbst nicht mehr trauen zu können. Ich war so sehr davon überzeugt gewesen, es besser zu wissen als ganz Kilmore – und hatte feststellen müssen, dass ich auf meine Menschenkenntnis einen Scheiß geben konnte. Und nachdem ich mich nicht einmal mehr auf die Uni hatte konzentrieren können und meine Familie mich jeden Tag gefragt hatte, was los war, hatte ich entschieden, Hilfe zu suchen. Seit drei Monaten kam ich alle 14 Tage hierher, aber nie hatte ich auch nur ein Wort über Lyall verloren. Es ging nicht um ihn, sagte ich mir immer wieder, sondern um mich. Es gab keinen Grund, über ihn zu sprechen und ihm damit Platz in meinen Gedanken einzuräumen.

»Miss Stayton? Wieso zögern Sie?« Die Therapeutin sah mich aufmerksam an. Sie war von der jung gebliebenen, dynamischen Sorte, ein Faktor, warum ich mich bei ihr wohlfühlte. Ich brauchte niemanden, der mich bemutterte. Sondern jemanden, der mir die Wahrheit sagte und half, mit mir zurechtzukommen. Und wir machten Fortschritte, was das anging. Langsam, aber immerhin.

»Weil … keine Ahnung. Es gibt da diese Einladung nach Kilmore, die ich bekommen habe. Das Hotel dort eröffnet den Neubau, an dessen Konzept ich beteiligt war. Aber ich will nicht hingehen.«

Dr. Hanson schaute von ihren Notizen auf. »Warum möchten Sie nicht hingehen?«

Es wäre leicht gewesen, ihr zu erzählen, dass ich nicht wieder mit dem Tod meiner Mutter konfrontiert werden wollte, mit den alten Geschichten über sie. Dr. Hanson hätte mir gesagt, dass diese Gefühle normal waren, und mir Handwerkszeug gegeben, damit ich in der Situation nicht kopflos wurde. Aber es wäre gelogen gewesen. Natürlich war der Gedanke nicht angenehm, wieder nach Kilmore zurückzukehren. Das hatte jedoch kaum etwas mit Mums Tod zu tun.

Ich zögerte, aber dann entschied ich mich für die Wahrheit. Denn über Lyall zu schweigen war das eine, aber zu lügen etwas ganz anderes. Wenn ich das tat, dann war ich genau wie er.

»Als ich im Sommer in Kilmore war, habe ich jemanden kennengelernt, einen Architekturstudenten, der an dem Projekt mitgearbeitet hat«, begann ich. »Wir haben uns erst nicht besonders gut verstanden, er war ein ziemlich arroganter Idiot, aber mit der Zeit ... wir haben gemerkt, dass wir einander mögen. Mehr als das. Er war da, als ich wegen der Bilder meiner Mutter ausgeflippt bin, und er hat mir geholfen, nach London zu kommen, als Eleni den Unfall hatte.« Von diesen Geschehnissen wusste meine Therapeutin, aber Lyall hatte ich dabei grundsätzlich ausgespart. »Ich habe mich in ihn verliebt und dachte, er wäre der Richtige. Dumm, oder?« Ich schnaubte. »Wir kannten uns gerade mal ein paar Wochen, und ich habe geglaubt, es wäre für immer.«

Dr. Hanson hob die Schultern. »Wieso nicht? Es gibt keine Regel, ab wann man glauben darf, jemand wäre der Richtige. Und ich glaube nicht, dass Sie ein Mensch sind, der sein Herz leichtfertig verschenkt.«

»Nein, wohl nicht. Nur, dass ich es dem Falschen geschenkt habe.«

»Warum war er der Falsche?«

Ich schwieg erneut. Es wäre die Gelegenheit gewesen, ihr alles zu erzählen, denn die Sache mit Lyall war eh auf dem Tisch. Nur schaffte ich es nicht, diesen Weg bis zum Ende zu gehen. Und damit zuzugeben, wie sehr ich mich getäuscht hatte.

»Er hat mich angelogen«, sagte ich also nur und sah förmlich vor mir, wie die Chance, an dieser Front weiterzukommen, den Hut nahm und aus der Tür verschwand. »Es ging um eine Ex-Freundin von ihm und er hat mir nicht die Wahrheit gesagt. Daraufhin habe ich mich getrennt und ihn seither nicht wiedergesehen.«

Dr. Hanson nickte. »Ich verstehe«, sagte sie, obwohl sie sicher ahnte, dass mehr dahintersteckte. »Was sind also Ihre Bedenken, wenn es um diese Veranstaltung geht? Was ist das

Schlimmste, was Ihnen passieren könnte, wenn Sie dort hingehen?«

»Dass er da ist«, antwortete ich. Es war die Wahrheit. Ich wusste nicht, was mit mir passierte, wenn ich Lyall wiedersah. »Und dass es alles schlimmer machen würde, sollte ich ihm begegnen.«

»Inwiefern könnte es schlimmer werden?«

Darüber musste ich kurz nachdenken. »Ich glaube, dass ich mittlerweile halbwegs damit zurechtkomme, was geschehen ist. Deswegen hätte ich Angst davor, alte Wunden wieder aufzureißen.«

»Gibt es denn auch Gründe, warum Sie hingehen wollen würden?«

Ich nickte. »Natürlich. Ich bin sehr neugierig darauf, wie das fertige Hotel aussieht und wie viele meiner Ideen hineingeflossen sind. Schließlich ist dieses Projekt das Herzstück meiner Bewerbung für die UAL.«

»Das sind doch sehr wichtige Gründe. Und könnten Sie sich vorstellen, dass es Ihnen auch bei Ihren schmerzhaften Erinnerungen helfen könnte, wenn Sie noch einmal nach Kilmore gehen?«

Jetzt war es an mir, sie fragend anzusehen. »Sie meinen, dieses Gerede von ›Es könnte die Chance sein, damit abzuschließen‹? Daran glaube ich nicht.«

Sie lachte. »Ich auch nicht. Aber es würde Ihnen sicherlich helfen, Ihre Empfindungen besser zu ordnen. Als Sie im letzten Sommer dorthin gefahren sind, kam der Schmerz über den Tod Ihrer Mutter nach oben – und Sie machen gute Fortschritte, damit umzugehen. Vielleicht würde es Ihnen mit dieser enttäuschten Liebe genauso gehen, ganz egal, ob er da sein wird oder nicht. Sie sind eine sehr starke junge Frau, Miss Stayton. Vielleicht merken Sie, dass die Angst vor dieser Situation größer ist als die Bedrohung durch die Situation selbst.«

Ich ließ ihre Worte auf mich wirken. Es war so einfach, sich vor dem Termin zu drücken. Und es war auch Zeit, die ich eigentlich nicht hatte – neben meinem Studium, das ich mir in diesem Trimester vollgepackt hatte, und der Arbeit für meinen Dad durfte ich immer wieder zu Projekten von Olsen mitfahren, um noch eine Referenz für meine Mappe zu sammeln. Offenbar war das schlechte Gewissen des Chefs wegen der Absage meines Praktikums im letzten Jahr groß genug gewesen, um mir das anzubieten. Theodora Henderson hatte ich nie wegen der versprochenen Empfehlung kontaktiert. Ihre Visitenkarte lag unangetastet in meinem Schreibtisch, weil ich sie auch nicht hatte wegwerfen wollen. Aber selbst wenn ihr Sohn vielleicht nicht bei der Eröffnung sein würde, dann sie garantiert. Ich wusste nicht, ob ich ihr begegnen wollte.

»Sie meinen also, ich soll hingehen?«, fragte ich Dr. Hanson.

»Nein, das meine ich nicht. Ich meine, Sie sollten darüber nachdenken, was das Beste für Sie ist – für Sie und Ihr Weiterkommen. Die Entscheidung liegt jedoch bei Ihnen.«

Da hatte sie recht.

Aber das machte es nicht einfacher.

5
Lyall

Diesen kurzen Moment, wenn ein Flugzeug vom Boden abhob, hatte ich noch nie gemocht. Ich hatte immer das Gefühl, als würde mein Körper sich dagegen wehren, sicheren Grund zu verlassen, bis er dann nachgab und sich damit abfand. Als mich die erhöhte Schwerkraft aus den Klauen ließ, atmete ich auf und entspannte mich.

»Wie kommen wir eigentlich zu der Ehre deiner Anwesenheit?«, zog mich mein Cousin Logan auf. »Du bist schließlich der Erste in der Geschichte der Hendersons, der sich erfolgreich vor Weihnachten gedrückt hat. Ich war schon gespannt, was du als Nächstes aus dem Hut zauberst.«

Finlay neben ihm grinste. »Du weißt doch, dass Lye einem Flug im Privatjet nicht widerstehen kann. Dieser ganze Luxus, der Champagner, die Ledersitze … erst, wenn er davon umgeben ist, lebt er richtig auf.«

Ich zeigte ihm mit einem freundlichen Lächeln meinen Mittelfinger, aber er lachte nur. Er hatte schließlich das luxuriöse Transportmittel für uns organisiert. Es gehörte dem Vater irgendeines Freundes, der ohnehin in Edinburgh abgeholt werden musste. Und so hatten wir immerhin auf dem achtstündigen Flug unsere Ruhe.

»Im Ernst«, nahm Logan den Faden wieder auf. »Wieso

fliegst du mit? Kilmore ist ja nicht gerade dein bevorzugtes Reiseziel.«

»Nein.« Es kam sogar ganz weit hinten auf der Liste. »Aber Mum und Edina haben mir klargemacht, dass ich entweder auftauche oder Grandma mich durch den Wolf drehen wird.« Außerdem waren es nicht einmal 24 Stunden. Ich würde schon am nächsten Vormittag wieder zurück nach Chicago fliegen.

»Und du meinst, du kommst damit klar? Den Erinnerungen, meine ich.« Finlay kramte in einem der Schränke und holte eine Packung M&Ms heraus. Akribisch sortierte er die braunen in eine kleine Schüssel und schob sie mir über den Tisch.

»Wird schon«, antwortete ich vage, als ich danach griff und meinem besten Freund einen Blick zuwarf. Ich hätte ihn am liebsten direkt nach Edinas Besuch angerufen und gefragt, wieso zur Hölle er mir nichts von New York erzählt hatte, aber ich wollte warten, bis er von allein damit zu mir kam. Mit Logan einen Sitz weiter war das jedoch unwahrscheinlich. Auch wenn die beiden Brüder waren, das Thema Edina hatten sie immer ausgeklammert.

»Hast du in letzter Zeit was von Jamie gehört?«, fragte mich Finlay.

»Ja, wir haben vorgestern telefoniert. Es geht ihm echt gut bei Diane in dem Projekt für ehemalige Süchtige. Offenbar hat er die ganze Truppe schon mit seinen Kochkünsten um den Finger gewickelt.« Auch wenn mein Onkel behauptet hatte, er könne nicht mehr auf dem Niveau kochen wie früher, reichte es für seine Mitbewohner anscheinend aus. »Was gibt es Neues aus dem Rat?« Ich sah Logan an.

»Das Projekt deiner Mutter auf Korfu ist momentan Thema Nummer eins.« Er runzelte die Stirn. »Die Standortanalyse hat ergeben, dass es eigentlich nicht infrage kommt – es liegt zu nah an zwei anderen Hotels in der Bucht, der Privatstrand ist ziemlich schmal und für unser Segment ist Korfu nicht exklusiv genug.«

Ich grinste. »Lass mich raten, sie möchte es genau deswegen machen.«

»Hat sie dir davon erzählt?«

»Nein, aber sie will seit Ewigkeiten etwas anderes aufziehen – Hotels, die auch für normale Leute erschwinglich sind.« In ihrem Inneren war Mum eigentlich ein kleiner Hippie und wollte nach Jahren, in denen sie ihre Kreativität in immer neue Luxushotels investiert hatte, vermutlich mal ihr eigenes Ding machen.

»Der Rat war dagegen«, sagte Logan mit einem Augenrollen. »Ich habe dafür gestimmt, aber Fiona, Moira, Mum und Grandma natürlich nicht.«

Ich schnaubte. Natürlich. Es durfte bloß keiner aus der Reihe tanzen, sonst wurde er standrechtlich erschossen.

»Grandma hat mich außerdem gefragt, wann ich mir endlich eine Frau suchen will.« Logan griff sich in seine rotblonden Haare, wie immer, wenn ihn etwas beschäftigte.

»Verdammt, im Ernst?«, fluchte Finlay und sah seinen Bruder an. »Was hast du ihr daraufhin gesagt?«

»Was schon? Dass es niemanden gibt momentan.« Er senkte den Blick wieder. Logan war trotz seiner Henderson-Gene im Gegensatz zu uns anderen schrecklich schüchtern, wenn es um Frauen ging, und deswegen in größter Gefahr, dass man ihm irgendein *passendes* Mädchen vor die Nase setzte. Jeder von uns wusste, was das bedeutete – dass es nicht zählen würde, ob er sie mochte, sondern nur, ob sie gut für die Firma war. Und auch wenn uns diese Vorgehensweise gegen den Strich ging, hatten wir keine andere Lösung, als auf Zeit zu spielen. Um die Strategie, die wir seit Jahren verfolgten – den Rat zu übernehmen und Grandma damit die Macht über Familie und Unternehmen zu entziehen – irgendwann umsetzen zu können und uns von den Regeln zu befreien.

»Und was willst du jetzt machen?«, fragte ich.

Logan hob die Schultern. »Erst mal gar nichts. Ich bin 24, ich schätze, ein paar Jahre kann ich mich noch rausreden. Und bis dahin haben wir ja vielleicht schon etwas geregelt.«

»Tut mir leid, Mann«, sagte ich. »Das alles.« Wie oft musste ich das eigentlich noch sagen, bis wir endlich einen Weg fanden, selbst über uns bestimmen zu dürfen – ohne dass die Familie uns den Rücken kehrte?

»Muss es nicht.« Logan lächelte schief. »Auch wenn sie bald mit ein paar Kandidatinnen anrückt, kriege ich das schon hin. Und alles andere ist nur eine Frage der Zeit.«

Finlay sah aus dem Fenster und schien die Wolkendecke plötzlich sehr interessant zu finden, aber ich wusste, was er dachte: *Ja, für euch vielleicht.* Es dauerte jedoch wie immer nur ein paar Sekunden, dann riss er sich aus seiner Starre, machte einen blöden Scherz über Grandma und war wieder ganz der Alte. Die nächste Stunde verbrachten wir damit, die schlimmsten Situationen mit dem Familienoberhaupt Revue passieren zu lassen, danach guckten wir einen Film und schließlich zog Finlay seinen Laptop hervor.

»Schauen wir doch mal, wer uns alles beehrt.« Er hatte die Gästeliste geöffnet. »Oho, das ist ja eine illustre Runde. Sogar das Königshaus gibt sich die Ehre, wenn auch nur in Form von Prinzessin Eugenie.« Er las weitere Namen vor, von denen mir gerade mal die Hälfte bekannt vorkam. Aber dann wurde er plötzlich blass und sah schnell zu mir, bevor er den Blick wieder auf den Bildschirm heftete.

»Was?«, fragte ich, weil ich ahnte: Das hatte nichts Gutes zu bedeuten.

Er schwieg und schien die richtigen Worte zu suchen.

»Fin, komm schon, sag es einfach.«

Mein Cousin drehte den Laptop um, sodass ich auf den Bildschirm sehen konnte. Eine Zeile in der Excel-Liste war markiert und ich las den Namen, der dort stand.

Kenzie Stayton.

Ein Fluch lag mir auf der Zunge, aber ich sprach ihn nicht aus. Stattdessen presste ich die Lippen aufeinander und atmete tief ein. Als ich die Luft wieder ausstieß, schüttelte ich den Kopf.

»Ich hätte nicht gedacht, dass sie kommen würde«, sagte ich leise. Im Gegenteil, ich hatte mir in den letzten Tagen eingeredet, sie würde nie wieder einen Fuß nach Kilmore setzen. Aber Kenzie war kein Feigling. Sicher hatte sie gut darüber nachgedacht und dann entschieden, sich nicht von der Vergangenheit mit mir davon abhalten zu lassen, das Ergebnis ihrer Arbeit zu sehen. Nur – hätte sie nicht zu einem anderen Zeitpunkt vorbeikommen können? Musste es ausgerechnet die Eröffnung sein?

Finlay drehte den Computer wieder zu sich und klappte den Deckel herunter.

»Brauchst du einen Drink, Alter?«, erkundigte er sich mitfühlend.

Ich rieb mir über die Augen. »Viele Drinks. Aber eher heute Abend.«

»Okay, dann haben wir einen Plan«, sagte Logan. Er wusste nichts davon, was wirklich passiert war, aber er kannte die Story, die ich auch meiner Mutter erzählt hatte. »Wir füllen dich ab und nach einer Stunde musst du dann leider in deine Gemächer, weil du nicht mehr stehen kannst.«

»Tolle Idee«, nickte ich sarkastisch. »Das wird Grandma sicher noch besser finden als meine Abwesenheit an Weihnachten.«

»Dann finden wir eine andere Möglichkeit, damit du Kenzie nicht begegnest«, versprach Finlay.

»Vergiss es. Egal, wie viele Leute da sind, wir werden uns begegnen. Die Frage ist nur, wie das ausgeht.« Es war jetzt fünf Monate her. Fünf Monate – und ich dachte jeden Tag an Kenzie. Wie würde das sein, wenn ich sie nun wiedersah?

»Betrachte es positiv.« Finlay legte den Kopf schief und holte Luft, aber als ihm bewusst zu werden schien, dass Logan neben ihm saß, wählte er seine Worte mit Bedacht. »Sie hat zu niemandem etwas gesagt, oder? Wahrscheinlich hat sie dich zu den Akten gelegt und ist mit dem Thema längst durch.«

Ja, aber ich bin es nicht, dachte ich. Ich war nicht über sie hinweg, das merkte ich in diesem Augenblick nur zu deutlich. Da war die vertraute Mischung aus Schuld, Verachtung für mich selbst und großer Sehnsucht. Ich hatte mich nie so gefühlt wie mit Kenzie, so glücklich, so zuversichtlich, so vollkommen. Und ich hatte daran geglaubt, dass wir es schaffen würden. Wie dämlich von mir. Ada war ein tiefschwarzer Fleck auf meiner Seele, der sich nicht entfernen ließ. Es war dumm gewesen, zu denken, Kenzie würde ihn nicht früher oder später entdecken.

»Ja, vielleicht«, sagte ich nur.

Aber ob ich darauf hoffen sollte, wusste ich nicht.

Kilmore war natürlich auch im Winter ganz das verdammt idyllische Kaff, das es im Sommer war – zwar mit Eiseskälte und kahlen Bäumen, dafür aber jeder Menge mysteriösem Charme. Wir waren am Nachmittag im *Grand* angekommen, und ich hatte erleichtert bemerkt, dass man mir diesmal eines der Gästezimmer in Moiras Haus zugedacht hatte, gemeinsam mit Finlay. Es gab eine erstaunlich entspannte Tea Time ohne unangenehme Fragen – was sicher daran lag, dass Grandma noch nicht da war und Moira alle vier Minuten angerufen wurde, weil irgendein Lieferant sie im Neubau sehen wollte – und nicht einmal Fiona fiel durch ihre nervtötende Art auf.

Zumindest nicht, solange die anderen dabei waren. Erst am Abend meldete sie sich zu Wort.

»Ich hätte nicht gedacht, dass du kommst«, sagte sie in diesem speziellen Fiona-Tonfall, als ich im Anzug in die Eingangshalle von Moiras Haus trat und feststellen musste, dass meine Cousins wohl schon vorgegangen waren. Unzufrieden zerrte ich an dem Krawattenknoten herum, bis er richtig saß. Immerhin war heute keine schottische Tracht angesagt. Meinen Kilt hatte ich vor meiner Abreise im Sommer entsorgt. Nicht nur wegen des Blutes.

»Wie könnte ich mir das entgehen lassen?«, fragte ich zurück und hob eine Augenbraue. Seit ich Fiona mit meinem Wissen um ihre Affäre mit einer Angestellten in der Hand hatte, war sie eigentlich weniger ätzend zu mir. Allerdings hatten wir uns nach dem letzten August auch nur noch einmal gesehen – bei einer Hoteleröffnung in Sydney im November.

»Vielleicht, weil Kenzie auf der Gästeliste steht.« Fionas Gesichtsausdruck wurde lauernd, und ich ahnte, warum sie mich darauf ansprach – sie hoffte, meinem Druckmittel ein eigenes entgegensetzen zu können. Aber dazu würde es nicht kommen.

»Das ist doch schon ewig her«, winkte ich ab. »Glaubst du echt, ich hänge einem Mädchen nach, das mir vor fünf Monaten zuletzt begegnet ist? Ich bitte dich, Fi. Du solltest mich besser kennen.«

Sie sah mir aufmerksam ins Gesicht. »Ja, eben. Ich kenne dich. Und ich weiß, sie war nicht irgendein Mädchen. Sie war dein Ausweg. Deine Hoffnung darauf, dass die Sache mit Ada dich nicht ewig heimsuchen würde.«

Meine Hände wollten sich zu Fäusten ballen, aber ich gab mir den Anschein absoluter Gelassenheit.

»Netter Versuch.« Ich ging an ihr vorbei zur Tür. »Allerdings musst du früher aufstehen, wenn du glaubst, dass du mich mit ein bisschen Hobbypsychologie aus der Reserve locken kannst.

Und jetzt entschuldige mich, ich muss zu der Eröffnung eines Gebäudes, das ich mitgeplant habe. Was hast *du* eigentlich dazu beigetragen? Hast du die Concierge auf dem Empfangstresen gevögelt, nachdem die Handwerker weg waren?«

Fionas Gesicht passte sich an ihre rote Haarfarbe an, aber bevor sie ausflippen konnte, war ich schon hinausgeschlüpft und ging über den Rasen zum Neubau. Ich hatte keine Jacke angezogen und es war echt kalt, aber das half mir, wieder runterzukühlen. Die letzten Stunden hatte ich darüber nachgedacht, wie ich mich verhalten sollte, wenn ich auf Kenzie traf, war aber zu keiner Lösung gekommen. Ich würde es auf mich zukommen lassen müssen.

Im Neubau war bereits eine Menge los. Wichtige und weniger wichtige, aber allesamt gut gekleidete Leute standen im Eingangsbereich und ließen sich von Kellnern Getränke reichen. Eigentlich hätte ich der Tatsache mehr Beachtung schenken müssen, dass der Grundriss ein echter Erfolg war – trotz der ganzen Menschen konnte man erkennen, wie die Offenheit der Lobby dafür sorgte, dass man ein Gefühl von Weite hatte. Nicht zuletzt auch wegen der Raumteiler, die den Raum perfekt gliederten. Aber ich scannte nur die Anwesenden, um Kenzie zu entdecken. Ohne Ergebnis. Logan und Finlay konnte ich sehen, ebenso wie ihre Eltern Patricia und Eric, außerdem Moira und Grandma sowie meine Mutter. Aber *sie* war nicht da. Als ich dem Blick meines Cousins begegnete, schüttelte er leicht mit dem Kopf und sagte mir so, dass er sie ebenfalls nicht gesehen hatte. War die Liste nicht aktuell gewesen? Wahrscheinlich war es so, schließlich hatte der Empfang längst begonnen – und Kenzie war ein pünktlicher Mensch. Ich atmete aus, erleichtert, aber ich fühlte mich auch betrogen.

Betrogen um die Chance, sie noch einmal zu sehen.

Da Moira bald die Begrüßungsworte sprechen würde, beschloss ich, die Leere in den oberen Stockwerken zu nutzen und mir die Zimmer anzusehen. In einer halben Stunde würden hier unzählige Leute über die ausgelegten Zusatzteppiche gehen und mit großem »Oh« und »Ah« die Räume bewundern, aber momentan war noch eine Kordel an der Haupttreppe gespannt, die das verhindern sollte. Ich überstieg sie nicht, sondern wandte mich in Richtung Küche und fuhr mit dem Aufzug des Personals in den obersten Stock mit den Suiten. Wie erwartet war es hier vollkommen ausgestorben und ebenso still. In einem Hotel dieser Preisklasse wurde auf Schalldämmung extrem hoher Wert gelegt. Also konnte ich in Ruhe durch die einzelnen Räume gehen, mir die Ausstattung ansehen – die zwar vor allem die Handschrift der verantwortlichen Innendesignerin Paula McCoy trug, aber auch die von Mum und Kenzie – und die Zimmer auf mich wirken lassen. Als ich zur letzten und exklusivsten Suite des Neubaus kam, hatte ich plötzlich ein merkwürdiges Gefühl, das berühmte warnende Kribbeln. Ich stieß dennoch die angelehnte Tür auf – und erstarrte.

Neben dem Bett, gegenüber von einem großformatigen Bild, stand Kenzie.

Sie fuhr zu mir herum und ich sah den Schock auf ihrem Gesicht. Auf diesem umwerfend hübschen Gesicht, das ich niemals vergessen würde – wie auch, wenn ich es ständig in Gedanken vor mir sah? Hatte sie etwa nicht damit gerechnet, dass ich hier sein würde? Wie hatte sie nicht damit rechnen können?

Und plötzlich war alles wieder da. Wir waren nicht mehr in dieser Suite, ich im Anzug und sie in dem wunderschönen blauen Kleid, die rotbraunen Wellen hochgesteckt. Wir waren wieder auf der Straße, die aus Kilmore hinausführte, im strömenden Regen, der ihr schwarzes Shirt genauso wie ihre offenen Haare durchweichte, sobald sie ihren Camper verlassen hatte. Wie sie mich angesehen hatte, als wäre ich ein Fremder für sie – und ich genau gewusst hatte, es war etwas Schlimmes passiert. Wie sie die Aufnahme gestartet hatte und mir meine eigene Stimme aus dem Lautsprecher entgegengeschallt war. Und ich auf ihre Frage nichts anderes hatte sagen können als »Ja«. Ich war wie erstarrt gewesen, nicht fähig zu einer Erklärung. Aber das hätte ohnehin nichts geändert. Ich hatte nicht nur diese fürchterlichen Worte zu Ada gesagt, sondern es auch noch verschwiegen. Und ich hatte in Kenzies Augen gesehen, dass sie mir das auch mit der besten Erklärung der Welt nie verzeihen würde.

All das ging mir in diesem Moment durch den Kopf, während mir schmerzhaft vor Augen geführt wurde, dass sich an meinen Gefühlen für Kenzie trotz der Zeit absolut nichts geändert hatte. Dass mich ihre Anwesenheit überwältigte, der Blick aus ihren hellbraunen Augen, obwohl er so weit von dem Ausdruck entfernt war, den ich mir wünschte. Aber trotzdem kam kein Wort über meine Lippen, keine Begrüßung, keine Entschuldigung.

Nichts.

6

Kenzie

Ich hatte die ganze Zeit gezweifelt – auf dem Flug nach Edinburgh, auf der Fahrt Richtung Kilmore, sogar noch, als ich in die Stadt gekommen war. Aber in dem Moment, als ich mit Paula den Neubau betreten hatte, war mir klar geworden, dass ich die richtige Entscheidung getroffen hatte. Es war unglaublich, wie groß die Lobby nun wirkte, obwohl man den Frühstücksbereich wegen des Schallschutzes mit einer einzelnen Wand abgeteilt hatte. Und ich platzte fast vor Freude, als ich meine Raumteiler sah, die sich wunderbar ins Gesamtkonzept einfügten.

Als Moira Henderson am Eingang begonnen hatte, die Gäste zu begrüßen, hatte mich jedoch Angst gepackt. Angst davor, dass Lyall hier erscheinen würde. Also hatte ich mich heimlich nach oben geschlichen, um die Suiten anzusehen. Ich hatte die Stille nutzen wollen, um über Samt zu streichen, Mustertapeten zu berühren und mich damit für die Begegnung zu wappnen, die mir vielleicht bevorstand. In der *Lair Suite* war ich dann schließlich vor dem Bild stehen geblieben, das man dort aufgehängt hatte – ein Gemälde einer schottischen Künstlerin, die mit ihren Farben die Highlands so eindrucksvoll festgehalten hatte, dass ich nichts anderes tun konnte, als minutenlang darauf zu starren. Ich war so gefesselt, dass ich zusammenzuckte, als die Tür aufging.

Ich drehte mich herum, um zu lächeln und mich zu entschuldigen, weil ich vermutlich nicht hier sein durfte. Aber als ich sah, wer in der Tür stand, blieb mir der Atem weg. Meine Beine versagten den Dienst, ich konnte keinen Muskel bewegen, brachte kein Wort heraus. Ich konnte ihn nur ansehen.

Lyall.

Kälte überfiel meinen Körper in einer eisigen Welle, ich versuchte, Luft zu holen und scheiterte dabei auf ganzer Linie. Ich wusste, ich hatte damit rechnen müssen, dass er im Hotel war – ich *hatte* damit gerechnet, dass er es war. Aber wieso zur verdammten Hölle war er jetzt mit mir in diesem Zimmer? Und warum traf mich sein Anblick noch härter als erwartet?

Mein Gehirn registrierte innerhalb von einer Sekunde alles, was mir so schmerzhaft im Gedächtnis geblieben war – seine tiefbraunen Haare, die ihm etwas länger in die Stirn fielen als zuletzt. Die dunklen Augen, deren Blick mich jedes Mal aus dem Takt gebracht hatte und es jetzt wieder tat, obwohl er mich nichts daraus lesen ließ. Diese fast schon übermenschlich schönen Züge, die mir noch markanter vorkamen als bei unserer letzten Begegnung. Die feine Narbe an seiner Augenbraue, die er von der Schlägerei damals nach den Highland Games davongetragen hatte. Sein Körper, der in einem perfekt sitzenden Anzug steckte, den ich aber viel zu gut ohne Klamotten in Erinnerung hatte.

Mein Herz stolperte, strauchelte, drohte zu fallen. Und während ich noch überlegte, ob ich es schaffen würde, schnell an ihm vorbeizugehen und zu verschwinden, sagte er etwas.

»Hey.«

Es klang vertraut, als hätten wir uns nur eine Woche nicht gesehen und als wäre all das nicht passiert. Und es berührte etwas in mir. Oft hatte ich daran gedacht, was ich fühlen würde, wenn ich ihm wieder begegnete, wie ich Wut empfinden würde, weil er das zwischen uns zerstört hatte. Weil er mich in eine Krise gestürzt hatte, die ich auch ein halbes Jahr später immer noch nicht überwunden hatte. Weil er seine dunkle Seite vor mir verborgen und mich belogen hatte, aus purem Egoismus. Aber ich fühlte in diesem Moment keine Wut. Nur Verzweiflung. Grenzenlose, alles überschattende Verzweiflung. Darüber, dass er vor mir stand und ich merkte, ich war immer noch nicht über ihn hinweg. Nach fünf verdammten Monaten. Nach allem, was ich über ihn wusste.

»Hey«, antwortete ich erstickt.

Sein Blick flackerte und er machte einen Schritt auf mich zu. Ich ging einen zurück, während ich ihm in die Augen sah und mich mit aller Gewalt erinnerte. An den Moment auf der Straße, an seine Stimme in der Aufnahme, die so kalt und abweisend gewesen war, dass mich auch jetzt noch fröstelte. Ich brauchte diese Version von ihm in meinem Kopf, ich brauchte sie, um das hier zu überleben. Um zu gehen und weiterzumachen, endlich weitermachen zu können und ihn hinter mir zu lassen.

Mein Verstand kehrte in meinen Kopf zurück. »Ich muss gehen«, murmelte ich und wollte an ihm vorbei.

»Warte, bitte …«, sagte er in diesem weichen Tonfall, der mich an die Highlands erinnerte. An seinen Atem auf meinem Gesicht, seine Haut an meiner, seine Finger auf meinem Körper. Es ließ mich in meiner Bewegung erstarren, machte mich für einen Moment schwach und trieb mir Tränen in die Augen.

»Hör auf damit.« Ich sagte es leise, kaum hörbar. Dabei hätte ich ihn anbrüllen müssen, was ihm einfiel, in dieses Zimmer zu kommen und *Hey* zu sagen, als wäre nichts passiert. So zu tun, als hätte er mir nicht den Boden unter den Füßen weggezogen und mein Herz zum Sterben zurückgelassen. Aber ich konnte ihn nicht anschreien, denn es tat so verflucht weh, ihn zu sehen. Und der Schmerz erstickte nicht nur die Wut, sondern auch meine Worte.

Lyall holte Luft, aber in diesem Moment hörte man draußen auf dem Flur das melodische Ping des Aufzugs und dann Moiras Stimme, die etwas über die Etage sagte, die Anzahl der Suiten und das Gestaltungskonzept. Die Führung durch den Neubau hatte begonnen und gab mir die Gelegenheit, zu verschwinden.

Als ich an ihm vorbeiging, hob Lyall den Arm, als wolle er mich aufhalten, ließ ihn jedoch genauso schnell wieder sinken. Für eine Sekunde durchbrach etwas die Dunkelheit in seinen Augen, aber ich stemmte mich mit aller Gewalt dagegen, was es in mir auslöste.

»Kenzie –« begann er.

»Nein«, sagte ich schnell. »Ich will nichts hören. Und ich will dich nie wiedersehen. Lass mich in Ruhe.« Damit drängte ich mich endgültig an ihm vorbei und lief auf dem Gang direkt Moira in die Arme.

»Alles okay?«, fragte sie und sah zwischen ihrem Neffen und mir hin und her.

»Ja«, murmelte ich. »Alles super.«

Dann ließ ich die ganze Gruppe stehen und rannte förmlich zur Treppe, die ins Erdgeschoss führte. Unten angekommen, suchte ich mir den nächstgelegenen Ausgang und schlüpfte durch die Tür in den Park. Es war ein kalter Abend, aber ich genoss den scharfen Wind, der mir durch mein Kleid wehte. Es war, als würde er mich bis auf die Knochen von diesen schrecklichen Gefühlen befreien, deren Intensität ich verdrängt haben musste. Nach meiner Abreise im August hatte ich vor mir nur selten zugegeben, wie unglaublich stark ich für Lyall empfunden hatte. Und heute war es, als wären diese Gefühle nur konserviert worden, um im passenden Moment hervorzubrechen. Wie hatte das passieren können? Wie hatte ich glauben können, auch nur ansatzweise über ihn hinweg zu sein?

Ich war am Morgen nach Edinburgh geflogen, allein, obwohl Willa angeboten hatte, mich zu begleiten. Denn auch wenn ihre Gesellschaft eine große Hilfe gewesen wäre, hätte ich ihr sagen müssen, was wirklich passiert war – sonst hätte sie nicht verstanden, wieso mich der Besuch in Kilmore so aufwühlte. Jetzt wünschte ich mir jedoch, ich hätte sie mitgenommen. Willa hätte nämlich einfach eine Flasche Whiskey besorgt, sich ordentlich mit mir betrunken und erst Fragen gestellt, wenn ich dazu bereit gewesen wäre, sie zu beantworten.

Für einen Moment überlegte ich, mich zu verabschieden und zu gehen. Aber das wollte ich nicht. Ich war extra hergekommen, um meine Arbeit zu sehen und mich daran zu freuen. Lyall würde mir das nicht kaputtmachen. Nicht das auch noch.

Ich atmete ein paarmal tief durch, dann ging ich zurück ins Gebäude, auf der Suche nach Paula, deren Gästezimmer ich für die Dauer meines Besuchs hier in Anspruch nahm.

»Kenzie!« Ich drehte mich um und erkannte Theodora Henderson, die mich zu sich heranwinkte. Schnell zwang ich ein Lächeln auf mein Gesicht und ging zu ihr. »Wo warst du denn?«, fragte sie freundlich. »Ich will dich jemandem vorstellen.«

Ich hatte sie bereits vorhin begrüßt, was zum Glück viel weniger unangenehm gewesen war als befürchtet. Offensichtlich hatte Lyall ihr kein Wort darüber gesagt, was zwischen uns passiert war – oder dass wir überhaupt etwas miteinander gehabt hatten. Sonst hätte Theodora kaum so getan, als wäre das hier nur der nächste Termin nach unserem Mittagessen im Sommer. Jetzt schob sie mich zu einem Stehtisch, der direkt neben einem meiner Raumteiler stand, und an dem eine grauhaarige Frau mit strengem Kurzhaarschnitt wartete.

»Gloria, ich möchte dir Kenzie Stayton vorstellen. Kenzie, Gloria Fowler ist für den Fachbereich Innendesign zuständig – an der UAL.«

»Es freut mich sehr, Sie kennenzulernen, Miss Stayton.« Sie lächelte. »Dora schwärmt ja in den schillerndsten Farben von Ihnen.«

Gerade noch so verhinderte ich, dass mir der Mund aufklappte. Für eine Sekunde verschwand sogar Lyall aus meinem Kopf. Gloria Fowler war hier! Und Theodora hatte vor ihr positiv über mich gesprochen.

»Es ist mir eine große Ehre, Mrs Fowler.« Ich schüttelte ihre Hand und war nur eine Minute später in eines der interessantesten Gespräche verwickelt, die ich jemals geführt hatte. Gloria Fowler war nicht nur ein wandelndes Fachlexikon und kannte jeden Designer und jede Epoche bis ins Detail – Theodora und sie waren sich auch herrlich uneinig bei vielen Dingen und ich wurde mehr als einmal nach meiner Meinung gefragt, um den freundschaftlichen Streit zu entscheiden. Außerdem musste ich erklären, was ich mir bei dem Konzept mit den Raumteilern gedacht hatte – und freute mich, als Theodora mir sagte, dass mein Original sogar einen Ehrenplatz im Haupthaus gefunden hatte.

»Dora sagte, Sie würden sich bei uns bewerben?«, fragte Gloria irgendwann.

»Das hatte ich vor«, antwortete ich zurückhaltend. »In der Hoffnung, Sie geben auch Bewerbern eine Chance, die keine fünf Auslandspraktika vorzuweisen haben.«

»Auf jeden Fall.« Gloria verdrehte die Augen. »Was mich betrifft, zählen Talent und Ideen, kein Flugmeilenkonto.«

Theodora grinste. »Das habe ich gehört, meine Liebe.«

»Na, hoffentlich. Oh je, da hinten ist Ferdinand Voyer, er hat dem Institut einen unanständig großen Betrag gespendet, da muss ich wohl mal kurz seine Hand schütteln. Miss Stayton, ich freue mich auf Ihre Bewerbung. Wir sehen uns, Dora.«

Sie gab mir eine Visitenkarte, verabschiedete sich und Theodora setzte ihre Wir-stellen-Kenzie-jedem-Anwesenden-vor-Tour fort. In den nächsten Stunden unterhielt ich mich mit dem Beauftragten für schottische Burgenkultur, drei Alumni der UAL, die mittlerweile für Theodora arbeiteten, und einer Frau, die irgendwie mit der Queen verwandt war. Erst als die meisten Gäste gegangen waren und die Lobby sich langsam leerte, kam ich dazu, für eine Minute durchzuatmen. Fakt war, der Abend hatte sich so was von gelohnt. Trotz allem.

Mein Blick schweifte nur kurz über die verbliebenen Gäste – und blieb an Lyall hängen. Er stand neben seinen Cousins und redete mit ihnen, jeder ein Glas Whiskey in der Hand. Finlay schien einen Scherz gemacht zu haben, denn auf einmal lachten alle drei, und der Schmerz in meinem Herzen machte Überstunden. Und plötzlich sah Lyall zu mir, als hätte er meinen Blick gespürt. Als wären wir immer noch miteinander verbunden. Sein Lächeln erstarb, und ich sah etwas in seinen Augen, das er bei unserer Begegnung in der Suite vor mir verborgen hatte: Verletzlichkeit. Bedauern. Und Sehnsucht.

All das traf mich wie ein Schlag, und ich brachte es nicht fertig, den Augenkontakt zu unterbrechen. Nach allem, was ich in den letzten Monaten über ihn gedacht hatte, waren diese Sekunden wie ein Erdbeben, das meine Überzeugungen durchrüttelte. Aber dann schaute Lyall weg und zerschnitt die Verbindung. Ich sah, wie er etwas zu Finlay sagte, sich abwandte und durch den Seitenausgang verschwand. Ich atmete aus – ich hatte nicht einmal bemerkt, dass ich die Luft angehalten hatte.

»Wie sieht es aus, können wir gehen?« Paula war neben mir aufgetaucht. »Ich habe morgen einen frühen Termin, aber wenn du noch bleiben möchtest, kennst du ja den Weg zu uns nach Hause.«

»Nein.« Ich sah zu der Stelle, an der Lyall verschwunden war. »Wir können gehen.«

Als wir das Gebäude durch den Haupteingang verließen, spürte ich einen tiefen Stich, obwohl das völlig irrational war. Schließlich hatte *ich* gesagt, ich wolle ihn nie wiedersehen. Jetzt würde es sich erfüllen, wir würden einander mit an Sicherheit grenzender Wahrscheinlichkeit nie mehr begegnen. Ich hätte froh sein sollen oder zumindest erleichtert. Dieses Kapitel war beendet.

Nur fühlte es sich nicht so an, als würde der Schmerz jetzt verschwinden.

Es fühlte sich an, als hätte er eine neue Ebene erreicht.

7
Lyall

Die Ziffern des Digitalweckers auf dem Nachttisch sprangen auf 3:23, und ich war mir ziemlich sicher, dass ich keinen einzigen Minutenwechsel verpasst hatte, seit ich hier lag. Finlay schnarchte leise in dem anderen Bett, aber das war nicht der Grund, warum ich nicht einschlafen konnte – daran war ich schließlich seit Eton gewöhnt. Nein, es lag an dieser Umgebung. An Kilmore, mit all seinen Erinnerungen an Ada, den letzten Sommer und an Kenzie. Vor allem an Kenzie.

Ich entschloss mich, nicht weiter an die Decke zu starren, zog mich an und nahm Jacke und Schuhe, bevor ich das Zimmer verließ und dann ins Erdgeschoss lief. Die Terrassentür lag in Richtung Loch Lair, also öffnete ich sie und trat hinaus.

Der Park war auch im Winter von Laternen beleuchtet und ich ging den Weg hinunter bis zum Zaun. Dahinter lag der Campingplatz, um diese Jahreszeit leer und verlassen, die Saison begann erst im Frühjahr. Ich lief trotzdem zu dem speziellen Stellplatz in der vordersten Reihe, von dem es nur ein paar Meter bis zum Loch waren. Die Holzbank, die auf der Parzelle stand, war von Frost überzogen, aber ich setzte mich trotzdem, sah in die Dunkelheit, dachte an das letzte Mal, als ich hier gewesen war.

Kenzie wiederzusehen war ein Schock gewesen, für meinen

Kopf, meine Seele, mein Herz. Ich hatte gewusst, dass ich nicht über sie hinweg war, aber dass alles in mir immer noch *so* deutlich nach ihr rief, darauf war ich nicht vorbereitet gewesen. Oder auf ihre Reaktion, obwohl ich damit hätte rechnen müssen. Kenzie hatte gewirkt, als würde sie es nicht ertragen, mit mir im selben Raum zu sein. Weil ich ihr wehgetan hatte, unglaublich weh – mit meinem 18-jährigen Ich in einem Telefonat, mit dem Fakt, dass Ada tot war und ich daran Schuld trug, aber vor allem damit, dass ich es ihr nicht gesagt hatte.

Und auch heute hatte ich nichts gesagt, ihr nichts erklärt, sie nicht einmal sehen lassen, wie ich mich in ihrer Gegenwart fühlte. Dass ich alles dafür getan hätte, um die Zeit zurückzudrehen. Dass es mich sämtliche Beherrschung gekostet hatte, sie nicht wenigstens kurz zu berühren. Als würde ich erst durch sie merken, dass ich noch am Leben war. Dass es Hoffnung gab, worauf auch immer. Nur war die längst gestorben. Es war zu spät.

Ich hatte das gewusst. Aber heute hatte ich es *gefühlt*. Und das war so viel schlimmer. Fast noch schlimmer als der Morgen vor dreieinhalb Jahren, als mich Moira hektisch geweckt hatte, um mir zu sagen, dass sie Ada im Wald gefunden hatte. Sie war völlig aufgelöst gewesen, hatte mir wirre Fragen gestellt, mich gedrängt, ihr alles darüber zu erzählen. Ich wusste noch, wie es sich angefühlt hatte, als die Wahrheit endlich mein Hirn erreicht hatte – dass Ada tot war. Erst da war mir klar geworden, was sie am Telefon zu mir gesagt hatte, dass sie geweint hatte, mich angefleht, mich mit ihr zu treffen. Und ich ihr an den Kopf geworfen hatte, ich wäre froh, wenn sie für immer verschwinden würde.

Meine Augen füllten sich mit Tränen, als ich daran dachte, dass ich damit nicht nur ihr Leben zerstört hatte, sondern auch mein eigenes. Jede Chance auf eine glückliche Zukunft mit jemandem war bereits vor meinem 19. Geburtstag mit Ada gestorben. Erst war mir das gar nicht aufgefallen, schließlich hatte es in dem Alter seinen Reiz, mitzunehmen, was ging. Aber im vergangenen Sommer hatte ich erkannt, welche Auswirkungen mein Fehler hatte. Dass jemand wie Kenzie für mich auf ewig unerreichbar bleiben würde.

Ich blieb so lange sitzen, bis ich meine Beine kaum mehr spürte, dann stand ich auf, warf einen letzten Blick zum Loch und ging zurück zu Moiras Haus. Die Terrassentür war zum Glück noch offen und ich schloss sie sorgsam hinter mir. Als ich jedoch zur Treppe gehen wollte, sah ich, dass im Wohnzimmer schwaches Licht brannte. Konnte da noch jemand nicht schlafen?

Ich ging durch die Tür und sah meine Mutter, die in eine Decke gewickelt auf Moiras riesiger Couch saß, einen Laptop auf dem Schoß. So viel dazu, dass sie keinen Jetlag kannte. »Hey, Mum«, machte ich mich bemerkbar. »Was tust du denn um diese Zeit hier?«

»Arbeiten.« Sie stellte ihren Laptop auf den Couchtisch und klopfte neben sich auf das Polster, als wäre ich ein Hund. »Aber ich lasse mich gerne von dir unterbrechen. Wir haben ja schon ewig nicht mehr richtig miteinander geredet.«

Ich zog die Jacke aus, setzte mich zu meiner Mutter und sie breitete fürsorglich die Decke über uns beiden aus, nachdem sie festgestellt hatte, dass ich ziemlich durchgefroren war. »Was treibt dich denn um die Zeit nach draußen in die Kälte, mein Schatz?«

»Die Vergangenheit.«

»Ada oder Kenzie?«

Ich schnaubte, weil sie den Nagel auf den Kopf getroffen hatte. »Beide.«

»Dann hast du mit Kenzie gesprochen? Ich habe euch gar nicht zusammen gesehen.«

»Nein. Wir sind uns kurz begegnet, aber …« Ich brach ab

und schwieg, weil ich nicht erklären konnte, was passiert war, ohne sehr weit auszuholen.

Meine Mutter sah mich an und lächelte. »Du bist immer noch in sie verliebt, oder?«

Ich zögerte einen Moment, dann nickte ich. »Fünf Monate, und es hat sich nichts geändert. Ich dachte, vielleicht wäre es mittlerweile besser, aber Fehlanzeige.«

Mum hob eine Augenbraue. »Und da kämpfst du nicht um sie? Ich weiß nicht, ob es da noch andere Gründe gab, aber wenn es nur wegen dieses Kilmore-Verbots war und du nach der ganzen Zeit immer noch so stark für sie empfindest, dann musst du es ihr sagen. Vielleicht ändert es ja etwas. Sie lebt nicht hier, du auch nicht. Bis ihr es vor der Familie offiziell machen müsstet, wäre genug Zeit, um zu schauen, was daraus wird.«

Ich hatte jetzt zwei Möglichkeiten – ihr die Wahrheit verraten oder lügen. Aber obwohl mich eine Lüge an diesen Punkt gebracht hatte, brachte ich nicht die Kraft auf, meiner Mutter alles zu beichten.

»Ich fürchte, es ist zu spät für einen zweiten Versuch«, sagte ich also nur. »Außerdem wissen wir beide, dass niemand mir verzeihen würde, was ich getan habe.«

»Ach, mein Sohn, der ewige Optimist.« Meine Mutter lächelte und strich mir über die Wange. »Ich weiß, dass du das denkst, aber glaub jemandem, der es wissen muss – irgendwann wächst Gras über alles. Und dann wird es auch eine Frau geben, der du die ganze Geschichte von Ada erzählen kannst und die es verstehen wird.«

Darauf wollte ich nicht antworten, weil ich wusste, wie sehr es meine Mutter deprimieren würde, wenn ich ihr verriet, wie ich mich tatsächlich damit fühlte – wie hilflos, wie hoffnungslos. Dass es Unsinn war, was sie sagte, weil so eine Schuld nicht verjährte. Und dass ich erst im letzten Sommer wieder erlebt hatte, wie jemand auf die Wahrheit reagierte.

Ich brauchte dringend ein anderes Thema. Also deutete ich auf ihren Laptop.

»Was ist das?«, fragte ich. Der Bildschirm wurde von Fotos ausgefüllt, die viele kleinere Gebäude am Meer zeigten.

»Mein Herzensprojekt.« Meine Mutter seufzte. »Ich habe dafür keine Mehrheit im Rat bekommen, aber ich will noch mal versuchen, die anderen zu überzeugen. Ein Resort für halbwegs normale Geldbeutel, mit dem Fokus auf Ruhe und Entspannung, nicht auf Luxus. Hier, sieh es dir an.« Sie schob den Laptop zu mir rüber. »Es ist in die Jahre gekommen, aber mein Gutachter sagt, die Bausubstanz der vorhandenen Gebäude ist top und die Gartenlagen sind auch in Ordnung. Es hat was, findest du nicht?«

Ich klickte mich durch die Bilder und musste ihr recht geben – alles schien etwas veraltet und abgewohnt, aber die Location war einzigartig und hatte einen besonderen Charme. Als wäre man durch ein Portal in eine frühere Welt gereist, die weniger hektisch war. »Es gefällt mir«, sagte ich. »Und es passt perfekt zu dir.«

»Dann drück mir die Daumen, dass die anderen sich überzeugen lassen, wenn ich ihnen das neue Konzept vorstelle.«

Ich sah die Hoffnung in ihrem Blick und fragte mich nicht zum ersten Mal, warum eine Frau wie sie auf das Wohlwollen ihrer Familie angewiesen war. »Wieso machst du es nicht ohne sie, wenn sie nicht einverstanden sind?«

»Ohne wen?«

»Ohne die anderen.« Ich hob die Schultern. »Du wirst doch sicher genug Geld beiseitegelegt haben, um so ein Projekt ohne die Ressourcen der *Henderson Group* realisieren zu können. Vor allem würde dir dann niemand reinreden, was die Umsetzung angeht oder das Marketing … du müsstest dich nicht ans Corporate Design halten oder an irgendwelche Richtlinien bei der Preisgestaltung. Es wäre einfach nur deins.« Ich lächelte.

Plötzlich wurde die Hoffnung in ihren Augen zu einem Leuchten. »Das ist eine großartige Idee. Und ziemlich gewagt. Von wem hast du nur diesen Hang zur Rebellion geerbt?«

»Na, von dir offenbar nicht«, antwortete ich trocken und erntete ein liebevolles Boxen in die Seite. »Von Dad aber auch nicht. Wahrscheinlich von Urgroßmutter.« Die hatte schließlich gegen jede Vernunft und alle Unkenrufe damals das Familienschloss in ein Hotel umgebaut.

»Wenn das der Fall ist, können wir ja noch viel von dir erwarten.« Meine Mutter unterdrückte ein Gähnen. »So, und jetzt ab ins Bett. Können wir morgen miteinander frühstücken oder geht dein Rückflug zu nachtschlafender Zeit?«

»Ich fliege um 11:30 ab Edinburgh.«

»Schön, dann sehen wir uns noch.« Sie faltete die Decke zusammen und drapierte sie auf der Sofalehne, als würde *Architectural Digest* morgen zum Shooting vorbeikommen. Anschließend klemmte sie ihren Laptop unter den Arm und ging zur Treppe. »Oh, und Lye?« Meine Mutter blieb stehen. »Alles wird gut. Vertrau mir.«

Ich rang mir ein Lächeln ab und nickte nur. »Gute Nacht, Mum.«

8

Kenzie

»Was soll das denn für ein Restaurant sein?«, fragte Juliet und spähte aus dem Seitenfenster unseres Autos. Wir fuhren durch ein reines Wohngebiet, weit und breit war kein Geschäft zu sehen. Ich war geneigt, ihr rechtzugeben. Auch wenn man in der Dunkelheit kaum etwas erkennen konnte, war klar, dass wir es nicht mit einem Szeneviertel zu tun hatten.

»Das ist eine Überraschung«, antwortete mein Vater schon zum zehnten Mal in der letzten halben Stunde, als wäre er einer dieser Kuschelbären, die mit nervtötender Piepsstimme »Ich hab dich lieb« krähten, wenn man ihnen auf den Fuß drückte. Genauso lange waren wir nämlich bereits zu diesem ominösen Restaurant unterwegs, weil es irgendetwas zu feiern gab.

Ich hatte schlecht geschlafen und hätte deswegen beinahe irgendeine Ausrede erfunden – Regelschmerzen, was für die Uni oder eine Verabredung – aber Dads Strahlen war so groß gewesen, dass ich es nicht übers Herz gebracht hatte. Also saß ich nun hier, eingezwängt zwischen Willa und Eleni auf dem Rücksitz des Rover, und wartete darauf, dass wir ankamen.

Sechs Wochen war mein Besuch in Kilmore her und eigentlich schlug ich mich echt gut. Langsam stand der Frühling ins Haus, an manchen Abenden konnte man die milde Luft schon riechen, und ich hatte mich dazu hinreißen lassen, mit Miles essen zu gehen, was sehr viel entspannter abgelaufen war als gedacht. Mit meinen Schwestern gab es keine größeren Katastrophen, Dad hatte erschreckend gute Laune in letzter Zeit – kurz: Es war alles bestens. Wären da nur nicht die Momente gewesen, in denen mich eine ganz eigenartige Hoffnungslosigkeit befiel. Ein Gefühl, das ich nicht richtig greifen konnte und das trotzdem da war, wie ein ständiger Beifahrer. Als würde ich in ein tiefes, schwarzes Loch fallen und niemand fing mich auf. Ich wachte oft nachts davon auf, ohne zu wissen, wovon genau ich geträumt hatte, und konnte danach nicht wieder einschlafen. Und die ganze Zeit hatte ich einen dringenden Verdacht gehabt, mit wem diese Träume zu tun hatten. Aber erst seit gestern Nacht wusste ich, dass ich damit richtiglag.

»Kenz?«, sagte Eleni neben mir leise, damit es niemand mitbekam. »Geht es dir gut?«

Ausgerechnet meine vierzehnjährige Schwester war es gewesen, die mich mitten in der Nacht aufgeweckt hatte. Sie hatte an meinem Bett gestanden und an meinem Arm gerüttelt, bis ich die dunklen Abgründe verlassen hatte und sie endlich erkannte. Danach war sie unter meine Decke geschlüpft und hatte sich an mich gekuschelt. »Was war los?«, hatte sie gefragt. »Was war mit ihm?« Und ich hatte sie irritiert angeschaut. »Mit wem?« Ich erinnerte mich so gut wie nie an meine Träume, weder an gute noch an schlechte – und schon gar nicht an das, was mich immer wieder weckte. Sonst wäre es ja einfach gewesen. »Mit Lyall«, hatte Eleni gesagt. »Du hast seinen Namen gerufen, als würde dir irgendetwas Schlimmes zustoßen und er müsste dich davor retten.«

Danach war sie eingeschlafen, und ich hatte wach gelegen und mich gefragt, wieso Lyall auf diese Art in meinen Träumen umhergeisterte. Dass es mich immer noch beschäftigte, was zwischen uns passiert war, wunderte mich nicht. Ich wusste, dass es noch eine Weile dauern würde, bis ich nicht mehr an ihn dachte – und seit mich Dr. Hanson dazu ermutigt hatte, das zu akzeptieren, war es etwas besser geworden. Zumindest hatte ich das geglaubt. Warum also hatte ich jetzt Albträume von Lyall? Das war die ganzen letzten Monate nicht der Fall gewesen. *Vielen Dank, Unterbewusstsein.*

»Kenzie?« Auch jetzt holte mich Eleni in die Gegenwart zurück. Ich atmete aus.

»Ja«, beruhigte ich sie und lächelte. »Alles bestens. Das letzte Nacht war wirklich nur ein Albtraum, sonst nichts. Weißt du noch, als du von dem überdimensionalen Happy Meal geträumt hast, das dich fressen wollte?«

Sie sah mich skeptisch an. »Da war ich *sechs.*«

»Und? Blöde Träume hat jeder mal.«

»Wer hat blöde Träume?« Willa wurde auf unser Gespräch aufmerksam.

»Niemand«, widersprach ich mir selbst.

»Was –«

»Wir sind da!«, verkündete mein Vater in der nächsten Sekunde vom Fahrersitz und parkte am Straßenrand. »Alle aussteigen.«

Wir befolgten den fröhlichen Befehl und verließen das Auto, nur um dann in unseren schicken Klamotten in der Dunkelheit auf dem Gehweg zu stehen und uns fragend umzusehen.

»Und … jetzt?«, fragte Juliet, endgültig genervt. Sie sprach uns allen aus der Seele.

»Hier entlang.« Dad lief los, direkt auf ein Backsteinhaus mit grüner Eingangstür zu, die von einem Strahler angeleuchtet wurde. Wir folgten nur zögernd.

»Jetzt ist er wirklich übergeschnappt«, murmelte Willa düster. »Ich dachte mir schon, dass Weihnachten ein Warnzeichen war, als er diesen Pullover mit den Lebkuchenmännern angezogen hat. Aber dass er nun normale Wohnhäuser für Restaurants hält … vielleicht sollten wir ganz schnell wegrennen.«

»Mädchen!«, rief unser Vater. »Nun kommt schon!«

Er klingelte an der Tür, während wir herankamen, und bald darauf öffnete eine blonde Frau in seinem Alter, die mir vage bekannt vorkam.

»Ihr seid da, wie schön«, lächelte sie und trat zur Seite. »Kommt rein.«

Ich machte einfach den Anfang und schüttelte ihr die Hand, wobei sie mir ihren Namen nannte – Susanna – und ich ihr im Gegenzug meinen. Woher kannte ich sie, verdammt? Ich war mir sicher, ich hatte sie schon einmal gesehen.

»Dr. Whistler?« Eleni, die als Letzte durch die Tür trat, sah die Frau mit großen Augen an. »Sie haben ein Restaurant?«

»Ein Restaurant? Was meinst du damit, Eleni?« Susanna schaute irritiert von ihr zu meinem Vater. »Thomas, was hast du ihnen denn erzählt?«

Dad stand auf der Schwelle und schien zu merken, dass sein Plan nicht aufgegangen war. Eleni und Juliet waren verwirrt, Willa sah skeptisch aus und mir dämmerte langsam, woher ich Susanna kannte. »Sie sind Elenis Ärztin gewesen«, stellte ich fest. »Als sie den Reitunfall hatte.« Allerdings sah sie in ihrem dunklen Etuikleid und mit offenen Haaren ziemlich anders aus als in der Arztkluft im Krankenhaus.

Sie lächelte. »Richtig. Da haben wir uns kennengelernt.«

»Kennengelernt?«, echote Juliet.

»Vielleicht nehme ich euch erst mal die Jacken ab und ihr geht rüber ins Esszimmer.« Susannas Lächeln blieb, auch wenn es etwas angestrengt wirkte. »Ich rede kurz mit eurem Vater und danach erklären wir euch alles.«

Ich sammelte die Jacken meiner Schwestern ein und gab sie zusammen mit meinem Mantel Susanna, bevor wir durch eine doppelflügelige Schiebetür gingen und in einem geschmackvoll eingerichteten Zimmer landeten, das von einem großen, für acht Personen gedeckten Tisch beherrscht wurde. Ich bemerkte die dezente Beleuchtung und die farblich abgestimmte Dekoration auf dem Sideboard, konnte mich aber gerade noch davon abhalten, die Vasen anders zu arrangieren.

»Was soll das?«, raunte mir Juliet zu. »Was machen wir hier?«

»Ist doch klar.« Willa zuckte mit den Schultern und grinste. »Dad ist jetzt Privatpatient.«

»Hä?« Eleni sah sie ratlos an.

»Mann, Leni, checkst du es nicht? Sie vö…«

Bevor ich sie unterbrechen konnte, erledigte das jemand anders. Man hörte Schritte auf der Treppe und zwei Jungs kamen ins Zimmer, ungefähr so alt wie Juliet und Willa. Der Jüngere war dunkelblond, der Ältere hatte etwas hellere Haare, und beide sahen nicht so aus, als würden sie uns für Einbrecher halten – also war ihre Mutter mit Infos wohl freigiebiger gewesen als unser Dad.

»Wow«, sagte der Ältere. »Als Mum sagte, ihr neuer Lover würde auftauchen und seine Töchter mitbringen, dachte ich nicht, dass ihr so viele seid.«

»Und so hübsch, nicht wahr?«, merkte Willa an. Ich warf ihr einen meiner *Unangebracht*-Blicke zu, den sie wie so oft großzügig ignorierte.

Der Typ grinste. »Fischst du gerade nach Komplimenten?«

»Nein, nach Höflichkeit und Anstand. Aber ich merke schon, der Teich ist vollkommen leer.«

»Autsch!«, er lachte und streckte dann die Hand aus. »Aber gut, das habe ich verdient. Ich bin Alex, das ist mein Bruder Ian. Es freut mich, euch kennenzulernen.«

Während Willa unsere Namen herunterratterte, als wäre Elenijulietkenziewilla eine einzige Person, kamen Susanna und Dad zurück von ihrer Besprechung, deren Inhalt ich mir nur zu gut ausmalen konnte.

»Ah, ihr habt euch schon kennengelernt?« Susanna sah zu ihren Söhnen.

»Mehr oder weniger«, murmelte Juliet, die wie gewöhnlich in solchen Situationen die Stillste von uns allen war. Daraufhin folgte der peinliche Moment, in dem unser Dad Alex und Ian die Hand schüttelte und Susanna uns erklärte, dass sie diesen Abend geplant hatten, damit ihre Familien sich kennenlernten. Als hätten wir uns das nicht längst zusammengereimt. Nur was ich davon halten sollte, wusste ich noch nicht.

»Gut, dann setzt euch am besten hin, ich hole den Auflauf.«

»Sie kann nämlich nichts anderes als Auflauf«, verriet uns Alex.

»Vielen Dank, Sohn.« Susanna verdrehte die Augen.

Ich sah in den Gesichtern meiner Schwestern sehr unterschiedliche Reaktionen, als wir uns setzten. Willa hatte mehr Augen für Alex als für die Tatsache, dass Dad eine Freundin hatte. Eleni sah hoffnungsvoll aus und Juliet so, als wäre sie lieber woanders. Als sie mich ansah, lächelte ich, um ihr das Gefühl zu geben, dass alles okay war. Aber war es das? Ich wusste es nicht. Wir waren daran gewöhnt, allein klarzukommen, wir fünf gegen den Rest der Welt. Eine neue Frau, die Mum ersetzte, das fühlte sich falsch an. Und ich hätte nicht erwartet, dass ausgerechnet ich damit Probleme haben würde, aber ich spürte Widerwillen gegen diese Person, die mein Vater ansah, als wäre sie direkt vom Himmel herabgestiegen.

Ab diesem Punkt würde sich einiges ändern, das stand fest.

Ich hielt mich jedoch zurück, während am Tisch die höflichen Fragen nach der Schule, Elenis Theatergruppe und Willas Zukunftsplänen losgingen.

»Du hast bei ›Stolz und Vorurteil‹ mitgespielt?«, fragte Ian, der im Gegensatz zu seinem Bruder weniger gesprächig zu sein schien.

Eleni nickte. »Die Elizabeth Bennet. Wir –«

Der Rest ihrer Erklärung ging im Rauschen in meinen Ohren unter.

Du weißt vieles über mich nicht, Miss Bennet. Ich hätte damit rechnen müssen, dass mich ein Erinnerungsstreiflicht treffen würde, wenn Eleni von dem Stück redete. Aber ich war nie darauf vorbereitet, wenn so etwas passierte. Es war wie ein Schlag in die Magengrube, nach dem man keine Luft mehr bekam. Nur dass es nicht allein Schmerz war, den ich spürte. Es war auch fürchterliche Sehnsucht nach dem Mann, der mich so genannt hatte. Mit aller Gewalt drängte ich sie zurück. *Verschwinde, Lyall,* flehte ich innerlich. *Bitte geh weg.*

»Du bist ein Idiot, hat dir das schon mal jemand gesagt?«, holte mich Willa zurück an den Tisch. Ich hatte keine Ahnung, wieso sie das sagte.

»Nein, du bist die Erste, die das erkennt. Muss ein Zeichen sein.«

Willa grinste, Alex tat es ebenfalls, und ich schüttelte innerlich den Kopf darüber, dass es nur meine Schwester schaffte, bei einem Anlass wie diesem mit ihrem potenziellen Stiefbruder zu flirten.

»Und das mit euch hat im Krankenhaus angefangen?«, fragte ich Susanna, damit das Kennenlernen unserer Familien sich nicht nur auf Willa und Alex beschränkte.

»Na ja, nicht direkt.« Sie sah zu meinem Vater. »Eigentlich hat Thomas mir dort nur erzählt, was er beruflich macht, und da Alex mir schon mit einem Campervan in den Ohren liegt, seit er zwölf ist, dachte ich, nutze ich die Gelegenheit. Wir waren dann in der Firma und haben uns ein paar Modelle angesehen – und am Ende des Tages hatten wir zwar kein Geschäft abgeschlossen, aber Telefonnummern getauscht.« Sie lächelte Dad an und ich freute mich für ihn. Er hatte das verdient. Egal, wie merkwürdig es sich für mich anfühlte.

»Wir sind übrigens nur deswegen ohne Auto abgezogen, weil mein Favorit nicht zum Verkauf stand.« Alex nahm sich etwas nach. »Es war so ein dunkelblaues Geschoss mit Chromverzierungen. Heißes Teil, echt.«

»Das ist Loki, Kenzies Auto«, sagte Eleni. »Sie hat ihn selbst ausgebaut.«

»Cool.« Alex nickte in meine Richtung. »Ich bin neidisch, muss ich zugeben. Thomas hat uns kurz reinschauen lassen – perfekte Aufteilung und richtig schickes Design. Du kannst nicht zufällig für uns auch so etwas bauen?«

»Könnte ich.« Ich hob die Schultern. »Aber du kannst Loki auch einfach kaufen, wenn du willst.« Ich sah ihn und seine Mutter an. »Macht mir einen guten Preis und er gehört euch.«

Sofort wurde es still am Tisch. Schockiert sah mich meine Familie an – als hätte ich ihnen gesagt, dass ich ein Kind von einem verurteilten Serienkiller erwartete. »Was?«, fragte ich gereizt.

»Du willst Loki doch nicht ernsthaft verkaufen?« Mein Vater war immer noch fassungslos.

»Er ist mein Auto, ich kann damit machen, was ich will. Und wenn Alex nach so etwas sucht, wieso soll er ihn nicht bekommen? Wir verkaufen schließlich Camper, oder nicht?«

Eleni schüttelte den Kopf. »Aber du liebst Loki doch!«

»Er ist nur ein *Auto*, Leni.«

»*Dein* Auto! Dein Ein und Alles. Du hast ein Bild von ihm in deinem Portemonnaie! Wie kannst du ihn einfach so weggeben?«

Musste sie das mit dem Foto ausgerechnet hier erzählen? Das war doch echt peinlich.

»Weil ich kein dummes kleines Mädchen bin!«, knurrte ich. »Ich hänge mein Herz nicht an irgendwelche Gegenstände, als wären sie lebendig.«

Elenis Augen wurden groß vor Schreck. So hatte ich noch nie mit ihr geredet. »Du willst ihn doch nur loswerden, weil er dich an Lyall erinnert«, sagte sie dann leise.

»Halt deine Klappe!«, fuhr ich sie an.

»Sie hat aber recht, Kenz.« Willa sprang Eleni bei.

»Das geht euch einen Scheiß an!« Ich stand auf und warf die Serviette auf den Tisch. »Ihr habt keine Ahnung, was passiert ist, okay? Also schreibt mir nicht vor, was ich zu tun habe!«

Mit einem bühnenreifen Abgang verließ ich den Raum und ging in den Eingangsbereich, um meinen Mantel zu suchen und frische Luft zu schnappen. Susannas Vorgarten war dafür nicht der richtige Ort, denn die Fenster des Esszimmers zeigten dorthin. Also lief ich einfach los, die Straße hinunter.

Ich wusste, ich benahm mich albern, wie ein Teenager. Aber die Erinnerung an Lyall brachte mich ständig an meine Grenzen. Verdammte Scheiße, wir waren doch kaum richtig zusammen gewesen! Wieso machte mich das so fertig?

Vielleicht, weil jetzt auch noch alles andere in sich zusammenzufallen schien. Das mit Susanna war ein Schock für mich, vor allem, dass mein Dad schon seit Wochen mit ihr ausging, ohne mir ein Wort davon zu sagen. Und ja, auch das war albern. Aber ich konnte nichts dagegen tun.

Ich war bereits durch das halbe Wohngebiet gelaufen, als mein Telefon, das in der Manteltasche steckte, klingelte. Ich erwartete, dass eine meiner Schwestern nach mir fragen wollte, sah jedoch verwundert, dass es Theodora Henderson war. Ich atmete kurz durch, dann nahm ich das Gespräch an.

»Hallo, Dora.«

»Hi Kenzie, entschuldige die späte Störung. Hast du eine Minute für mich?«

»Auch mehr als eine.« Wenn sie mit mir reden wollte, würde ich wohl immer alles stehen und liegen lassen.

»Ich weiß, dass ich dich damit aus dem Nichts überfalle, aber es geht um ein Projekt, bei dem ich deine Hilfe brauchen könnte. Ich habe eine Hotelanlage auf Korfu übernommen, die eine Generalüberholung benötigt. Und da es ein paar Überschneidungen bei meinem Team gab, dachte ich, vielleicht hättest du Lust, für mich zu arbeiten? Allerdings würde ich dich nicht nur als Innendesignerin engagieren wollen, sondern auch wegen deiner handwerklichen Fähigkeiten. Wenn das in Ordnung ist. Du bekommst natürlich ein Gehalt sowie Kost und Logis hier im Hotel.«

»Okay«, hörte ich mich sagen. »Das klingt toll. Wann soll es losgehen?«

Sie geriet ins Stocken, offenbar hatte sie nicht damit gerechnet, dass ich so schnell zusagen würde. »Schon nächste Woche. Dann sind die groben Arbeiten an den Gebäuden beendet. Wenn du dir also vorstellen könntest –«

»Ich bin dabei«, sagte ich so hastig, dass sie den Satz nicht einmal beenden konnte. Es war völlig überstürzt, aber gerade erschien mir alles besser als hier zu sein. Außerdem war es auf Korfu sicher wärmer als in England und ich brauchte dringend Ablenkung.

»Tatsächlich?« Theodora schien verwundert. »Musst du nicht noch mit deiner Familie sprechen oder das mit dem College klären? Ich bräuchte dich vermutlich länger als die zwei Wochen Ferien und manchmal stellen sich die Dozenten da quer.«

»Nein, das College ist kein Problem.« Ich hatte einige meiner studienbegleitenden Prüfungen vorgezogen und deswegen im nächsten Trimester nur noch meine Abschlussarbeit zu schreiben. Und auch, wenn ich lediglich ein grundständiges Studium in Kunst und Design machte, würde das Projekt von Theodora sicher ein gutes Thema dafür liefern. »Und meine Familie kommt zurecht.« Schließlich war Susanna jetzt da, also konnte sie sich ja um Eleni und Juliet kümmern. *Sind wir gerade ein bisschen trotzig?* Ja, vielleicht. Aber mein Zorn von vorhin war noch nicht ganz verraucht.

Theodora atmete aus. »Sehr schön, ich freue mich. Wenn du

weißt, wann du fliegen willst, lasse ich dir über meine Assistentin ein Ticket zukommen. Es holt dich dann jemand vom Flughafen ab.«

»Super.« *Du erinnerst dich bei deiner Fluchtplanung allerdings noch daran, dass sie Lyalls Mutter ist, oder?*, fragte da das kleine Stimmchen aus meinem Hinterkopf. Mir wurde trotz der Kälte warm, als mir aufging, dass diese ideale Gelegenheit vielleicht einen Haken hatte. »Ähm, Dora, eine Frage noch.«

»Ja?«

»Lyall hat mit diesem Projekt nichts zu tun, oder?«

»Nein«, antwortete sie sofort. »Er macht bald seinen Abschluss in Chicago und hat jede Menge Arbeit. Er wird nicht dabei sein.«

»Okay.« Ich atmete erleichtert aus. »Danke. Dann bis nächste Woche.«

Wir verabschiedeten uns und ich legte auf, blieb wie paralysiert auf dem Gehweg stehen. Ich hatte gerade zugesagt, für Theodora Henderson zu arbeiten, einfach so – ohne es mit jemandem abzusprechen. Ich würde nächste Woche nach Korfu fliegen und dort eine Weile bleiben, um mit einer absoluten Ikone des Innendesigns zusammenzuarbeiten. Das war ein bisschen wahnsinnig, aber es fühlte sich vollkommen richtig an. Dieses Projekt war ein Wendepunkt für mich, das spürte ich in jeder Faser meines Körpers. Es war genau das, was ich jetzt brauchte.

Ich stand immer noch irgendwo im Wohngebiet, also setzte ich mich wieder in Bewegung und suchte den Weg zurück zu Susannas Haus. Als ich fast dort war, kam mir Willa entgegen.

»Hast du dich beruhigt?«, fragte sie, als ich nah genug herangekommen war. Wir standen direkt neben einem kleinen Spielplatz, der um diese Zeit verwaist war.

»Glaub schon.« Ich nickte.

»Willst du wieder rein?«

»Lieber nicht.«

»Okay, dann komm.«

Sie zog mich an der Hand auf den Spielplatz und steuerte das Klettergerüst an, wo sich auch zwei Schaukeln befanden. Wir setzten uns hin und ich griff nach den eiskalten Ketten. Der Schmerz, den sie in meinen Handflächen auslösten, brachte wieder etwas Klarheit in mein konfuses Hirn.

»Wieso drehst du so durch? Ist es wegen Susanna?« Willa schaukelte vor. »Ich war auch geschockt, glaub mir. Das kam ziemlich überraschend.«

Ich schüttelte den Kopf. »Nein, das ist es nicht. Klar, ein Teil von mir will sie hassen und auf keinen Fall in unsere Familie lassen, aber ich weiß, wie lächerlich das ist. Dad hat Glück verdient. Und sie scheint wirklich nett zu sein.«

»Was ist es dann?«, fragte meine Schwester.

Ich wollte sie mit einer Ausrede abspeisen, aber stattdessen atmete ich ein. »Lyall«, antwortete ich leise. Der Stich in meinem Herzen, als ich den Namen sagte, war schlimmer als die schmerzhafte Kälte in meinen Händen.

»Was ist mit euch passiert?«, fragte Willa. »Und bitte sag mir nicht wieder, dass ich das schon weiß, denn ich bin mir sicher, das stimmt nicht. Du wärst nicht so krass drauf, wenn du dich wegen seiner Familie von ihm getrennt hättest. Dann hättest du eine Weile getrauert, es abgehakt und weitergemacht. Aber das hier? Eleni anschnauzen, Loki verkaufen wollen? Das bist nicht du.«

Sie hatte recht. Meine Familie war mir wichtiger als alles andere auf der Welt. Aber obwohl ich mit Dr. Hanson Fortschritte gemacht hatte, war das Ende des letzten Sommers wie ein Gewicht, das mich an den Füßen immer tiefer unter Wasser zog. Vielleicht war es gut, wenn ich Willa endlich davon erzählte.

»Nachdem ich zurück in Kilmore war, hat Lyall … bald herausgefunden, was Sache ist«, begann ich stockend zu erzählen. »Also haben wir uns wieder versöhnt und Pläne gemacht. Ich war so froh, dass alles wieder gut ist. Nur dann … dann habe ich etwas erfahren, das alles geändert hat.«

»Was war es?«, fragte Willa, als ich nicht weitersprach.

»Er hat etwas Schlimmes gemacht.« Mehr brachte ich nicht heraus. Meine Schwester sah mich erschrocken an.

»Mit dir?«

»Nein, oh Gott, nicht mit mir. Aber ich habe herausgefunden, dass er für den Tod eines Mädchens mitverantwortlich ist.« Mir wurde bewusst, wie das klang. »Nicht, weil er sie getötet hat«, schob ich eilig nach. »Aber sie waren zusammen, er hat sich getrennt und sie war danach sehr verzweifelt. Irgendwann hat sie ihn angerufen und angedeutet, sie wolle sich umbringen. Und er hat zu ihr gesagt, er wäre froh, wenn sie verschwindet.«

Stille.

»Heilige Scheiße«, stieß meine Schwester schließlich aus. »Das ist krass. Sicher, dass er das war und keine dumme Verwechslung?«

Ich sah zu Boden. »Keine Verwechslung. Er hat später selbst zugegeben, dass er es gesagt hat.«

»Dann hat er dir nicht selbst davon erzählt?«

Ich schüttelte den Kopf. »Die Mutter des Mädchens hat mir einen Mitschnitt des Telefonats zugeschickt. Lyall hatte mir in den Highlands noch gesagt, Ada wäre damals verschwunden, und er hätte keine Ahnung, wo sie ist.« Ich sah auf. »Er hat ihr das also nicht nur an den Kopf geworfen, sondern mich auch noch angelogen, als ich gefragt habe, was mit ihr passiert ist.«

Willa atmete laut aus. »Jetzt verstehe ich, warum du so neben der Spur bist. Aber warum hast du denn nichts zu mir gesagt?«

»Weil ich mich geschämt habe.«

»*Du*? Wieso das denn? *Er* hat Scheiße gebaut. Mächtige, gewaltige Scheiße, um genau zu sein. Dafür musst du dich doch nicht schlecht fühlen!«

Wie sollte ich ihr das erklären? Ich hatte mich in den letzten Monaten so oft gefragt, wie ein Mensch das sagen konnte, was Lyall zu Ada gesagt hatte. Das Ergebnis war, dass er das sein musste, wofür ihn alle in Kilmore hielten: jemand, der mit anderen Menschen und ihren Gefühlen spielte, sie manipulierte und belog, ohne selbst wirklich tief empfinden zu können. Und nun traute ich mir selbst nicht mehr, weil ich ihn für einen liebenswerten Kerl gehalten hatte, der für mich dasselbe fühlte wie ich für ihn. Das versuchte ich jetzt auch Willa zu erklären, ich verhedderte mich jedoch oft dabei. Trotzdem nickte sie, als ich fertig war.

»Ich kapiere, was du meinst. Du denkst, du wärst nicht mehr du, weil er nicht der ist, für den du ihn gehalten hast. Aber das ist Bullshit, Kenz.« Sie sah mich aufmerksam an. »Ganz im Ernst, du bist doch keine Idiotin. Du verliebst dich vielleicht in Kerle, die in ihrem Hirn immer noch Kinder sind, siehe Miles. Aber doch nicht in irgendeinen Psychotypen, der dir vormacht, etwas für dich zu empfinden. Du weißt, wer ein guter Mensch ist und wer nicht. Das ist deine Superkraft!«

Tränen stiegen mir in die Augen, als ich sie das sagen hörte. »Ja, früher vielleicht. Aber bei Lyall hat sie versagt. Es gab genug Situationen, in der er diese dunkle Seite von sich gezeigt hat, Willy. Nur wollte ich es einfach nicht wahrhaben.«

»Dunkle Seite, blabla«, winkte sie ab. »Die haben wir alle, manche mehr als andere. Du hast eine, ich hab eine, Lyall hat eine. Und ich will dir damit sicher nicht sagen, verzeih ihm diese Scheiße, ganz sicher nicht. Ich verpasse ihm höchstpersönlich eine, wenn ich ihn noch einmal sehen sollte. Aber ich glaube, du solltest in Erwägung ziehen, dass du einfach das

Gute in ihm sehen wolltest. Etwas Gutes, das da war, auch wenn er dich angelogen und fürchterliche Sachen zu diesem Mädchen gesagt hat. Ich habe euch gesehen, im Krankenhaus, nachdem er *einen Jet* besorgt hat, um dich so schnell wie möglich nach London zu bringen. Er mochte dich, Kenz. Sogar sehr.« Sie streckte die Hand aus und berührte mich am Arm. »Und deswegen musst du dir keine Vorwürfe machen, dass du ihm vertraut hast. Sei lieber froh, dass du dazu in der Lage warst. Dann kannst du ihn auch irgendwann vergessen.«

Ich schwieg und dachte über ihre Worte nach, die in mir immerhin einen Hauch Entspannung auslösten. Denn es stimmte, kein Mensch war nur schwarz oder weiß, wir waren alle irgendwelche Schattierungen von Grau. Vielleicht war nichts Falsches daran gewesen, das Gute in Lyall sehen zu wollen.

»Ja, möglicherweise hast du recht«, sagte ich.

»Ich habe immer recht. Das solltest du doch wissen.«

Ich lachte kurz auf, erleichtert, dass meine Schwester Bescheid wusste und ich ab jetzt jemanden hatte, mit dem ich darüber reden konnte. Wieso hatte ich nur so lange damit gewartet?

»Ich muss mich bei Eleni entschuldigen, oder?«, fragte ich. Zudem musste ich meiner Familie sagen, dass ich nächste Woche nach Korfu fliegen würde, denn die Aussicht auf ein Projekt im Süden fühlte sich immer noch echt gut an. Aber auch wenn ich gesagt hatte, ich müsste das nicht abklären, würde ich es natürlich trotzdem tun. Und ich setzte darauf, dass sie auch diesmal erkennen würden, was für eine Chance das für meine Zukunft war – und mich deswegen unterstützten.

»Allerdings.« Willa stand auf und hielt mir die Hand hin, um mich hochzuziehen. »Außerdem gibt es Mousse au Chocolat zum Nachtisch. Drei Sorten. Wenn Alex unsere Portionen aufgegessen hat, mache ich ihn einen Kopf kürzer.«

Wir gingen in Richtung des Hauses, und ich sah zu meiner Schwester, die mich nicht nur wegen der Absätze ihrer Stiefel überragte. »Du stehst auf Alex, richtig?«, seufzte ich.

Willa grinste. »Nein, gar nicht. Ich finde ihn unerträglich.«

»Das heißt dann wohl Ja.« Ich schüttelte den Kopf, denn ich witterte Drama, jede Menge davon. Aber immerhin – diesmal würde es nicht mein Drama sein.

9
Lyall

»Das macht 21,80.« Der junge Kassierer hinter dem Tresen sah etwas beunruhigt aus, als er mir den Betrag nannte und ich ihm meine Kreditkarte gab. Das lag aber nicht an mir, sondern an der Horde von angetrunkenen Studenten, die im hinteren Teil des kleinen Ladens lautstark darüber diskutierten, ob eine Chipstütenschlacht nur eine gute oder doch eine hervorragende Idee war. Wir hatten 1 Uhr in der Früh und ich war der einzige nüchterne Kunde weit und breit – denn der winzige Supermarkt lag nur ein paar Straßen von einer Privatuni entfernt und war an einem Samstagabend die Anlaufstelle für alle, denen im Wohnheim der Stoff ausgegangen war.

»Noch eine gute Schicht«, wünschte ich. Der Verkäufer rang sich ein gequältes Lächeln ab und ging dann todesmutig nach hinten, um Schlimmeres zu verhindern. Ich packte meine Einkäufe – Cheetos, Kaffee und Milch, dazu ein paar Schokoriegel – in meinen Rucksack und verließ den Laden, wobei ich eine ganze Horde von Mädels vorbeilassen musste, die sich als kichernde Traube durch die Tür drängten. Ich lächelte unverbindlich, als zwei von ihnen mich interessiert ansahen, aber dann war ich auch schon draußen. Das Letzte, was ich gerade brauchte, war ein Flirt mit einer feierwütigen Studentin. Obwohl das meiner Mutter sicher gefallen hätte.

Abseits des Supermarkts wurden die Straßen schnell leerer, denn ich nahm extra eine Strecke, an der nicht alle zehn Meter eine Kneipe oder ein Club lag. Ich zog meine Mütze über und genoss die kühle Luft in meinen Lungen nach einem Tag am Schreibtisch. Das Modell war dank Edinas Hilfe rechtzeitig fertig geworden und ich hatte dafür eine annehmbare Note bekommen, aber ich schrieb nächste Woche die letzten drei Klausuren und musste deswegen ein paar Nachtschichten einlegen. Was im Prinzip kein Problem war … schließlich schlief ich eh nie besonders viel. Das half jedoch nicht dabei, mich besser zu konzentrieren.

Als ich ein Juweliergeschäft passierte, spürte ich es zum ersten Mal – so ein Ziehen im Nacken, als würde man mich beobachten. Ich widerstand dem Drang, mich umzudrehen, sondern blieb stehen, ging in die Hocke und band meinen Sneaker neu, während ich versuchte, in der Scheibe des Ladens etwas zu erkennen. Aber da war nichts. Also richtete ich mich auf und lief weiter, immer noch auf der Hut, meine Sinne geschärft. Vielleicht war ich durch den Schlafmangel überempfindlich und paranoid, eigentlich konnte ich mich jedoch auf mein Bauchgefühl verlassen. Und das sagte eindeutig: *Jemand ist hinter dir her.*

Alle Hendersons unserer Generation hatten mehrfach während Kindheit und Jugend Sicherheitseinweisungen bekommen, weil wir, bedingt durch unseren Reichtum und Einfluss, in Gefahr gewesen waren, entführt zu werden. Dabei hatte ich gelernt, dass man am besten herausfand, ob man verfolgt wurde, indem man sich nicht normal verhielt – oft die Straßenseite wechselte, abrupt anhielt, einen längeren und unlogischen Weg nahm. Natürlich war der erste Rat gewesen, Hilfe zu suchen, aber ich war nicht mehr zehn und konnte mich wehren. Außerdem wollte ich wissen, was hier los war.

Also schlug ich ein paar Haken, ging runter bis zum Lake,

dann wieder zurück nach River North, wo ich wohnte. Jedoch erst, als ich schon fast am Haus war, sah ich bei einem Blick über die Schulter, dass mich tatsächlich jemand verfolgte. Es war ein Profi, denn er war geschickt, hielt sich im Schatten und passte sich meinem Tempo an. Aber er war eindeutig nicht zufällig hier.

Ich trat in das Foyer des Hauses. Der Portier grüßte mich und ich ging zum Tresen, gab ihm meinen Rucksack.

»Können Sie bitte kurz darauf aufpassen?«, fragte ich.

»Natürlich, Mister Henderson. Ist alles in Ordnung?«

»Das werden wir gleich sehen.«

Ich hatte eine Waffe in meiner Wohnung – das war in den USA Vorgabe meiner Familie – und auch die Erlaubnis, sie mit mir zu führen. Wir mussten sogar regelmäßig auf den Schießstand, um damit umgehen zu können, aber ich war mir sicher, wenn ich sie nun holte, war der Typ weg. Also ging ich zurück auf die Straße, wandte mich direkt nach links und lief zu der Stelle, wo ich ihn zuletzt gesehen hatte. Als ich näher kam, löste sich jemand aus den Schatten und eilte von mir weg, gerade so schnell, dass man es nicht als Flucht bezeichnen konnte.

Ich nahm die Verfolgung auf, beschleunigte mein Tempo. *Was willst du machen, wenn du ihn erwischst?* Ich hatte keine Ahnung. Aber das Adrenalin in meinen Adern trieb mich vorwärts, an den Zweifeln vorbei und weiter. Wenn mich jemand beobachtete, wollte ich wissen, wer ihn geschickt hatte.

Der Typ bog in eine schmalere Seitenstraße ab, ich lief hinterher. Kaum war ich um die Ecke, sah ich, dass er rannte. Er rannte wie der Teufel zur anderen Seite. Sofort setzte ich ihm nach, folgte ihm bis zum Ende der Gasse und dann an den parkenden Autos vorbei in Richtung Millennium Park. Er war echt schnell, aber ich war schneller. Allmählich schrumpfte der Abstand zwischen uns, ich konnte seine Statur erkennen – kleiner als ich, jedoch eindeutig trainiert, in schwarzer, unauffälliger Kleidung. Er lief über eine rote Ampel, ich folgte ihm, entging dabei haarscharf einem Taxi. Der Fahrer brüllte mir nach, aber ich hörte es kaum, war völlig auf mein Ziel fokussiert. Ich musste diesen Typen erwischen. Ich musste wissen, wer hinter mir her war.

Wir waren fast am Park, da rauschte ein dunkler Wagen heran und hielt direkt im Laufweg meines Verfolgers. Ich ahnte Böses, und tatsächlich: Der Typ sah über die Schulter zu mir, dann riss er die Tür auf, sprang auf den Rücksitz und rief dem Fahrer etwas zu, der sofort aufs Gas trat, noch bevor sein Passagier überhaupt richtig im Wagen war. Ich hechtete zu dem Auto, aber es war zwecklos. Mit quietschenden Reifen raste es davon und ich blieb ohne Antworten zurück. Nicht einmal das Nummernschild hatte ich erkennen können.

»Scheiße, verdammt!«, fluchte ich und trat gegen eine der Mülltonnen, die zur Abholung an der Straße standen. Jetzt würde ich vermutlich nie erfahren, wer mich mitten in der Nacht verfolgte. Niemand aus Adas Familie, dafür war der Typ zu sehr Profi gewesen. Aber vielleicht jemand, der davon wusste? Was zur Hölle war hier los?

»Lyall?« Eine bekannte Stimme brachte mich dazu, herumzufahren. Es war Sophia, die gerade von der anderen Straßenseite gekommen zu sein schien. »Hey, alles okay?«

»Ja, sicher«, schaltete ich schnell um und verbarg meinen keuchenden Atem vor ihr, so gut es ging. »Alles bestens.«

»Sah aber nicht so aus.« Sie deutete skeptisch auf die Mülltonne, die nun ein paar Meter von ihren Kollegen entfernt stand.

»Ach, ich komme mit dem Lernen nicht voran. Das frustriert mich.« Ich lächelte und bemerkte, dass sie anders aussah als sonst. Ihr Outfit, oder eher das, was man davon erkennen konnte, wirkte, als wäre sie auf dem Heimweg von einer Party, denn derartig aufgedonnert hatte ich sie noch nie gesehen. Sophia war mehr der Typ natürliche Schönheit, meist trug sie Jeans, irgendeine Sweatshirt-Jacke und einen Zopf. Aber jetzt hatte sie High Heels an den Füßen und ein enges Kleid an, dessen Kante knapp unterhalb des Mantelsaums endete.

»Welche Klausur ist es?«, fragte sie.

»Die bei Professor Morgan. Baugeschichte.« Langsam normalisierte sich meine Atmung.

»Oh je.« Sie verzog das Gesicht. »Ich habe von ihm gehört. Er soll berüchtigt sein für seine fiesen Fragen.«

»Du sagst es. Und ich bekomme einfach nichts mehr in meinen Kopf. Deswegen die Mülltonne.« Ich grinste schief.

Jemand kam zu uns, ein bulliger Typ, der offenbar zu Sophia gehörte. Er kam mir vage bekannt vor.

»Hey, ich bin Patrick«, sagte er in einem Ton, der mir verriet, dass er unser Gespräch beobachtet hatte – und überhaupt nicht begeistert davon war. »Du bist Sophias Nachbar, oder?«

Ich nickte und streckte die Hand aus. »Stimmt. Lyall Henderson.«

»Henderson?« Er ignorierte meine Geste, aber seine Augen weiteten sich ein Stück, was genau der Grund gewesen war, warum ich meinen Namen gesagt hatte: Normalerweise ersparte es mir eine Menge Ärger, denn niemand wollte Stress mit meiner Familie. Und Sophia war nicht das erste vergebene Mädchen, dessen Freund sich von mir bedroht fühlte. Aber in diesem Fall war Patricks Pegel entweder zu hoch oder er war echt scharf auf Stress.

»Schläfst du mit ihr?«, fragte er mich aggressiv.

»Was?«, gab ich belustigt zurück.

»Du hast mich schon verstanden, Henderson.«

Ich verdrehte die Augen. »Ich weiß nicht, in welcher Beziehung Sophia und du zueinander stehen. Aber ich denke, in jedem Fall solltest du das *sie* fragen und nicht mich.«

»Ich bin ihr *Freund*, Arschloch«, knurrte er mich an.

»Dann erst recht.« Ich tat immer noch so, als würde mich das alles unheimlich amüsieren. Etwas in mir verlangte zwar nach einer handfesten Auseinandersetzung, aber mich auf offener Straße mit dem Kerl zu prügeln, war zu gefährlich. Wenn die Presse davon Wind bekam, dann auch meine Grandma. »Vertrauen ist wichtig in einer Beziehung, hat dir das nie jemand gesagt?«, schob ich trotzdem nach.

Patricks Gesicht nahm eine ungesunde Farbe an. »Du –«

Sophia legte die Hand auf den Arm ihres Freundes. »Komm schon, Pat, gehen wir. Zwischen Lyall und mir läuft nichts. Wir sind nur Nachbarn, ehrlich.«

Beinahe hätte ich geschnaubt. Was war das nur, dass sich Frauen so etwas gefallen ließen? So ein übergriffiges, steinzeitliches Verhalten? Wie konnte es sein, dass Sophia als intelligentes und selbstbewusstes Mädchen tatsächlich noch versuchte, ihren Neandertaler-Freund zu besänftigen, wo sie ihn doch besser in den Wind schießen sollte? Ich verstand es nicht. Aber es machte mich wütend.

Patrick ließ sich von ihr ohnehin nicht beruhigen. »Hältst du mich für so dämlich? Glaubst du, ich hätte nicht gesehen, wie du den Kerl anstarrst? Du wirst nie wieder mit ihm reden, ist das klar?«

Ich atmete ein, zählte bis zehn, aber die Wut blieb. Als ich mich umdrehte, sah ich, wie der Typ Sophia grob am Arm packte. Da war die Entscheidung gefallen.

»Hey, Sophia«, sagte ich und sah Patrick mit dem eisigsten Blick an, den ich draufhatte. »Ich glaube, das ist der Moment, wo du deinem Freund sagst, dass er jetzt gehen sollte. Allein.«

Er reckte das Kinn und lachte spöttisch. »Das wird sie nicht.«

Ich sah Sophia fragend an. Es war ihre Angelegenheit, aber ich hoffte, dass sie klug genug war, nicht mit dem Typen mitzugehen. Man konnte erkennen, wie sie haderte, dann straffte sie die Schultern.

»Doch, werde ich«, sagte sie mit fester Stimme. »Bitte geh nach Hause, Pat. Wir können das klären, wenn du wieder klar im Kopf bist.«

»Ist das dein Ernst?«, fragte er drohend und machte einen Schritt auf sie zu. Ich trat dazwischen.

»Es ist ihr Ernst. Hau ab, Mann. Mach dich nicht noch mehr zum Affen.«

Nun kam Patrick auf mich zu, ich sah ihn schon ausholen. Aber da fuhr eine Polizeistreife an uns vorbei und er nahm Abstand. »Ich ruf dich an«, informierte er Sophia, dann maß er mich mit einem tödlichen Blick und verschwand in Richtung Süden, wo er vermutlich wohnte. Wir setzten uns in die andere Richtung in Bewegung.

»Wo hast du den denn aufgetrieben?«, fragte ich Sophia, während wir die Straße überquerten. »Im *Lincoln Park Zoo*?« Wobei das eine Beleidigung für die Tiere dort war. Jeder einzelne Bewohner des Affengeheges hatte vermutlich mehr Grips als dieser Patrick.

»Ach, er ist eigentlich ganz in Ordnung, wenn er nicht gerade sämtliche Wodka-Vorräte des *Tao* in sich hineinschüttet.« Sophia hob die Schultern und sah dann unsicher zu mir.

»Ihr wart im *Tao*?« Das war einer der exklusivsten Clubs der Stadt – Finlay verlangte bei jedem seiner Besuche, dass wir dort hingingen. Sophia allerdings hatte auf mich bisher nicht den Eindruck gemacht, als könnte sie solchen Läden etwas abgewinnen.

»Das war seine Idee«, klärte sie mich auf und seufzte dann. »Ich hoffe, du denkst jetzt nicht, es wäre ein Hobby von mir, Idioten zu daten.«

Ich hob die Schultern. »Spielt es eine Rolle, ob ich das denke?«

»Nein, vermutlich nicht. Schließlich hast du ziemlich deutlich gemacht, dass du kein Interesse an mir hast.«

»Hör zu –«, startete ich eine Erklärung, aber Sophia unterbrach mich.

»Oh Gott, bitte sag nichts darauf.« Sie zog unbehaglich den Kopf zwischen die Schultern. »Es gibt nichts Schlimmeres, als Gründe für einen Korb zu hören.«

Da hatte sie recht. Trotzdem sagte ich etwas. »Es hat nichts mit dir zu tun. Ich bin einfach nicht auf der Suche nach was Festem, das ist alles.«

»Das hättest du nicht sagen sollen«, lachte sie. »Schließlich bist du damit genau die Sorte Kerl, nach der Frauen doch angeblich suchen, damit er für sie eine Ausnahme von seinem wilden Leben macht.«

Ich musste ebenfalls lachen. »Wenn du wüsstest, wie langweilig mein wildes Leben ist, würdest du das nicht sagen.«

»Also liegt es an einer vergangenen Beziehung, die dir noch nachhängt? Einer schlimmen Kindheit, die dich daran hindert, wahrhaftig zu lieben? Komm schon, enttäusch mich nicht. Eins der Klischees muss doch stimmen.«

Ich schob die Hände in meine Taschen und hatte sofort Kenzies Bild vor Augen. »Wenn du es unbedingt wissen willst … mir spukt noch jemand im Kopf herum. Und es wäre nicht fair, mich auf jemand anderen einzulassen, solange das so ist.«

»Verstehe.« Sie nickte. Wir waren an unserem Haus angekommen, und ich öffnete ihr die Tür, bevor ich beim Portier meinen Rucksack entgegennahm, ihm dankte und mit Sophia zum Fahrstuhl ging. Wir hielten in ihrem Stockwerk, aber sie blieb im Durchgang stehen. »Sag mal, willst du vielleicht einen Kaffee? Oder was Stärkeres? Ich habe mich noch gar nicht bei dir bedankt, dass du mich vor Patrick gerettet hast.«

Ich wollte sagen, dass das nicht nötig war, aber ich wusste, sobald ich in meiner Wohnung war, würde ich entweder an Kenzie denken – oder an diesen Typen, der mich verfolgt hatte.

Und wenn ich ehrlich war, hatte ich die letzte Viertelstunde genossen. Der Spaziergang mit Sophia hatte dazu geführt, dass ich mich entspannter fühlte als an jedem anderen Tag in den vergangenen Wochen.

»Kaffee klingt gut.« Ich nickte und folgte ihr. Sie öffnete ihre Tür und schaltete das Licht ein.

Verwundert blieb ich im Wohnzimmer stehen, während Sophia sich an der Kaffeemaschine zu schaffen machte. Die Wohnung war extrem edel eingerichtet, stylishe Möbel, teure Dekoration. Ich erkannte mindestens vier Designklassiker allein in diesem Raum, so als hätte jemand unbedingt zeigen wollen, dass er Geld hatte. Natürlich war das hier ein exklusives Wohnhaus, aber ich war davon ausgegangen, dass Sophia sich trotzdem nichts aus Luxus machte – so, wie sie immer herumlief mit ihren No-Name-Klamotten und dem alten Rucksack, der halb auseinanderfiel.

»Hier«, sie drückte mir einen Becher in die Hand, der von einer Marke stammte, die Moira auch im *Kilmore Grand* verwendete. »Hast du was dagegen, wenn ich mir etwas anderes anziehe? Das Kleid ist echt unbequem.«

»Nein, mach ruhig.«

Sie ging zu einer Tür, hinter der ich ein komplett ausgestattetes Ankleidezimmer sah. Klamotten, Schuhe, alles in Hülle und Fülle und teuer. Aber als Sophia zurückkam, trug sie eine Yoga-Hose und ein locker fallendes schwarzes Top – und ein Lächeln, das mir sagte, dass sie Pläne gemacht hatte, während sie weg gewesen war.

»Und, was fangen wir jetzt mit dem Rest der Nacht an?«, fragte sie mich.

Ich grinste. »Keine Ahnung. Hast du Ideen?«

Sie kam zu mir, sah mir prüfend in die Augen und ließ ihre Hand in meinen Nacken gleiten. »Jede Menge.« Dann stellte sie sich auf die Zehenspitzen und küsste mich, nicht zu forsch, aber trotzdem selbstbewusst – genau, wie ich es mochte. Mein Körper reagierte darauf und ich ließ Sophia gewähren, zu fertig, um zu hinterfragen, ob das eine gute Idee war. Eine Nacht ohne die quälenden Gedanken in meinem Kopf, eine Nacht ohne die nagende Verzweiflung, weil ich Kenzie verloren hatte. Nur eine Nacht.

Also küsste ich Sophia, obwohl ich es besser wusste, und sie stieg voll darauf ein, obwohl sie es auch besser hätte wissen müssen. Ihre Finger strichen unter dem Pullover über meinen Rücken und ich schauderte, weil sie eiskalt waren.

»Sorry«, murmelte sie und zog die Hände zurück.

»Kein Ding«, versicherte ich und küsste sie wieder, versuchte das Denken abzuschalten. Ich hob sie auf ihren Schreibtisch und schob ein Modell zur Seite, als mir auffiel, dass mir der Stil bekannt vorkam. *Na, du bist ja echt bei der Sache, Alter.* Ich unterbrach den Kuss. »Ist das dein Entwurf?«

Sophia zog mich wieder zu sich. »Das ist doch jetzt nicht wichtig, oder?«, hauchte sie leise.

»Doch, ist es.« Ich ließ sie los, ein unangenehmes Ziehen im Bauch. »Das sieht so ähnlich aus wie das Wilson Building in Dallas. Es ist genau derselbe Stil. Hast du etwas mit den Wilsons zu tun?« Das war eine Familie, die in Sachen Immobilien ziemlich auf dem Vormarsch war, nicht nur in Texas oder den USA, sondern mittlerweile auch im Rest der Welt. Allerdings war ihr Stil eher pragmatisch und kosteneffizient, sie setzten auf gerade Formen ohne jede Finesse. Keine junge, ambitionierte Architektin suchte sich so ein Gebäude als Vorbild aus, schon gar nicht, wenn sie angeblich Hightech-Pioniere wie Norman Foster und Renzo Piano vergötterte. »Sophia?«, hakte ich nach.

Plötzlich machte sie den Eindruck, als hätte ich sie bei etwas Verbotenem erwischt. »Joseph Wilson ist mein Vater«, sagte sie dann. »Ihm gehört das Unternehmen.«

Langsam lichtete sich der Nebel in meinem Kopf, und mir wurde klar, was hier los war. Ich hatte schon seit Wochen ein komisches Gefühl bei Sophia – so als wäre etwas an ihr nicht echt, nicht stimmig. Und jetzt die ganzen Klamotten, die Wohnung, die Familie, die in einer ähnlichen Branche arbeitete wie meine … das war kein Zufall. Aber war sie einfach nur eine von denen, die sich an jemanden von uns heranmachten, um zu profitieren? Oder war dieses Spiel noch viel perfider – weil ein Mitspieler auf dem Feld war, an den ich bisher nicht gedacht hatte?

»Bist du zufällig hier eingezogen?«, fragte ich ganz direkt.

»Lyall –«, fing sie an, aber ich ließ sie nicht ausreden.

»Bist du oder bist du nicht?«

»Was spielt das für eine Rolle?« Sie schob sich vom Tisch. »Ich mag dich, du magst mich. Wen interessiert es, welchen Familien wir angehören?«

»Es spielt eine riesengroße Rolle, wenn meine Großmutter dich hier einschleust, um mich rumzukriegen.« Denn genau danach roch das hier alles.

»So war das überhaupt nicht!«, wehrte sie sich und verriet sich damit.

»Wie war es dann?«

»Wir haben nur … ich habe deine Tante und Großmutter im Oktober bei einem Empfang in Dallas getroffen, wir haben uns unterhalten und dabei kamen wir auf dich. Agatha meinte, du würdest auch hier studieren.«

»Das soll alles sein? Willst du mich verarschen?« Ich starrte sie wütend an. »Sie haben dich gebrieft, oder? Dir gesagt, welche Architekten ich mag, dir erklärt, dass ich auf bodenständige Mädchen stehe, die normales Zeug anziehen. Wahrscheinlich haben sie dir auch geraten, schwimmen zu gehen, richtig? Gott, wie dämlich ich war!« Vielleicht war sogar dieser Patrick Teil des Plans gewesen. Weil meine Familie wusste, ich würde nicht stillhalten, wenn jemand eine Frau so behandelte. Wieso hatte ich das alles nicht bemerkt? *Weil du damit beschäftigt warst, Kenzie zu vermissen.*

Sophia hob die Hände. »Ja, vielleicht haben sie das eine oder andere über dich gesagt, aber das hat nur dazu geführt, dass ich dich interessant fand und –«

»Lüg mich nicht an, verflucht!«, fuhr ich sie an. »Du wolltest bei uns einen Fuß in die Tür kriegen, damit unsere Familien Geschäfte miteinander machen. Da war es dir doch völlig egal, mit wem du dafür ins Bett gehen musst!«

Sie sagte nichts mehr, sondern presste die Lippen aufeinander, und ich vermutete, dass sie gleich anfangen würde, zu heulen. Aber ich spürte kein Mitgefühl. Nur Wut.

»Richte meiner Großmutter aus, dass ihr Plan gescheitert ist«, sagte ich scharf. Meine Intrigen gegen unser Familienoberhaupt durften zwar nicht auffliegen, aber ich ließ mir trotzdem keine Freundin aufdiktieren. »Und wehe, du sprichst mich noch einmal an.«

Ich warf ihr einen letzten Blick zu, dann verließ ich die Wohnung und schlug die Tür zu. Aber erst, als ich in meinen eigenen vier Wänden war, wurde mir bewusst, was gerade passiert war. Dass meine Familie tatsächlich hinter meinem Rücken jemanden auf mich angesetzt hatte, weil sie genau wussten, dass ich diese Verbandeleien auf irgendwelchen Veranstaltungen hasste. Und weil sie ahnten, dass das mit Kenzie mir ernst gewesen war, auch wenn sie es nicht beweisen konnten. Erst dieser Verfolger und dann so etwas? Was hatte das alles zu bedeuten? Hing es etwa zusammen?

Mein Handy lag auf dem Schreibtisch. Ich nahm es und wählte eine Nummer.

»Lye?«, meldete sich Finlay verschlafen. »Verdammt, es ist mitten in der Nacht. Gibt es was Wichtiges?«

»Allerdings.« Ich holte Luft. »Du musst mir bei etwas helfen.«

10

Kenzie

Meine Güte, ist das wunderbar warm hier.

Das war mein erster Gedanke, als sich die Schiebetüren öffneten und ich das Flughafengebäude verließ. Zwar hatten wir erst Ende März, trotzdem konnte ich die Sweatshirt-Jacke ausziehen, bevor ich meine Sonnenbrille aufsetzte und mich auf die Suche nach meiner Mitfahrgelegenheit machte. 20 Grad zeigte mir das digitale Thermometer am Vordach, es fühlte sich aber wärmer an.

Man merkte, dass noch keine Saison auf Korfu war, denn es war relativ leer – keine Heerscharen an Touristen, die sonst sicher die Insel bevölkerten. Ich war bisher nie hier gewesen, nur vor vielen Jahren auf dem griechischen Festland mit meiner Familie. Aber ich war sofort überzeugt davon, dass ich es lieben würde. Die Luft war angenehm mild und die Sonne eine Wohltat nach dem langen Winter. Ich schloss die Augen und öffnete sie erst wieder, als mich jemand ansprach.

»Kenzie, pünktlich wie ein Schweizer Uhrwerk«, strahlte mich Theodora Henderson an und lachte, als sie meine Überraschung bemerkte. »Ich dachte, ich hole dich gleich selbst ab, dann kann ich dir auf dem Weg schon ein bisschen was erzählen.«

Sie sah aus, als wäre sie im Urlaub: Mit den offenen roten

Haaren, ausgeblichenen Jeans, einer weißen Seidenbluse und der riesigen Sonnenbrille eines exklusiven Labels hätte sie direkt auf eine Jacht gehen können, nicht auf eine Baustelle.

Ich begrüßte sie und wir gingen zum Parkplatz, steuerten aber nicht eins der Cabrios an, die ein Autovermieter reihenweise hier abgestellt hatte, sondern einen Pick-up, auf dessen Türen ein verblasstes Logo zu erkennen war und der auch sonst nicht mehr brandneu wirkte.

»Kefi Palace?«, las ich den Namen des Hotels auf dem Logo. »Kefi habe ich noch nie gehört. Was bedeutet das?«

»Dafür gibt es keine genaue Übersetzung, wenn ich das richtig verstanden habe.« Theodora nahm mir meine Tasche ab und schnallte sie auf der Ladefläche fest, dann stiegen wir ein. »Kefi ist ein Wort, das offenbar das griechische Lebensgefühl beschreibt und die Mentalität der Leute hier. Man hat mir gesagt, es kann von Lebensfreude über Glück bis Spaß alles bedeuten. Und da mir das gut gefällt, werde ich den Namen behalten.«

Das hätte ich wohl auch getan. »Und das Auto behältst du auch?«, fragte ich belustigt, weil man merkte, wie alt das Gefährt war.

»Der Wagen gehört zum Hotel«, erklärte sie mir, während sie den Gang so ruppig einlegte wie jemand, der sonst nur Automatik fuhr. »Und wie alles, was von dort stammt, ist er … vintage.«

Das Getriebe gab ein hässliches Geräusch von sich, als sie schaltete, und mein Autoherz schmerzte so sehr, dass ich beinahe gefragt hätte, ob lieber ich fahren sollte. Dann aber bogen wir auf die Straße ab und Theodora schien sich mit dem Wagen zu arrangieren.

»Ich hoffe, mit den Flugunterlagen hat alles geklappt?« Sie warf mir einen Blick zu.

»Ja, natürlich. Allerdings hätte es nicht die Business Class sein müssen.« Fast war es mir ein bisschen peinlich gewesen, dass man mich zu meinem Platz geführt und mit Namen angesprochen hatte. Ich kannte nichts anderes als Economy-Class, von dem einen Flug mit einem Privatjet mal abgesehen. *Nicht dran denken.*

Theodora nahm eine Hand vom Lenkrad und winkte ab. »Ich habe so viele Meilen, es wäre lächerlich gewesen, sie nicht dafür zu verwenden. Ist es für deine Familie denn in Ordnung, dass du herkommst? Ich erinnere mich, dass sie dich im letzten Sommer sehr vermisst haben.«

Hatte ich ihr das beim Essen damals im *Grand* erzählt? Ich wusste es nicht mehr. »Ich habe letztes Jahr gemerkt, dass sie ganz gut ohne mich auskommen, also waren sie einverstanden. Außerdem hat mein Vater eine neue Frau kennengelernt, da ist es vielleicht gar nicht so schlecht, wenn ich ein Weilchen weg bin und sie sich aneinander gewöhnen können.«

»Eine neue Frau? Ist sie die erste seit deiner Mutter?«

Theodoras direkte Art erinnerte mich an Edina. Ich nickte. »Zumindest die erste, die er uns vorstellen wollte, also ist es wohl ernst.«

»Und, magst du sie?«

»Sie ist nett.«

»Also nein«, sagte Theodora trocken.

Ich musste lachen. »Doch, sie ist wirklich nett. Es ist einfach komisch für mich, schätze ich.« Vor allem, weil Eleni seit dem Abend bei Susanna vollkommen im Glück war und mich in Zukunft vermutlich nicht mehr so sehr brauchen würde. Woran sollte es sonst liegen, dass ihre Verabschiedung heute Morgen so fröhlich ausgefallen war? Kein Vergleich zum letzten Sommer.

Theodora nickte. »Das glaube ich. Aber immerhin muss ich dann kein schlechtes Gewissen haben, dass ich dich quasi zwangsrekrutiert habe.«

»Das haben Sie nicht«, widersprach ich. »Um ehrlich zu sein, war Ihr Anruf eines der besten Dinge, die mir in den letzten sechs Monaten passiert sind.«

»Gut, dass du das sagst, dann verkraftest du alles andere bestimmt wunderbar. Oh, und sag bitte Du. Wir duzen uns alle bei diesem Projekt.«

»Okay.« Aber wieso sagte sie *verkraften*? Das klang nicht gerade gut. »Gibt es denn Probleme auf der Baustelle?«

Sie zuckte mit den Schultern. »Probleme gibt es immer. Die Besonderheit bei diesem Hotel liegt wohl eher darin, dass ich nicht auf meine üblichen Ressourcen zurückgreifen kann, um es zu renovieren. Das *Kefi Palace* ist mein Projekt, meins allein. Wir arbeiten unabhängig von der *Henderson Group*. Und wir machen den kompletten Innenausbau in Eigenregie.«

»Wolltest du das so oder hat man dir keine Wahl gelassen?«, fragte ich.

Theodora lachte auf. »Du stellst wirklich die richtigen Fragen. Gloria sollte dich später als Dozentin einstellen, du wärst der Schrecken aller Studenten.«

»Bloß nicht«, grinste ich, bohrte aber nicht weiter nach. »Du hast gesagt, du brauchst auch meine handwerklichen Fähigkeiten. Was soll ich tun?«

»Keine Sorge, du musst nicht körperlich schwer arbeiten. Es geht mehr darum, die Handwerker zu überwachen – das kann nur jemand, der weiß, an welchem Ende man eine Säge anfasst.« Sie hob die Schultern. »Ich habe mit diesen Leuten noch nicht zusammengearbeitet, deswegen ist mein Vertrauen etwas … nennen wir es begrenzt. Und da ich Kontrollfreak nicht an allen Orten gleichzeitig sein kann, brauche ich Augen, Ohren und Köpfe, die dafür sorgen, dass alles nach Plan läuft.«

»Klingt machbar«, sagte ich. Mit Handwerkern hatte ich schon mein ganzes Leben zu tun. Das würde kein Problem sein, wenn sie immerhin ein bisschen Englisch sprachen.

»Es bedeutet natürlich nicht, dass du dich nicht als Innendesignerin einbringen sollst. Mein Team besteht zum größten Teil aus Studenten von mir, also werdet ihr Hand in Hand arbeiten. Was sicher kein Problem sein wird, sie sind alle super.«

Ich war ein bisschen irritiert über ihre Worte. »Du realisierst so ein wichtiges Projekt nicht mit erfahrenen Leuten? Warum?«

Sie seufzte tief. »Die Familie wollte sich nicht beteiligen. Sie fanden das Ganze nicht lukrativ genug. Im ersten Moment hatte ich es abgeschrieben, aber dann hat mir jemand gesagt, ich könnte es doch auch allein machen und tadaa ... da sind wir nun. Allerdings darf ich weder mein gewohntes Team noch eine unserer Bauleitungen engagieren, weil sie bei der Hotelgruppe angestellt sind. Und das Geld sitzt auch nicht gerade locker, weil mein privates Vermögen größtenteils fest angelegt ist. Deswegen diese unkonventionelle Lösung. Das Gute daran ist aber: Wir dürfen machen, was wir wollen.« Sie sah mich so begeistert an, als wäre sie ein Kind, dem man gesagt hatte, dass die Ferien noch vier Wochen länger gingen. Ich lächelte ebenfalls. Diese Frau war einfach ansteckend. Ihre Begeisterung erinnerte mich an Lyall, wenn er über Architektur gesprochen hatte. Er war zwar geradliniger als seine Mutter, aber auch bei ihm hatte ich dieses Feuer gesehen, diese Leidenschaft. Mein Inneres zog sich zusammen, als ich an ihn dachte. Ich war jedoch mittlerweile geübt darin, es mir nicht anmerken zu lassen.

Wir verließen die Hauptstraße und fuhren auf eine schmalere mit zahlreichen Kurven. Olivenbäume säumten die Straßenränder, und als wir eine steile Wende hinter uns gelassen hatten, tat sich vor mir das Meer auf, azurblau und wunderschön. Ich hatte es schon aus dem Flugzeug gesehen, aber aus der Nähe wirkte es noch viel paradiesischer. Zusammen mit den weißen Häusern an den Hängen und ihren blassroten Ziegeldächern war es wie auf einer Urlaubspostkarte. Ich atmete aus und spürte, wie ich mich entspannte. Ich hatte recht gehabt – das hier war genau das, was ich jetzt brauchte. Sonne, Meer, Ablenkung durch Arbeit, es war die perfekte Mischung, um endlich wieder ich zu werden.

Theodoras Hotel lag auf einer Halbinsel im Osten von Korfu, dreißig Minuten vom Flughafen entfernt. Nachdem wir mehrere Ferienhotels passiert hatten, kamen wir an einem staubigen Parkplatz an, der vor allem von Transportern mit den Emblemen verschiedener Handwerksbetriebe bevölkert wurde. Meine neue Chefin parkte den Pick-up direkt neben einem großen Haufen Pflastersteinen und sah mich an.

»Bereit für das Chaos?«

»Immer«, grinste ich.

»Na, dann komm mal mit.«

Ich nahm meine Sachen und wir betraten das mehrstöckige Hauptgebäude durch einen Seiteneingang. Sofort wurde klar, was Theodora mit *Chaos* meinte – die Lobby sah aus, als hätte eine Bombe eingeschlagen. Überall lag Material und Werkzeug herum, dazu hatte man die alten Möbel in den Ecken gestapelt und die Abdeckplanen taugten eher zu abstrakter Kunst als ihrem eigentlichen Zweck. Ich liebte Baustellen, seit ich klein war, aber es war eindeutig, dass auf dieser noch jede Menge zu tun war. Und wer immer hier arbeitete, tat das nicht in der Lobby – denn es war niemand zu sehen.

»Sie sind sicher in der Anlage.« Theodora lief vor in Richtung hinterer Ausgang, und ich beeilte mich, ihr zu folgen, ohne dabei irgendetwas herunterzuwerfen. Als ich das Minenfeld aus Gipseimern und Paletten hinter mir gelassen hatte, stieg ich eine hübsche Marmortreppe hoch und betrat eine riesige Terrasse, auf der ebenso viel Durcheinander herrschte wie drinnen. Allerdings hatte ich keinen Blick dafür, denn vor mir breitete sich die Bucht aus und mein Atem geriet ins Stocken.

»Wow«, entfuhr es mir beeindruckt, und ich wusste in diesem Moment, warum Theodora die Anlage gekauft hatte. Die Atmosphäre war einzigartig: Unter uns waren die Dächer einzelner kleinerer Gebäude zu sehen, dann die Poolanlage und schließlich der Strand, der durch Bäume natürlichen Schatten besaß und an kristallklares Meer grenzte. Von den größeren Hotels der Umgebung bekam man hier nichts mit, so zugewachsen waren die Landseiten. Es war, als wäre man durch eine geheime Tür direkt ins Paradies gelangt.

»Warte ab, bis du den Rest siehst.« Theodora lächelte und ging zu einigen Steinstufen, die nach unten führten. »Die Anlage ist etwas verwinkelt und nicht so klar strukturiert wie unsere anderen Häuser. Und natürlich bleibt der Komfort etwas auf der Strecke, wenn es so viele Treppen gibt. Aber sie hat wirklich Charme und die Gärten sind atemberaubend. Ich war von der ersten Sekunde an verliebt.«

»Verstehe ich total. Es ist unheimlich schön hier.« Ich drehte mich einmal um meine eigene Achse und versuchte, alle Eindrücke in mich aufzunehmen. Das Licht, die strukturverputzten Wände, die grob behauenen Steine, aus denen die Wege gemacht waren. Jetzt war alles noch etwas roh und der Dreck tat sein Übriges, aber ich war überzeugt: Daraus konnte man wirklich ein Traumhotel machen, wenn man es richtig anstellte. »Wieso wurde es verkauft?«

»Nikolaos, der griechische Eigentümer, hat es dreißig Jahre selbst geführt. Dann wurde ihm allerdings klar, dass er hier einiges modernisieren muss, um mit den anderen Hotels auf der Insel mithalten zu können – das wollte er in seinem Alter nicht mehr stemmen.« Theodora hielt zielstrebig auf eines der kleineren Gebäude zu. »Seine Tochter wollte es gerne übernehmen, aber die Modernisierungen wären zu teuer für sie geworden. Das war mein Glück.« Wieder strahlte sie und zeigte zu dem Komplex, aus dem wir gerade gekommen waren. »Es gibt das Hauptgebäude, dort sind sechzig Zimmer und zehn Suiten, dann haben wir elf Bungalows auf der Südseite, die wir alle ähnlich ausstatten werden … und die sechs Villen. Die werden unser Meisterstück. Der Zufluchtsort für glückliche Paare.«

Sie ging durch die Tür und ich folgte ihr erneut, diesmal in einen großen Raum, der mit Fensterfronten in Richtung Bucht ausgestattet war. Dahinter führten breite Stufen zu einem kleinen Pool, der exklusiv zu dieser Villa gehören musste, denn dichte Büsche grenzten ihn vom Rest der Anlage ab. Zwar war es innen leer geräumt und zwei Handwerker kratzten Klebereste vom Betonboden, ich konnte mir trotzdem vorstellen, wie man sich hier als Pärchen eine traumhafte Zeit machte. Kurz dachte ich an Miles, auch wenn ich mir ihn und mich hier nicht vorstellen konnte. Er hatte zwar gestern bei unserer Verabschiedung gesagt, dass er nichts dagegen hätte, wenn wir uns öfter trafen, aber ich hatte das nicht erwidert. Wie auch. *Er* war es schließlich nicht, der durch meine Träume geisterte und meine Gefühle einfach nicht zur Ruhe kommen ließ.

»Kenzie?«, riss mich Theodora aus meinen Gedanken. Sie stand neben einer jungen Frau in Jeans und Top, die ihre langen dunklen Haare in einem Bun gebändigt hatte, wie ich ihn auch oft trug. »Das hier ist Clea. Sie ist Nikolaos' Tochter und hilft mir als Übersetzerin und mit allem, was mit dem Hotel zu tun hat.«

Die Tochter des Eigentümers, die den Laden selbst gern übernommen hätte? Ich schüttelte Clea die Hand. Sie war etwa Ende 20 und ihr Händedruck der eines Menschen, der es gewohnt war, mit anzupacken. »Schön, dich kennenzulernen«, sagte ich. »Du bist dann sicher diejenige, die hier den Durchblick hat, oder?«

Sie lachte. »Ich bin quasi im Hotel aufgewachsen, bevor ich nach London zum Studieren gegangen bin«, antwortete sie in fast akzentfreiem Englisch. »Aber seit Dora und ihre Leute angefangen haben, alles umzugraben, erkenne ich es selbst nicht wieder. Was gut ist – die Renovierung war wirklich nötig.«

Theodora grinste mir verschwörerisch zu. »Du musst wissen, ich habe Clea als Geschäftsführerin eingeplant, wenn alles fertig ist. Also darf sie nicht zugeben, dass ich hier ihre Kindheitserinnerungen in Schutt und Asche lege.«

»Und wenn ich es doch sage, dann nur auf Griechisch.« Clea lachte wieder. »Es ist toll, dass du hier bist, Kenzie. Wir brauchen dringend tatkräftige Hilfe.«

Das war offensichtlich, auch wenn das Chaos auf den zweiten Blick durchaus organisiert zu sein schien. Ich hätte nicht erwartet, dass Theodora bei ihren Projekten die Strukturierung der Arbeitsabläufe selbst übernahm. Aber sie wirkte ziemlich souverän, als sie jetzt etwas auf einem Klemmbrett checkte, das ihr ein junger Typ mit hellbraunen Haaren hinhielt.

»Okay, dann planen wir die Fliesenarbeiten am großen Pool übermorgen ein … oder nein, am Montag, dann sind wir auf der sicheren Seite. Und wenn das passt, lass die Maler zuerst den linken Flügel streichen, danach kann es dort direkt mit den Bädern weitergehen.«

Er nickte, dann fiel sein Blick auf mich und er lächelte. »Du musst Kenzie sein. Ich bin Dionys.«

»Mein kleiner Bruder«, fügte Clea an. »Er ist gerade mit der Uni fertig und brauchte dringend einen Job, damit er nicht … wie nennt ihr das? Versumpft.«

Ich grinste, weil Dionys das Gesicht bei dieser Beschreibung verzog. »Und er kann für sich selbst reden, vielen Dank, Schwesterherz«, sagte er, während er mir die Hand gab.

»Was hast du studiert?«, fragte ich.

»Philosophie und Englische Literatur. Was wohl der Grund ist, warum ich nun hier als *Junge für alles* arbeite.«

»Ich sehe dich nicht arbeiten«, neckte seine Schwester ihn. »Wolltest du dich nicht um den Haufen Pflastersteine kümmern?« Es folgte ein schnelles Gespräch auf Griechisch, dem ich kein Stück folgen konnte. Dann verabschiedeten sich beide und ich wurde von Dora nach draußen gelotst.

»Zum Team gehören noch Elliott, er ist aus der Master Class von mir in New York letztes Jahr und hatte zum Glück gerade Zeit, weil er erst im Juni seinen Job in L.A. antritt. Dann Martha, sie kenne ich von einem Projekt in Südafrika, und Bella, sie war in meinem Gastkurs an der *Politecnico di Milano.* Sie kommen alle im Laufe der Woche an, bis dahin sollten die groben Arbeiten so weit fertig sein, dass wir loslegen können.«

Sie sah sich mehr hoffnungsvoll als überzeugt um und ich konnte es ihr nicht verdenken – hier sah es bisher nicht danach aus, als könnten wir in zwei Tagen damit anfangen, die Ausstattung der Räume zu planen. Aber so würde ich die Zeit nutzen können, um mich mit den Gebäuden vertraut zu machen. Da ich in den nächsten Wochen sehr viel hier herumrennen würde, war es wichtig, dass ich wusste, wo alles war.

Theodora winkte schon wieder nach mir. »Komm, ich brauche dringend etwas zu essen. Und dann zeige ich dir meine Pläne.«

Ich folgte ihr in Richtung Haupthaus, und während ich die Stufen wieder hinaufstieg, war mir eins völlig klar: Das würde ein Haufen Arbeit werden. Ein riesiger Haufen Arbeit. Wahrscheinlich war an Pausen kaum zu denken, an freie Tage am Strand noch weniger. Aber ich fand das nicht schlimm, im Gegenteil.

Ich fand, das waren hervorragende Aussichten.

11

Lyall

»Lyall, danke, dass Sie gekommen sind. Setzen Sie sich bitte.« Der Dekan deutete auf den Stuhl auf der anderen Seite seines wuchtigen Schreibtisches und nahm dann selbst Platz.

»Gibt es ein Problem?«, fragte ich irritiert. Man hatte mich seit meiner Schulzeit nicht mehr in irgendein Büro zitiert, und der ernste Gesichtsausdruck von Mister Rogers half nicht, das ungute Gefühl in meinem Bauch zu vertreiben. Was war hier los? Ich hatte vor drei Minuten noch in einem Kurs zu Gebäudestatik gesessen, als plötzlich die Assistentin von Rogers geklopft hatte.

Er sah mich ernst an. »Es geht um die letzte Prüfung in Ihrem Schwerpunktfach. Sie haben die Klausur vor vier Wochen geschrieben, ist das richtig?«

Ich nickte. »Richtig. Stimmt damit etwas nicht?« Die Ergebnisse waren noch nicht da, deswegen wusste ich nicht, ob ich bestanden hatte. Ich ging jedoch davon aus, obwohl ich in letzter Zeit Probleme hatte, den Stoff in meinen Kopf zu bekommen.

»Das kann man so sagen.« Mister Rogers nahm die Brille ab und sah mich an. »Sie sind ein hervorragender Student, Lyall, daran gibt es keinen Zweifel.« Er zögerte. »Deswegen wundert es mich, dass Sie so eine Klausur nicht bestehen.«

»Ich habe nicht bestanden?« Meine Augen weiteten sich bei dieser Neuigkeit.

»Nein. Sie sind sogar deutlich unter dem Schnitt, der nötig gewesen wäre.«

Ich atmete aus. »Okay. Ich hatte eigentlich kein so schlechtes Gefühl.« Aber was konnte ich in letzter Zeit schon auf mein Gefühl geben? Nichts.

Allerdings erklärte die verpatzte Klausur nicht, wieso ich in diesem Büro saß. Schließlich erfuhr man solche Hiobsbotschaften über das Online-System der Uni, nicht vom Dekan selbst. »Warum bin ich hier, Sir?«

»Weil ich mir Gedanken um Sie mache. Auch Ihr Modell im Kurs vom Kollegen Hawthorne war bei Weitem nicht das, was wir von Ihnen gewohnt sind.« Er schaute mich aufmerksam an. »Empfinden Sie Überforderung? Oder haben Sie Sorgen?«

Ich schüttelte den Kopf. »Nicht mehr als andere auch. Wie kommen Sie darauf?«

»Ihren Dozenten ist aufgefallen, dass Sie in den letzten Monaten stiller geworden sind, sich immer mehr zurückziehen. An Diskussionen beteiligen Sie sich seltener, an Lerngruppen nehmen Sie gar nicht mehr teil. Wenn es Probleme persönlicher Natur gibt, dann sollten Sie mit jemandem reden. Sie wissen, dass wir einen hervorragenden Psychologischen Dienst an der Universität haben, den Sie in Anspruch nehmen können.«

Bei seinen Worten griff die altbekannte Schwärze nach mir, aber ich schüttelte sie ab. »Es gibt keine Probleme, Sir. Es war einfach viel los in letzter Zeit, das ist alles. Und Lerngruppen sind nicht mein Ding. Waren sie noch nie.«

Mister Rogers legte die Fingerspitzen aneinander. »Jeder von uns kommt in Situationen, in denen er überfordert ist, auch gute Studenten wie Sie. Der Abschluss rückt näher, das macht Druck. Wenn dann noch Probleme in Familie oder Beziehung dazukommen, kann es schnell passieren, dass es zu viel wird. Es ist keine Schande, das zuzugeben.«

Der Gedanke an Kenzie überfiel mich ungefragt und wieder einmal spielte mein Hirn die Szene auf der regennassen Straße in Kilmore ab. *Probleme in Familie oder Beziehung?* Mister Rogers hätte den Mund nicht mehr zugekriegt, wenn ich ihm die Wahrheit darüber gesagt hätte, was bei mir abging.

»Ja, vielleicht bin ich etwas überfordert«, gab ich zu, weil ich glaubte, ihn auf diese Art milde stimmen zu können. »Aber wie Sie schon sagten, ist das nichts Ungewöhnliches in meiner Situation.«

Er sah mich sehr aufmerksam an, dann nickte er. »In Ordnung. Ich kann Sie nicht dazu zwingen, mir zu sagen, was Sie beschäftigt. Ich kann Ihnen nur raten, mit jemandem zu sprechen, wenn Sie das Gefühl haben, dass Sie allein nicht weiterkommen. Meine Tür steht immer offen.«

»Das weiß ich zu schätzen, Sir. Vielen Dank.« Damit konnte ich wohl gehen. Blieb nur eine Frage. »Wissen Sie, wann der Nachholtermin der Klausur ist, die ich nicht bestanden habe?« Das Winter Quarter war in dieser Woche zu Ende, also war ich davon ausgegangen, dass ich die Prüfungen hinter mir hatte.

»Ja, das ist auch ein Grund, warum ich sie herbestellt habe: Es gibt keinen Nachholtermin.« Mister Rogers sah mich bedauernd an. »Der Kurs wird erst im Herbst wiederholt.«

»Was? Nein!« Ich hatte nur noch ein paar Monate und zwei Prüfungen bis zum Abschluss. Wenn ich diese Klausur nachholen musste, würde mein Studium länger dauern – und alles andere sich nach hinten verlagern. »Das geht nicht. Ich darf keine Zeit verlieren.« Schließlich stand hier so viel mehr auf dem Spiel als nur mein Uni-Abschluss. Und wenn ich etwas nicht tun durfte, dann meiner Großmutter einen Grund zu geben, mich vom Rat fernhalten zu wollen. Sie hatte mich eh schon auf dem Kieker.

Mister Rogers schüttelte den Kopf. »Ich kann da nichts machen. Die Prüfungsordnung sieht für Modulabschlussklausuren keine Wiederholungstermine vor.«

»Gibt es nicht noch eine andere Möglichkeit? Meine Familie rechnet fest damit, dass ich im Herbst ins Unternehmen einsteige. Wenn ich das nicht kann, bekomme ich ernsthafte Probleme.« Ich setzte einen verzweifelten Blick auf. Mitleid war jetzt meine einzige Chance.

Der Dekan schien mit sich zu hadern, dann stieß er die Luft aus. »Es gäbe eine Option, aber die wird Sie eine Menge Arbeit kosten.«

»Das schreckt mich nicht ab, Sir.«

Er nickte. »Ich könnte es für Sie möglich machen, dass Sie in einem anderen Schwerpunkt die Abschlussklausur mitschreiben – einem, der die Modulklausur im Spring Quarter anbietet. Allerdings wäre das dann vollkommen neuer Stoff für Sie und sie hätten nur acht Wochen, um sich einzuarbeiten.«

Das klang tatsächlich nach einem Haufen Arbeit, aber es war immerhin ein Ausweg. »Welche Schwerpunkte sind das?« Mein eigener war Projektplanung und -entwicklung, logischerweise. Mit den anderen hatte ich mich nie näher befasst.

Mister Rogers sah auf den Bildschirm seines Computers. »Entweder Gebäudetechnik oder … lassen Sie mich kurz nachschauen. Ah ja, Denkmalpflege.«

Oh, verflucht. Das war beides nicht mein Spezialgebiet, genau genommen hatte ich seit den ersten Semestern nie wieder damit zu tun gehabt. Acht Wochen waren eine sehr knappe Zeit, um sich da einzufinden.

»Okay, dann nehme ich Denkmalpflege.« Das Fach beinhaltete vor allem Vorschriften und Paragraphen, vielleicht konnte ich Finlay dazu bringen, mir beim Lernen zu helfen. Außerdem war Gebäudetechnik wesentlich komplizierter.

»Gut.« Der Dekan nickte. »Ich werde dem Dozenten Bescheid geben, dass Sie an seiner Prüfung teilnehmen. Aber nur, wenn Sie mir im Gegenzug versichern, dass Sie sich eine Lerngruppe suchen werden. Ich bin sicher, mit Ihrem Namen werden Sie keine Probleme haben, eine zu finden.«

Ich presste die Lippen aufeinander. Genau das war der Grund, warum ich Lerngruppen hasste – sobald jemand *Henderson* hörte, begannen die einen, mir in den Arsch zu kriechen, während die anderen einen Hass auf mich bekamen, weil ich für sie das Sinnbild des privilegierten reichen Erben war. Aber was nützte es? Ich hatte keine Wahl.

»Versprochen, Sir.«

»Sehr schön.« Er stand auf und gab mir die Hand. »Viel Erfolg, Lyall. Und passen Sie auf sich auf.«

»Das werde ich. Danke für die Chance, ich weiß das zu schätzen.«

Er nickte und deutete zur Tür. Damit war ich entlassen.

Es war mitten in der Nacht, als mein Handy klingelte. Ich hatte den Rest des Tages versucht, die Inhalte der Prüfung für Denkmalpflege herauszusuchen und Literatur dafür zu bestellen – es war kaum zu fassen, wie viele Bücher es zu dem Thema gab, die allesamt klausurrelevant waren. Irgendwann nach eins hatte ich mich dann tatsächlich ins Bett gelegt, konnte aber nicht schlafen. Da störte es nicht, dass es ungefähr vier Uhr war und mich jemand anrief. Es war ohnehin keine Seltenheit – wenn die Familie über die ganze Welt verstreut war, passierte es häufig, dass einer von uns die Zeitzonen durcheinanderbrachte.

»Hallo?«, fragte ich, weil das Display mich im Dunkeln so geblendet hatte, dass ich den Namen nicht erkannte.

»Oh, du bist wach, wunderbar«, ertönte die fröhliche Stimme meiner Mutter. »Ich dachte schon, du schläfst noch.«

»Um vier Uhr morgens wäre das kein großer Skandal, oder?« Ich setzte mich auf und strich mir die Haare zurück.

»Es ist vier Uhr bei dir? Oh je. Ich dachte, es wäre schon Morgen in Chicago. Ich bin einfach zu selten in Europa.«

Ich unterdrückte ein Gähnen. »Wo brennt es denn, Mum?«

»Auf Korfu. Genau genommen im *Kefi Palace*.«

Das neue Hotelprojekt, das sie nach der Abfuhr des Rates nun auf eigene Faust umsetzte? Was konnte beim Umbau einer solchen Anlage schon schiefgehen? Das Ding war gerade mal vier Stockwerke hoch und brauchte einfach nur frische Tapeten und einen neuen Boden.

»Okay«, sagte ich. »Und was ist das Problem?«

Meine Mutter seufzte tief. »*Hier* läuft eigentlich alles ganz gut, aber bei unserem Resort in Dubai ist der Innenausbau komplett zum Erliegen gekommen. Robert kann einfach nicht mit den Saudis umgehen.« Man konnte das Augenrollen über ihren Chefarchitekten förmlich hören. »Ich muss dorthin. Und brauche für diese Zeit eine Vertretung für das Projekt hier.«

Ich ahnte, worauf das hinauslaufen würde.

»Schatz, könntest du das nicht übernehmen?«, kam da schon die erwartete Frage. »Es wären nicht mehr als drei Wochen, maximal vier. Nur bis ich alles in Dubai geregelt habe.«

Ich holte Luft. »Mum, ich studiere. Ich mache dieses Jahr meinen Abschluss und habe Unmengen zu tun.« Nach dem heutigen Gespräch mit Dekan Rogers erst recht. »Wie stellst du dir das vor?«

Sie seufzte. »Du bist doch eh so ein Überflieger und machst alles mit links. Wenn du willst, rede ich auch mit der Uni, damit sie dich freistellt.«

»Untersteh dich.« Es fehlte mir gerade noch, dass meine Mutter den Dekan anrief und ihm vorheulte, sie würde mich für ihr Projekt brauchen – nachdem er so großzügig gewesen war und mir eine zweite Chance für die Klausur gegeben hatte. Außerdem war es besser, sie erfuhr nichts von der verhauenen Prüfung. Denn immer, wenn ich ihr etwas sagte, das die Familie interessieren konnte – schließlich geierte meine Grandma geradezu darauf, den Männern unter uns mangelnde Leistungsfähigkeit zu unterstellen – brachte ich sie in die Zwickmühle, den Mund halten zu müssen.

»Ich brauche jemanden, der dieses Chaos beherrschen kann«, sagte sie jetzt. »Jemanden mit Talent für Organisation, dem ich hundertprozentig vertrauen kann.«

Ungläubig runzelte ich die Stirn. »Du willst mir doch nicht ernsthaft erzählen, dass sich in deinem unendlichen Portfolio an Kollegen und Bekannten keine einzige Person befindet, die dir da helfen kann?«

»Doch, natürlich kenne ich solche Leute. Aber erstens vertraue ich denen nicht so wie dir. Und zweitens müsste ich sie bezahlen, weil sie sonst irgendwann den Gefallen von mir zurückfordern.«

Ich lachte auf. »Charmant, Mutter. Ich bin also was? Deine Low-Budget-Lösung?«

»Du bist meine *No*-Budget-Lösung, um genau zu sein.« Ihre Stimme bekam etwas Flehendes. »Komm schon, Lye, lass mich nicht hängen. Du hast mir das hier schließlich eingebrockt, jetzt hilf mir auch dabei, es über die Bühne zu bringen. Korfu ist wunderschön um diese Jahreszeit. Du könntest tagsüber arbeiten und abends im Meer schwimmen.«

Sie wusste, dass sie mich damit locken konnte – ich mochte keine Schwimmbäder und war immer glücklich, wenn ich in freiem Gewässer trainieren durfte. Allerdings würde es kaum dazu kommen, denn falls ich nach Korfu flog und das Projekt beaufsichtigte, bedeutete das, ich musste abends oder nachts für Denkmalpflege lernen. Nein, das ging einfach nicht. Ich würde sie bitten müssen, sich jemand anderen zu suchen.

Aber etwas hinderte mich daran, es auszusprechen. Vielleicht, weil ich genau wusste, was das Projekt auf Korfu meiner Mutter bedeutete. Vielleicht auch, weil ich ahnte, dass es

Grandma wahnsinnig ärgern würde, wenn das *Kefi Palace* ein Erfolg wurde. Die Gelegenheit, ihr in die Suppe zu spucken, konnte ich mir kaum entgehen lassen, ganz egal, wie stressig es werden würde. Und eine Lerngruppe musste ich mir dann auch erst mal nicht suchen. Verdammt, das waren wirklich zu viele Pluspunkte.

»Unter einer Bedingung«, hörte ich mich also sagen.

»Alles, was du willst.«

»Du sorgst dafür, dass mir Grandma keine Heiratskandidatinnen mehr auf den Hals hetzt.«

Meine Mutter lachte auf. »Ich habe gleich gesagt, dass das nichts wird mit Sophia Wilson.«

»Du hast davon gewusst?«, stieß ich aus.

»Nein, nicht von Beginn an. Moira hat mir irgendwann verraten, was sie vorhaben.«

»Und du hast nicht daran gedacht, mir das zu sagen?« Die Frau war wirklich unglaublich. Wie konnte sie so etwas für sich behalten? »Die haben ihr vorgegeben, wie sie sich zu verhalten hat und was sie anziehen soll! Was, wenn ich mich tatsächlich in sie verliebt hätte?«

»Dann hätte ich mich für dich gefreut, mein Schatz«, sagte meine Mutter in liebenswürdigem Ton. »Aber eigentlich war ich mir sicher, dass du selbst dahinterkommst und die Kleine dann in die Wüste schickst. Du bist schließlich schon groß. Und du riechst es hundert Meter gegen den Wind, wenn jemand nicht authentisch ist.«

Ich hätte ihr die Zunge rausgestreckt, falls sie es hätte sehen können. »Eine kleine Warnung wäre trotzdem nett gewesen.«

»Beim nächsten Mal.« Sie holte Luft. »Außerdem weiß ich doch, dass dein Herz nicht frei ist.« Es klang weich, aber ich ging nicht darauf ein. Ich wollte nicht über Kenzie reden. Ich wollte Abstand von ihr und allem, was mich mit ihr verband.

Seit wir uns in Kilmore wiedergesehen hatten, verbot ich mir jeden Gedanken an sie – mal mehr, mal weniger erfolgreich.

»Wann soll ich nach Korfu kommen?«, fragte ich stattdessen.

»So schnell wie möglich. Je früher ich nach Dubai verschwinden kann, desto eher bin ich wieder da. Das Team ist hier gerade dabei, die Räume zu katalogisieren, und ich habe die grobe Ausrichtung mit ihnen besprochen. Die vorbereitenden Arbeiten sind erledigt, also geht es jetzt um den Innenausbau. Alles an Standard-Möbeln ist längst bestellt, genau wie das Material. Du musst also eigentlich nur die Leute koordinieren und dafür sorgen, dass jeder seine Arbeit macht. Aber die Details können wir besprechen, sobald du hier bist.« Sie schien sich das bereits überlegt zu haben, so als hätte sie gewusst, dass ich ihr helfen würde. Vermutlich kannte sie mich einfach zu gut.

Ich ging ins Wohnzimmer und nahm meinen Laptop mit zum Sofa. »Ich buche gleich einen Flug.«

»Das habe ich schon erledigt«, meldete meine Mum. »Morgen um 11 geht die Maschine, das Ticket liegt am Flughafen in Chicago für dich bereit. Keine Sorge, es ist Business Class. Ich weiß ja, du hasst die First.« Ich wartete auf einen Moment der Überraschung – oder Empörung –, aber er blieb aus. Wahrscheinlich war das die Gelassenheit, die man entwickelte, wenn man seit 22 Jahren der Sohn von Theodora Henderson war. So war Mum nun mal. Sobald sie mitten in einem Projekt steckte, gab es nichts Wichtigeres für sie – und danach hatten sich auch alle anderen zu richten. »Es ist toll, dass du herkommst. Du wirst sehen, es wird der erste Vorgeschmack darauf, wenn du erst im Team Henderson bist.«

»Gerade weiß ich nicht, ob ich Teil deines Teams sein will«, murrte ich.

»Nein, das sind die falschen Pläne. Schau mal da drüben auf dem Tisch.« Offenbar redete sie längst mit jemand anderem.

»Liebling, wir sehen uns hier vor Ort. Ich schicke jemanden, um dich abholen zu lassen.«

Sie legte auf, bevor ich etwas sagen konnte. Also nahm ich das Handy vom Ohr und lehnte mich wieder in die Kissen meiner Couch. Sollte ich noch mal ins Bett gehen? Nein, das war Quatsch. Also raffte ich mich auf und ging in den Flur, wo ich meine Reisetasche aus dem Schrank zog.

Wenn ich eh wach war, konnte ich auch packen.

12

Kenzie

»Oh Mann, wann hat denn hier zuletzt jemand aufgeräumt?«

Ich sagte es zu mir selbst, denn ich stand vollkommen allein in der Werkstatt von Nikolaos, die von einer Messie-Wohnung kaum zu unterscheiden war. Eigentlich war ich auf der Suche nach einem scharfen Reinigungsmittel, um herauszufinden, ob die Flecken auf den gelieferten Fliesen ein Materialfehler waren oder einfach nur Dreck. Aber Cleas fröhliches »Guck mal in die Werkstatt meines Vaters, da gibt es alles« war wohl eher der Aufruf für ein Himmelfahrtskommando gewesen. Sicherlich gab es hier, was ich brauchte. Nur wo, würde ich nie erfahren.

Trotzdem begann ich, ein paar der Metallregale abzusuchen, als das Walkie-Talkie an meinem Gürtel knackte. »Wer hat den Lieferschein für die Tapeten unterzeichnet?«, klang Marthas südafrikanischer Akzent blechern aus dem Lautsprecher. »Es fehlen dreißig Rollen.«

»Ich komm runter«, antwortete Theodora nur wenige Sekunden später. »Das macht der Lieferant jedes Mal und hofft, wir merken es nicht.«

»Okay.« Damit endete das Gespräch.

Wir hatten uns nach einer Woche ganz gut zusammengerauft, die anderen und ich, obwohl das Projekt immer noch etwas chaotisch war und man das Gefühl hatte, jeder erledigte

Punkt auf der To-do-Liste fabrizierte fünf neue. In den Zimmern im Haupthaus lief mittlerweile der Innenausbau, aber in den Villen hatte sich bisher gar nichts getan und die Fliesenarbeiten am Pool gingen nicht voran, weil die Firma, die Theodora dafür engagiert hatte, einfach nicht aufgetaucht war. Clea tat ihr Bestes, um einen Ersatz aufzutreiben, aber ihrem genervten Gesichtsausdruck nach zu urteilen, wenn man sie telefonierend irgendwo antraf, war das nicht einfach.

»Kenzie, hast du die Kataloge für die Waschtische gesehen?« Meine Kollegin Bella steckte den Kopf in die Werkstatt. »Dora will eine Vorauswahl treffen, aber sie sind nirgendwo aufzutreiben.«

Ich gab meine Suche fürs Erste auf und dachte nach. »Zuletzt hatte Elliott sie unter dem Arm, glaube ich. Er wollte sich Gedanken um die Badezimmer in den Villen machen.«

»Wieso das denn?«, regte Bella sich auf und verlor dabei fast das Cap, das ihre schwarzen Locken bändigte. »Dora hat klar gesagt, zuerst das Haupthaus. Warum hört der Kerl eigentlich nie zu? Nur, weil er in *New York* studiert hat?«

Ich musste grinsen. Bella war wirklich eine Marke für sich. Sie war so aufbrausend, wie man es bei einer Italienerin erwartete, dazu klein und zart, aber ziemlich zäh – gestern hatte sie mit Dionys eine ganze Lieferung Zementsäcke abgeladen, weil sie keine Lust gehabt hatte, ein paar Jungs darum zu bitten. Schon gar nicht Elliott, mit dem sie seit dem ersten Tag eine Art Hassliebe verband. Es war aber auch kein guter Start gewesen, dass er ihr Zimmer mit seinem verwechselt hatte, als sie halb nackt vor dem Spiegel »I am beautiful« gesungen hatte.

Das Walkie meldete sich wieder, ebenso wie das von Bella. »Team-Besprechung und Mittagessen in zehn Minuten«, verkündete Theodora knapp.

Bella nahm ihr Funkgerät zur Hand. »Und Elliott, bring die Bad-Kataloge mit«, fügte sie genervt hinzu.

»Wenn du gestresst bist, Isabella, dann empfehle ich Yoga.« Elliotts nasale Stimme ließ genau hören, was er von der Anweisung hielt. Bella schnaubte und drückte schon wieder den Knopf, aber nach ihrem »Jetzt hör mal zu, du –« nahm ich es ihr einfach aus der Hand.

»Ihr habt noch genug Gelegenheit, euch beim Mittagessen anzuzicken.« Ich grinste. Zum Glück hatte ich mit keinem der Anwesenden ein Problem. Sie waren zwar alle auf ihre Art speziell, aber ich war es gewohnt, mit unterschiedlichen Charakteren umgehen zu müssen. Im Prinzip war das hier auch nichts anderes als zu Hause. Nur dass ich niemandem sagen musste, er solle sein Zimmer aufräumen und die Wäsche in den Keller bringen.

»Ich zicke ihn nicht an, ich sage ihm nur, was für ein unerträglicher Besserwisser er ist«, empörte sich Bella, während sie versuchte, mir das Funkgerät wieder abzunehmen. »Offenbar hat das noch nie jemand getan. Es ist also ein Dienst an der Menschheit.«

»Ab zur Besprechung, du Wohltäterin.« Ich schob sie zur Tür hinaus. »Dora muss morgen nach Dubai, sie hat bestimmt eine ellenlange Liste von Dingen, die sie bis dahin noch besprechen will.« Sie hatte zwar eine Vertretung organisiert, wie sie uns gesagt hatte, aber ob der- oder diejenige tatsächlich alle Entscheidungen ohne sie treffen durfte, bezweifelte ich.

Ich ließ Bella vorgehen, weil ich mir in meinem Zimmer noch schnell andere Schuhe anziehen wollte. Bei der Arbeit trug ich Boots mit Stahlkappen, aber die waren nicht unbedingt luftig. Es würde eine Wohltat sein, für die Dauer des Essens auf Flipflops umsteigen zu können.

Man hatte uns in den Bungalows untergebracht, einzelnen Häuschen, die entgegen ihres Namens zweistöckig waren und jeweils vier Zimmer beinhalteten. Sie standen als Letztes bei der Renovierung auf der Liste, deswegen waren die Möbel und

Bäder etwas abgewohnt, aber ich fand es dennoch gemütlich – und der Balkon zeigte zum Meer, was vor allem am Abend wunderschön war. Mein Aufenthalt hier war genau das, was ich mir erhofft hatte: viel Arbeit, kreativer Austausch und keine Zeit zum Nachdenken. Und wie ich bei unseren Telefonaten raushörte, kamen meine Schwestern bestens zurecht. Anders als letztes Jahr in Kilmore hatte ich kein schlechtes Gewissen, sondern genoss es, nur für mich sorgen zu müssen. Auch wenn mir die Berichte über die Ausflüge, die Eleni und Juliet mit Susanna und Dad unternahmen, immer wieder einen leisen Stich versetzten.

Meine Flipflops standen direkt neben der Tür, und ich tauschte die Schuhe schnell aus, bevor ich den straffen Zopf löste, kurz auf mein Telefon sah und eine Nachricht von meinen Schwestern las, die doch tatsächlich den Dachboden aufgeräumt hatten und deswegen stolz in die Kamera grinsten. Ich schrieb zurück, dass das super war und sie gern herkommen und im Hotel weitermachen konnten, dann steckte ich das Handy weg, zog die Tür zu und beeilte mich, zum Haupthaus zu gehen.

Als ich auf die Terrasse kam, war der Rest des Teams schon anwesend – alle außer Clea. Ich setzte mich dazu und nahm mir eine Portion von dem Essen, das in einer dampfenden Schüssel auf dem Tisch stand. Dionys kochte jeden Mittag und Abend für uns, was so hervorragend schmeckte, dass ich wahrscheinlich längst zwei Kilo zugelegt hatte. Auch das Moussaka, ein Auflauf mit Aubergine und Hackfleisch, das er heute gemacht hatte, ließ mich beim ersten Bissen genießerisch die Augen schließen.

»Wieso machst du eigentlich kein Restaurant auf? Am besten in der Nähe von London oder so.« Ich sah ihn an und er grinste.

»Ich glaube nicht, dass ich so viel Moussaka verkaufen kann, um die Miete für einen Laden dort zu bezahlen.«

»Ach, das kriegen wir schon hin.« Ich winkte ab.

Theodora sah immer wieder zur Tür, so als würde sie auf jemanden warten.

»Sollten wir nicht besprechen, was in deiner Abwesenheit ansteht?« Elliott deutete auf das Tablet, das vor ihr lag.

»Und wo ist eigentlich Clea?«, fragte Bella zwischen zwei Bissen.

»Sie holt meine Vertretung vom Flughafen ab.« Theodora warf einen schnellen Blick zu mir, den ich nicht deuten konnte. »Ich hatte gehofft, sie wären rechtzeitig zum Essen hier, damit ich ihn euch vorstellen kann und wir direkt gemeinsam klären können, was in den nächsten zwei Wochen zu tun ist. Aber so wie es aussieht, müssen wir das auf später verschieben.« Im nächsten Moment hörte man, wie die Schiebetür der Terrasse aufglitt. »Ah, da sind sie ja doch.«

Clea kam heraus, heute in normaler Kleidung statt Arbeitsklamotten. Wir alle schauten zu ihr, um zu sehen, wer da hinter ihr aus der Tür trat. Theodora hatte nur erwähnt, dass es jemand war, den sie schon viele Jahre kannte und dem sie voll und ganz vertraute, das ließ viel Raum für Spekulationen. Wir glaubten alle, sie hätte vielleicht einen berühmten Kollegen überreden können, für sie einzuspringen – und waren dementsprechend gespannt. Aber ich war die Einzige, die erschrocken Luft holte, als ich erkannte, *wer* es war.

»Lyall«, entfuhr es mir leise, als wäre es eine Bitte, dass ich gerade irgendeine Art von Fata Morgana hatte und das hier nicht die Wahrheit war. Dass er nicht dort stand und in diesem Moment die Sonnenbrille abnahm, bevor er sich die dunklen Haare lässig nach hinten strich. *Er* war Theodoras Vertretung? Ausgerechnet er?

Er schien mich gehört zu haben, denn es dauerte nur einen Sekundenbruchteil, bis er zu mir sah – und in seiner Bewegung erstarrte.

»Kenzie«, sagte er, im gleichen Tonfall wie ich. Es war völlig klar, dass er mit mir ebenso wenig gerechnet hatte wie umgekehrt. Wir schauten uns an, unfähig zu irgendeiner Regung, und ich sah, wie er seine Miene verschloss. Leider verfügte ich nicht über diese Fähigkeit, deswegen war wohl offensichtlich, dass sein Auftauchen mich völlig aus der Bahn warf.

Theodora war bereits aufgestanden und begrüßte ihren Sohn. Ich blieb sitzen und fragte mich, wo dieses verdammte Loch im Boden war, wenn man es brauchte. Sollte ich verschwinden? Oder so tun, als würde ich Lyall nicht kennen? Ich hatte keine Ahnung.

Er kam gemeinsam mit seiner Mutter zum Tisch, schüttelte die Hände der anderen aus dem Team, ließ sich erklären, wer woher kam – und sah mich dabei nicht ein einziges Mal an. Erst als Theodora ein lapidares »Ihr kennt euch ja schon« aussprach, trafen sich unsere Blicke erneut … und ich erkannte Wut. Es war die gleiche Wut, die ich selbst spürte, weil Theodora uns nichts gesagt hatte. Aber ich war immer noch in meiner Starre gefangen, da sich alles, was ich mir von diesem Projekt versprochen hatte, in Luft auflöste. Lyall war hier. Auf Korfu. Und hatte mich eiskalt erwischt.

»Mum, kann ich dich kurz sprechen?«, fragte er nun. »Allein?« Ich sah auf, als er diese Worte aussprach. Es klang freundlich, aber ich hörte die leise Schärfe in seiner Stimme. »Entschuldigt uns kurz«, sagte er in die Runde, dann gingen sie gemeinsam zum Speisesaal und schlossen die Terrassentür hinter sich. Ich atmete aus.

»Wow. Was war das denn?« Martha sah mich neugierig an.

»Da fragst du noch?«, mischte sich Elliott ein. »Sie hatten mal was.«

»Das ist mir auch klar.« Marthas Blick war sensationslüstern. »Du und Lyall fuckin' Henderson, wie krass ist das denn? Erzähl mir *alles*.«

Ich schüttelte den Kopf und nahm einen Schluck Wasser, weil mein Hals ganz trocken war. »Es gibt nichts zu erzählen. Das war nichts Ernstes.«

Leider strafte etwas meine Worte Lügen – denn auch durch die geschlossene Glastür war deutlich zu hören, dass Theodora und Lyall stritten. Zwar war nicht genau zu verstehen, was sie sagten, aber er klang ziemlich wütend. Ich konnte es nachfühlen. Auch wenn ich fand, dass ich wütender sein musste als er – schließlich hatte ich ihn nicht nach Strich und Faden belogen.

»Nichts Ernstes also, ja?«, fragte Elliott sarkastisch. »Das hört man.«

Am Tisch herrschte Schweigen, alle spitzten die Ohren, ob man nicht doch ein paar Wortfetzen verstehen konnte, also stand ich auf. Es wäre einfach gewesen, jetzt zu verschwinden – es wusste eh jeder hier, dass diese Geschichte größer war, als ich behauptet hatte. Aber ich wollte nicht, dass sie Details erfuhren. Und wenn Lyall so weitermachte, würde das Team früher oder später doch noch etwas mitbekommen.

»Ich gehe mal lieber hin«, murmelte ich. Dann stand ich auf und schritt auf die Tür zu, hinter der genau der Mann wartete, der mir das Herz in tausend Teile gebrochen hatte.

13

Lyall

Was zur verfluchten Hölle läuft in meinem Leben eigentlich falsch?

Das war mein erster Gedanke gewesen, als ich nach 14 Stunden Flug inklusive zweier Zwischenstopps und einer halbstündigen Autofahrt mit der gesprächigen Clea auf diese Terrasse getreten war und Kenzie dort gesehen hatte. Kenzie in Arbeitsklamotten und mit offenen Haaren, schöner denn je, und ebenso unerreichbar. Wer in drei Teufels Namen hatte beschlossen, dass alles nicht schon scheiße genug war und ich nun auch noch mit der Person konfrontiert wurde, die ich mir seit Monaten aus dem Kopf schlagen wollte?

Und dann war mir die Antwort eingefallen: meine Mutter.

Kaum war die Tür hinter uns zu, platzte meine Wut aus mir heraus.

»Was stimmt nicht mit dir?!«, schnauzte ich sie an. »Du weißt, was zwischen uns passiert ist! Wie kannst du mir verschweigen, dass sie hier ist?« Denn dass sie schon länger bei dem Projekt dabei war, hatte ich an ihrem Verhalten den anderen gegenüber deutlich erkannt. Genauso hatte ich aber auch ihre Überraschung, was mein Auftauchen anging, gesehen. Meine Mutter hatte keinem von uns etwas gesagt. Und sich damit wieder einmal über alle hinweggesetzt.

»Wärst du gekommen, wenn ich es dir verraten hätte?«, fragte sie.

»Natürlich nicht!«, rief ich aufgebracht. »Aber das ist doch kein Argument!«

»Ich brauche euch beide für dieses Projekt, Lye!« Meine Mum reckte das Kinn. »Und außerdem … ich weiß doch, dass du immer noch in sie verliebt bist, du hast es mir selbst gesagt. Das ist die ideale Gelegenheit, damit ihr euch wieder annähern könnt. Hier gibt es keine Regeln für dich wie in Kilmore.«

»Verdammte Scheiße, Mum! Kenzie und ich, daraus wird nichts mehr! Das Thema ist durch, ganz egal, was ich für sie empfinde.« Ich presste die Lippen aufeinander, um ihr nicht zu verraten, dass Kenzie über Ada Bescheid wusste. »Und du bringst uns beide in diese beschissene Lage, nur weil du die Kupplerin spielen willst?«

Sie verschränkte die Arme. »Vielleicht weiß ich etwas besser als du, dass man nicht beim ersten Problem aufgeben sollte.«

»Ja, sicher«, schnaubte ich. »Am besten rufen wir Dad an und fragen, wie gut das bei euch funktioniert hat.«

»Es reicht, Lye!« Sie sah mich an, jetzt auch wütend. »Du tust seit Jahren so, als wäre dir wegen dieses einen Fehlers ein Leben in Einsamkeit sicher. Und dann lernst du ein tolles Mädchen kennen und willst nicht einmal um sie kämpfen?«

»Es gibt nichts zu kämpfen, Mum! Ich habe ihr wehgetan, okay? Kenzie ist fertig mit mir!« Meine Mutter hatte keine Ahnung, wie sehr. Und ich konnte es ihr nicht sagen, wenn ich Kenzie nicht meiner Familie zum Fraß vorwerfen wollte.

Meine Mum warf die Arme in die Luft. »Herrgott noch mal, Lyall, dann erklär es ihr! Sag ihr, dass Kilmore für dich wichtig war und du keine Wahl hattest. Sie ist klug, sie wird es verstehen.«

Ich schüttelte den Kopf.

»Wieso machst du so was?«, fragte ich. »Wieso setzt du dich

immer über den Willen von allen hinweg, nur um das zu bekommen, was für dich am besten ist? Hat Grandma dir das beigebracht? *Scheiß auf andere, solange es für dich gut läuft?*«

Sie funkelte mich an. »Und wieso denkst du immer, du wärst der Klügste im Raum? Vielleicht vertraust du einfach mal jemandem, der dich gut kennt und nur das Beste für dich will!«

»Klar, für mich. Deswegen bin ich um die halbe Welt geflogen – weil das hier *für mich* das Beste ist. Hast du dir mal überlegt, dass –«

Ein Klopfen unterbrach unseren Streit und die Tür ging auf.

»Ja?«, machten wir beide gleich gereizt.

Ausgerechnet Kenzie war es, die hereinkam, einen bemüht neutralen Ausdruck auf dem Gesicht. »Man kann euch draußen hören. Vielleicht verlagert ihr das Gespräch irgendwo anders hin.« Mehr sagte sie nicht.

»Klasse«, murrte ich in die Richtung meiner Mutter, bevor ich mich wappnete und Kenzie ansah. »Ich wusste nicht, dass du hier bist«, erklärte ich ihr. »Sie hat mir nichts davon gesagt.«

Kenzie nickte nur, als hätte sie das längst vermutet. »Mir auch nicht. Es wäre nett gewesen, mich vorzuwarnen, Dora.«

Mum sah zwischen uns hin und her, als dämmerte ihr langsam, dass sie keine Ahnung hatte, was Sache war. Aber statt sich zu entschuldigen, wie es jeder normale Mensch getan hätte, wedelte sie nur mit der Hand.

»Wenn ich eines in meinem Leben gelernt habe, dann, dass alles für etwas gut ist. Ihr werdet noch herausfinden, dass es stimmt, da bin ich sicher.« Damit nahm sie ihr Tablet vom Tisch und war so schnell verschwunden, dass ich nichts mehr sagen konnte. Kenzie und ich blieben zurück, zwischen uns unangenehmes Schweigen. Ich hoffte, dass sie nicht in meinem Blick lesen konnte, was ihre bloße Anwesenheit mit mir anstellte.

»Sie hat keine Ahnung, dass du über Ada Bescheid weißt«, versuchte ich mich an einer Erklärung. »Sonst würde sie so was Dämliches sicher nicht machen.«

»Verstehe.« Kenzie schaute mir zum ersten Mal in die Augen, und ich sah, dass ihr unbeteiligter Ausdruck etwas anderem gewichen war: Wut. Und Verletztheit. Aber obwohl ich genau erkennen konnte, dass sie etwas sagen wollte, schwieg sie. Also nahm ich meine Tasche, die in der Ecke stand.

»Ich verschwinde besser. Meine Mutter wird jemand anderen finden müssen, der für sie einspringt.« Es war das einzig Anständige. Mum hatte ihren Anspruch auf meine Hilfe mit der Nummer eh verspielt – und um nichts in der Welt wollte ich Kenzie zusätzlichen Kummer bereiten, indem wir uns am selben Ort befanden.

Aber da verschränkte sie die Arme. »Meinetwegen musst du nicht gehen.«

Ich hielt inne. »Was?«, fragte ich perplex.

»Du musst nicht gehen«, wiederholte sie. »Deine Mutter scheint dich hier zu brauchen, und auch wenn diese Nummer daneben war, mag ich sie sehr, also will ich nicht der Grund sein, warum sie sich auf den letzten Drücker eine andere Vertretung suchen muss.« Sie straffte ihre Schultern. »Die Anlage ist groß genug, dass wir uns aus dem Weg gehen können. Und wenn sie zurückkommt, bist du wieder weg, richtig?«

Ich nickte langsam. War sie echt so cool damit? Ich war es nämlich nicht. Kenzie drei Wochen lang jeden Tag über den Weg zu laufen, würde mich fertigmachen, das wusste ich. Aber dennoch … es war Kenzie. Waren drei Wochen in ihrer Nähe nicht besser als sie nicht zu sehen? Auch wenn wir nie wieder mehr sein würden? *Alter, ist das dein Ernst? Stehst du so sehr auf Quälerei, dass du das wirklich willst?*

Scheiße, ja.

»Okay«, sagte sie. »Dann sollten wir lieber zurück zu den

anderen.« Sie ging zur Tür, aber dann blieb sie noch einmal stehen. Ich erkannte die Anspannung in ihrem Körper, während sie versuchte, so zu tun, als wäre das alles kein Ding für sie. *Also doch nicht so cool.* »Was denkt deine Mutter eigentlich, was zwischen uns passiert ist?«

»Sie weiß, dass wir kurz zusammen waren. Und glaubt, dass ich es beendet habe, weil die Regeln in Kilmore letzten Sommer mich dazu gezwungen haben.« Ich zog die Schultern hoch. »Wäre sicher klug, dabei zu bleiben. Für uns beide.«

Kenzie nickte, dann trat sie aus der Tür und war wieder auf dem Weg zum Tisch. Ich gab mir einen Ruck und folgte ihr – versuchte, sie nicht anzustarren. Trotzdem bemerkte ich, wie sie ausatmete und die Spannung aus ihr wich, sobald sie nicht mehr mit mir im selben Raum sein musste. Mein Magen zog sich zusammen. Es tat mir fast körperlich weh, zu sehen, dass ich solche Gefühle in ihr auslöste. Vor allem, wenn ich mich daran erinnerte, wie es einmal für eine kurze Zeit zwischen uns gewesen war. Wie sie mich während dieses Trips in die Highlands angesehen, wie sie nicht genug davon bekommen hatte, von mir berührt zu werden. Es kam mir vor, als wäre das keine zwei Tage her.

Und gleichzeitig wie aus einem anderen Leben.

»Lyall?«, rief meine Mutter da von draußen. »Kommst du?«

»Klar«, murmelte ich, stellte meine Tasche wieder ab und ging hinaus. Als ich mich an den Tisch setzte, direkt gegenüber von Kenzie, wusste ich genau – das hier war ein Fehler. Ein riesiger, gewaltiger Fehler.

Aber ich wusste auch, ein Teil von mir würde ihn genießen.

14

Kenzie

Meinetwegen musst du nicht gehen.

Dieser Satz kreiste in meinem Kopf, während ich mit den anderen am Tisch saß und das Moussaka plötzlich nach Pappe schmeckte. Wieso hatte ich das getan? Ich hatte keine Ahnung. Irgendetwas in mir hatte diesen Satz sagen wollen. Ein trotziger Teil von mir hatte den Wunsch gehabt, Lyall zu demonstrieren, dass ich über ihn hinweg war. Dass seine Anwesenheit mich nicht mehr aus der Fassung bringen konnte. Was für ein Schwachsinn.

Jetzt saß er mir gegenüber, lobte Dionys' Kochkünste und tat so, als wäre alles in bester Ordnung. Für einen kurzen Moment nahm ich ihm das sogar ab … aber ich hatte ihn vollkommen entspannt erlebt und wusste, jetzt war er es nicht. Seine Finger hielten das Besteck etwas zu fest, er mied meinen Blick mit eiserner Disziplin und sein Lachen, wenn jemand einen Witz machte, klang angestrengt. Ja, ich hatte ihm gesagt, er könne bleiben, aber warum war er nicht trotzdem gegangen? Wegen der Loyalität zu seiner Mutter? Oder gab es noch einen anderen Grund?

Ganz egal, was ihn dazu gebracht hatte, jetzt musste ich damit leben, dass er hier war. Vielleicht würde es ja wirklich einen Abschluss bedeuten, zumindest nahm ich mir das in diesem

Moment fest vor. Wenn Lyall in ein paar Wochen wieder abreiste, würde ich über ihn hinweg sein. Das war das oberste Ziel. Und davon würde ich mich nicht abbringen lassen.

»Dann wäre alles Wichtige ja erst einmal geklärt«, drang Theodoras Stimme an mein Ohr. Sie waren fertig mit der Besprechung und ich hatte nichts mitbekommen? Verdammt. Ich gab mir Mühe, nicht allzu unbeteiligt auszusehen, und in der nächsten Sekunde fiel Lyalls Blick auf mich. Es dauerte nur einen Augenblick und sein schönes Gesicht verzog keine Miene. Aber mein verräterisches Herz hatte trotzdem ein paar Schläge zugelegt.

Er ist ein Lügner. Vergiss das nicht.

Das würde ich sicher nicht.

»Ich möchte, dass ihr Lyall als Schnittstelle zu mir betrachtet«, sagte Theodora da. »Es bleibt alles wie bei mir auch. Nach wie vor sollt ihr Probleme im Team besprechen, aber er verteilt Ressourcen und behält das letzte Wort, wenn es unterschiedliche Meinungen gibt. Er hat allerdings ebenso wie ich keine Verwendung für das Wort Feierabend, also dürft ihr Befehle nach Sonnenuntergang ruhig ignorieren.«

Elliott und Bella lachten, während Lyall schuldbewusst die Hände hob, aber Martha murmelte neben mir: »Der darf mir gerne was nach Sonnenuntergang befehlen.« Dann fiel ihr Blick auf mich. »Sorry, das war nur ein blöder Witz, ich wollte nicht –«

»Hast du nicht«, sagte ich schnell.

Theodora war schon beim nächsten Thema. »Außerdem habe ich noch eine Aufgabe für meine glorreichen Vier.« Sie sah uns Studenten an. »Ich möchte, dass ihr mir ein Konzept für eine der Villen erstellt. Stoffe, Möbel, das ganze Programm. Wenn ich wieder da bin, werde ich den besten Entwurf umsetzen.«

Ein Wettbewerb? Für eine Villa, die am Ende nach dem eigenen Konzept ausgestattet wurde? Mein Ehrgeiz war sofort geweckt, aber da war ich nicht die Einzige. Elliotts Augen leuchteten und Bella schien längst in Gedanken mögliche Gestaltungsoptionen durchzugehen.

»Ihr seid frei in der Wahl des Stils, aber natürlich sollte es zu Korfu und der Optik im Hauptgebäude passen. Und bitte, bleibt kollegial. Wer auf die Idee kommt, die anderen zu sabotieren, ist sofort raus.« Sie sah auf die Uhr. »Ich fliege morgen früh, also gehen wir heute Abend noch mal alle Listen durch. Jetzt zeige ich Lyall die Anlage und dann kümmere ich mich um die Lieferung der Strandliegen, die im Zoll steckt. Hat jeder noch zu tun?«

Martha nickte. »Bella und ich kümmern uns um die Waschtische im Haupthaus, damit du nachher eine Auswahl treffen kannst. Die ursprünglich geplanten Becken verlieren sich durch die Erweiterung der Badezimmer, deswegen brauchen wir ein größeres Modell.«

»In Ordnung. Aber das kann Bella auch allein machen, dann kannst du dich um die Strandbar kümmern. Wir müssen noch diese Woche wissen, was wir dort an Mobiliar brauchen. Kenzie, wo bist du gerade dran?«

»Oben im Haupthaus. Ich fürchte, wir haben vielleicht einen Materialfehler bei den Natursteinfliesen, die für die Balkone der Suiten vorgesehen sind.« Ich verzog das Gesicht. »Sie hatten bei der Anlieferung merkwürdige Flecken, aber ich kläre ab, ob sie nur verschmutzt sind.«

Theodora seufzte. »Okay, dann mach das und sag mir Bescheid. Wir können es uns nicht leisten, dass sie verlegt werden und es dann so aussieht, als hätten wir nicht renoviert. In den Suiten schon gar nicht.«

Ich nickte.

Elliott stellte sein Glas ab. »Ich mache mit der Abnahme der Bodenbeläge im dritten Stock weiter. Clea, meinst du, du könntest für mich übersetzen? Die Jungs tun immer so, als würden sie mein Englisch nur zur Hälfte verstehen.«

Clea hob eine Augenbraue. »Sie tun so? Du redest derartig schnell, da komme ja nicht einmal ich mit.«

Die beiden kabbelten sich kurz, und als klar war, was jeder zu tun hatte, erhob ich mich und verließ die Terrasse in Richtung Werkstatt. Noch während ich die vielen Stufen hinunterging, um meine Suche nach einem Reinigungsmittel fortzusetzen, spürte ich ein Kribbeln im Nacken, aber ich drehte mich nicht um. Ich würde Lyall ignorieren, solange er hier war. Ich würde professionell arbeiten und mich nicht aus dem Konzept bringen lassen. Mein Kopf war völlig davon überzeugt, dass das funktionierte. Abstand halten, möglichst wenig Berührungspunkte, ansonsten in die Arbeit stürzen. Kinderspiel.

Nur dass mein Herz dagegenhielt. Mein dämliches Herz, das immer noch in Aufruhr geriet, wenn Lyall auftauchte. Ich konnte mir unendlich oft sagen, dass dieser Mann nicht eine Sekunde meiner Gedanken verdient hatte und dass er meine Gefühle *nie* verdient hatte. Es half nichts. Aber zum Glück war ich die Herrin über mein Herz.

Ich würde es schon überzeugen.

Die Fliesen für die Balkone waren zum Glück tatsächlich nur verschmutzt und nicht verfärbt, was meine Stimmung deutlich besserte. Ich schaffte es sogar, den Rest des Tages und Abends nicht auf Lyall zu treffen, von der Besprechung mit Theodora abgesehen. Allerdings hielt meine Laune nur bis zum übernächsten Tag. Denn kaum war seine Mutter in Dubai und wir längst wieder an unseren jeweiligen Aufgaben, meldete sich Lyall kurz vor Mittag auf den Funkgeräten und bat alle zum Pool für eine Krisensitzung.

»Was ist denn los?« Martha traf, die Klamotten von einer dicken Staubschicht überzogen, auf uns, als wir in Richtung

Poolbar gingen. Ich war mit Elliott aus dem Stockwerk mit den Suiten gekommen und zupfte meiner Kollegin ein paar Spinnweben aus den Haaren.

»Keine Ahnung. Aber es klingt nicht so, als hätten wir etwas zu feiern.«

Clea war schon da, ebenso wie ihr Bruder, der mit Lyall einen Stapel Papiere durchging. Wie gewohnt beschleunigte mein Puls für ein paar Sekunden, als ich ihn sah, bevor er sich wieder beruhigte und ich mir sagen konnte, dass mein Plan funktionierte. Ich stellte mich an die Seite, so weit wie möglich von Lyall entfernt, und betrachtete interessiert die gesprungenen Steinfliesen unter meinen Füßen. Nur zwei Minuten später war auch Bella endlich da.

»Es gibt schlechte Nachrichten.« Lyall stützte sich auf die alte Poolbar. »Hendersons größter Konkurrent *Davidge Resorts* baut im Norden der Insel eine neue Ferienanlage und hat uns gestern fast alle Arbeiter vor der Nase weggekauft. Es sind nur noch ein paar wenige übrig, die uns die Treue halten.«

Mir war schon aufgefallen, dass heute weniger auf der Anlage los war als gewohnt, hatte mir darüber aber keine Gedanken gemacht.

Martha runzelte die Stirn. »Wie kann das sein? Für so etwas gibt es doch Verträge. Warum können die einfach woanders hingehen?«

»Ganz einfach«, sagte Clea unglücklich. »Davidge hat sie mit Bonus-Zahlungen geködert, wenn sie zu einem bestimmten Termin fertig werden.«

»Elendige Verräter«, murrte Elliott.

»Sag das nicht.« Dionys sah ihn an. »Die Wirtschaft in Griechenland ist wirklich nah am Abgrund und den Handwerkern auf der Insel geht es schon seit Jahren nicht gut. Wenn sie einen gut bezahlten Auftrag bekommen, haben sie wenig Wahlmöglichkeiten.«

Clea hob die Schultern. »Ich habe mit allen gesprochen, und es tut ihnen wirklich leid, gerade weil sie meinen Vater sehr mögen und uns deswegen nicht enttäuschen wollen. Aber wie Dio sagt, können sie da nicht ablehnen.«

»Und was, wenn Dora ihnen auch einen Bonus anbietet?«, fragte Bella.

Lyall schüttelte den Kopf. »Das Budget für dieses Projekt ist beschränkt, da das Vermögen meiner Mutter zu einem großen Teil in der *Henderson Group* steckt oder angelegt ist. Selbst wenn sie ebenfalls Sonderzahlungen vereinbart, kann Davidge sie einfach überbieten. Das schafft er bei unseren Großprojekten nie, deswegen wird er es hier ausreizen.«

Elliott sah ratlos aus. »Was werden wir dann tun?«

»Clea versucht, jemanden auf der Insel oder vom Festland zu bekommen, der einspringen kann«, sagte Lyall. »Außerdem schaut Mum, dass sie Handwerker von ihren sonstigen Projekten herholen kann, aber das ist ebenfalls teuer und wahrscheinlich nicht so kurzfristig möglich, wie wir es uns wünschen. So oder so werden wir hier eine oder zwei Wochen Stillstand haben – und dann können wir es vergessen, rechtzeitig fertig zu werden.«

Stille breitete sich aus, die mich dazu brachte, etwas vorzuschlagen, das in meinen Augen total auf der Hand lag.

»Wieso helfen wir den verbliebenen Arbeitern nicht?«, fragte ich.

»Helfen?« Elliott sah mich irritiert an.

»Ja, klar. Oder kannst du etwa keinen Boden verlegen oder Räume tapezieren?« Ich sah Lyalls Lächeln aus dem Augenwinkel, aber ich widerstand dem Drang, ihn anzusehen. »Ich kann es. Und ich bin bereit, es zu machen, wenn wir keine andere Alternative haben. Es ist nur ein Tropfen auf den heißen Stein, ich weiß, aber so können wir vielleicht ein bisschen was auffangen. Dora verlässt sich schließlich auf uns.«

Martha neben mir machte ihren Rücken gerade. »Ich bin dabei. Ich habe bei der Renovierung des Hauses meiner Tante im letzten Jahr geholfen.«

»Und ich musste in meinem Praktikum zwei Wochen lang nur Boden verlegen. Fragt nicht, was das für ein Laden war.« Bella schnaubte.

Lyall lächelte mich erneut an, und diesmal war ich nicht diszipliniert genug, ihm auszuweichen. »Das ist eine echt gute Idee«, sagte er, und ich schluckte, als mich der vertraute Blick aus seinen tiefbraunen Augen traf. Aber dann sah er die anderen an und ich fing mich sofort wieder. Das waren nur Erinnerungen, sonst nichts. Davon würde ich mich sicher nicht beeindrucken lassen.

»Im Ernst jetzt?« Elliott schaute etwas pikiert drein. »Wir sind Innendesigner, keine Handwerker. Das ist kein Job für uns.«

»Im Gegenteil – das ist *genau* unser Job«, widersprach ich. »Was bist du für ein Innendesigner, wenn du nicht einmal selbst Tapete an die Wand kleben kannst?« Herausfordernd sah ich ihn an und registrierte zufrieden, wie seine blasierte Miene einem Funkeln wich, das mir sagte, ich hatte ihn bei den Eiern … und seiner Ehre.

»Natürlich kann ich das«, antwortete er. »Niemand tapeziert so exakte Bahnen wie ich. Meine Eltern sind früher einmal im Jahr umgezogen, und glaub mir, sie stehen auf Mustertapeten.«

»Sehr schön«, sagte Lyall. »Dann fang doch gleich in den Zimmern 100 bis 125 damit an. Hier ist der Plan, den Rest können dir die Experten erklären. Das Material ist schon oben auf den Fluren verteilt und Clea übersetzt bestimmt für dich, wenn die Handwerker dich korrigieren wollen. Viel Spaß.«

Elliott wirkte überrumpelt, aber er nahm die Skizze entgegen und studierte sie, während er zum hinteren Eingang des Haupthauses lief. Auch Bella und Martha bekamen ein paar

Zimmer zugewiesen, und Dionys ging mit ihnen, um sicherzugehen, dass sie alles verstanden, wenn sie instruiert wurden. Lyall und ich blieben zurück.

»Danke, dass du sie überzeugt hast«, sagte er. »Ich weiß nicht, ob sie die Idee so gut angenommen hätten, wenn sie von mir gekommen wäre.«

Ich runzelte die Stirn. Konnte er bitte damit aufhören, mich so anzusehen, als wäre alles in Ordnung? Als hätte er das zwischen uns nicht auf einen Schlag zerstört? Und als gäbe es nur diese Seite – die freundliche, warmherzige Version von ihm? Eine fast schon vertraute Wut fraß sich in mein Inneres, infizierte mich, und die Worte kamen einfach aus meinem Mund.

»Natürlich hätten sie die Idee auch von dir angenommen«, sagte ich kühl. »Du bist schließlich gut darin, Leute darüber zu täuschen, wie du wirklich bist.«

Die Worte trafen ihr Ziel: Lyalls Miene verschloss sich, seine Züge wurden hart sich und er wich meinem Blick aus, als er mir ebenfalls eine der Skizzen in die Hand drückte.

»Zimmer 205–230«, sagte er dann. »Sag Bescheid, wenn etwas fehlt.«

»Sicher.«

Damit ließ ich ihn stehen und machte mich so schnell wie möglich auf den Weg in den zweiten Stock.

15
Lyall

Tapezieren war eine seltsam befriedigende Angelegenheit. Die Bahnen auszubreiten, mit Kleister zu bepinseln, sie zusammenzufalten und schließlich auf die Leiter zu steigen, um sie an die Wand zu bringen – das war ein beruhigender, gleichförmiger Rhythmus. Gerade dann, wenn es spät war, man gute Musik auf den Ohren und seine Ruhe hatte.

Alle anderen waren nach dem Abendessen in ihre Zimmer verschwunden, denn heute war es zu kalt, um am Strand zu sitzen. Nicht, dass ich mitgegangen wäre – mir war klar, dass ich Abstand halten musste. Zwar waren die anderen wirklich nett, von Elliott vielleicht abgesehen, aber ich wollte nicht öfter als nötig in Kenzies Nähe sein.

Dabei war es nicht so schlimm, wenn man es von außen betrachtete. Wir gingen professionell miteinander um, wahrten Distanz, ließen niemanden merken, was zwischen uns gewesen war. Und wir waren meist einer Meinung, wenn es zu Diskussionen kam. Wir machten dem Team so gut etwas vor, dass die neugierigen Blicke schon nach kurzer Zeit weniger geworden waren. Aber in mir sah es anders aus. Es war, als würde mir jetzt in jeder Sekunde vor Augen geführt werden, was hätte sein können – wenn ich nicht ich gewesen wäre und meine Vergangenheit die eines anderen. Wenn ich *gut* für Kenzie gewesen wäre.

Das Vibrieren meines Telefons ließ mich den Kopfhörer herunternehmen. Schnell wischte ich mir die klebrigen Finger an einem Tuch ab und nahm den Anruf entgegen.

»Hi, Fin«, begrüßte ich meinen Cousin.

»Lyallinator«, schallte es fröhlich von der anderen Seite. »Wie läuft es am Ende der Welt?« Wir hatten seit Chicago nicht mehr miteinander gesprochen. Ich hatte ihm nur eine Nachricht geschrieben, warum ich nach Korfu fliegen würde.

»Gut. Zumindest, wenn man auf Tapezieren steht.«

»Hä?«, fragte er.

»Das heißt *Wie bitte*, Finlay Sholto Henderson.« Ich imitierte die Stimme unseres Englischlehrers aus Eton und ließ es mir nicht nehmen, auch noch den verhassten Zweitnamen meines Cousins zu erwähnen.

»Oh Gott, erinnere mich nicht an Mister Hattinger«, stöhnte der. »Weißt du, dass ich ab und zu von ihm träume? Er erinnert mich dann immer an diese Hausaufgabe, die ich nie gemacht habe, das Sonett zum Thema Verzweiflung. Und wenn ich aufwache, suche ich panisch danach, bis ich merke, dass die Schule vorbei ist.« Er holte Luft. »Meine Güte, jetzt wird mir einiges klar, was meine Jugend angeht. Das ist definitiv eine Sache für meinen Therapeuten. Vielleicht erreichen wir damit einen Durchbruch.«

Ich lachte. »Bei was? Deiner Unfähigkeit, beim Reden Punkt oder Komma zu machen?«

»Uns ist nur eine begrenzte Zeit auf diesem Planeten gegeben, mein Freund. Ich bin bestrebt, sie sinnvoll zu nutzen.«

»Wieso rufst du mich dann an?«

»Weil nichts auf dieser Welt mir wichtiger ist als du, Mann.« Finlays Grinsen war in seiner Stimme zu hören. »Also, sag mir, wieso tapezierst du mitten in der Nacht?« Er war der Einzige, der die Zeitzonen immer draufhatte. Wahrscheinlich gab es dafür eine App.

»Uns sind die Handwerker davongelaufen, der alte Davidge will Mums Projekt offenbar sabotieren. Also springe ich ein.« Ich berichtete Finlay schnell, was nach der Abreise meiner Mutter passiert war.

»Das erklärt, warum du tapezierst«, sagte er trocken. »Aber nicht, warum du es nachts tust. Nenn mich altmodisch, aber solltest du nicht schlafen?«

»Ist überbewertet. Das hier entspannt mich mehr.« Ich machte das jetzt die dritte Nacht in Folge, und meistens schaffte ich es, gegen vier oder fünf Uhr noch ein paar Stunden Schlaf zu bekommen. Das war das Gute an körperlicher Arbeit, sie erschöpfte auf eine Art, wie Kopfarbeit es niemals hinbekam. Ich hatte es erst mit Lernen versucht, aber konnte mich nicht auf die todlangweiligen Bauvorschriften konzentrieren, die regelmäßig vor meinen Augen verschwammen. Dann hatte ich ans Schwimmen gedacht, der Pool war jedoch eine Baustelle, bisher hatte ich es nicht bei Tageslicht ins Meer geschafft – und nachts allein in ein unbekanntes Gewässer zu gehen, war selbst für mich zu leichtsinnig. Also blieb nur die Tapete.

»Wenn du das sagst.« Finlay klang nicht, als wäre er überzeugt. »Hast du eigentlich etwas über deinen ominösen Verfolger in Chicago herausfinden können?«

Ich schüttelte den Kopf. »Nein. Du?« Finlay war besser vernetzt als ich und kannte im Prinzip überall irgendwen. Auch in etwas dubioseren Kreisen.

»Noch nicht, die Spur ist ziemlich kalt. Hast du den Typen denn danach noch mal gesehen? Oder sonst jemanden, der dir verdächtig vorkam?«

»Seit dieser Nacht nicht mehr.« Ich hatte extra darauf geachtet, wenn ich aus dem Haus gegangen war.

»Dann entspann dich«, riet mir Finlay. »Wahrscheinlich war es nur jemand von Grandmas Leuten, der checken sollte, ob das mit dieser Sophia glatt geht.«

»Ja. Wahrscheinlich hast du recht.« Ich atmete aus. »Da ist übrigens noch etwas –«

»Lass mich raten«, unterbrach mich mein Cousin. »Du hast eine umwerfende Griechin kennengelernt, und sie hat eine wunderschöne Schwester, die nur auf mich wartet?«

Ich schnaubte und sparte es mir, ihn ausgerechnet jetzt auf Edina anzusprechen. Wir hatten nach der Eröffnung in Kilmore darüber geredet, und da es keine neue Lösung für das Problem gab, schwiegen wir es seitdem alle tot.

»Nein«, sagte ich. »Kenzie ist hier.«

»Kenzie? *Deine* Kenzie? Oh, fuck. Wie konnte das passieren?«

»Mum«, seufzte ich.

»Verstehe.« Das war nicht nur so dahingesagt, Finlay verstand es wirklich. Denn während meine Mutter in ihrer Übergriffigkeit immerhin noch liebevoll war, hatte seine eigene die Warmherzigkeit einer Parkuhr und zog dennoch die Fäden. Das taten sie alle. »Und, wie ist es zwischen euch?«

Ich lehnte mich gegen den Tapeziertisch. »Keine Ahnung, vor allem distanziert. Sie sieht mich nur sehr selten an, aber ich erkenne trotzdem, was sie über mich denkt – dass ich ein Lügner bin, ein Psychopath, und mit Sicherheit ein schlechter Mensch.«

»Was Schwachsinn ist.«

»Nicht alles davon.«

Finlay seufzte. »Das mit Ada ist echt lange her, Lye. Und es gab Gründe, warum du so reagiert hast. Ja, es war scheiße, aber keiner konnte ahnen, wie sich das Ganze entwickelt. Deswegen bist du kein schlechter Mensch.«

»Ein guter aber auch nicht.« Ich atmete aus. »Na ja, was soll's. Ich bringe das hier hinter mich, so gut es geht, dann habe ich wenigstens Mum einen Gefallen getan, den ich irgendwann zurückfordern kann.«

»Klar. Und es hat rein gar nichts damit zu tun, dass du dich gerne selbst geißelst und es deswegen genießt, in Kenzies Nähe zu sein?« Ich schwieg, weil ich das nicht verneinen konnte. Finlay kannte mich einfach zu gut. Aber da er mein bester Freund war, forderte er keine Antwort von mir. »Es ist nicht so, dass ich dich nicht verstehe – aussichtslose Liebe ist mein Spezialgebiet, wie du weißt. Ich will nur, dass du auf dich aufpasst, okay?«

»Okay«, sagte ich.

»Gut, dann ist das geklärt. Und nun erzähl mir von Korfu. Ich brauche dringend ein bisschen virtuelle Sonne, New York versinkt in Eis und Kälte.«

»Ich kann dir morgen ein paar Bilder schicken, sobald es hell wird.« Ein Geräusch ließ mich innehalten. Ich fuhr herum – und schaute direkt in Kenzies Gesicht. Sie stand in der Tür und wirkte überrascht, mich hier zu sehen.

»Fin? Ich rufe dich wieder an.« Schnell legte ich auf. »Hey.« Was machte sie hier? Es war mitten in der Nacht und sie trug ihre Arbeitssachen – fleckige Jeans und ein ausgewaschenes Top. Ihre Haare waren jedoch offen und fielen ihr über die Schultern. Ich erinnerte mich, wie sie sich unter meinen Fingern angefühlt hatten, und spürte, wie mir warm wurde.

»Hey«, sagte sie in diesem neutralen Ton, den sie mir gegenüber neuerdings anschlug. »Ich wusste nicht, dass noch jemand hier oben ist.«

»Ich versuche, ein bisschen was aufzuholen.« Flüchtig zeigte ich in Richtung des Tapeziertisches, wo der Kleister auf der Bahn längst hart geworden war. Die konnte ich auf jeden Fall wegwerfen.

»Ja, das wollte ich auch.« Sie schob die Hände in die Hosentaschen und deutete zum Flur. »Aber dann überlasse ich dir für heute das Feld.«

Sie wandte sich ab und war schon fast zur Tür raus, als ich

sie aufhielt. »Wieso hast du meiner Mum eigentlich nicht gesagt, wieso wir uns getrennt haben? Bevor ich hier aufgetaucht bin, meine ich.« Ich wusste nicht, warum ich sie das fragte. Vielleicht, weil ich noch nicht wollte, dass sie ging – und mir nichts Besseres eingefallen war.

Kenzies Schultern wurden hart, und als sie sich umdrehte, sah ich, dass sie die Lippen wütend aufeinandergepresst hatte. »Es gab keinen Grund dafür, es ihr zu sagen. Auch wenn es im Gegensatz zu dir nicht mein Ding ist, andere Menschen anzulügen.«

Okay, das hatte ich verdient. Was fragte ich auch so dämlich nach, wo ich doch genau wusste, was sie von mir hielt. Sie hatte jedes Recht dazu, wütend zu sein und mir diese Sachen an den Kopf zu werfen. Und trotzdem antwortete ich ihr.

»Manchmal lügt man nicht, um jemandem wehzutun«, sagte ich, obwohl ich ahnte, dass es nichts ändern würde. »Sondern um etwas zu schützen.«

»Klar«, raunzte sie mich an. »Willst du mir etwa erzählen, dass deine Lügen mich schützen sollten?«

Ich schüttelte den Kopf. »Nein. Sie sollten *mich* schützen. Und das zwischen uns. Was du genau weißt, sonst würdest du mich nicht so ansehen.«

»Wie sehe ich dich denn an?«, fragte sie hart.

»Wie jemanden, den du hasst.«

»Ach, und du denkst, dass du das nicht verdient hättest? Nach allem, was du getan hast?« Ihre Worte waren wie ein Faustschlag in mein Gesicht, und obwohl ich damit hätte rechnen müssen, dass so etwas früher oder später passieren würde, traf es mich eiskalt.

»Kenzie, ich habe nicht gewollt, dass –«, begann ich.

»Ach, hast du nicht?«, unterbrach sie mich. »Was hast du denn gewollt, als du mich ohne Skrupel angelogen hast? Hast du gehofft, dass es nicht ans Licht kommen würde?« Sie schnaubte. »Und als ich dann doch davon erfahren habe, hast du noch nicht einmal *versucht*, es mir zu erklären. Nicht auf der Straße oder später. Du hast mich nicht angerufen, mir keine Nachricht geschickt, dich nicht ein einziges Mal seitdem gemeldet. Wie kann dir überhaupt etwas an mir gelegen haben, wenn du nicht einmal dazu in der Lage warst?«

Ich schwieg, obwohl es Antworten gegeben hätte. *Ich hatte Angst, dich zu verlieren. Ich hatte Angst, was du von mir denkst, wenn du es erfährst. Und danach dachte ich, es wäre das Beste, mich von dir fernzuhalten.* All das drehte sich in meinem Kopf, aber ich sprach nichts davon aus.

»Es stimmt, du hast recht«, sagte ich stattdessen. »Und es gibt keine Entschuldigung dafür, auch wenn es mir unendlich leidtut.«

Sie schnaubte erneut. »Das glaube ich dir nicht. Für dich war das irgendein beschissenes Spiel, dessen Regeln nur du kanntest. Und es ging auf meine Kosten.«

»Das ist nicht wahr«, presste ich hervor. »Es war kein Spiel für mich.«

»Was war es dann? Etwa echt?«

»Ja, verflucht!«, rief ich. »Natürlich war es echt!«

Kenzies Blick flackerte. Zu der Wut in ihren Augen kam Schmerz hinzu. »Wie konntest du mir das dann verschweigen?! Dachtest du ernsthaft, wir könnten auf diese Art glücklich sein?« Sie sah mich an, und ich erkannte, sie war genauso wenig mit dieser Sache durch wie ich. Ich spürte jedoch keine Genugtuung darüber. »Sei wenigstens einmal ehrlich zu mir, Lyall: Hättest du mir *jemals* die Wahrheit gesagt?«

Es wäre so leicht gewesen, das zu beteuern, aber ich wollte nicht schon wieder lügen. Denn Fakt war, ich wusste nicht, ob und wie ich ihr hätte sagen wollen, dass ich für den Tod eines anderen Menschen verantwortlich war. Ob ich, wenn das mit uns ernster geworden wäre, noch den Mut gefunden hätte, alles aufs Spiel zu setzen – wo ich es doch vorher schon nicht geschafft hatte. Und deswegen gab es auf diese Frage nur eine ehrliche Antwort.

»Ich weiß es nicht«, sagte ich in die Stille hinein.

Kenzie atmete zitternd ein. »Dann rede *nie* wieder davon, dass es echt gewesen wäre.« Es klang traurig und enttäuscht. Fast hätte ich mir gewünscht, dass sie laut wurde, mich anbrüllte. Damit diese Mauer zwischen uns verschwand. Aber sie tat es nicht. Und als Kenzie sich abwandte und ohne ein weiteres Wort aus dem Zimmer ging, spürte ich die Leere der letzten Monate in mir und wusste genau:

Die Mauer war höher denn je.

Und sie würde niemals fallen.

16

Kenzie

»Und dann habe ich ihm gesagt, dass er mich mal kreuzweise kann. Ich meine, im Ernst – welcher Kerl schmeißt eine Frau in der ersten Nacht raus, weil er alleine besser *schläft?*« Martha schüttelte den Kopf, und das Bandana, mit dem sie ihre blonden Haare vor Dreck schützte, rutschte ein Stück herunter. »Dabei war der Sex echt der Hammer und der Typ war nett, schlau, gebildet … eine Schande. Ich bin ja nicht unbedingt auf Kuscheln aus, aber nachts durch die halbe Stadt fahren, weil der feine Herr Angst hat, ich verhindere seinen Schönheitsschlaf? Echt nicht.«

»Was für ein Idiot«, kommentierte ich den Redeschwall meiner Kollegin und nahm einen neuen Stapel Teppichfliesen von der Fuhre im Flur. Eigentlich lag in allen Zimmern mediterraner Natursteinboden, aber Theodora hatte für die Schlafzimmer in den Suiten Sisalboden vorgesehen, also waren wir gerade daran, ihn zu verlegen. Wobei eigentlich ich ihn verlegte und Martha mehr redete anstatt zu arbeiten. Sie verfügte allerdings auch über ein unendliches Repertoire an Männergeschichten aus den Kategorien *Kurios* bis *Abturner Deluxe*.

»Wie ist denn dein Freund eigentlich so?«, fragte sie mich jetzt.

»Ich habe momentan keinen Freund.« Ich sortierte die Teppichquadrate auf zwei Haufen, damit wir von außen nach innen arbeiten konnten.

»Nicht?« Martha nahm mir welche ab. »Aber auf deinem Handy war doch gestern dieser hübsche Kerl, der dich angerufen hat.«

Ach, das. Ich hatte schon längst vergessen, dass Miles und ich telefoniert hatten. Irgendwie brachte ich es nicht fertig, ihn endgültig abzuservieren, obwohl es das Beste gewesen wäre. »Das war nur mein Ex. Wir haben wieder etwas miteinander angefangen, und jetzt ist es so ein halb garer Mist, der keinem guttut.«

»Na, du hast ja eine illustre Runde an Ex-Freunden.« Martha ließ die Augenbrauen wackeln. »Jeder hier würde verdammt gern wissen, was zwischen dir und dem schönen Lyall lief.«

Ich lachte dünn. »Ja, das kann ich mir vorstellen.« Dann nahm ich meinen Stapel Fliesen und ging auf die Knie, um in der Ecke die erste Reihe zu beginnen.

»Du willst mir doch nicht sagen, dass diese Sache nichts bedeutet hat? Ich sehe dir an, dass das gelogen ist.«

»Lass gut sein, Martha, okay?«, murrte ich. »Ich will nicht drüber reden.«

»Okay.« Sie hob die Hände und deutete zur Tür. »Ich hole mir noch einen Kaffee, bevor wir hier weitermachen. Willst du auch einen?«

»Ja, das wäre super.« Ich rang mir ein Lächeln ab und lehnte mich, kaum war sie weg, gegen die Wand. Mann, war ich grauenhaft müde. Kein Wunder, wenn man nicht schlief.

Auch jetzt, bei strahlendem Sonnenschein und 20 Grad, fröstelte ich noch bei der Erinnerung an meine Begegnung mit Lyall in der letzten Nacht. Eigentlich waren wir ganz gut miteinander ausgekommen in den Tagen davor. Wir hatten es vermieden, allein zu sein, und nur selten direkt das Wort aneinander gerichtet. Das war ein Weg gewesen, der mich hatte hoffen lassen, wir würden diese Zeit irgendwie überstehen. Zumindest bis gestern Nacht.

Ich hatte wach gelegen, weil meine Gedanken mich nicht in Ruhe ließen. Und irgendwann um 2 Uhr war es mir zu blöd geworden und ich hatte nach Ablenkung gesucht. Aber mein Skizzenbuch war voll und ich hatte noch kein neues besorgen können, also blieb nur die Arbeit im Haupthaus. Wenn ich schon keinen Schlaf fand, wollte ich die Zeit wenigstens produktiv nutzen.

Ich war so in Gedanken versunken gewesen, dass ich auf der Suche nach Tapetenbahnen zu dem einzigen Zimmer gegangen war, in dem Licht brannte. Vielleicht hatte ich geglaubt, dass die Handwerker vergessen hatten, es auszuschalten, aber ein paar Meter davor war mir klar geworden, dass jemand drin war – und wer. Da war es nur längst zu spät gewesen, um umzukehren. Zu spät, um dieses Gespräch abzuwenden, das mich so aufgewühlt hatte, dass auch danach nicht an Schlaf zu denken gewesen war.

Mehr Abstand. Das war jetzt mein neues Mantra. Es hätte mir egal sein sollen, dass Lyall so offen zugegeben hatte, seine Lügen mir gegenüber wären egoistisch gewesen. Dass er das zwischen uns hatte schützen wollen und seine Gefühle echt gewesen waren. Aber es war mir nicht egal, im Gegenteil. Es verwirrte mich, brachte mich ins Nachdenken. Ich musste mich besser abschotten, um nichts davon zuzulassen.

»Kenzie?«

Wenn man vom Teufel spricht. Ich wappnete mich und drehte mich dann in der Hocke um.

»Ja?« Ich schaute Lyall an, was jedes Mal wehtat, nach letzter Nacht nicht weniger. Immerhin war ich gut darin, es zu verbergen – ihm nicht zu zeigen, was in mir vorging. Oder dass bei seinem Anblick ganz simples körperliches Verlangen in mir aufstieg, weil er auch in verdrecktem Shirt und Arbeitshosen zu gut aussah, um wahr zu sein.

»Team-Besprechung in zehn Minuten unten im Büro«, sagte er und strich sich zu allem Überfluss die Haare zurück. »Mum hat ein paar Handwerker besorgt, die morgen hier auf der Insel ankommen. Wir müssen klären, wie wir die Aufgaben neu verteilen.«

»In Ordnung«, nickte ich, und für einen Moment glaubte ich, Lyall wollte noch etwas sagen. Aber er erwiderte mein Nicken nur und ging. Ich legte den Kopf in den Nacken und atmete aus. Dann ließ ich meinen Teppichstapel Stapel sein und stand auf, um auf den Balkon der Suite zu gehen.

Die Aussicht war immer noch jeden Blick wert – vor allem, weil der griechische Sommer schon fast spürbar war und das Wasser mit jedem Tag blauer wurde. Ich konnte mir gut vorstellen, wie alles aussehen würde, wenn es fertig war und sich hier die ersten Gäste erholten, inmitten der Natur und mit der Bucht direkt vor der Tür. Für einen Moment schloss ich die Augen und hielt mein Gesicht in die Sonne, um ein bisschen Kraft zu tanken. Dann machte ich mich auf den Weg nach unten.

»Hast du eigentlich schon mit deinem Entwurf angefangen?«, fragte mich Bella, als ich mich an den großen Tisch setzte, wie immer so weit wie möglich von Lyall entfernt.

»Nur im Kopf«, antwortete ich. »Mein Skizzenbuch ist doch voll und ich habe noch kein neues.« Meine Abreise war so abrupt gewesen, dass ich nicht bemerkt hatte, wie wenig leere Seiten in meinem Buch übrig waren. Und in die Stadt hatte ich es wegen der Arbeit bisher nicht geschafft. Wahrscheinlich war es das Beste, eins im Internet zu bestellen.

»Ich bin schon fast fertig mit meinem Entwurf«, verkündete Elliott gewohnt großmäulig.

»Ja, aber er ist Mist.« Bella lächelte ihn liebenswürdig an.

»Du hast so viel Zeug da drin, dass man denken könnte, es wäre ein Möbelgeschäft. Dora hasst überladene Räume, wusstest du das nicht?«

Elliott pustete die Backen auf. »Es ist nicht überladen! Und was Dora hasst, weißt du doch überhaupt nicht.«

»Na, dann fragen wir doch jemanden, der es weiß.« Bella sah zum anderen Ende des Tisches. »Lyall, mag deine Mutter überladene Räume?«

Er sah von dem Laptop auf, der vermutlich den aktuellen Renovierungsplan zeigte. »Meine Mum mag vor allem keinen Kindergartenkram«, sagte er auf Bellas Frage. »Könnten wir uns jetzt bitte auf die Sache konzentrieren? Die Entwürfe für die Villen haben keine Priorität.« Das hatte er schon klargemacht, als uns die Handwerker abhandengekommen waren. Deswegen widersprach auch niemand.

»Also«, begann er seine Ansprache. »Durch euren Einsatz haben wir es geschafft, den Rückstand bei den Arbeiten immerhin ein kleines bisschen abzufedern.«

»Er ist so motivierend«, murrte Martha.

»Ich sage nur die Wahrheit«, korrigierte sie Lyall und wirkte dabei gewohnt souverän – bis er mich ansah und sein Gesichtsausdruck sich plötzlich wandelte. Er war für eine Sekunde schuldbewusst, als hätte er etwas Falsches gesagt, dann verschwand die Regung wieder. »Morgen wird ein Team aus Leuten, mit denen meine Mutter bereits Projekte umgesetzt hat, hier landen. Es sind Freiberufler, vor allem aus Europa und den USA, alles fähige Leute, aber sie sind nicht so viele, wie uns abhandengekommen sind. Das heißt, wir werden weiterhin aushelfen müssen.«

Elliott und Bella stöhnten synchron – Ersterer, weil er sich nach wie vor zu fein für diese Art Arbeiten war, Bella, weil sie sich schnell langweilte. Lyall sah sie an und der Blick aus seinen dunklen Augen war eisern.

»Es steht euch vollkommen frei, zu gehen, wenn euch das alles zu anstrengend ist«, sagte er kühl. Mit gerunzelter Stirn beobachtete ich ihn und fragte mich, was passiert war. In den letzten Tagen hatte Lyall nicht den Eindruck gemacht, als würde er den Chef raushängen lassen. Aber es half mir, innerlich auf Distanz zu bleiben. Denn wenn er so schaute, kamen meine Erinnerungen an die Momente zurück, in denen er seine düstere Seite von der Leine gelassen hatte.

Bella, die sich nie um eine Auseinandersetzung drückte, holte bereits Luft. Ich kam ihr zuvor.

»Vielleicht sollten wir am Wochenende mal hier raus«, schlug ich vor. Das war in vier Tagen und bis dahin war das neue Handwerkerteam sicherlich im Bilde. »Wir machen einen Ausflug, fahren irgendwohin, sammeln ein paar Eindrücke. Seit fast zwei Wochen sind wir fast nur hier in der Anlage und arbeiten. Kein Wunder, dass wir einen Lagerkoller haben.«

Lyall sah mich an, aber wie so oft konnte ich seinen Blick nicht deuten, und er sagte auch kein Wort zu meinem Vorschlag. Martha schon.

»Und wo gehen wir hin?«

»Ihr könntet nach Kassiopi fahren«, schlug Clea vor. »Das ist eine kleine Hafenstadt im Norden, die echt sehenswert ist. Und dort ist auch außerhalb der Saison etwas los. Wenn es warm genug ist, könnt ihr sogar an den Strand gehen, es ist einer der schönsten auf der Insel.«

Als sie den Strand erwähnte, strahlte Bella. »Das wäre der Hammer.«

»Es ist eine echt gute Idee«, nickte Lyall in meine Richtung, aber die ernste Miene blieb. »Wahrscheinlich hätte *ich* darauf kommen sollen.« Ich erwiderte nichts, sondern sah weg, und er nahm das zum Anlass, den aktuellen Plan auf dem Monitor hinter sich aufzurufen. »Okay, das Wochenende ist frei. Aber vorher gibt es noch einiges zu tun …«

Als endlich Samstag war, tat mir alles weh. Ich war es zwar gewohnt, körperlich zu arbeiten, aber nachdem Wilbur, Theodoras »Meister der Fliesen«, herausgefunden hatte, dass ich echt gut verfugen konnte, hatte er mich zu seinem persönlichen Lakaien auserkoren. Und so kniete oder hockte ich tagein, tagaus auf Badezimmerfliesen und meine Knochen fühlten sich längst an, als wäre ich eine uralte Frau.

Am Morgen hatte ich mich noch um die Zierleisten im Speisesaal gekümmert, weil dort sowohl Tapete als auch Boden bereits fertig waren und nächste Woche das Mobiliar kommen sollte. Dann war ich schnell duschen gegangen und hatte mich umgezogen – zum ersten Mal seit Langem normale Kleidung, keine Arbeitssachen, die einen Haufen Flecken hatten und eigentlich immer staubig oder verschwitzt waren. Es fühlte sich gut an, in ein ärmelloses Top, schwarze Shorts und Sandalen zu schlüpfen. Fast wie Urlaub. Denn obwohl wir uns an einem Urlaubsort befanden, war alles außer der Aussicht doch wie jeder andere Job auch.

Ich trat aus dem Zimmer und stockte, als mein Fuß gegen etwas Hartes stieß. Irritiert sah ich nach unten und entdeckte ein flaches Päckchen, das auf der Matte vor der Tür lag. *Was ist das denn?*

Verwundert nahm ich es hoch und entfernte das Papier. Zum Vorschein kam ein Skizzenbuch – in graues Leinen gebunden und mit dicken, schweren Seiten, eindeutig von der hochpreisigen Sorte und sehr viel edler als mein letztes. Woher kam das? Ich drehte es um, öffnete den Deckel, schüttelte die Umverpackung aus, aber es gab keine Karte oder einen anderen Hinweis, wer mir dieses Geschenk gemacht hatte. Vielleicht Theodora? Ich hatte erwähnt, dass mein Buch voll war, bevor sie nach Dubai abgereist war.

»Clea?«, fragte ich kurz darauf die zukünftige Chefin des Hotels. Sie war dabei, in dem improvisierten Büro neben der

Lobby Unterlagen zu sortieren. »Weißt du, wo das hier herkommt? Es lag vor meinem Zimmer.« Ich hielt das Skizzenbuch hoch.

»Nein, keine Ahnung. Ich dachte, bis Weihnachten dauert es noch eine Weile.« Sie grinste. »Zeig mal her.«

Ich reichte es ihr über den Tisch und sie drehte es in ihrer Hand, bevor sie die letzte Seite aufschlug. »Sieht so aus, als wäre es aus dem hübschen Papeterie-Geschäft in Korfu-Stadt. Die machen ihre Sachen zum größten Teil selbst. Hier, siehst du? Das ist deren Logo.«

Ich sah das verschlungene M, aber das erklärte es trotzdem noch nicht. »Hast du mitbekommen, dass es jemand hier abgegeben hat?« Theodora hätte das Buch schließlich nur per Kurier herbringen lassen können.

Sie schüttelte den Kopf. »Nein, wer immer es dir geschenkt hat, muss es selbst vor deiner Tür abgelegt haben. Aber offenbar war da jemand sehr großzügig. Der Laden ist alles andere als billig.«

Ich nickte und nahm mein Geschenk wieder an mich, während sich mir ein Gedanke aufdrängte, der nur logisch war: *Was, wenn Lyall es dir geschenkt hat?* Nein, das würde er nicht tun. Warum sollte er auch, seit unserem Gespräch in der Nacht hatte er ebenso viel Abstand gehalten wie ich. Aber wer außer ihm hätte mir das Skizzenbuch kaufen sollen? Einer meiner Kollegen wohl kaum.

Ich riss mich aus meinen Grübeleien und vertrieb die nervöse Aufregung, die sie mir beschert hatten. Erst musste ich herausfinden, ob es überhaupt von ihm kam. Dann konnte ich überlegen, wie ich damit umgehen sollte.

Nur war dafür gerade keine Zeit.

»Wir fahren jetzt nach Kassiopi«, sagte ich zu Clea. »Kommst du mit?«

»Nein, ich bleibe hier. Erstens kenne ich es längst und zweitens sind Doras Leute noch weniger in der Lage, mit ihren griechischen Kollegen zu kommunizieren, als ihr.« Clea verdrehte gutmütig die Augen. »Von daher bleibe ich lieber, bevor am Ende die falschen Armaturen in den Bädern eingebaut werden und ich endgültig einen Nervenzusammenbruch bekomme.«

»Na, dann viel Glück mit der Meute.« Ich bat sie, das Skizzenbuch für mich zu verwahren, damit ich nicht noch einmal zum Bungalow hinunterlaufen musste, und überließ sie wieder ihren Papieren. Die anderen warteten bereits in der Lobby.

»Gehen wir.« Martha schwenkte den Schlüssel des Kleinbusses, der zum Hotel gehörte. »Ich fahre, dass das klar ist.«

»Moment mal.« Bella sah sich um. »Wo sind Clea und Lyall?«

»Kommen beide nicht mit.« Elliott schulterte seinen Rucksack. »Clea kennt Kassiopi schon und Lyall will lieber arbeiten.«

»Echt?« Martha hob eine Augenbraue. »Hey, Lyall!«, rief sie ihm zu, als er gerade oben an der Terrassentür vorbeilief, eine ganze Beuge Steinfliesen auf dem Arm. Er hörte sie und kam herein.

»Was gibt's?«

»Wieso kommst du nicht mit? Das ist doch quasi eine Teambuilding-Maßnahme.« Sie deutete auf unsere kleine Reisegruppe.

Lyall warf mir einen schnellen Blick zu. »Ich habe zu tun«, sagte er nur. »Irgendjemand muss schließlich eure Arbeit machen, während ihr euch amüsiert.« Ein schiefes Lächeln, dann war er wieder weg. Aber dass er gelogen hatte, war ziemlich offensichtlich gewesen. Zumindest für mich.

Die anderen schienen es ihm trotzdem abzunehmen, denn sie drängten zum Aufbruch, und ich hing meinen Gedanken nach, während wir losfuhren und ich aus dem Fenster auf die griechische Landschaft sah. Wieso bemerkte ich es jetzt, wenn

Lyall log, aber nicht im letzten Sommer? Warum hatte ich ihm in Kilmore alles geglaubt? *Vielleicht, weil er nur bei dieser einen Sache gelogen hat? Und ihr in dem Moment in deinem Camper so verliebt und glücklich gewesen seid, dass er das einfach nicht kaputtmachen wollte?*

Nein, das war nicht die Wahrheit. Es konnte nicht die Wahrheit sein. Verdammt. Ich würde doch jetzt nicht alles hinterfragen, nur weil Lyall einmal eine Ausrede schlecht verpackt hatte. Es machte nichts besser, wenn jemand gute Gründe hatte, um zu lügen. Eigentlich machte es das sogar schlimmer. Denn falls er wirklich so für mich empfunden hatte, hätte er mir erst recht vertrauen und alles über Ada erzählen müssen.

»Hey, Kenzie«, rief da Martha von vorne. »Wehe, du denkst jetzt an die Arbeit, dann gibt es Ärger.«

Ich lachte. »Habe ich nicht, keine Sorge.« Das war nicht gelogen.

Mein Bedarf an Lügen war schließlich für die nächsten hundert Jahre gedeckt.

17
Lyall

»Was, wenn wir den Pool erst machen lassen, wenn alles andere fertig ist?« Clea sah mich über den Besprechungstisch hinweg an. »Das Team, das jetzt die Bäder macht, ist doch sicher in der Lage, das Ding neu zu verspachteln.«

»Bestimmt.« Ich verzog das Gesicht. »Aber das Problem ist nicht in erster Linie der Pool, sondern die Bar in der Mitte. Sie muss komplett abgerissen werden, und es gibt einfach keinen Betrieb, der das in den nächsten zwei Wochen macht. Und bevor das wiederum nicht erledigt ist, können die Pflasterarbeiten am Pool nicht erledigt werden, weil sie einheitlich über die ganze Fläche gehen sollen. Das kriegen wir nicht hin, wenn der Abriss erst so spät passiert.«

Clea seufzte und strich sich die Haare zurück. »Das ist wirklich wie eine sehr komplizierte Schachpartie. Mein Vater behauptet die ganze Zeit, es wäre ein Kinderspiel gewesen, als er das Hotel damals gebaut hat. Ich glaube ihm mittlerweile kein Wort mehr.«

Ich lachte. »Soweit ich weiß, sind diese Projekte immer ein Chaos. Aber am Ende wird doch alles irgendwie fertig. Meistens zumindest.«

»Hoffen wir es«, sagte sie und griff hinter sich, um einen Ordner hervorzuholen. Dabei fiel mein Blick auf das Skizzenbuch, das dort auf dem Regal lag. Plötzlich fühlte sich mein Magen zehn Kilo schwerer an.

»Wieso liegt das hier?«, fragte ich Clea. Sie folgte meinem Blick.

»Ah, das Buch meinst du? Kenzie hat es mir zur Aufbewahrung gegeben, damit sie nicht noch einmal ins Zimmer muss. Sie wollte von mir wissen, ob ich weiß, wer es ihr geschenkt hat. Ich habe gesagt, ich hätte keine Ahnung.« Sie musterte mich. »Also ist es von dir?«

Ich nickte. Nachdem Kenzie erwähnt hatte, dass ihr Buch voll war, war ich bei meiner Besorgungstour vor zwei Tagen in Korfu-Stadt zufällig an diesem Laden vorbeigekommen und hatte es ihr spontan gekauft. Danach war mir allerdings aufgefallen, dass ich es ihr auf keinen Fall persönlich geben konnte. Deswegen hatte ich es ohne Hinweis vor ihre Tür gelegt.

»Warum hast du es ihr nicht selbst gebracht?«, fragte Clea. »Ich habe gemerkt, wie sie sich darüber gefreut hat.«

Ich zog die Schultern hoch. »Sie hätte sich nicht gefreut, wenn sie gewusst hätte, dass es von mir ist. Wir … haben eine komplizierte Vergangenheit miteinander.«

»Ach, echt?«, fragte Clea trocken. »Wäre mir nie aufgefallen.«

Ich grinste schief. »So offensichtlich, ja?«

»Nein, nicht *so* sehr. Ihr seid ganz gut darin, es zu verstecken. Aber ich habe zwei kleinere Geschwister und sämtliche Dramen mit ihnen mitgemacht. Da merkt man so etwas eher.« Sie sah mich an. »Was ist denn passiert?«

Hilflos zuckte ich mit den Achseln. »Ich habe ihr bei einer wichtigen Sache nicht die Wahrheit gesagt und sie hat es herausgefunden. Und jetzt hat sie eine dementsprechende Meinung von mir.«

Clea nickte. »Verstehe. Der Klassiker. Aber weißt du, die Griechen haben ein Sprichwort: *Das Schwierige ist schön.*«

»Was soll das bedeuten?«

»Ich habe es immer so interpretiert, dass man nicht gleich aufgeben soll, wenn es mal anstrengend wird. Meistens sind die Dinge, die wirklich kompliziert sind, auch die, aus denen das Beste werden kann.«

Ihre Worte klangen gut – für einen Motivationspost auf Instagram oder so etwas. Nur war das zwischen Kenzie und mir keine kleine Streitigkeit, die man aus dem Weg räumen konnte. Also schüttelte ich bedauernd den Kopf. »Nicht bei dieser Sache.«

»Wer weiß.« Sie nahm das Skizzenbuch und hielt es mir hin. »Gib es ihr selbst, und du wirst sehen, sie freut sich. Vertrau mir.«

»Nein, lieber nicht. Das wird nur unangenehm für uns beide.« Ich stand auf. »Ich glaube, ich gehe mal schwimmen.« Das half mir schließlich immer, meinen Kopf freizukriegen. Außerdem konnten wir heute eh nicht mehr viel tun, weil das zusätzliche Material erst am Montag kam. Später würde ich mit meiner Mutter telefonieren und dann einen meiner Kommilitonen noch um Unterlagen wegen der Denkmal-Klausur bitten müssen. Immerhin hatte ich so kaum Gelegenheit, über Kenzie nachzudenken. Denn jedes Mal, wenn ich an sie dachte, war es, als würde jemand gleichzeitig meinen Körper auf hundert Grad aufheizen und mit eiserner Kraft zusammendrücken. Weil ich, weil alles in mir sie wollte – und ich wusste, ich musste das in Schach halten. Nicht nur, weil ich sie angelogen hatte und sie mir das nicht verzeihen würde. Sondern auch, weil ich einfach nicht gut für sie war.

Mein Bungalow lag ganz am Rande der Anlage und der Weg von dort zum Meer führte an dem langsam vor sich hinrottenden Tennisplatz vorbei. Es war noch nicht entschieden, ob er einfach abgerissen oder erneuert werden sollte – Tennis war in den letzten Jahren in der Hitliste der beliebtesten Sportarten dramatisch nach unten gerutscht. Ich lief den Pfad hinunter zum Wasser, zog meine Klamotten bis auf die Badehose aus und ging dann ins Meer. Es war das erste Mal, dass ich dazu die Gelegenheit hatte, seit ich hier war, und das Schwimmen hatte den gleichen Effekt wie eine Woche Wellnessbehandlungen. Als ich nach einer Stunde wieder herauskam, das Meerwasser aus den Haaren schüttelte und mich abtrocknete, fühlte ich mich entspannt und auf die beste Art erschöpft.

Zumindest, bis ich diese Bewegung aus dem Augenwinkel wahrnahm.

Ich fuhr herum und scannte die Umgebung. Niemand war da. Aber das Gefühl blieb. Der Strand war mit einer Baumreihe gesäumt, dahinter gab es viele Büsche, es wäre leicht gewesen, sich hier zu verstecken. Also zog ich mir mein Shirt über, schlüpfte in meine Schuhe und lief die Wasserlinie in Richtung Grundstücksgrenze entlang. Die Handwerker waren nie hier unten und die Gartencrew momentan am Haupthaus beschäftigt, wenn jemand also hier herumlief, dann durfte er demnach nicht hier sein. Die Hotelanlage war nämlich durch einen Zaun geschützt, auf dem man in regelmäßigen Abständen »Privatbesitz«-Schilder angebracht hatte.

Die Wege waren von hohem Gestrüpp überwuchert und mehr als einmal blieb ich mit den Ärmeln und dem Saum meines Shirts daran hängen. Trotzdem drehte ich nicht um, denn mein Instinkt sagte mir, dass nicht allein meine Paranoia mich die Treppen hinaufschickte. *Sicher, dass du dir das nicht eingebildet hast? Du schläfst schließlich schon seit Monaten beschissen.*

Ich ignorierte die Stimme, ging weiter, lief schneller. Dann hörte ich ein Rascheln vor mir, legte noch einmal an Tempo zu – und da sah ich ihn, einen Typen mit Kapuzenpullover. Er war ein paar Meter vor mir und steuerte auf direktem Weg den Zaun an.

»Hey!«, rief ich laut.

Der Typ fuhr erschrocken zusammen, aber dann beschleunigte er und versuchte, sich durch ein Loch im Zaun zu quetschen. Ich war schneller. Mit drei Schritten war ich bei ihm, packte ihn mit festem Griff und riss ihn ruckartig zu Boden. Mit einem dumpfen Aufschlag landete er im Dreck und die Kapuze rutschte ihm vom Kopf. Er war jung, kaum älter als ich, mit hellen Haaren und einem kantigen Gesicht, eindeutig kein Grieche, eher jemand aus Osteuropa. Ich hatte meinen Verfolger in Chicago nicht richtig gesehen und wusste nicht genau, ob es derselbe Kerl war.

»Was machst du hier?«, schnauzte ich ihn an. »Was willst du von mir?!«

»Von dir?« Er rappelte sich auf. »Gar nichts!«

»Lüg mich nicht an!« Ich packte ihn am Pullover und drückte ihn grob gegen den Zaun. »Wer hat dich hergeschickt?«

Er machte sich blitzschnell los und holte aus, traf mich direkt am Unterkiefer. Der Schmerz blendete für den Bruchteil einer Sekunde alles aus, dann reagierte ich. Mein Treffer landete an seiner Schläfe, aber das hielt ihn nicht davon ab, sich auf mich zu stürzen. Er riss mich zu Boden, nagelte mich unter sich fest und schlug mir erneut ins Gesicht. Ich kämpfte mich mit einem kräftigen Tritt frei und sprang wieder auf die Füße, genau wie er. Seinen nächsten Hieb lenkte ich ab, stieß ihn heftig gegen den Zaun. Er prallte ab und fiel bäuchlings hin. Blitzschnell war ich über ihm, verdrehte ihm die Arme auf den Rücken und drückte ihm mein Knie zwischen die Schulterblätter. Er wehrte sich verzweifelt, aber aus dieser Position hatte er keine Chance.

»Zum letzten Mal – wieso beschattest du mich?«, knurrte ich ihn an.

»Ich beschatte dich nicht!« Es folgte ein Fluch, den ich nicht verstand.

»Wieso bist du dann hier? Um einen kleinen Spaziergang zu

machen?« Ich verstärkte den Druck meines Knies, bis mein Gegner vor Schmerzen aufstöhnte. »Los! Rede! Wer schickt dich?«

»Nel… Nelson Davidge«, stieß er aus und der Sand vor ihm staubte. »Ich sollte herausfinden, wie weit ihr hier seid. Dich kenne ich überhaupt nicht!«

Ich überlegte, ob es sinnvoll war, die Polizei zu rufen. Eine Anzeige wegen Hausfriedensbruch war auf jeden Fall drin. Aber was brachte das schon? Typen wie Davidge waren wie Seife: schmierig und rutschten einem immer durch die Finger. Selbst wenn sein Handlanger zu einer Strafe verurteilt wurde, nützte uns das nichts. Und wenn ich ehrlich sein sollte: Ich war erleichtert, dass der Typ nicht hinter mir her war.

Ich ließ ihn los und stand auf. »Verpiss dich«, murrte ich. »Bevor ich es mir anders überlege.«

Der Kerl kämpfte sich auf die Füße, schlüpfte eilig durch den Zaun und war bald aus meiner Sicht verschwunden. Tief atmete ich ein, das Adrenalin noch in meinem Blut, die Anspannung löste sich nur langsam aus meinen Knochen. Ich besah mir den Schaden am Zaun, machte mir eine mentale Notiz, dass wir das reparieren mussten. Dann wandte ich mich um und ging zurück zum Strand.

18

Kenzie

Clea behielt recht: Kassiopi war wirklich traumhaft. Allein die Fahrt dorthin war an einem schönen Tag wie diesem ein Highlight, aber als wir das Auto auf einem Parkplatz nahe des Hafens abstellten und eine Tour durch das kleine Städtchen machten, hatte ich zum ersten Mal ein echtes Urlaubsgefühl. Und so ging es nicht nur mir – wir alle hatten diesen Ausflug wirklich gebraucht. Marthas Stirnfalten entspannten sich mit jedem Schritt in der Frühlingssonne, und selbst Elliott und Bella zankten sich nicht so hitzig wie sonst. Nur Dionys, der unseren Fremdenführer spielte, war wenig beeindruckt von der Kulisse.

»Wird es irgendwann langweilig, dass es hier so schön ist?«, fragte ich ihn, während wir nebeneinander zu der Ruine hinaufliefen, die oberhalb der Stadt lag.

»Langweilig ist das falsche Wort«, sagte er grinsend. »Man gewöhnt sich einfach daran. Du kommst doch aus der Nähe von London, nicht wahr?«

Ich nickte. »Aus High Wycombe, das ist etwa eine halbe Stunde entfernt.«

»Ich war einmal in London und bin drei Tage mit offenem Mund durch die Stadt gelaufen. Big Ben, die Tower Bridge, Camden Market, das war für mich wie eine andere Welt. Dir geht es bestimmt nicht mehr so, oder?«

Ich überlegte, dann schüttelte ich den Kopf. »Nein. London ist zwar immer beeindruckend, allerdings ist es mir mittlerweile vertraut.« Ich lebte nicht dort, aber ich war oft genug da gewesen.

Dionys zeigte auf das blaue Meer, auf dem im Hafen momentan nur wenige Jachten dümpelten. »Siehst du. So ist es hier auch. Es ist … vertraut. Als ich in Athen studiert habe, hat es mir gefehlt, weil es Heimat ist. Aber so wie ihr es seht, werde ich es wohl nie betrachten.«

»Das ist schade. Oder auch nicht. Wenn man diesen Ort als Zuhause betrachten kann, muss man schließlich ein glücklicher Mensch sein.« Ich lächelte und bemerkte, dass Dionys' eigenes Lächeln darauf etwas schief geriet. »Was hast du eigentlich vor, wenn der Job als *Junge für alles* vorbei ist? Willst du wieder weg von der Insel?«

Er sah mich an. »Nicht, wenn ich es verhindern kann. Ich bin gerne in der Nähe meiner Familie. Aber für jemandem mit meinem Abschluss gibt es hier nicht viele Jobs. Also muss ich mich wohl woanders umsehen.«

»Ich wette, Dora würde dich vom Fleck weg als Koch für das *Kefi Palace* engagieren«, lächelte ich. »Dein Essen ist unglaublich gut.«

Dionys verzog das Gesicht. »Ja, aber ich habe keine Ausbildung. Und ich wollte unbedingt studieren, also haben meine Eltern es möglich gemacht. Wenn ich jetzt sage, ich will als Koch arbeiten, haben sie ihr Geld völlig umsonst investiert.«

»Ich wette, dass sie in erster Linie möchten, dass du glücklich bist.« Ich sah ihn an. »Meine Eltern haben uns immer gesagt, wir sollen den Beruf ergreifen, der zu uns passt. Ganz egal, ob es nun Koch oder Innendesigner oder Lamazüchter ist. Letzteres ist übrigens der aktuelle Favorit meiner kleinsten Schwester.«

»Wie viele Geschwister hast du?«, fragte Dionys.

»Drei Schwestern«, lächelte ich.

»Deine Mutter muss viel zu tun haben.« Er lachte, schien dann aber zu sehen, dass mein Lächeln schwächer wurde. »Habe ich etwas Falsches gesagt?«

Ich schüttelte den Kopf. »Nein, keine Sorge. Es ist nur … meine Mum lebt nicht mehr. Sie starb vor einigen Jahren bei einem Unfall.«

Dionys sah mich bestürzt an. »Das wusste ich nicht – tut mir sehr leid, Kenzie. Bestimmt war es schlimm, als sie gestorben ist.«

»Ja, war es. Aber mittlerweile kann ich wieder an sie denken, ohne dass es ausschließlich wehtut.« Was auch Lyalls Verdienst war, wenn man es genau nahm, denn er hatte an dem Abend der Ausstellung dafür gesorgt, dass ich meinen Zusammenbruch überstehen konnte. Genauso war es aber seine Schuld, dass mir die Erinnerung an diesen Moment damals mit 14 auf der Brücke nach wie vor einen Schauer über den Rücken jagte.

»Kenzie?« Dionys berührte mich am Arm. »Entschuldige, wenn ich dich an deine Mutter erinnert habe. Dieser Tag sollte schön für dich sein, nicht traurig.«

Ich bin gerade nicht traurig, weil meine Mum tot ist, dachte ich, *ich bin traurig, weil ich mich in jemanden verliebt habe, den ich eigentlich gar nicht kannte.* Ich sagte es aber nicht laut. Lieber kam ich auf das Thema zurück, das mit mir nichts zu tun hatte: Dionys und seine Zukunft.

»Vielleicht redest du noch mal mit deinen Eltern. Wenn du ihnen sagst, dass du nicht in einem Büro sitzen, sondern am Herd stehen willst … Oder nein, koch ihnen doch am besten etwas. Das werden sie sicherlich verstehen.«

Er hob die Schultern und schien nicht überzeugt zu sein, was ich ihm nicht verübeln konnte. Also ließ ich ihn damit in Ruhe und sah mir stattdessen die Umgebung an.

Die Ruine über Kassiopi war beeindruckend, wenn auch

durch all die Kriege der letzten tausend Jahre stark zerstört. Dionys erklärte uns, was diese Mauern alles gesehen hatten, und ich konnte mir gut vorstellen, wie die Griechen früher hier gegen die Normannen gekämpft – und verloren hatten. Eine Stunde lang erkundeten wir die Überreste einer fast vergessenen Zeit, gingen über von Büschen gesäumte Steinwege und bestaunten den Ausblick über das Meer bis nach Albanien. Dann zog es uns wieder hinunter in die Stadt.

Wir liefen durch die grob gepflasterten Straßen, vorbei an den Tavernen und kleinen Souvenirgeschäften, in denen es nicht nur bunte Gitarren, verrückte Kleider und ziemlich hässliche Katzen aus Holz gab, sondern auch geschnitzte Schalen, Kochbesteck und jede Menge Figürchen der griechischen Götter. Während Martha und Bella darüber diskutierten, ob Zeus oder doch Apollo die besseren Bauchmuskeln hatte, kaufte ich für meine Schwestern ein paar geflochtene Armbänder mit bunten Perlen und für meinen Dad eine winzige Nachbildung der Akropolis, weil er auf so einen Kitsch total abfuhr. Als wir den Laden nach einer Weile wieder verließen, hatten wir alle Hunger, also beschlossen wir, auf Dionys' Anraten in ein kleines Lokal zu gehen, das etwas weiter oben am Hang lag. Dort setzten wir uns an einen der Tische auf der Terrasse, die eine tolle Sicht auf den Hafen hatte, genossen das Gefühl von Urlaub und bestellten die Speisekarte rauf und wieder runter.

»Das war so eine gute Idee, Kenzie.« Bella schloss die Augen und hielt ihr Gesicht in die Sonne. »Ich dachte schon, ich werde zur Mumie, weil ich nur noch Tapeten kleistere und in irgendwelchen vollgemüllten Abstellkammern herumkrieche.«

Ich grinste. »Man kann Nikolaos auf keinen Fall vorwerfen, er hätte zu viel weggeworfen. Aber es hat System, er hat *alles* mit Datum beschriftet. Deswegen wissen wir auch, dass es in der Werkstatt Lackdosen gibt, die schon vor unser aller Geburt zum ersten Mal geöffnet wurden. Ob ein Museum an so etwas Interesse hat?«

»Bestimmt«, lachte Bella. »Die stellen sie direkt neben den Pfeilspitzen und Tonschalen aus. Buntlack weiß, mattglänzend, 1985.«

»Wahrscheinlich sollten wir noch einen Container extra bestellen«, seufzte Elliott, aber sogar er grinste.

Der Kellner brachte unsere Getränke und etwas Brot. Ich war hungrig genug, um mir sofort ein Stück zu nehmen und hineinzubeißen. Es war noch herrlich warm.

»Wo ist eigentlich Dionys hin?« Martha verteilte das Besteck.

»Der wollte seine Tante besuchen«, sagte ich zwischen zwei Bissen. »Er meinte, er kommt später zum Strand, bevor wir zurückfahren.«

»Das ist aber eine männliche Tante. Und ziemlich jung.« Elliott zeigte über die Brüstung, und ich erkannte unten am Hafen Cleas Bruder, der sich in einem Gespräch mit einem Typen befand, der teure Klamotten trug – Hemd und Stoffhose, dazu Segelschuhe. Neben ihm wirkte Dionys in Jeans und Shirt ziemlich abgerissen, obwohl seine Kleidung völlig normal war.

Beide verhielten sich so, als würden sie sich schon länger kennen, aber nicht unbedingt mögen: Dionys' Körpersprache war abweisend und sein Gesicht verschlossen, während der andere Kerl auf ihn einredete, als wolle er ihn von etwas überzeugen.

»Worüber die wohl sprechen?«, fragte sich Bella laut.

»Wahrscheinlich illegale Geschäfte.« Elliott gab mal wieder den Mann von Welt. »Das ist doch eindeutig ein Drogendeal oder so was.«

Martha lachte auf. »Na, du bist ja wirklich ein Kenner des Milieus. Hast du jemals in deinem Leben Drogen gekauft?«

»Bist du verrückt?«, empörte er sich nur halb im Ernst. »Das ist gegen das Gesetz!«

Wir lachten darüber und freuten uns, als endlich das Essen gebracht wurde. Unten am Hafen trennten sich währenddessen Dionys und sein Bekannter ohne Handschlag – und ohne etwas ausgetauscht zu haben. Aber ich fragte mich trotzdem, was das für ein Gespräch gewesen war.

»Hat Dora eigentlich gesagt, wann sie zurück sein wird?« Bella sah von ihrer gefüllten Paprika auf. Sie schien Dionys schon wieder vergessen zu haben.

»Es wird wohl übernächste Woche«, sagte ich. Erst gestern hatte ich mit ihr telefoniert, da ich eine Entscheidung wegen der Speisesaal Ausstattung gebraucht hatte und Lyall nicht danach fragen wollte, ob er Bote spielte. Je weniger ich in seine Nähe kam, desto besser. »Dubai scheint ein wirklich schwieriges Projekt zu sein.« Oder die Henderson-Obrigkeit sorgte dafür, weil sie Theodoras Solo-Hotel missbilligte. Lyalls Großmutter traute ich so ziemlich alles zu.

Bella hob die Schultern. »Wir kommen ja auch ohne sie ganz gut zurecht. Und wenn es an die Ausstattung der Villen geht, wird sie wieder da sein.«

»Geht Lyall dann eigentlich zurück nach Chicago?«, fragte mich Martha.

»Keine Ahnung.« Ich fand mein Brot plötzlich echt interessant. »Ist ja nicht so, als würden wir viel miteinander reden.« Im Grunde sprach ich weniger mit Lyall als alle anderen an diesem Tisch.

»Ich finde, er macht einen guten Job.« Elliott nickte fast schon anerkennend. »Ich dachte immer, der Henderson-Nachwuchs wäre in erster Linie Sohn oder Tochter von Beruf, aber zumindest auf Lyall scheint das nicht zuzutreffen.«

»Auf die anderen auch nicht«, sagte ich. »In dieser Familie darf man gar nicht nutzlos sein.« Es sei denn, man wollte das Recht verspielen, etwas entscheiden zu dürfen. Ich dachte daran, wie Lyall mir erzählt hatte, dass er den Plan hatte, die strengen Regeln zu ändern, damit alle nach ihm es leichter hatten. Mein Herz zog sich zusammen, als ich mich daran erinnerte, wie er mich in jenem Moment angesehen hatte – so, als wäre es die Wahrheit, dass er nirgendwo anders lieber sein wollte als in den Highlands mit mir.

Martha schubste ein paar Oliven rüber auf meinen Teller. Sie wusste, ich mochte sie. »Was hat Lyall eigentlich heute Vormittag bei dir gewollt?«

»Bei mir?«, fragte ich verwundert.

»Ja, er hat mich nach dem Frühstück gefragt, ob du rechts oder links von mir wohnst. Ich dachte, er hätte dich wegen irgendetwas gesucht.«

»Er war nicht bei mir.« Ich schüttelte den Kopf, aber dann fiel mir das Skizzenbuch wieder ein. Also war es tatsächlich von ihm. Wieder wurde mir warm, als mir klar wurde, dass es die einzige Möglichkeit war. Aber was bezweckte er damit, mir so etwas zu schenken? *Vielleicht gar nichts. Vielleicht wollte er dir einfach nur eine Freude machen.*

Sofort fühlte ich mich mies wegen meines Misstrauens. Sicher war es generell gerechtfertigt – galt das jedoch auch in diesem Fall? Lyall hatte mir das Buch anonym vor die Tür gelegt, er hatte also offenbar kein Dankeschön dafür erwartet. Aber jetzt, wo ich es wusste, musste ich mich doch bedanken. Oder nicht? Sollte ich besser so tun, als hätte ich keine Ahnung, von wem das Geschenk war? Das war eine gute Frage.

Immerhin blieben mir noch ein paar Stunden Zeit, um darüber nachzudenken.

19
Lyall

Das Intermezzo mit Davidges Handlanger hatte die Entspannung meiner Schwimmtour komplett zunichtegemacht, also versuchte ich, sie mit einer langen, warmen Dusche zurückzuholen. Während ich unter dem Wasserstrahl stand, spürte ich, dass der Schlag gegen meinen Kiefer mir spätestens morgen einen ordentlichen Bluterguss bescheren würde, denn die Stelle pochte unangenehm. Nur war das nicht der Punkt, um den sich meine Gedanken drehten. Es war der Typ von vorhin.

Dass Davidge einen Spitzel schickte, beunruhigte mich nicht sonderlich, denn das war in unserem Geschäft traurigerweise normal. Aber etwas an ihm hatte meinen siebten Sinn klingeln lassen. Ich wusste nur nicht, was. Und ich kam auch nicht darauf, während ich mir das Hirn zermarterte, also versuchte ich mein Denken abzuschalten und die Grübeleien einfach mit Wasser wegzuspülen.

Als ich aus der Dusche kam und das kleine Fenster im Badezimmer öffnete, um den Dampf entweichen zu lassen, hörte ich, dass es an der Tür klopfte. Schnell schlang ich mir ein Handtuch um und ging, um zu öffnen. Meine Augen wurden groß, als ich sah, wer davorstand.

»Was tust *du* denn hier?«

»Ganz offensichtlich den Anfang eines Pornos versauen.«

Finlay klappte die Sonnenbrille zusammen und verstaute sie in der Brusttasche seines Hemdes. »Machst du jedem in diesem Aufzug die Tür auf? Oder hattest du mit anderem Besuch als mir gerechnet?«

Sein missbilligender Ton imitierte meine Grandma, und ich grinste, als mir klar wurde, dass Finlay es einfach immer schaffte, meine Laune zu heben. Ich umarmte ihn zur Begrüßung und hielt dabei vorsorglich das Handtuch fest – man hatte meinen Cousin in Eton nicht umsonst den *Blankzieher* genannt.

»Kein Vertrauen?«, schnalzte er jetzt mit der Zunge und grinste, als ich mir lieber schnell Boxershorts überzog, bevor er auf blöde Ideen kam.

»Also, was machst du hier?«, wagte ich einen zweiten Versuch.

»Du hast so geklungen, als würdet ihr Hilfe brauchen.« Finlay drehte sich einmal um die eigene Achse. »Also dachte ich, komme ich her und helfe.«

Ich grinste. Ein gewisses Bewusstsein für Stil hatten alle Hendersons, das lag uns in den Genen. Aber darüber hinaus war Finlay auf einer Baustelle kaum zu gebrauchen. »Du. Helfen. Hier. Wie stellst du dir das vor? Du bist handwerklich ungefähr so begabt wie ein Stein.«

»Oi!«, rief er aus. »Das tut weh. Meine Töpferarbeiten aus der Schule sind legendär.«

»Du meinst diesen klobigen Klotz, der ein Aschenbecher werden sollte? Und den dein Dad immer noch als Briefbeschwerer verwendet, weil er einfach der weichherzigste Mensch der Welt ist?«

Finlay schüttelte den Kopf. »Tse! Nicht jeder von uns hat diesen Hang zu filigranem Kunsthandwerk – und außerdem zählt die Geste. Dein Dad hat deine hübsche Vase jedenfalls nicht auf dem Schreibtisch stehen, soweit ich weiß.«

»Mein Dad ist ja auch ein Arsch«, sagte ich leichthin. Obwohl ich es ätzend fand, wie unser Verhältnis war, konnte ich mittlerweile damit leben, dass mein Vater sich nicht für Edina und mich interessierte.

Mein Cousin hob die Schultern. »Ich kann mich hier ja auch anders nützlich machen. Ihr habt doch sicher irgendetwas abzureißen. Mit dem Vorschlaghammer bin ich eine Naturgewalt.«

»Du bist *immer* eine Naturgewalt«, kommentierte ich und lächelte dann. »Ist echt cool von dir, dass du gekommen bist. Und es hat sicher nichts mit dem Wetter in New York zu tun, oder?« Finlay hasste Kälte wie die Pest und entkam seinem Studienort daher in den kühleren Monaten, so oft er konnte.

»Absolut nicht.« Er zeigte zur Tür. »Die hübsche Griechin vorne in der Lobby hat übrigens gesagt, ich müsste vorübergehend bei dir unterkommen, weil sie heute keine Zeit hat, eines der anderen Zimmer herzurichten. Ich habe angeboten, bei ihr zu übernachten, aber ich glaube, sie hat mich nicht richtig verstanden.«

Ich musste lachen. »Ja, so wird es wohl gewesen sein.« Finlays Trefferquote war zwar unanständig hoch, Clea heiratete jedoch nächstes Jahr und war daher vermutlich gegen seinen Charme immun.

»Ist auch egal, ich habe gesagt, dass ich um der alten Zeiten willen auch gerne länger ein Zimmer mit dir teile. Das wird wie in Eton.«

Ich grinste angesichts seiner Begeisterung, auch wenn mir sein Schnarchen eigentlich nicht gefehlt hatte. »Dann hol mal dein Zeug und ich ziehe mir solange was an. Danach zeige ich dir alles.«

Mein Cousin dackelte davon, und ich wühlte in meiner Tasche nach frischen Klamotten, wurde aber nur in Sachen Hose fündig, bevor es wieder klopfte. Da es nur Finlay sein konnte, ging ich in meinen Cargoshorts hin, öffnete die Tür und drehte mich im gleichen Moment wieder um in Richtung Zimmer.

»Bitte lass dir einen Schlüssel geben, wenn du bei mir schlafen willst«, bat ich meinen Cousin, während ich von ihm weglief. Irgendwo hatte ich noch saubere Shirts, das wusste ich.

»Danke für das Angebot, aber ich glaube, ich verzichte«, sagte jemand, der nicht Finlay war. Ich drehte mich um.

Definitiv nicht Finlay.

»Oh, fuck«, entfuhr es mir, als ich Kenzie erkannte. »Sorry, das galt nicht dir, ich dachte, du wärst Fin.«

Ich sah, wie sie mich musterte und sich Mühe gab, unbeeindruckt zu bleiben. Ohne großen Erfolg. Schnell schnappte ich mir ein T-Shirt und zog es über, weil es mich alles andere als kalt ließ, wenn sie mich so ansah.

»Finlay ist hier?«, fragte sie dann. »Seit wann?«

»Seit gerade eben.« Ich räusperte mich. »Er will helfen, sagt er. Was ungefähr so ist, als würde deine kleine Schwester anbieten, für uns Lkw zu fahren.«

»Eleni fährt eigentlich ganz gut.« Ich sah Kenzie grinsen und merkte, wie sehr mir das fehlte. Wie sehr *sie* mir fehlte. Vor allem, weil sie heute viel entspannter wirkte als bisher. Und schöner denn je, in ihren sommerlichen Klamotten und dem Hauch Sonne im Gesicht.

»Wie war euer Ausflug?«, wagte ich den Anfang eines normalen Gesprächs und lehnte mich gegen die geöffnete Tür. Ich hätte sie hereinbitten können, aber sie hätte sicher verneint.

»Kassiopi ist toll.« Kenzie nickte. »Ich glaube, es war genau die richtige Idee, mal rauszukommen. Sogar Elliott hat weniger genörgelt als sonst.«

Ich hob eine Augenbraue. »Was denn, er hat nicht bemängelt, dass es zu warm ist – oder die Sonne zu hell, das Meer zu laut, die Häuser zu weiß?«

Kenzie lachte auf. »Ausnahmsweise nicht. Aber ich bin sicher, morgen ist er wieder ganz der Alte.« Sie sah mich an. »Ich bin eigentlich hier, um mich zu bedanken. Für das hier.«

Sie zeigte auf das Skizzenbuch, das unter ihrem Arm klemmte. Ich bemerkte es erst jetzt. Kein Wunder, wenn ich meinen Blick nicht von ihrem Gesicht nehmen konnte. Oder ihren Beinen in diesen Shorts.

»Du weißt, dass es von mir ist?«, fragte ich überrascht.

Sie hob die Schultern. »Ausschlussverfahren. Und Martha hat mir erzählt, dass du heute Vormittag danach gefragt hast, welches der Zimmer meins ist.«

Das hatte ich auch vorher schon gewusst, aber ich war mir wie ein verrückter Stalker vorgekommen, als ich den Weg dorthin eingeschlagen hatte. Nur deswegen hatte ich Martha so blöd danach gefragt. »Ich wollte eigentlich kein Geheimnis daraus machen, aber ich dachte, du nimmst es nicht an, wenn ich es dir gebe.« Ich lächelte leicht.

»Wollte ich auch erst nicht«, sagte sie ehrlich und *ihr* Lächeln war längst verschwunden. »Eigentlich war ich sogar hier, um es dir zurückzugeben.«

Ein kaltes Kribbeln zog sich meinen Nacken hinunter. »Was hat dich umgestimmt?«

Sie holte Luft. »Ich … glaube, mir ist irgendwann zwischen dem Klopfen und deinem Öffnen aufgefallen, dass ich mir vor allem ins eigene Fleisch schneide, wenn ich es nicht annehme. Es ist nämlich wirklich sehr schön.«

»Ich habe es gesehen und dachte, es passt zu dir.« Ich schob die Hände in die Taschen.

»Tut es.« Sie lächelte nun doch wieder, wenn auch sehr zurückhaltend. So als hätte sie vorhin kurz vergessen, wer ich war, als sie mir von dem Ausflug erzählt oder über ihre kleine Schwester gescherzt hatte. »Es passt sogar perfekt.«

Ich konnte nicht anders, als sie anzusehen und daran zu denken, was noch *perfekt* gewesen war: das zwischen uns. Auch wenn es eigentlich eine Illusion gewesen war, denn ich hatte meine Vergangenheit auch letzten Sommer in Kilmore mit mir herumgeschleppt. Und nur weil Kenzie mir das Gefühl gegeben hatte, es könnte so etwas wie Glück oder Liebe für mich geben, bedeutete das nicht, dass diese Chance tatsächlich bestanden hatte. Es gab keinen Rückwärtsgang für das, was passiert war. Egal, wie sehr ich mir das wünschte. Egal, wie sehr ich mir *uns* wünschte.

Was hätte ich darum gegeben, jetzt einfach einen Schritt auf Kenzie zugehen zu können, sie in meine Umarmung zu ziehen und zu küssen. Dann die Tür zu schließen, den Schlüssel zu drehen und an nichts anderes zu denken als die Frage, wie schnell wir unsere Klamotten loswerden konnten. Und schließlich, wenn wir nach dem Sex völlig fertig waren, sie in den Armen zu halten, albernen Blödsinn zu reden und in dem Gefühl zu schwelgen, dass sie da war.

Sie musste irgendetwas davon in meinem Gesicht gelesen haben, denn plötzlich wandelte sich auch der Ausdruck auf ihrem. Anstatt der sonstigen Härte sah ich etwas anderes. Etwas, das mir bekannt war – obwohl ich sicher gewesen war, es nie wieder zu sehen. Etwas, das mir einen Stromschlag durch den Körper jagte, als ich es bemerkte. Es dauerte keine Sekunde, aber mir kam es vor wie Stunden. Und trotzdem endete es abrupt.

»Ich gehe dann mal«, sagte Kenzie und riss ihren Blick von mir los. »Danke für das Buch, Lyall.«

»Gern geschehen«, brachte ich heraus.

Dann war sie auch schon weg. Und irgendwie fühlte es sich jedes Mal, wenn sie verschwand, so an, als wäre es für immer.

20

Kenzie

Ich wandte mich ab und beeilte mich, zu meinem Zimmer zu kommen, das auf der anderen Seite des niedrigen Gebäudeteils lag. Allerdings achtete ich kaum auf den Weg, weil in meinem Kopf nur Lyall war. Wahrscheinlich war das der Grund, warum ich direkt in Finlay hineinrannte, der mit einem Koffer um die Ecke kam. Er fing mich ab, stellte sein Gepäck hin und grinste.

»Kenzie, Sonne meiner traurigen Existenz, ich hatte fast vergessen, dass du auch hier bist.« Lyalls Cousin zog mich in eine herzliche Umarmung, als wären wir seit Jahren Freunde. Dann hielt er mich prüfend von sich weg. »Gut siehst du aus. Okay, sahst du schon immer, aber offenbar tut harte Arbeit dem keinen Abbruch. Moment, ist das Gips in deinen Haaren?«

»Kein Gips heute«, erklärte ich ihm lachend. »Wir hatten einen freien Tag.«

»Was?« Er runzelte die Stirn. »Das hat Lyall euch erlaubt? Kein Wunder, dass hier nichts fertig wird. Gut, dass ich jetzt da bin und den Laden mal auf Trab bringe.«

Ich grinste. »Ja, er hat schon von deinen Talenten erzählt.«

Erst machte sich Überraschung auf Finlays Gesicht breit, dann Hoffnung. »Ihr beide redet miteinander? Geht da wieder was?«

»Nein«, sagte ich schnell. »Nein, überhaupt nicht. Wir …

nein.« Wie oft hatte ich jetzt »Nein« in diesem Gestotter von mir gegeben? Aber allein die Frage war so absurd, dass ich keinen geraden Satz auf die Reihe brachte. *Ach ja*, fragte das verräterische Stimmchen in meinem Hinterkopf, *du hast doch vorhin selbst daran gedacht.* Es stimmte, da war dieser Augenblick gewesen, in dem mir fast entfallen wäre, dass ich erfahren hatte, was passiert war. Lyall hatte mir die Tür geöffnet und ohne Shirt vor mir gestanden, allein das hatte in mir eine Hitze ausgelöst, die mich schlagartig an früher erinnert hatte. Aber dann hatten wir auch noch miteinander geredet, als wäre alles wie immer, und dieser Moment, in dem er mich angesehen hatte, als würde er mich am liebsten küssen wollen … es war gewesen wie zu Zeiten, als nichts zwischen uns gestanden hatte. Nur war mir eine Sekunde später wieder eingefallen, dass das nicht *mein* Lyall war. Nicht die Vorstellung von ihm, die ich gehabt hatte.

Er besaß diese zwei Seiten, und ich hatte den Leuten in Kilmore nicht glauben wollen, dass es die düstere Facette in ihm tatsächlich gab. Den kalten, harten Lyall, der sich nicht für andere interessierte und nur auf seinen eigenen Vorteil aus war. Der Leute bedrohte und mir ins Gesicht log. Wenn ich ihn so erlebte wie vorhin, witzig, freundlich – und halb nackt – dann lockte mich etwas, diese andere Seite zu vergessen. Aber sie war da, obwohl ich sie nicht hatte sehen wollen. Und jetzt konnte ich sie nicht mehr vergessen.

»Nein, da geht nichts zwischen uns«, wiederholte ich noch einmal.

»Ja, das habe ich schon beim ersten Mal verstanden.« Finlay sagte es freundlich, aber ich sah in seinem Gesicht, dass ihm eine andere Aussage lieber gewesen wäre. Klar, er war Lyalls bester Freund, natürlich glaubte er an das Gute in ihm. »Ich frage mich nur, wem du das so eisern versicherst. Mir? Oder dir?« Er wartete nicht auf eine Antwort, nahm seinen Koffer und schenkte mir ein waffenscheinpflichtiges Lächeln. »Wir sehen uns später, Kenzie.«

Finlay verschwand auf dem verschlungenen Weg in die Richtung von Lyalls Zimmer, und ich sah ihm nach, seine Worte im Ohr. Nur hatte er unrecht, ich musste mir nichts versichern. Ich hatte vielleicht diesen schwachen Moment gehabt, aber mein Hirn war klüger und mein Wille stärker als bloßes körperliches Verlangen. Und deswegen würde ich jetzt mein Skizzenbuch nehmen, mich an das Konzept für die Villa machen und Lyall Henderson aus meinem Kopf verbannen.

So schwer konnte das schließlich nicht sein.

Mein erster Entwurf war Mist, genau wie der zweite. Fast glaubte ich, dass Lyalls Skizzenbuch verflucht war und ich deswegen keinen vernünftigen Strich aufs Papier brachte. Aber das stimmte nicht, es lag an mir. Ich war einfach nicht inspiriert. Alles, was ich zeichnete, war schon hundertmal da gewesen, nichts daran war innovativ oder einzigartig. Es funktionierte nicht am Abend, bevor ich schlafen ging, und am nächsten Morgen erst recht nicht. Also gab ich es schließlich auf und legte das Buch beiseite. Vielleicht half mir die Arbeit, meinen Kopf mit neuen Ideen zu füllen.

Um kurz nach acht machte ich mich auf den Weg zur Lobby, um dort gemeinsam mit Dionys für Ordnung zu sorgen und einen Überblick zu bekommen, was an Tapete, Farbe und sonstigem Material noch vorhanden war. Ich war schon halb oben, da hörte ich Stimmen vom Pool. Neugierig ging ich näher und sah, dass es Lyall und sein Cousin waren, die offenbar stritten. Schnell wollte ich mich wieder zurückziehen, aber da entdeckte Finlay mich.

»Oh, Kenzie, gut!« Er winkte mich heran. »Vielleicht kannst du diesem Idioten erklären, dass man auf Spionage immer mit Gegenspionage antworten muss.«

Ich sah von ihm zu Lyall und bemerkte einen Bluterguss an dessen Kieferknochen. »Was ist passiert?«, fragte ich.

»Er hat sich geprügelt«, antwortete Finlay für ihn, und es klang vorwurfsvoll. »Mit einem von Davidges Lakaien, der uns ausspionieren wollte.«

»Davidge hat jemanden hergeschickt?«, stieß ich erschrocken hervor. »Wieso sagst du uns das nicht?« *Weil er Dinge auch sonst gerne für sich behält, schon vergessen?*

Lyall stöhnte genervt auf. »Herrgott, das war irgendeiner von seinen Arbeitern, der mal einen Blick darauf werfen wollte, wie weit wir sind. Das ist doch kein Grund, hier so einen Aufstand zu machen.«

»Ich mache keinen Aufstand«, wehrte sich Finlay. »Ich sage nur, dass wir diesen Gefallen erwidern sollten. Lass uns zu der Baustelle von Davidge fahren und uns ein bisschen umsehen.«

»Wozu? Wir wissen, was die da bauen und dass sie unsere Arbeiter weggekauft haben. Ich habe kein Interesse daran, herauszufinden, wie weit sie mit dem Projekt sind – das ist für Mum völlig egal.«

»Ach, und ist es auch egal, wenn wir ihnen ein paar Steine in den Weg werfen und so unsere Arbeiter zurückbekommen?«, fragte Finlay und ließ seine Augenbrauen nach oben schnellen. »Der hat doch bestimmt Dreck am Stecken, zahlt schwarz, hält die Bestimmungen nicht ein oder so. Wir brauchen nur irgendetwas, das einen Baustopp erzwingt, und zack, hat Tante Dora ihre Leute zurück und kann pünktlich eröffnen.«

Lyall schien zu überlegen, ob er dem zustimmen sollte. Wir lagen trotz vollem Einsatz zeitlich hinter dem Plan, das wusste er besser als jeder andere. Schließlich sah er mich an, als wolle er meine Meinung zu dem Thema hören.

Ich hob die Schultern. »Es wäre einen Versuch wert.«

»Siehst du, Kenzie sagt es auch.« Finlay nickte.

»Und was machen wir, wenn Davidge da ist oder einer seiner Leute aus dem engeren Kreis?« Lyall legte die Stirn in Falten. »Die erkennen uns sofort, Fin. Wenn du nicht gerade ein Mission-Impossible-Kit dabeihast, mit dem du dich in einen griechischen Handwerker verwandeln kannst, dann kommen wir nicht einmal bis zur Tür von dem Laden, ohne bemerkt zu werden.«

»Wieso das denn?« Finlay zog die Brauen zusammen. »Klar, dich kennen die, weil du mit deiner Mum ein paar Mal bei irgendwelchen Branchen-Veranstaltungen warst, aber mich? Woher sollen die wissen, wie ich aussehe?«

Lyall verdrehte die Augen. »Aus der Zeitung und dem Internet vielleicht? Du bist aktuell Platz 6 der begehrtesten Junggesellen Großbritanniens.«

Ich lachte auf und sah Finlay an. »Bist du wirklich?«

Er hob die Nase etwas höher. »Allerdings. Eigentlich gehöre ich auf Platz 4, aber die beiden vor mir sind entfernt verwandt mit dem Königshaus, da kann man nichts machen.«

»Welcher Platz bist du?«, fragte ich Lyall aus einer spontanen Laune heraus. Ich hatte diese Listen noch nie angeschaut. Bei meiner Recherche über ihn im letzten Jahr war jedenfalls nichts zu finden gewesen.

»Ich stehe nicht drauf.« Er schüttelte den Kopf. »Eigentlich dürften wir alle nicht draufstehen, weil Grandma solche Listen hasst und verbietet, dass man uns zu … wie sagt sie es immer?« Er schaute zu seinem Cousin.

»Dass wir uns zum Objekt lüsterner Fantasien frustrierter Möchtegerns machen«, referierte Finlay in einem Tonfall, der wohl auf seine Großmutter anspielte.

»Genau«, nickte Lyall und sah dann wieder mich an. »Aber Fin ist der Posterboy der Familie, deswegen hat er eine Sonderstellung. Bei allen anderen wird erwartet, dass sie mit Leistung überzeugen, nicht mit ihrem Aussehen.«

Finlay lehnte sich verschwörerisch zu mir. »Das liegt daran, dass ich der Hübscheste von uns bin.«

»Eindeutig«, grinste ich und merkte wieder einmal, wie unglaublich wohl ich mich in seiner Gegenwart fühlte. Es war das erste Mal seit Kilmore im Sommer, dass ich in Lyalls Nähe war und weder Schwere noch Schmerz an meinem Herzen zog. Das war allein der Verdienst von Finlay … der mich gerade eindringlich musterte. »Was ist?«, fragte ich.

»*Du* könntest reingehen und dich ein bisschen umsehen«, sagte Finlay unschuldig. »Dich kennen Davidge und seine Leute nicht.«

»Auf keinen Fall!« Lyall schaute ihn verärgert an. »Wir ziehen Kenzie da nicht mit rein.«

Ein warmes Gefühl breitete sich in mir aus, als mir auffiel, dass er mich offensichtlich beschützen wollte. Ich versuchte, es wegzudrängen, aber der besorgte Blick machte es mir nicht gerade leicht. Tief atmete ich ein.

»Was müsste ich denn tun?«, fragte ich.

»Nicht du auch noch.« Nun traf Lyalls Verärgerung mich. »Das ist viel zu gefährlich. Ich habe keine Ahnung, was die mit dir machen, wenn sie dich dort erwischen.«

Finlay blies die Backen auf. »Also ehrlich, du klingst so, als wollten wir sie als Doppelagentin hinter feindliche Linien schicken. Sie soll doch Davidge nicht umlegen und eine Revolution anzetteln, sondern nur ein paar Informationen sammeln. Außerdem ist Kenzie schon ein großes Mädchen, oder nicht?«

»Bin ich«, bestätigte ich.

»Ist dem großen Mädchen dann vielleicht auch eingefallen, dass einige der Handwerker sie erkennen könnten, wenn sie da auf der Baustelle herumrennt?«, fragte Lyall in einem Ton, der deutlich machte, dass er an meiner Zurechnungsfähigkeit zweifelte. »Weil diese Leute vorher *für uns* gearbeitet haben?«

»Ach, das ist kein Problem. Die, mit denen ich näher zu tun

hatte, sind noch hier.« Langsam fand ich Gefallen an der Idee. Spionieren wie James Bond war eh cool, aber wenn ich damit zusätzlich Theodora helfen konnte, war es noch viel besser. »Garantiert haben die anderen mich längst vergessen.«

Lyall sah mich an, als hätte er ernste Zweifel an dieser Theorie. Ich hatte seinen skeptischen Blick schon immer sexy gefunden, deswegen schützte ich mich selbst, indem ich statt seiner dunklen Augen die blauen von Finlay fixierte, die zwar auch schön waren, mich aber sehr viel weniger in Gefahr brachten.

»Also?«, fragte Lyalls Cousin und grinste, als würde er die Antwort längst kennen.

»Ich bin dabei«, nickte ich.

Er hielt mir die Hand zum Einschlagen hin, während Lyall ein Geräusch machte, als wären wir nicht mehr ganz dicht. »Macht, was ihr wollt. Ihr seid ja beide schon so groß und könnt auf euch selbst aufpassen. Aber sagt hinterher nicht, ich hätte euch nicht gewarnt, dass das übel in die Hose gehen kann.«

Finlay sah ihn an. »Das heißt, du kommst nicht mit?«

»Natürlich komme ich mit«, knurrte er. »Irgendein Erwachsener sollte schließlich dabei sein.«

»So war er schon immer, unser Lye«, grinste Finlay. »Am Anfang den Spielverderber geben, aber am Ende den ganzen Spaß doch nicht verpassen wollen.«

Wieder ein Knurren, dann sah Lyall mich an. »Ist das für dich okay?«

Ich fragte mich, was er meinte, schließlich hatte ich bereits gesagt, dass ich dabei war. Aber dann fiel mir ein, dass diese Mission bedeutete, wir beide würden zusammen in den Norden der Insel fahren. Und dass ich das offenbar nicht bemerkt hatte, weil Finlay mich mit seinem Happy-Peppy-Charme eingelullt hatte.

»Ja«, sagte ich trotzdem und ignorierte das Ziehen in meinem Bauch. »Das ist okay für mich.«

Der Pick-up des Hotels hatte nur zwei Sitze und außerdem das Logo auf der Seite, also fuhren wir mit Finlays Mietwagen, einem schwarzen Jeep Wrangler, zu dem Resort von Davidge, das nördlich von Agios Georgios direkt am Meer entstand. Bei unserem gestrigen Ausflug nach Kassiopi waren wir die östliche Küste von Korfu abgefahren, deswegen sah ich neugierig aus dem Fenster, als wir nun eine ganz andere Strecke durch das Hinterland nahmen. Die Landschaft war hier rauer als in den Küstenregionen, es gab üppigere Vegetation und kühlere Luft. Daher war es weniger besiedelt, wir fuhren oft mehrere Minuten durch Olivenhaine, ohne eine Menschenseele zu sehen. Und während Finlay das Auto lenkte und sich mit Lyall über den Typen unterhielt, den er gestern erwischt hatte, nahm ich die Gerüche und Bilder in mich auf – zumindest eine Weile. Als das Navigationssystem allerdings nur noch 15 Minuten anzeigte, lehnte ich mich nach vorne, um zu fragen, was eigentlich der genaue Plan war.

Ein Fehler.

Meine Worte blieben mir im Hals stecken, als Lyalls unverwechselbarer Geruch in meine Nase stieg, eine Mischung aus seinem Shampoo und ihm selbst. Mein Herz stockte und alles in mir wollte sich noch etwas näher zu ihm lehnen, näher zu der leicht gebräunten Haut, die sich im Ausschnitt seines Shirts so verführerisch über sein Schlüsselbein spannte. Aber rechtzeitig rief ich mich zur Ordnung und packte diese Gefühle wieder sorgsam weg. *Lügner, dunkle Seite, denk dran.*

Der Sog wurde etwas schwächer.

»Also, Finlay, du hast dir das alles ausgedacht«, sagte ich. »Worauf soll ich achten?«

Er betätigte den Blinker und bog in eine kleinere Straße ab. »Das Beste wäre, du findest etwas, das die Behörden auf den Plan ruft. Irgendwelche Verstöße gegen Sicherheitsvorschriften oder illegale Aktivitäten wie –«

»Es reicht völlig, wenn du dich einfach nur umsiehst«, unterbrach ihn Lyall und drehte den Kopf, damit er mich ansehen konnte. Sein Gesicht war meinem so nah wie seit Ewigkeiten nicht, aber ich wich nicht zurück. »Bring dich bloß nicht in irgendeine Situation, die für dich gefährlich werden könnte.«

Zu spät, dachte ich. Auch wenn diese Gefahr eine ganz andere war.

»Okay.« Noch wusste ich nicht, ob ich einfach Touristin spielen oder mich als jemand ausgeben sollte, der mit der Baustelle etwas zu tun hatte, falls die mich entdeckten. Aber da ich zu jung war, um irgendeine Funktion bei einer Behörde zu erfüllen, würde ich wohl auf ahnungsloses Mädchen machen müssen, wenn man mich erwischte.

Lyalls Besorgnis und Finlays Begeisterung für diese Mission begleiteten unsere Fahrt, bis wir in der Straße hielten, die direkt zum Resort von Davidge führte und offenbar saniert worden war, denn der Asphalt war glatt und eben wie nirgends sonst auf der Insel. Finlay parkte in der langen Reihe von Handwerker-Fahrzeugen zwischen zwei anderen Wagen – in einiger Entfernung zum Haupteingang, der mit einem Bauzaun und schwerer Plastikfolie bestückt und von hier aus gerade noch zu sehen war.

»Bereit, Miss Marple?«, fragte er mich mit einem vorfreudigen Funkeln in den Augen.

»So bereit ich sein kann«, antwortete ich ehrlich.

Lyall sah mich ernst an. »Bitte pass auf dich auf. Davidge ist ein Arschloch und hat Arschlöcher, die für ihn arbeiten. Wenn du in fünfzehn Minuten nicht wieder da bist, kommen wir rein.«

Ich nickte und lächelte leicht unter seinem strengen Blick. »Mein Plan ist, mich im Notfall als Touristin aus den Staaten auszugeben, die noch nie in Europa war. Dann tun die mir bestimmt nichts.« Ich sagte es, betätigte den Türöffner und stieg aus dem Wagen, mein Telefon in der Hand. »Wir sehen uns in T minus 15 Minuten.« Ich salutierte, Finlay lachte, Lyall nicht. Dann machte ich mich auf den Weg zum Hotel.

Niemand war in Sichtweite, als ich mich am Bauzaun vorbeischlängelte und zur linken Seite des Gebäudes ging. Im Prinzip sah es so ähnlich aus wie bei uns – mit dem Unterschied, dass das hier ein Neubau war. Mehrere Paletten mit Zement waren direkt am Zaun gelagert, daneben ein großer Müllcontainer, in dem ich vor allem Verpackungsmaterial und Verschnitt von Fliesen entdeckte. Ich lief weiter, bis ich schließlich einen schmalen Durchgang bemerkte, der ebenfalls mit Plastik verhängt war. Dahinter war es ruhig, also riskierte ich es und strich die Plane vorsichtig zur Seite. Niemand da.

Ich schob mich ganz hindurch und stand in einem großen Raum, der sicherlich einmal der Speisesaal werden sollte. An einer Wand waren flache Kartons gestapelt, die Möbel enthielten, der Boden war mit Schutzteppich belegt und aus den Mauern hingen Leitungen für die Beleuchtung. Ich machte unauffällig ein paar Fotos mit dem Handy, auch wenn ich wusste, dass es uns nicht weiterhelfen würde. Nichts deutete darauf hin, dass hier irgendein Pfusch betrieben wurde – oder gar etwas, das zu einem Baustopp führen konnte.

Ich schaute mich weiter um und machte noch ein paar Bilder, aber meine Euphorie sank, genau wie meine Geheimagenten-Vibes, denn auch in der Küche und der Lobby war nichts zu entdecken. Aber als ich schon durch die Plane wieder hinausschlüpfen wollte, kamen Stimmen näher. Sie sprachen Englisch, mit amerikanischem Akzent. Vielleicht war das ja jemand, der was zu sagen hatte? Die Chance konnte ich mir nicht entgehen lassen. Schnell drückte ich mich an die Wand und hielt die Luft an. Wenn sie direkt an mir vorbeiliefen, würden sie mich sofort entdecken.

»Ist die Sache mit dem Pool geregelt?«, fragte ein Mann, der eher älter und nach zwei Schachteln Zigaretten am Tag klang.

»Schon längst«, antwortete eine Frau mit unangenehm schriller Stimme. »Wir haben letzte Woche grünes Licht gegeben, da kommen keine Hürden mehr auf uns zu.«

Der Mann schien nicht überzeugt. »Was, wenn doch jemand etwas beanstandet? Du weißt doch, wie die Konkurrenz tickt. Die haben uns noch jedes Mal ausgestochen, wenn sie es wollten.«

»Diesmal nicht«, sagte die Frau mit beruhigender Stimme. »Du weißt doch, dass wir vorgesorgt haben. Die alte Schachtel und ihr Hofstaat werden nichts dagegen tun können. Unser Hotel wird zuerst öffnen.«

»Das geschieht Theodora Henderson recht«, sagte der Mann. »Was macht sie auch ein Hotel auf einer Insel auf, die im Premium-Segment von uns besetzt werden soll? Selbst schuld. Du meintest, sie hätte jetzt schon Zeitverzug?«

»Unser Kontakt im *Kefi Palace* sagt, sie könnten niemals am 10. Juni eröffnen«, bestätigte seine Partnerin. »Nicht mit den wenigen Arbeitern, die noch da sind.«

Moment mal. Ich schnappte nach Luft. *Unser Kontakt im Kefi Palace?* Das bedeutete, sie hatten jemanden bei uns, der sie mit Informationen versorgte? Ein paar Sekunden war ich vor Schock wie gelähmt, dann ging ich die Liste der Verdächtigen durch. Aber sie war lang, und ich konnte niemanden außer Lyall, Finlay und mir selbst auf Anhieb ausschließen. Ich war die schlechteste Miss Marple aller Zeiten.

»Gut, das ist sehr gut«, sagte der alte Typ wieder. Ganz vorsichtig schob ich meinen Kopf aus der Ecke, um ihn zu sehen. Er stand mit dem Rücken zu mir, in einem dunklen Anzug, mit sorgfältig frisierten grauen Haaren. »Auch wenn sie das Projekt allein umsetzt, wird die Hotelgruppe früher oder später einsteigen. Ich kenne Agatha, sie hält ihre Kinder immer kurz, aber sie weiß, was ein gutes Geschäft ist. Deswegen darf Theodora auf keinen Fall vor uns eröffnen. Wenn sie das tut, bekommt sie alle Artikel in den Magazinen und wir werden auf ewig im Schatten davon stehen.«

Die Frau lachte trocken. »So wie es aussieht, müssen wir uns da keine Sorgen machen. Und wenn wir jetzt noch die größeren Parkflächen genehmigt bekommen, sind wir dem alten Kasten sowieso überlegen. Es wird echt Zeit, dass dieser Frauenverein der Hendersons eins vor den Bug bekommt.«

»Allerdings. Und das mit den Parkflächen haben wir spätestens morgen erledigt. Die Griechen sind so korrupt, die brauchen nur ein Geldbündel, dann genehmigen die alles.«

Na, hallo Vorurteile, dachte ich. Er musste allerdings nur einen einzigen Beamten finden, auf den das zutraf. Denn Schlupflöcher für reiche, skrupellose Leute wie diese beiden gab es überall auf der Welt. Der Parkplatz würde uns also wahrscheinlich nichts bringen.

»Dann brauchen wir nur noch die Abnahme durch den Hotelverband, wenn alles fertig ist«, sagte der Mann, bei dem ich mich fragte, ob es Davidge höchstpersönlich war oder nur ein hochrangiger Mitarbeiter seines Unternehmens. »Und die waren schon ganz aus dem Häuschen, bevor das alles hier angefangen hat. ›Oh Mister Davidge, wir freuen uns ja so sehr, dass Sie bei uns ein Hotel eröffnen wollen.‹ Das wird das reinste Kinderspiel.« Er lachte, was jedoch nicht wie bei einem James-Bond-Bösewicht klang, sondern einfach nur nach jahrelangem Rauchen.

»Dann lass uns mal wieder gehen, damit wir rechtzeitig zum Essen kommen. Hier wird man ja eh nur dreckig.« Die Stimme der Frau hatte etwas Angewidertes. Ich hörte, wie sie über den Boden stöckelte und irgendwo die Planen raschelten, als beide die Baustelle verließen.

Ich wartete noch einige Sekunden, dann schlich ich mich aus meinem Versteck und machte mich auf den Weg zum Pool, der unterhalb des Haupthauses entstand. Ein paar Bilder davon würden sicher nicht schaden, vielleicht konnten Lyall und Finlay prüfen, ob Davidge dort gegen irgendetwas verstieß. Denn ansonsten war nichts zu erkennen, das wir den Behörden melden konnten.

Im Poolbereich arbeiteten mehrere Handwerker daran, die Grube mit einem Bagger auszuheben und das Erdreich wegzutransportieren. Damit ich nicht gesehen wurde, ging ich hinter ein paar Betonröhren in Deckung und hielt nur mein Handy oben über die Kante, um Fotos zu machen. Dann zog ich die Hand wieder zurück und besah mir das Ergebnis. *Gar nicht so schlecht.* Vielleicht konnte ich ja auch noch zu dieser Baumreihe dort –

»Hey! Was tun Sie da?«, rief da plötzlich jemand.

Oh, verdammt.

21

Lyall

Als Kenzie zur Baustelle ging, mit festen Schritten, den Rücken gerade, zu allem entschlossen, zog die übliche Sehnsucht an mir. Ob sie eine Ahnung hatte, was es mit mir machte, wenn sie in meiner Nähe war? Wenn sie mit mir redete, wenn sie lachte, wenn sie sich zu mir beugte – und ich wusste, ich durfte sie nie wieder küssen, sie nie wieder umarmen, nie wieder hören, wie sie meinen Namen seufzte, weil ich etwas mit ihr anstellte, das ihr verdammt gut gefiel? Wahrscheinlich nicht. Wahrscheinlich hatte sie keine Ahnung, was sie mir immer noch bedeutete.

»So schlimm?«, fragte Finlay mich. Offenbar hatte er mir meine Gedanken vom Gesicht abgelesen.

Als Antwort hob ich die Schultern. »Ich hätte nicht gedacht, dass es so hart wird, mit ihr hier zu sein. Auf Korfu und im Hotel. Mit ihr zu arbeiten, zu reden, ohne …« Ich atmete aus. »Nein, eigentlich ist es gelogen, ich wusste, es würde hart werden. Aber nicht, dass es unerträglich wird.«

»Du weißt hoffentlich, dass sie mit dem Thema genauso wenig durch ist wie du. Sie will dich immer noch, Mann.« Finlay schob seinen Sitz ein Stück zurück und streckte die Beine aus. »Ich weiß, wie sich Menschen verhalten, wenn sie scharf auf jemanden sind. Wenn du nach ›scharf auf Lyall‹ im Wörterbuch suchst, ist ein Foto von Kenzie daneben.«

Ich schnaubte. »Halt die Klappe, Fin.«

Das hatte bei meinem Cousin noch nie gewirkt. »Sag mir bitte nicht, dass du diese Spannung zwischen euch nicht bemerkt hast. Kenzie gibt sich alle Mühe, es zu verbergen, aber sie versagt kläglich.«

»Und wenn schon«, wehrte ich mich. »Es sind zwei verschiedene Dinge, ob ein irrationaler Teil von dir mit jemandem ins Bett will oder ob du, ob *alles* in dir mehr will als das.«

»Du meinst, sie will mit dir vögeln, aber ansonsten nichts mit dir zu tun haben?«, feixte Finlay.

Ich lehnte schicksalsergeben den Kopf an die Nackenstütze. »Wieso rede ich überhaupt mit dir darüber?«

»Weil ich dein bester Freund bin, Alter. Und außerdem der Einzige, der dich versteht.«

»Ich habe nicht den Eindruck, dass du mich verstehst«, sagte ich zweifelnd.

»Ncin, du hast recht, tue ich nicht.« Finlay grinste. »Aber ich verstehe Kenzie. Im Grunde will sie genau das, was ihr letztes Jahr hattet. Dieses ganze So-habe-ich-mich-noch-nie-mit-jemandem-gefühlt-Ding, nur ohne das schreckliche Ende.«

»Ja, vielleicht«, sagte ich vage.

»Und warum nutzt du das nicht, um die Sache wieder auf die Reihe zu kriegen? Ihr wohnt quasi gerade nebeneinander, du müsstest doch nur dafür sorgen, dass ihr mal allein seid und die Spannung zwischen euch eskaliert.«

Ich warf ihm einen langen Blick zu. »Du erinnerst dich aber schon daran, was sie weiß? Und wie sie davon erfahren hat? Denkst du im Ernst, jemand wie Kenzie vergisst das wegen ein bisschen Bettakrobatik?« Niemals hätte ich so etwas forciert. Nach allem, was passiert war, gab es für mich nur eine Option: respektvoll Abstand zu halten.

»Na, etwas Mühe geben solltest du dir schon, schätze ich.«

»Danke für den Tipp«, sagte ich sarkastisch. »Schließlich gebe ich mir sonst nie Mühe.«

Finlay lachte. »So oder so … ich glaube, du solltest das Ganze noch nicht abschreiben.«

Ich antwortete nicht, sondern fixierte wieder den Eingang der Baustelle von Davidge und sah anschließend auf die Uhr. Kenzie war erst fünf Minuten weg, aber es kam mir vor wie fünfzig. Da sah ich etwas im Rückspiegel.

»Duck dich!«, sagte ich schnell zu Finlay und beugte mich hinter das Armaturenbrett, wo wir einige Momente ausharrten, bis ich es wagte, wieder aufzuschauen. Weiter vorne sahen wir die Rücklichter eines Mercedes, der vor dem Gebäude parkte.

»Oh fuck«, stieß ich aus, als ich sah, wer den Wagen verließ. »Davidge höchstpersönlich.« Längst hatte ich meine Hand am Türgriff. »Ich muss Kenzie da sofort rausholen.«

Finlay hielt mich am Arm fest. »Mensch Lye, jetzt vertrau Kenzie doch mal. Sie ist schlau und tough, sie macht das schon. Und was soll Davidge denn auch tun, wenn er sie erwischt? Sie umlegen und irgendwo in den Beton eingießen lassen?«

»Auf Netflix gibt es genug Serien, die dir genau das sagen würden.« Besorgt sah ich zum Eingang, wo Davidge und eine junge Frau nun auf die Plastikplane zugingen, die den Zugang vor Schmutz schützen sollte. Ich wusste, dass Kenzie auf sich aufpassen konnte, aber Davidge war ein grauenhafter Mensch, und ich wollte nicht, dass er sie dort erwischte und womöglich festhielt oder die Polizei rief. Ein paar Minuten schaffte ich es noch, im Wagen sitzen zu bleiben, aber dann hielt ich es nicht mehr aus. Ich konnte nicht einfach darauf warten, dass sie wieder rauskam.

Auf dem Rücksitz lag ein Basecap des Autovermieters, das ich aufsetzte, dann nahm ich meine Sonnenbrille. Der Aufzug war keine Garantie dafür, dass man mich nicht erkannte, trotzdem musste er reichen. Ohne auf Finlay zu hören, stieg ich aus dem Auto. Dann lief ich eilig, jedoch nicht zu schnell zu dem Hotel, mied aber den Haupteingang, weil Kenzie ebenfalls seitlich daran vorbeigelaufen war.

Schon als ich auf Höhe der Terrasse war, hörte ich laute Stimmen.

»Lassen Sie mich los«, forderte Kenzie in einem Ton, den ich von ihr noch nie gehört hatte – so als wäre sie ein 15-jähriges, bockiges Mädchen aus den USA, dem man *Instagram* gesperrt hatte. Das musste die Masche sein, von der sie vorhin gesprochen hatte. Also tat ich gut daran, mit auf diesen Zug aufzuspringen.

»Babe?«, rief ich in dem breitesten Südstaaten-Akzent, den ich zustande brachte. Ich schritt hinunter zu der Baugrube und erkannte, dass ein großer, glatzköpfiger Kerl in Poloshirt und Arbeitshosen sie grob am Arm festhielt. Ich widerstand dem Drang, ihm dafür sofort eine zu verpassen, und sah stattdessen Kenzie an. »Babe, was machst du denn da?«

Der Typ fuhr zu mir herum und musterte mich, als fragte er sich, was hier eigentlich los war.

»Sorry, meine Freundin hält wirklich alles für eine Sehenswürdigkeit«, sagte ich zu dem Kerl und verdrehte die Augen. »Wir sind das erste Mal in Europa. Was hat sie jetzt wieder gemacht?«

»Sie hat fotografiert«, beschwerte der Typ sich. Wahrscheinlich war er Davidges Bauleiter, aber zum Glück war ich ihm noch nie begegnet. »Das ist Privatbesitz, niemand darf hier sein.«

Ich nahm die Brille ab, wechselte einen Blick mit Kenzie und sie stieg auf meine Vorlage ein. »Es tut mir sooo leid«, sagte sie mit großen Augen. »Officer, ich hatte keine Ahnung, dass das verboten ist. Ich dachte, das wäre eine dieser alten griechischen Tempel. Wie die Ako … Akiop …«

»Akropolis?«, half der Typ ungläubig aus.

»Ja, genau.« Sie lachte, viel zu hoch und affektiert. »Mein Baby hat gesagt, dass hier eigentlich alles antik ist, und nachdem wir den Ausflug zum Sissi-Palast verpasst haben, weil wir den ganzen Tag zusammen im Bett waren, wollte ich kurz raus und noch ein bisschen Kultur erleben. Da bin ich hier gelandet, tut mir echt leid.«

Er musterte sie noch mal genauer und schien sich gerade vorzustellen, was man im Bett wohl alles mit ihr machen konnte. Eilig berührte ich sie am Arm.

»Wir verschwinden dann mal von Ihrem Privatbesitz«, sagte ich zu dem Bauleiter. »Entschuldigen Sie bitte die Störung, es war wirklich nicht so gemeint.«

»Schon gut«, murrte er. Ich legte vorsorglich einen Arm um Kenzies Schulter, um den Schein zu wahren, und sie schlang einen um meine Mitte, während wir in Richtung Gebäude liefen. Es fühlte sich nicht unbedingt vertraut an – wir waren im Sommer nie an den Punkt gekommen, gemeinsam Arm in Arm in der Öffentlichkeit herumzuspazieren – aber trotzdem so *richtig*, dass mein Magen eine unangenehme Drehung machte. *Reiß dich zusammen.*

Wir waren schon fast am Gebäude vorbei und auf dem Weg zu Finlays Wagen, als ich plötzlich eine Stimme hörte, die ich kannte – ganz in der Nähe, sie kam auf uns zu. Blitzschnell zog ich Kenzie mit mir in eine enge Nische zwischen zwei Säulen, damit wir nicht entdeckt wurden.

»Was …?«, begann sie leise, aber ich legte den Finger auf meine Lippen, um ihr zu signalisieren, dass sie sich ruhig verhalten sollte. Draußen waren die Schritte mehrerer Leute zu hören, die an unserem Versteck vorbeigingen. Und die Stimme von Davidge. Wenn er uns hier erwischte und mich erkannte, würde er einen riesigen Aufstand machen – von dem meine Familie garantiert erfuhr. Das durfte auf keinen Fall passieren.

»Wieso sollte ich denn noch mal zurückkommen?«, bellte Davidge jemanden an. »Ich hoffe, es gibt einen guten Grund dafür!«

»Hier war jemand, eine junge Touristin, die Fotos gemacht hat.« Das war der Bauleiter. »Ich dachte, das sollten Sie wissen.«

»Und wo ist diese Touristin jetzt?«

Kenzie und ich hielten die Luft an.

»Sie ist gegangen, Sir. Ihr Freund hat sie mitgenommen.«

»Aber Sie haben doch sicher ihren Namen? Und haben sie gezwungen, die Bilder zu löschen?«

Der Bauleiter zögerte. »Nein. Erst dachte ich, sie spioniert, aber dann wirkte sie völlig harmlos.«

»Harmlos?«, regte sich Davidge auf. »Niemand, der auf diese Baustelle kommt, ist harmlos. Was hat sie fotografiert?«

»Den Poolbereich, Sir.«

Wieder ein Fluchen. »Wie dämlich sind Sie eigentlich? Wenn jemand Wind davon bekommt, was wir hier gedreht haben, sind wir dran!«

»Ich weiß doch, Sir, aber –«

»Finden Sie dieses Mädchen!«, schnauzte Davidge ihn an. »Egal, wie lange Sie suchen müssen, Sie finden sie und bringen sie zu mir. Ich werde dann schon herausfinden, wer sie geschickt hat.«

Kenzie drängte sich weiter in die Nische und damit noch mehr gegen mich, denn hier war kein Platz, um Abstand zu halten. Ihr Körper so dicht an meinem, die Wärme, die durch den Stoff unserer Kleidung drang, all das half nicht gerade, mich zu konzentrieren.

»Keine Sorge«, flüsterte ich gegen die Hitze in meinem Inneren an. »Ich werde nicht zulassen, dass er an dich herankommt.«

»Selbst wenn er irgendwann bei uns auftauchen sollte – er würde mich in meinen Arbeitsklamotten sowieso nicht erkennen.« Sie lächelte leicht, aber es erstarb schnell, als sie zu bemerken schien, wie nah sie mir war. Ich stieß ein stummes Gebet aus. *Bitte mach, dass Davidge seinen dämlichen Hintern hier bald rausschiebt. Oder nein, vielleicht auch nicht.* Denn wenn ich ehrlich war, genoss ich diesen Moment mehr als ich sollte.

Plötzlich ertönte das Geheul einer Sirene, es klang wie die Alarmanlage eines Autos. Nein, die Alarmanlage mehrerer Autos. Es war ein ganzes Alarmkonzert.

»Was zum Teufel ist denn da los?«, fluchte Davidge, und man hörte, wie er sich entfernte. Wir blieben trotzdem, wo wir waren, und die Zeit schien anzuhalten, während wir einander in die Augen sahen. Aber dann ging plötzlich ein leichter Ruck durch Kenzies Körper und ihr Blick wurde wieder hart.

»Ich glaube, die Luft ist rein«, sagte sie leise. Ich spürte den Lufthauch der Worte auf meinen Lippen. Mit aller Gewalt riss ich mich aus dem Verlangen nach ihr heraus.

»Hauen wir ab.«

Wir spähten aus der Nische, bevor wir eilig das Gelände durch eine Lücke im seitlichen Bauzaun verließen und es im Schutz der parkenden Autos zum Jeep schafften, der bereits mit laufendem Motor hinter einem großen Transporter auf uns wartete. Kaum hatten wir die Türen geschlossen, fuhr Finlay bereits los.

»Warst du das mit den Alarmanlagen?«, fragte ich etwas außer Atem, aber das kam nicht von dem kurzen Sprint. Herr im Himmel, wie soll ich Kenzie jemals vergessen? *Indem du nicht mehr zulässt, dass es solche Momente gibt.* Das war einfach gesagt. Ich wusste, ich würde nie einer Gelegenheit widerstehen können, ihr näher zu kommen, ganz egal, wie aussichtslos es war.

»Wer sonst?«, sagte Finlay und steuerte den Jeep um die Kurve, um uns von dem Hotelkomplex wegzubringen. »Ich bin schließlich der König der Ablenkungen, und da vorne war ein ganzer Haufen Kiesel, der mich so nett angelächelt hat. Könnte allerdings sein, dass Davidges Protzkarre ein paar Kratzer abgekriegt hat, als ich einen Stein dagegen geworfen habe.« Er grinste.

»Hausfriedensbruch, Spionage, Sachbeschädigung«, zählte ich auf. »Wir sind echt eine super Truppe.« Dann drehte ich mich nach hinten zum Rücksitz um. »Alles okay bei dir?«, fragte ich Kenzie.

»Ja, klar.« Sie lächelte, wenn auch nur zaghaft. Ich hatte keine Ahnung, ob das an diesem Moment zwischen uns lag oder an der generellen Situation. Oder doch, ich hatte eine Ahnung. Aber die gefiel mir so wenig, dass ich sie einfach verdrängte.

»Was habt ihr rausgefunden?«, fragte Finlay. Bevor jedoch einer von uns etwas sagen konnte, winkte er schon wieder ab. »Wartet, ich brauche erst mal etwas zu essen. Ich bin total ausgehungert.«

»Du hast nur im Auto gewartet«, erinnerte ich ihn.

»Das ist nicht wahr, schließlich habe ich dafür gesorgt, dass ihr abhauen könnt. Also sei nicht so knauserig, sondern lade mich gefälligst zu ein paar griechischen Spezialitäten ein.«

Da ich ebenfalls etwas zu essen vertragen konnte und Kenzie auch einwilligte, wehrte ich mich nicht weiter. Etwa zwanzig Minuten später fuhren wir durch einen kleinen Ort und fanden ein hübsches Restaurant mit Terrasse. Dort suchten wir uns einen Tisch am Rand mit Blick aufs Meer und bestellten Getränke und ein paar Kleinigkeiten als Vorspeisen.

»Okay, jetzt.« Finlay ließ ein gefülltes Weinblatt in seinem Mund verschwinden. »Waff hat Davipf für Dreck am Ftecken?«

»Er hat keine Manieren beim Essen?«, antwortete ich sarkastisch und brachte Kenzie damit immerhin zum Lächeln. Finlay nahm sich einfach das nächste Weinblatt und ignorierte mich.

Kenzie atmete ein. »Als ich im Gebäude war, habe ich Davidge und eine Frau miteinander sprechen hören. Das war eigentlich nicht sonderlich spannend, sie haben nur über eure Familie hergezogen und dass man Dora auf jeden Fall zuvorkommen muss, weil sie sonst in allen Magazinen Artikel bekommt und Davidge in die Röhre guckt. Oh, und dass die Griechen ihm die Füße küssen, weil er sich dazu herablässt, hier ein Hotel zu bauen – und ihm deswegen bestimmt nichts ankreiden.« Sie verdrehte die Augen. »Aber eine Sache war interessant. Sie haben gesagt, ihr *Kontakt im Kefi Palace* hätte ihnen gesagt, der Eröffnungstermin wäre auf keinen Fall für uns zu schaffen.«

»Ihr Kontakt?« Mir lief es kalt den Rücken runter. »Das heißt, die haben jemanden bei uns, der ihnen Infos gibt?«

»Sieht so aus.« Kenzie machte ein unglückliches Gesicht. »Ich weiß nur nicht, wer. Niemandem aus Doras Team würde ich das zutrauen. Vielleicht einer von den Handwerkern?«

Finlay wischte sich die Finger an einer Serviette ab und runzelte die Stirn. »Du schließt das Team von vornherein aus? Warum?«

Sie lehnte sich vor. »Na, überleg doch mal … wer würde es sich denn mit Dora versauen, nur um ein bisschen Kohle von Davidge zu bekommen? Sie ist einer der großen Namen in der Branche, sie kennt alle, oder nicht? Wer es sich mit ihr verscherzt, kann seine Zukunft gleich auf den Müll werfen.«

»Auch wieder wahr.« Finlay überlegte. »Damit bleiben wirklich nur die Handwerker.«

Die beiden redeten weiter miteinander, aber ich hörte nicht mehr zu. Weil eine plötzliche Erkenntnis wie eine kalte Faust nach meinen Eingeweiden griff. Wenn Davidge einen Maulwurf bei uns hatte, dann brauchte er keinen Spitzel, der über den Zaun kletterte und sich auf dem Gelände herumtrieb. Wozu einen Typen schicken, der bei uns spionierte, wenn man direkt an der Quelle saß? Das ergab keinen Sinn.

Also ging es am Ende doch um mich? Behielt mich jemand im Auge? Aber wer? Und warum? Ich hatte keine Ahnung. Nur ein drängendes Gefühl.

Ein Gefühl, dass das Ganze nicht gut für mich ausgehen würde.

22

Kenzie

Finlay und ich wurden von unseren Überlegungen kurz abgelenkt, weil wir klären mussten, wer das letzte gefüllte Weinblatt bekommen sollte – als ich sah, dass Lyall plötzlich blass wurde. Finlay war jedoch schneller.

»Lye, was ist los?«, fragte er. Ich überlegte, ob die beiden so eine besondere Verbindung zueinander hatten wie meine Schwestern und ich – dass man direkt spürte, wenn mit dem anderen etwas nicht in Ordnung war. Wahrscheinlich war es so, schließlich waren sie einen großen Teil ihrer Jugend zusammen aufgewachsen.

»Nichts.« Lyall zwang sich ein Lächeln auf das Gesicht.

»Lüg mich nicht an.« Finlay legte die Stirn in Falten, aber dann zuckte Lyalls Blick zu mir und ich ahnte: Das war etwas, das mich nichts anging. Was mir einen Stich versetzte, nach allem, was er schon früher vor mir verheimlicht hatte. Trotzdem schob ich meinen Stuhl zurück und stand auf.

»Ich lasse euch mal kurz allein reden«, sagte ich, aber da legte sich eine Hand auf meine, sanft und warm, und ein bittender Blick traf mich.

»Nein, bleib. Ich habe keine Geheimnisse vor dir.« Ein leises Zögern folgte diesen Worten. »Nicht mehr.«

Wie ferngesteuert sank ich wieder auf meinen Stuhl, nicht in der Lage, zu verhindern, was da gerade passierte – was schon seit Tagen passierte. Etwas zwischen Lyall und mir veränderte sich ganz langsam, und einem Teil von mir gefiel das sehr gut. Dieser Teil witterte bei jedem Augenkontakt, jeder Berührung, jedem Lächeln, jedem Wort aus seinem Mund Morgenluft. Und der andere Teil von mir, der immer noch zutiefst verletzt war, wurde stiller. Ich wusste nicht, ob es daran lag, dass Lyall jetzt wieder in meiner Nähe war, an seinem freundlichen Verhalten mir und allen anderen gegenüber, an der bedingungslosen Zuneigung, die sein bester Freund ihm entgegenbrachte, an diesen Momenten zwischen uns … aber die Stahltür, die ich nach unserer letzten Begegnung im Sommer hinter mir geschlossen hatte, schien einen Spalt aufgehen zu wollen.

Ich wehrte mich jedoch mit aller Macht dagegen, dem nachzugeben. Denn ich wusste, jemand, der einmal log, der log auch wieder. Von dem Schmerz ganz zu schweigen, den er mir zugefügt hatte.

Mühsam riss ich meinen Blick von seinen Augen los und nahm mein Glas, um einen Schluck Cola zu trinken. *Schluss jetzt damit. Es ist vorbei, sieh es endlich ein.*

»Also, was ist los mit dir?«, fragte Finlay seinen Cousin, und mir wurde klar, dass dieser Moment zwischen Lyall und mir für einen Unbeteiligten kaum eine Sekunde gedauert haben konnte.

»Mir ist gerade klar geworden, dass der Typ, den ich gestern auf dem Gelände erwischt habe, nicht von Davidge kam. Er braucht schließlich keinen Spion von außen, wenn er die Infos direkt aus dem Hotel bekommt. Und das bedeutet … irgendjemand beschattet mich. Jemand, der schlau genug ist, den Typen so zu instruieren, dass er lügt, wenn er erwischt wird, um den Verdacht auf Davidge zu lenken.«

Finlay sah ihn an. »Dann glaubst du … es waren dieselben Leute wie in Chicago?«

Ich kam nicht ganz mit. »In Chicago?«, fragte ich.

Lyall nickte, sah mich aber nicht an. »Bevor ich hergekommen bin, wurde ich nachts auf dem Weg nach Hause von jemandem beobachtet und verfolgt. Ich habe den Spieß umgedreht, aber ich konnte ihn nicht erwischen.«

Finlay runzelte die Stirn. »Wir dachten, es wäre jemand, der von Moira oder Grandma einen Tipp bekommen hat, damit Sophia und Lyall direkt auf allen Titelseiten landen, wenn ihre Verkupplungsnummer Erfolg gehabt hätte.«

»Wer ist Sophia?«, fragte ich, ohne darüber nachzudenken.

»Niemand«, knurrte Lyall.

»Sie ist eine von denen, die ein großes Interesse daran haben, Teil unserer Familie zu werden.« Finlay fing meinen Blick auf. »Guck nicht so, Kenzie. Was glaubst du, wie oft das passiert? Ich bekomme pro Jahr ungefähr dreißig Frauen vorgestellt, in die ich mich am besten sofort verlieben soll, weil sie gut fürs Unternehmen wären.«

Ich dachte daran, dass das bei Finlay wohl ein aussichtsloses Unterfangen war, weil er sein Herz rettungslos an Edina verloren hatte. Aber es schockierte mich immer wieder, wenn ich hörte, wie bei den Hendersons aus dem Hintergrund die Fäden gezogen wurden. Alle glaubten, reichen Leuten stand in jeder Hinsicht die Welt offen. Aber am Ende waren sie viel weniger frei als wir normalen Menschen.

»Geht mich ja auch nichts an«, murmelte ich und warf einen flüchtigen Blick zu Lyall, dessen Gesicht ganz hart war. Ich wusste, wie sehr er es hasste, nicht selbst über sich entscheiden zu dürfen. Offensichtlich war diese Verkuppelungsaktion nicht in seinem Sinne gewesen. »Aber wer sollte dich denn sonst verfolgen?« Mir kam ein furchtbarer Gedanke. »Etwa jemand aus Adas Familie?«

Er zuckte zusammen, als ich ihren Namen sagte, und fast tat es mir leid, dass ich ihn erwähnt hatte. Bis mir einfiel, dass dieser Name für alles stand, was zwischen uns kaputtgegangen war – und dass es allein Lyalls Schuld war. Jetzt schüttelte er den Kopf. »Nein, sicher nicht.«

»Wer dann?« Finlay sah ratlos aus.

»Keine Ahnung. Aber ich komme schon dahinter.« Lyall schien die Frage in seinem Kopf zu verstauen. »Wichtiger ist es, den Verräter zu finden, der Davidge Infos über Mums Projekt steckt.«

»Sie haben keinen Namen genannt.« Ich hob die Schultern. »Nicht einmal ein Geschlecht.«

»Sag mir noch mal, was sie genau gesagt haben«, bat er mich.

»Dass deiner Mum die Sache mit den Arbeitern recht geschehen würde, wenn sie hier auf der Insel ein Hotel eröffnet, wo Davidge sich breitmachen wollte. Und dann sagte die Frau *Unser Kontakt im Kefi Palace sagt, sie könnten niemals am 10. Juni eröffnen.*«

Lyall sah nachdenklich aufs Meer hinaus, als versuchte er, einen Gedanken zu fassen zu bekommen, der nicht leicht zu greifen war. Dann hellte sich sein Gesicht plötzlich auf. »Der 10. Juni.«

»Was ist damit?«, fragte Finlay irritiert.

»Kenzie, wusstest du, dass die Eröffnung am 10. Juni sein sollte?« Lyall schaute mich an.

»Klar, Dora hat gesagt, bis Juni sollte alles fertig sein.«

»Ja, aber hat sie dabei das genaue Datum erwähnt?«

Ich überlegte, aber dann schüttelte ich den Kopf. »Nein, ich glaube nicht.«

»Siehst du, ich wusste es auch nicht. Aber es gibt jemanden, der das wusste. Und der ist Davidges Maulwurf.« Er nahm sein Handy und wählte eine Nummer. Es dauerte nicht lange, bis jemand dranging. »Mum? Nur ganz kurz: Wer wusste alles von dem Neueröffnungstermin des Kefi? Von dem *genauen* Termin?« Er hörte zu, dann schüttelte er den Kopf. »Das erzähle ich dir später, wenn ich Genaueres weiß. Ich ruf dich wieder an.«

»Und?«, fragten Finlay und ich gleichzeitig ungeduldig.

»Nur eine Person wusste bislang, wann das Hotel neu eröffnet werden soll«, sagte Lyall und machte es spannend. »Und das war Nikolaos.«

»Nikolaos?«, stieß ich hervor. »Aber er hat deiner Mum das *Kefi Palace* doch verkauft. Was für ein Interesse hätte er, ihr das nun zu versauen? Nein, er war das ganz sicher nicht.« Er war neulich da gewesen, ein netter, älterer Herr, dessen Leben dieses Hotel gewesen war. Ich konnte nicht glauben, dass er uns verraten würde. Zu welchem Nutzen denn auch?

Lyall verengte die Augen.

»Hm, wer dann? Glaubt ihr wirklich, einer von den Handwerkern ist ein Spion?«

Finlay legte die Serviette hin.

»Uns bleibt nur eins: Wir müssen denjenigen aus der Reserve locken.«

»Du meinst, wir geben Falschinfos raus?«, fragte Lyall.

»Der Klassiker.« Sein Cousin grinste. »Sieht so aus, als würde ich mal mit ein paar Leuten im Hotel reden müssen, um ihnen Flöhe ins Ohr zu setzen. Ich hatte ja keine Ahnung, dass meine Talente hier so dringend gebraucht werden.«

Er sah aus, als hätte man ihm ein richtig tolles Geschenk gemacht, und ich musste grinsen, als ich es bemerkte. Lyall schien indes schon zu einem anderen Punkt gesprungen zu sein.

»Hast du das auch gehört, als Davidge über die Poolanlage geredet hat?«, fragte er mich.

»Ja, natürlich«, antwortete ich. In dem Moment war meine Aufmerksamkeit zwar durch Lyalls Nähe abgelenkt gewesen, aber ich hatte es mitbekommen. »Davidge sagte, wenn jemand herausfinden würde, dass sie sich beim Pool nicht an die Vorgaben gehalten haben, wären sie dran. Denkst du, er hat irgendetwas Illegales getan?«

Lyall atmete ein. »Schwer zu sagen. Es gibt eine Menge Vorschriften für Poolanlagen. Es würde ihm ähnlichsehen, sie zu umgehen, um Kosten oder Zeit zu sparen. Wenn er vielleicht zu tief gräbt, ohne eine Genehmigung zu haben …« Er ließ den Satz auslaufen, dann stand er plötzlich auf. »Wir sollten zurückfahren. Ich muss was überprüfen.«

»Was?« Finlay sah zu ihm hoch. »Wir können nicht gehen. Ich hatte noch gar kein Hauptgericht!«

»Ich lasse dir etwas zum Mitnehmen einpacken«, sagte Lyall fast schon ein bisschen herzlos, dann war er bereits in das Innere des Restaurants unterwegs, um unsere Rechnung zu begleichen. Als er wieder herauskam, hatte er eine Pappschachtel in der Hand und einen mehr als entschlossenen Ausdruck auf dem Gesicht.

»Gehen wir.«

Finlay und ich wechselten einen Blick, aber schließlich blieb uns nichts anderes übrig, als Lyall zu folgen.

In den nächsten vier Tagen war so viel zu tun, dass ich kaum noch Kapazitäten hatte, über Lyall nachzudenken – was kurios war, denn ich verbrachte so viel Zeit mit ihm wie nie. Unsere Mission war jetzt das Wichtigste, und wir waren mit Feuereifer dabei, Davidge die Tour zu versauen. Lyall und ich redeten eine Menge, wenn auch nicht über uns, beratschlagten uns mit Finlay und es wurde mit jedem Tag normaler, zusammenzuarbeiten. Ich merkte, dass ich mich an seine Nähe gewöhnte, obwohl ich alles daransetzte, innerlich auf Abstand zu bleiben. Hilfreich dafür war sein Cousin, der unsere kleine Task Force zum Trio ergänzte und grundsätzlich jede aufgeladene Situation durch seine bloße Anwesenheit entschärfte.

»Gibt es Neuigkeiten von der Front?« Finlay kam aus der

Tür und gab uns jeweils eine Flasche *Mythos* Bier. Am Abend hielten wir neuerdings Kriegsrat in Lyalls und Finlays Zimmer, um den aktuellen Stand auszutauschen. Und da es heute warm genug war, um draußen zu sitzen, hatten wir den Balkon gewählt. Er lag am Tennisplatz und man konnte uns hier nicht belauschen, ohne entdeckt zu werden.

Lyall nahm die Flasche entgegen und setzte sich auf einen der drei Stühle. »Ich habe ja direkt nach unserem Besuch bei Davidge nachgeforscht, aber die Gesetze sind endlos und mein erster Impuls ließ sich nicht gleich bestätigen, also habe ich heute mit einem meiner Dozenten telefoniert. Er ist seit ungefähr hundert Jahren Bauleiter und kennt so ziemlich jede Vorschrift, die es für den Bau von Poolanlagen geben kann. Da sind unzählige Dinge, gegen die man verstoßen kann, aber am schlimmsten ist es, wenn du ein Grundstück kaufst, das mit irgendetwas belastet ist – und du das nicht entsprechend beseitigst.«

»Und das hat Davidge getan?«, fragte ich und öffnete meine Flasche, bevor ich einen Schluck von dem griechischen Bier nahm.

»Das werden wir hoffentlich bald wissen. Ich habe mich als Kaufinteressent des freien Nebengrundstücks ausgegeben und bei den Behörden nachgefragt, die zum Glück genug Englisch konnten, um mich zu verstehen. Es gab dort tatsächlich einen kleinen Müllabladeplatz, wo so ziemlich alles gelandet ist – Schrott, Elektrogeräte, Chemikalien, Bauschutt. Deswegen gibt es für das ganze Gebiet die Auflage, eine Bodenprüfung vorzunehmen und so viel Erdreich abzutragen, dass es keine Gefahr für die Umwelt oder die Menschen darstellt, die dort Urlaub machen. Dreimal dürfen wir raten, was der alte Sack mit so einer Anordnung macht.«

»Er wischt sich damit den Hintern ab«, vermutete ich trocken.

Lyall lachte, ebenso wie Finlay. »Vermutlich. Ich habe ihn über einen Bekannten melden lassen und die hiesigen Behörden werden es prüfen. Genaueres werden wir wissen, sobald Mum etwas von ihrem Insider bei Davidge hört.«

»Sie hat einen Insider bei Davidge?« Da wurde einem ja schwindlig vor lauter Intrigen.

»Klar.« Finlay winkte ab. »Das ist in so großen Firmen eigentlich ganz normal – man liefert sich immer einen Wettlauf darum, herauszufinden, wer deine Infos verkauft. Aber das hier ist anders, persönlicher. Davidge weiß, dass es Doras Solo-Projekt ist, und sabotiert sie deswegen ganz gezielt. Er kommt einfach nicht damit klar, dass wir in einer ganz anderen Liga spielen als er.«

»Was ist eigentlich mit dem Verräter in unseren Reihen?«, fragte ich ihn. »Bist du weitergekommen?«

Finlay sah mich an. »Der ganze Kram mit den Falschinfos ist ein sehr komplexes Feld, meine Liebe, das braucht seine Zeit. Aber ich habe unterschiedlichen Leuten verschiedene Informationen untergeschoben, und wenn alles so läuft, wie ich es geplant habe, sollten wir bald mehr wissen. Bis dahin ist es ratsam, so zu tun, als wäre alles in Ordnung.«

Lyall und ich zogen ihn damit auf, dass er immer so tat, als wäre er der Held in einem Agenten-Film, wir kamen auf TV-Serien zu sprechen, die besten Staffeln zum Wegsuchten und quatschten über hundert andere Sachen. Aber irgendwann sah ich auf die Uhr und stand auf. »Ich sollte mal langsam rüber.«

»Um zehn?«, stöhnte Finlay. »Komm schon, Kenzie, bleib noch ein bisschen. Lyall und ich öden uns total an, wenn wir allein sind. Oder er zwingt mich, mit ihm den Stoff für diese Klausur durchzugehen, die er noch schreiben muss.«

»Aww, du armer Kerl.« Ich lachte und zauste Finlay die blonden Haare, aber Lyalls Blick ließ mich in der Bewegung innehalten. Es war keine Eifersucht im klassischen Sinne – er wusste genau, sein Cousin und ich hatten ausschließlich freundschaftliche Gefühle füreinander. Nein, es war etwas anderes. Bedauern. Ein Bedauern, das mich meine Hand zurückziehen ließ. »Ich muss mich endlich an meinen Entwurf für die Villa machen«, erklärte ich. »Die anderen sind alle schon fertig.«

»Na, dann: für die Kunst. Mach mich stolz.« Finlay prostete mir zu, und Lyall stand auf, um mich zur Tür zu bringen.

»Habe ich mich eigentlich schon dafür bedankt, dass du uns hilfst?«, fragte er, als wir das Zimmer durchquert hatten.

»Hast du«, lächelte ich und drückte die Klinke herunter. »Und ich habe dir gesagt, dass ich es gern tue. Deine Mum hat es nicht verdient, dass man ihr dieses Projekt versaut.«

»Trotzdem. Danke.« Lyall lächelte ebenfalls, und zwischen uns entstand ein Hauch Spannung, wie immer, wenn wir mal einen Moment allein hatten. Aber wie sonst auch zerstörte ich ihn, indem ich den Blickkontakt unterbrach und jede Gefühlsregung aus meinem Herzen verbannte.

»Bis morgen.« Ich nickte ihm zu, dann zog ich die Tür hinter mir ins Schloss und ging die wenigen Meter bis zu meinem eigenen Zimmer.

Dort setzte ich mich in den Sessel am Fenster, schaltete die Lampe daneben ein und begann, einen weiteren Entwurf für die Villa zu erstellen. Ich versuchte es mit einem neuen Stil – ein bisschen Boho, zusammen mit mediterranen Elementen. Leichte mit schwereren bestickten Stoffen kombiniert, dazu Olivenholz und helle Dekoration. Zum ersten Mal hatte ich das Gefühl, auf dem richtigen Weg zu sein, und zeichnete wie im Rausch. Zwei Stunden vergingen, bis ich den Stift hinlegte und beschloss, ins Bett zu gehen. Da klingelte mein Telefon und ich sah den Namen meiner Schwester auf dem Display.

»Willy, ist alles in Ordnung?«

Sie stöhnte genervt in mein Ohr. »Hatten wir nicht besprochen, dass du das nicht mehr machst?«

»Du rufst mich um Mitternacht an, Herrgott«, entgegnete ich. »Was soll ich da denn denken?« Ich war zwar mittlerweile etwas entspannter geworden, was meine Schwestern anging, aber das bedeutete nicht, dass meine Ängste sich vollkommen verabschiedet hatten.

»Dass ich mit dir quatschen will und das nur jetzt in Ruhe tun kann? Außerdem ist es hier erst zehn.« Ich hörte das Grinsen in Willas Stimme. »Was gibt es Neues bei dir? Habt ihr die fiesen Schergen schon erledigt?« Ich hatte ihr vorgestern davon erzählt.

Ich musste lachen. »Nein, noch nicht. Aber wir sind kurz davor. Lyall und Finlay prüfen gerade, ob der Konkurrent gegen irgendwelche Vorschriften verstoßen hat.«

»Oho«, machte meine Schwester. »Das klingt ja fast so, als wärt ihr wieder ein Team, Lyall und du.« Wie immer betonte sie seinen Namen extra unanständig, aber ich ging nicht darauf ein.

»Höchstens wir drei – Lyall, Finlay und ich.«

»Das ist der heiße blonde Cousin, oder?«

»Ja, richtig«, seufzte ich, weil sie unverbesserlich war.

»Dann läuft also nichts zwischen Lyall und dir?«, fragte Willa, und ihr Tonfall klang mehr als nur skeptisch.

»Nein«, wehrte ich ab. »Ich habe dir erzählt, was er getan hat. Da werde ich wohl kaum schwach, nur weil ich in seiner Nähe bin. Ich bin nicht dämlich.«

Willa holte geräuschvoll Luft. »Bist du nicht. Aber ich höre dir an, dass du mit dir kämpfst.«

Wären wir in England gewesen und Lyall weit weg, hätte ich diese Behauptung vom Tisch gewischt, ohne auch nur zu zögern. Aber jetzt war er wieder in meinem Leben und meine Überzeugungen bröckelten. Ich brauchte Willa, die mir half, einen kühlen Kopf zu behalten.

»Ich habe … es gibt Momente, da will ich am liebsten vergessen, dass ich das mit Ada je erfahren habe. Er ist so aufmerksam und freundlich, einfühlsam und …« Ich brach ab. Was brachte es mir, aufzuzählen, welche guten Eigenschaften Lyall hatte, wenn ich auch die Kehrseite kannte?

»Und heiß?«, half Willa großzügig aus.

»Ja, das auch«, seufzte ich. »Er ist genau der Lyall, in den ich mich verliebt habe. Und das macht mich fertig, verstehst du? Ich darf nicht den gleichen Fehler noch mal machen und darauf hereinfallen, nur weil ein Teil von mir Sehnsucht hat und unbedingt wieder etwas mit ihm anfangen will.«

Meine Schwester schwieg einen Moment. »Was wäre die Konsequenz, wenn du es doch tust?«, fragte sie dann.

»Wenn ich was tue? Drauf reinfallen?« War das ihr Ernst?

»Nein, wieder etwas mit ihm anfangen.« Ich konnte förmlich sehen, wie sie die Schultern hob. »Es ist schlimm, was er gemacht hat, klar. Aber auch gute Menschen tun fürchterliche Dinge, wenn man sie dazu bringt. Und die Karten liegen auf dem Tisch, du weißt davon und willst ihn trotzdem zurück. Was also kann dir passieren? Er wird ja nicht noch mehr Leichen im Keller haben.«

»Ich will ihn nicht zurück, ich –« Ein Geräusch unterbrach mich: Es klopfte an meiner Tür. Um die Uhrzeit? So spät musste es wichtig sein.

»Willy, kann ich dich wieder anrufen? Da ist jemand.«

»Klar. Aber erst morgen, ich muss jetzt noch *Shadowhunters* gucken, und du weißt, ich werde sehr ungemütlich, wenn man mich dabei unterbricht, Alec Lightwood in Gedanken die schwarzen Klamotten auszuziehen.«

»Gut, dann morgen«, sagte ich hastig. »Mach's gut!«

Ich sprang auf, um die Tür zu öffnen. Davor stand Lyall, die Hände in den Taschen seiner Jeans, ein unsicheres Lächeln auf dem Gesicht.

»Kann ich kurz reinkommen?«, fragte er mich. »Ich wollte dich um etwas bitten, aber es ist besser, wir besprechen das nicht hier draußen.«

Nein! Lass ihn bloß nicht rein. Du bist viel zu verwirrt im Moment.

»Klar.« Ich trat zur Seite und ließ ihn in mein Zimmer, das zum Glück halbwegs aufgeräumt war. Wenn man beruflich etwas mit Einrichtung machen wollte, konnte man Unordnung vermutlich schon deswegen nicht ertragen. Vielleicht kam es auch vom Campen, dass bei mir nie viel herumlag.

Lyall ging ein paar Schritte ins Zimmer, und mir blieb nichts anderes übrig, als die Muskelbewegungen an seinem Rücken zu beobachten, die durch das dunkle Shirt sichtbar wurden. Ich schluckte. *Ja, definitiv verwirrt.*

»Kommst du voran?«, fragte er, als er das aufgeschlagene Buch sah, das immer noch auf dem Bett lag.

»Ja, endlich.« Ich rang mir ein Lächeln ab. »In der letzten Zeit war ich nicht besonders inspiriert, aber heute lief es ganz gut.«

»Darf ich es sehen?«

Statt zu antworten, nahm ich das Buch und gab es ihm, beobachtete angespannt, wie seine schwarzen Augen über meine Zeichnungen strichen, völlig versunken darin. Es war genau der Blick, den ich am meisten an ihm liebte. *Geliebt hatte*, korrigierte ich mich, aber dem Gefühl in meinem Bauch war das egal.

»Das ist echt gut«, sagte er schließlich und sah auf. Ich hoffte, er konnte in meinem Gesicht nichts lesen. »Ich würde das Bett vermutlich mit der Sitzecke tauschen, weil der Ausblick am Morgen dann noch mal besser ist. Ansonsten … ist es perfekt. Mum wird begeistert sein.«

»Danke.« Ich lächelte, da mir ein Lob von ihm immer noch etwas bedeutete, aber bevor sich die Stimmung schon wieder aufladen konnte, gab er mir das Buch zurück und ich legte es beiseite. »Du wolltest was mit mir besprechen?«, erinnerte ich ihn.

»Ja, richtig.« Er nickte. »Ich habe vorhin mit meiner Mum telefoniert – sie lässt übrigens schön grüßen. Sie wird noch eine weitere Woche in Dubai bleiben müssen und hat mich deswegen gebeten, dich zu fragen, ob du die Auswahl der Möbel und Stoffe für den Poolbereich übernehmen könntest.«

»Ich? Allein?« Bisher hatten wir alles immer mit Theodora besprochen. Das nun ohne sie zu tun, war eine ziemliche Verantwortung.

»Sie vertraut dir.« Lyall lächelte leicht.

»Mehr als dir?« Skeptisch sah ich ihn an. Da war doch etwas im Busch. Lyall war zwar angehender Architekt und kein Innendesigner, aber er hatte mehr Verständnis von der Materie als so manch alter Hase in dem Geschäft. Wieso also sollte Theodora nicht ihm diese Aufgabe übertragen – ihrem eigenen Sohn, dem sie auch ihre Baustelle anvertraute?

»Ich glaube …« Lyall atmete aus. »Ich glaube, sie setzt darauf, dass wir uns gemeinsam darum kümmern. Nein, falsch, ich *weiß*, dass es so ist.« Ich konnte nicht genau sagen, ob ihn die Tatsache freute. »Aber keine Sorge, ich überlasse dir diesen Job allein. Es sei denn, du willst dich absichern, aber ich bin überzeugt, das brauchst du nicht.«

Erneut ein Lächeln. *Verdammt, hör auf damit.*

»Natürlich, ich fühle mich geehrt«, nickte ich. »Solange ich nicht mehr in Hotelanlagen einbrechen muss, bin ich bei allem dabei.« Ich grinste, aber es geriet schief und war schnell wieder verschwunden. »Hast du eigentlich schon herausfinden können, wer dich beschatten lässt?«

Lyall schüttelte den Kopf. »Nein, noch nicht. Aber das ist nur eine Frage der Zeit. Und –« Sein Handy klingelte in der Hosentasche, und ich gab ihm einen Wink, dass er den Anruf ruhig annehmen konnte. Er zog es hervor. »Mum, gibt es etwas Neues?«

Das Gespräch bestand von seiner Seite hauptsächlich aus *Ahas* und *Mhms*, also stand ich vollkommen ahnungslos neben ihm, bis er schließlich auflegte.

»Und, was sagt sie?«, drängte ich ihn.

Lyalls Gesicht hellte sich auf, als er mich ansah. »So wie es aussieht, hat Davidge wirklich die Bodenvorschriften missachtet. In seiner Firma sind alle wie wild am Rotieren, aber die Chancen stehen gut, dass die griechischen Behörden die Baustelle bis zum Ende der Prüfung schließen. Das kann Wochen dauern, bis sie weitermachen dürfen.«

»Was? Das ist großartig!« Ich fiel ihm spontan um den Hals, so erleichtert und froh, dass ich nicht bemerkte, wie schlecht diese Idee war. Denn kaum spürte ich seine Haut unter meinen Fingern, hatte seinen Duft in der Nase, schmolz mein ach so eiserner Wille dahin. Ich ließ Lyall los, aber das Gefühl verschwand nicht. Im Gegenteil, es wurde nur stärker. Er blieb dicht bei mir, meine Hände lagen auf seinen Armen, sein Gesicht war nur Zentimeter von meinem entfernt.

Wir sahen einander an, unsere Blicke verhakten sich ineinander, und plötzlich war sie wieder da, die Verbindung zwischen uns. Der Ausdruck in Lyalls Augen zeigte mir die gleiche Sehnsucht, die auch mich eiskalt und gleichzeitig furchtbar heiß erwischte. Am liebsten hätte ich ihn geküsst, um nur noch ein Mal zu spüren, wie sich das anfühlte. Oder noch einmal für ein paar Augenblicke zurückgespult zu dem Zeitpunkt, bevor alles den Bach runtergegangen war. Lyalls Mund öffnete sich leicht, und ich wusste, dass er das Gleiche dachte wie ich. Aber dann verschloss sich sein Blick plötzlich und er nahm Abstand – und schon war der Moment vorbei.

Lyall trat ein paar Schritte zurück und holte Luft.

»Ich wollte nicht –«

»Hast du nicht«, unterbrach ich ihn hastig.

Er nickte. »Ich gehe lieber. Gute Nacht, Kenzie.«

»Gute Nacht.«

Er ging zur Tür und verschwand. Gemeinsam mit dem Teil von mir, der völlig absurderweise darauf gehofft hatte, dass das mit uns sich lösen konnte, lösen würde. *Auch gute Menschen tun fürchterliche Dinge, wenn man sie dazu bringt.* Ja, vielleicht stimmte das, was Willa gesagt hatte. Aber ich hatte Lyall nicht dazu gebracht, mich anzulügen. Er hätte mir einfach die Wahrheit sagen und die Chance geben können, damit zurechtzukommen. Aber das hatte er nicht. Er hatte mir gar keine Chance gegeben, mit irgendetwas zurechtzukommen.

Bis heute nicht.

23

Lyall

Fuck. Fuckfuckfuck.

Das war alles, was mir die ganze Nacht durch den Kopf gegangen war, und nicht auf die gute Art. Dumm nur, dass es am Morgen direkt damit weiterging – aber das hatte nichts mit Kenzie und mir zu tun.

»Was soll das heißen, die Lieferung ist weg?« Ich starrte Clea an. Sie hob die Schultern, genauso ratlos wie ich.

»Ich weiß es nicht. Heute Morgen hätte sie per Luftfracht ankommen müssen.« Es ging um eine größere Menge an Antiquitäten, die meine Mutter extra für das *Kefi Palace* bei ihrem Händler in London ausgesucht und hergeschickt hatte. »Sie war auf dem Cargo-Flug eingecheckt, alles war in Ordnung – nur als sie heute Nacht das Flugzeug entladen haben, war sie nicht da.«

»Und was soll die Ladung gemacht haben? Sich einen Fallschirm genommen und über dem Mittelmeer abgesprungen sein?!« Ich wurde laut, aber das war doch wirklich zum Wahnsinnigwerden. Konnte nicht irgendetwas bei diesem verdammten Projekt mal glattgehen?

»Lyall, ich weiß es nicht, okay?«, rief Clea. »Ich habe schließlich nicht dafür gesorgt, dass die Sachen weg sind. Oder weiß, was da schiefgelaufen ist.«

Ich atmete aus. »Entschuldige. Es ist nur … das waren Einzelstücke. Keine neuen Möbel, die man in gewünschter Stückzahl nachordern könnte. Meine Mutter hat jedes einzelne davon selbst ausgesucht und zusammengestellt, damit das Hotel eine besondere Note bekommt. Wenn das nun alles weg ist …« Bis zur Eröffnung waren es nur noch sieben Wochen, und deswegen hatte Mum bereits demnächst die ersten Fotos machen lassen wollen – für die Website genauso wie für einschlägige Magazine. Dafür brauchten wir zumindest einen Teil eingerichteter Räume, was ohne die Antiquitäten nicht funktionierte. Mit den hochwertigen, aber dennoch austauschbaren Standardmöbeln würde auch das *Kefi Palace* aussehen wie ein normales Ferienhotel.

»Ich weiß.« Sie seufzte. »Ich werde zum Flughafen fahren und Nachforschungen anstellen. Vielleicht ist die Lieferung noch in London oder es stimmte etwas mit den Frachtpapieren nicht.«

»Oder es hat jemand dafür gesorgt, dass die Möbel nicht ankommen.« Sofort kam mir Davidge in den Sinn. Er versuchte uns zu sabotieren, wo er nur konnte – und jetzt, wo die Behörden drauf und dran waren, seine Baustelle auf Eis zu legen, griff er vielleicht auch zu solchen Methoden.

»Das glaube ich nicht. Bestimmt ist es nur ein Missverständnis.« Clea stand auf. »Ich rufe dich an, wenn ich etwas Neues weiß.« Sie lächelte und nahm ihre Tasche. Gemeinsam gingen wir hinaus, schweigend. Ich erwähnte nicht, dass ich davon ausging, unsere Lieferung nie wiederzusehen.

Während ich in der Eingangstür stand und überlegte, ob ich meine Mum direkt anrufen oder noch bis heute Abend warten sollte, damit Clea mehr herausfinden konnte, kam Dionys mit dem Pick-up zurück und lud eine Kiste mit Gemüse aus. Da ich sah, dass die Ladefläche voll war, ging ich hin, um ihm zu helfen.

»Neue Katastrophen?« Er sah mich mit einem schiefen Grinsen an.

»Wieso, sieht man das in meinem Gesicht?« So viel dazu, dass ich ein tolles Pokerface hatte.

»Nein, in deinem nicht. Aber in dem meiner Schwester.« Dionys zeigte auf den Kleinwagen, den Clea gerade zur Ausfahrt steuerte. »Also, was ist es?«

Ich nahm einen Sack Mehl von der Fläche des Wagens. »Uns ist eine Lieferung verloren gegangen. Beim Einchecken in London war sie noch da, bei der Ankunft hatte sie sich wundersam in Luft aufgelöst.«

»Bezahlt so etwas nicht eure Versicherung?«

»Ja, schon. Aber die Stücke sind nur schwer zu ersetzen, es waren Antiquitäten für die Villen, den Speisesaal und die Lobby.«

Dionys ging vor und schob die Seitentür mit dem Fuß auf, um sich mit der Kiste hindurchzuschieben. »Es gibt immer eine Lösung. Sicher staucht Clea die Leute am Flughafen ordentlich zusammen und dann taucht alles wieder auf.«

»Ja, vielleicht.« Ich setzte weniger Hoffnung in Clea, aber ich sah es Dionys nach, dass er seiner Schwester alles zutraute. Sofort dachte ich an Edina und dass ich schon länger nicht mehr mit ihr gesprochen hatte. Vermutlich sollte ich sie endlich mal wieder anrufen.

»Kann ich irgendwie helfen?«, fragte Dionys und bedeutete mir, den Sack Mehl auf die Stahl-Ablage in der Küche zu legen.

»Das ist nett von dir, aber wenn du nicht gerade einen Antiquitätenhändler mit einer ganzen Halle an exklusiven Stücken kennst, dann eher nicht.« Ich grinste und lud meine Fracht ab.

Dionys legte den Kopf schief. »Ich könnte meinen Onkel Ioannis unten in Lefkimmi anrufen. Der hat zwei Lagerhallen voll mit alten Möbeln, Stoffen, Lampen … einfach allem, was das Herz begehrt.«

»Wirklich?«, fragte ich verblüfft. Ich war immer noch nicht daran gewöhnt, dass auf dieser Insel jeder Einheimische alle anderen Einheimischen kannte – und mit den meisten sogar verwandt war.

»Ist kein richtiger Antiquitätenhändler, es ist auch nicht so schick. Und man muss sich bestimmt ein bisschen durchwühlen und manches aufpolieren, aber es sind immer Schätze dabei. Alle Reichen mit Ferienhäusern auf der Insel kaufen bei ihm ein. Onkel Ioannis ist ein echter Geheimtipp. Soll ich ihn anrufen, dass du vorbeikommst?«

Ich verspürte keine besonders große Lust, einen Tag damit zu verbringen, mich durch die Bestände eines Trödelsammlers zu ackern, aber so bekamen wir vielleicht immerhin genug zusammen, um die totale Katastrophe abzuwenden. »Ja, das wäre super. Danke, Mann.«

»Klar doch.« Dionys strahlte. »Wenn du willst, fahre ich dich nach dem Mittagessen hin, ich habe meinen Onkel selbst schon länger nicht mehr gesehen. Ich sag dir Bescheid, wenn ich ihn erreicht habe.«

Pfeifend ging er zum Kühlraum, um die restlichen Lebensmittel zu verstauen, während ich mich auf den Weg runter zum Pool machte. Finlay hatte begonnen, die Bar zu entrümpeln, damit wir sie in den nächsten Tagen abreißen konnten – was wir in Eigenregie tun würden, denn noch war Davidges Baustelle nicht geschlossen und wir konnten die Arbeiter von dort nicht wieder abwerben. Finlay hatte zwar dafür plädiert, Clea die Info streuen zu lassen, dass Davidge bald keine Arbeit mehr hatte, aber mir war es lieber, wenn wir bei der ganzen Sache sauber blieben.

Oder zumindest so sauber wie möglich.

Als ich die Stufen durch die Gärten vom Haupthaus hinunterging, hörte ich bereits von Weitem Finlays Fluchen. Er schien hinter der Bar zu hocken und etwas auszuräumen –

nicht allein offenbar. Jemand beugte sich neben ihm in die Schränke unter der Theke, sodass ich nur einen Teil des Rückens und den Hintern sehen konnte. Was sagte es über mich aus, dass ich trotzdem sofort wusste, dass es Kenzie war? *Ungefähr genau das Gleiche wie die Tatsache, dass du ständig an sie denkst. Oh, und dass du verflucht scharf auf sie bist.*

»Ist das Bernsteinzimmer da unten?«, fragte ich und grinste, als Finlay mit Spinnweben in den Haaren aus dem Schrank auftauchte und Kenzie es ihm gleichtat. Ihr Blick, der mich traf, war in der ersten Sekunde alles andere als unschuldig – bis sie sich verschloss, das Funkeln in ihren hellbraunen Augen aber trotzdem blieb. Gott, sie hätte echt alles von mir haben können, wenn sie mich so ansah.

Dabei war ich es gewesen, der die Annäherung zwischen uns abgebrochen hatte. Sie hatte mich umarmt, ich hatte es erwidert, und irgendwie war da einer dieser Momente gewesen, von denen es in den letzten Tagen viel zu viele und gleichzeitig viel zu wenige gegeben hatte. Nur dass es diesmal nicht nur ein Streiflicht gewesen war, sondern ein kompletter Flashback in die Vergangenheit. Für ein paar Sekunden hatte es sich angefühlt, als wäre das alles nicht passiert – meine Lügen über Ada, unsere Trennung, die schreckliche Zeit danach. Aber dann war es mir wieder eingefallen, und ich hatte mit letzter Willenskraft Abstand genommen, bevor Kenzie es tun konnte. Aus Respekt. Und Angst. Vor allem aus Angst. Davor, dass sie mich küssen würde und dann merkte, dass sie das gar nicht wollte. Weil sie erkannt hatte, dass *ich* nicht das war, was sie wollte.

»Japp, und nicht nur das Bernsteinzimmer«, holte mich Finlay in die Gegenwart zurück und schnappte sich eine Flasche Wasser vom Tresen, um sie in wenigen Zügen zu leeren. »Stell dir vor, wir haben auch Atlantis gefunden. Und wenn wir nur ein *bisschen* länger suchen, dann taucht garantiert noch der Heilige Gral auf.«

»Das ist gut«, meinte ich trocken. »Wir könnten ein paar Antiquitäten gebrauchen.« In knappen Worten erzählte ich, was mit der Lieferung passiert war.

Kenzies Augen weiteten sich. »Aber die Sachen sind so wichtig für das Gesamtkonzept! Wie sollen wir ohne das alles zurechtkommen?«

»Das war doch bestimmt Davidge.« Finlay schnaubte. »Ich wette, der hat das Zeug kurzerhand verschwinden lassen.«

»Ja, aber das bringt uns gerade nichts.« Ich hob die Schultern. »Dionys will seinen Onkel anrufen, der hat ein Geschäft für alte Möbel, vielleicht finde ich da ein paar Sachen. Er hat mich schon gewarnt, dass es ein bisschen dauern könnte, sich durch das Sortiment zu wühlen, aber besser als nichts. Er fährt mich nachher hin.«

»Kann ich mitkommen?« Kenzie schien erst in dem Moment, als ich sie ansah, klar zu werden, was sie da gerade gesagt hatte. Trotzdem ruderte sie nicht zurück. »Ich meine, vier Augen sehen mehr als zwei, oder?«

Ich lächelte. »Klar.« So dumm es auch war, ich würde mir nie die Gelegenheit entgehen lassen, in ihrer Nähe zu sein. Außerdem hatte sie ein gutes Auge und konnte in dem Chaos einer Lagerhalle vermutlich besser den Überblick behalten als ich. »Ich gehe dann mal schauen, wie weit die Jungs mit den Villen sind. Ich melde mich bei dir.«

Kenzie nickte, während Finlay ziemlich verdorben grinste. »Oha, ein ganzes Arsenal an altem Zeug und ihr mittendrin? Sicher, dass das eine gute Idee ist? Da gibt es doch sicher auch Sofas … und Sessel und … aua!« Er sah Kenzie empört an, die ihn unsanft in die Seite geboxt hatte.

»Geschieht dir recht«, sagte sie streng und sah dann wieder mich an, wobei sie hoffentlich nicht erkennen konnte, dass Finlays blödsinnige Worte mein Kopfkino wieder angeworfen hatten und mich daran erinnerten, wie Kenzie vorhin unter diesem Tresen gekniet hatte. »Sag mir einfach Bescheid, wenn ihr fahren wollt, okay?« Sie hielt ihr Walkie hoch.

»Mach ich.«

Dann beeilte ich mich, zu verschwinden, bevor sie mir ansehen konnte, woran ich gerade gedacht hatte.

24
Kenzie

Die Fahrt nach Lefkimmi dauerte etwas über eine Stunde, die Dionys beinahe ununterbrochen redete, während Lyall ihm einsilbig antwortete und ich auf der Rückbank damit beschäftigt war, auf dem Tablet die Stücke durchzugehen, die Theodora geordert hatte und die nun verschwunden waren. Wieder und wieder warf Lyall mir durch den Rückspiegel einen Blick zu, aber ich widerstand dem Drang, ihn zu erwidern. Warum hatte ich nicht einfach eine Ausrede erfunden, um nicht mitfahren zu müssen – nachdem mein Mund schneller gewesen war als mein Verstand? Ich wusste es nicht. Oder doch, ich wusste es, aber wollte es nicht einmal vor mir selbst zugeben.

»Da ist es.« Dionys bog mit dem Kleinbus des Hotels um eine Kurve, streifte die Äste einiger Sträucher und kam dann vor etwas zum Stehen, was wie das Relikt aus irgendeinem Krieg aussah. Die gewaltige Doppelhalle war aus grauen Steinen gemauert, hatte ein Dach aus Wellblech und war mit einem großen Zugangstor ausgestattet, das schon bessere Zeiten gesehen hatte. Auch die schmalen Fenster, die sich quer über die Seite zogen, waren dreckig, eines sogar notdürftig mit Plastikfolie zugeklebt. Dort drin sollte sich Ersatz für die exklusiven Antiquitäten von Theodora finden?

Wir stiegen aus und gingen auf den Eingang zu. Schon auf

dem staubigen Vorplatz türmten sich alte, halb verrottete Möbel. Lyall und ich wechselten einen skeptischen Blick und brauchten keine Worte, um zu wissen, dass wir das Gleiche dachten: *Was. Zur. Hölle?*

»Schaut nicht so«, mahnte Dionys unbeirrt. »Ihr werdet sehen, er ist ein echter Schatzsucher, mein Onkel.« Damit lief er auch schon auf einen rundlichen, älteren Herrn im grauen Einteiler zu, der gerade aus der Halle kam. Als wir herankamen, schüttelte er zuerst mir, dann Lyall die Hand und redete schließlich in schnellem Griechisch auf seinen Neffen ein, bevor er unter freundlichem Lachen in ein Häuschen neben den Hallen verschwand.

»Er sagt, wir sollen uns erst einmal umsehen, und wenn ihr etwas Bestimmtes sucht, soll ich ihn holen.« Dionys schlüpfte durch die Schiebetür, aber im gleichen Moment klingelte sein Handy. Er sah auf das Display, dann zu uns – und trat wieder aus der Halle heraus. »Da muss ich kurz rangehen, ist wichtig. Geht doch schon mal rein, okay?«

Ich sah Lyall an, und er hob die Schultern, bevor er sich hineinwagte und ich ihm folgte.

Hier drinnen war es nicht nur heller, sondern auch sauberer als erwartet. Der Boden war grau gestrichen worden, vermutlich erst kürzlich, und Strahler an der Decke boten ausreichend Licht, um das Angebot zu sichten.

»Meine Grandma würde Ioannis einen langen Vortrag darüber halten, dass das Äußere eines Gebäudes die Visitenkarte eines Unternehmens ist – und er sich nicht wundern soll, wenn sein Geschäft bald den Bach runtergeht«, sagte Lyall und machte wieder einmal deutlich, was er von seiner Großmutter hielt.

»Wahrscheinlich spielt es keine Rolle, wie es von außen aussieht, wenn die Leute wissen, was sich im Inneren befindet.«

Und das war eine Menge. Lange Regalreihen beherbergten

Unmengen an kleineren Stücken – Tischlämpchen, Vasen, Hocker, aber offenbar auch Olivenöl in Kanistern oder griechische Tonarbeiten. Links von uns waren die Möbel gelagert, ein Dschungel aus Holz, Metall und Polstern. Es wirkte chaotisch, jedoch nicht gänzlich hoffnungslos. Ich fand ein weiß lackiertes Sideboard mit Schubladen, das so ähnlich aussah wie das, was Theodora für den Flur vor den Suiten eingeplant hatte, und eine alte Vitrine, die perfekt in den Speisesaal passte. Dionys hatte recht gehabt: Es gab hier sicherlich ein paar Schätze, aber es würde eine Weile dauern, sie zu finden.

»Okay.« Ich nahm das Tablet zur Hand. »Ich habe mir die meisten Stücke eingeprägt, also sollten wir einfach alles hier durchgehen und schauen, ob wir etwas Vergleichbares finden.«

Lyall nickte. »Oder überhaupt etwas, das zum Konzept passt. Wenn die Sachen nicht wieder auftauchen, ist meine Mutter sicher schon dankbar, irgendetwas für das erste Fotoshooting zu haben.«

»Ist das für die Werbefotos?« Ich ging zu ein paar aufeinandergestapelten Schränkchen und besah mir die Oberfläche. »Nicht hochwertig genug«, fällte ich mein Urteil, »das ist nicht einmal Massivholz.«

Lyall deutete auf eine kleine Kommode, die zwei Meter weiter stand und von ein paar alten Polstersesseln flankiert wurde. »Die hier schon. Und ja, für die Werbefotos. Wobei – wie ich Mum kenne, hat sie auch mindestens die *Vogue Living* auf der Liste und ein paar andere wichtige Magazine. Nur dass sie die vermutlich dann holt, wenn alles fertig ist. Was bei den momentanen Schwierigkeiten wahrscheinlich erst nächstes Jahr der Fall sein wird.« Er rollte die Augen.

»Ach, wir machen das schon«, versuchte ich, Optimismus zu verbreiten, und trat näher an die Kommode, bevor ich das Tablet zur Hand nahm und sie mit den vermissten Möbeln verglich. »Die ist super, die sollten wir auf jeden Fall mitnehmen.«

Lyall zog sie aus dem Sammelsurium heraus und stellte sie auf den Gang, ging prüfend einmal drum herum, wischte dann über ein paar Flecken und nickte schließlich. »Wir müssen sie ein bisschen aufpolieren, aber sonst ist sie annehmbar.«

Ich musste grinsen. »*Annehmbar*? Sicher, dass nicht doch einige der Gene deiner Grandma bei dir durchkommen?«

»Ja, ganz sicher«, gab er zurück und grinste ebenfalls. »Ich bemühe mich sehr, sie in Schach zu halten. Edina hat viel öfter Momente, wo sie so klingt. Man bekommt echt Angst, wenn man das hört.«

»Wie geht es Edina?« Ich setzte meinen Weg an der langen Reihe aus Trödel fort, mit den Augen auf der Suche nach einer weiteren Perle in diesem Haufen von Kieseln. »Macht ihr das Studium Spaß?« Nachdem das mit Lyall vorbei gewesen war, hatte ich auch zu seiner Schwester keinen Kontakt mehr gehabt, aber ich folgte ihr auf Instagram, wo zu sehen war, dass sie mittlerweile in London lebte. Zufällig getroffen hatte ich sie glücklicherweise dort nie. Ich hätte nicht gewusst, was ich zu ihr sagen sollte.

»Soweit ich weiß, schon. Wir … haben erst seit einigen Wochen wieder regelmäßigen Kontakt.« Sein Gesicht verschloss sich ein wenig, aber ich wagte trotzdem, nachzufragen.

»Wieso?« Ich wusste, die beiden waren unheimlich eng miteinander, genau wie Finlay und Lyall. Was war passiert, dass die Geschwister sich voneinander entfernt hatten?

»Kannst du dir das nicht denken?«, fragte er mit einem Schulterzucken. »Nachdem sie dich heimlich besucht hat, um dich dazu zu bringen, das mit mir zu beenden, habe ich … sagen wir, es fiel mir schwer, ihr das zu verzeihen.«

»Sie hat es nur getan, um dich zu schützen.«

»Ohne mich zu fragen, ob ich das will«, antwortete Lyall hart.

Mit dem Verschweigen von Dingen solltest du dich doch auskennen, schoss es mir durch den Kopf. Aber ich sagte es nicht laut.

»Es geht gar nicht so sehr darum, dass sie es getan hat«, sprach er weiter. »Es geht mir darum, dass das genau die Art ist, wie Hendersons so etwas tun – heimlich, hinter dem Rücken derer, die es etwas angeht. Wir arbeiten seit Jahren daran, nicht so zu werden wie die Generationen vor uns. Dass sie genau das getan hat, was *die* tun würden, war für mich ein Schlag ins Gesicht.«

Ich schwieg, weil ich mir kein Urteil darüber erlauben wollte, ob Edina mit ihrer Bitte an mich in die Fußstapfen ihrer Großmutter getreten war. Aber etwas anderes konnte ich dennoch sagen. »Sie hatte Angst, dich zu verlieren. Dass man dich so behandelt wie Jamie, wenn du in Kilmore nicht deinen Part spielst.«

»Ich weiß.« Er nickte. »Und mittlerweile ist es auch wieder gut zwischen uns. Aber ich hoffe, sie macht so etwas nie wieder. Mein Bedarf an Heimlichkeiten ist erst mal gedeckt.«

Ja, meiner auch. Ich lächelte schwach, aber dann riss ich mich aus der Vergangenheit heraus. Wir gingen gerade so normal miteinander um, dass ich das nicht gefährden wollte. Also deutete ich hinter zwei gestapelte Sofas, die aussahen wie gerupfte Hühner – überall schaute das Polstermaterial aus dem Bezugsstoff hervor, an einer Stelle sogar eine Feder. »Kannst du mal gucken, ob das Tischchen da hinten etwas wäre? Ich habe nur die Beine gesehen, aber die sahen vielversprechend aus.«

»Du schließt nur von den Beinen auf den Rest?«, fragte er.

»Du etwa nicht?«, gab ich flapsig zurück.

Er sah an mir herunter, dann hob er zustimmend die Schultern und stieg über die Sofas, das anerkennende Lächeln immer noch auf dem Gesicht. Ich verdrängte die Hitze, die unter diesem Blick in mir aufgestiegen war. *Krieg dich ein.*

»Nein, das ist nichts für uns«, rief er mir von der anderen Seite der Möbelphalanx zu. »Das Ding zerfällt, wenn man es nur anschaut.«

»Die Beine waren trotzdem vielversprechend.« Ich musste grinsen, als Lyall wieder auftauchte – denn er hatte Reste von Polsterwolle in den dunklen Haaren und sah jetzt ebenfalls aus wie ein gerupftes Huhn.

»Was?«, fragte er.

»Ach, du hast da … komm her.« Ich trat näher, streckte die Hand aus und zupfte ihm die Flocken heraus. Als ich die weichen Strähnen berührte, ließ der Flashback nicht lange auf sich warten: zu Loki, einem einsamen Fleck in den Highlands und meinen Fingern, die sehr viel weniger sanft in genau diese Haare griffen. Mein Mund wurde trocken und ich zog die Hand zurück. »So, jetzt siehst du wieder gut aus. Also, sauber. Frei von Fusseln. Du weißt schon.«

»Danke«, lächelte er.

Schnell wandte ich mich ab und interessierte mich plötzlich brennend für einen reich verzierten Sekretär, der sich mit seinen Goldbeschlägen und den schnörkeligen Füßen kein bisschen für das *Kefi Palace* eignete. Erst, als sich der Aufruhr in meinem Inneren etwas gelegt hatte, war ich wieder in der Lage, klar zu denken – und steuerte einen alten Frisiertisch an, der perfekt zu meinem Entwurf für die Villa passte.

»Ist der nicht zu ramponiert?«, fragte Lyall skeptisch.

»Nein, gar nicht.« Ich schüttelte den Kopf und strich über die Oberfläche. »Das sind nur ein paar Macken – nichts, was man nicht mit etwas Schleifpapier und Politur wieder hinbekommt.«

»Okay, dann nehmen wir ihn mit.« Er wollte das Möbelstück schon packen, ich hielt ihn jedoch davon ab.

»Nein, lass. Das wäre nur für mein Konzept gut, aber ich weiß ja gar nicht, ob mein Entwurf überhaupt der beste sein wird. Und wahrscheinlich kann deine Mum sonst nicht viel damit anfangen.«

Lyall warf einen prüfenden Blick auf den Frisiertisch, dann

zog er ihn doch ein Stück aus der Nische heraus. »Mum steht auf so etwas. Außerdem habe ich die Entwürfe der anderen gesehen – und glaub mir, du hast keine Konkurrenz.« Ein Hauch Arroganz blitzte in seinen Augen auf. »Elliott hat alles überfrachtet, Bella macht nur ihr eigenes Ding, ohne die mediterrane Umgebung zu berücksichtigen, und von Martha fange ich gar nicht erst an. Ich sage nur eins: Nierentische.«

»Ihr Ernst?« Ich musste lachen. Der Stil der 70er-Jahre war in einem griechischen Ferienhotel ziemlich deplatziert. »Aber woher kennst du denn die Entwürfe der anderen?«

»Weil sie bei mir waren und mich nach meiner Meinung gefragt haben, um sich einen Vorteil zu verschaffen.« Er sah mich an. »Alle außer dir.«

»Ich dachte, das wäre unfair«, sagte ich. Den Tipp mit dem Tausch von Schlaf- und Sitzbereich hatte er mir zwar auch gegeben, aber gebeten hatte ich ihn nicht darum.

»Siehst du, und deswegen mag meine Mum dich so. Weil du aufrichtig bist. Du willst dir keine Vorteile erschleichen, sondern mit Talent und Arbeit punkten. Und deswegen wirst du am Ende auch das Rennen machen.« Er lächelte leicht und ich erwiderte es verlegen. Das lag aber ausnahmsweise nicht an ihm – ich war generell nicht gut darin, Komplimente anzunehmen. Willa antwortete auf Bewunderung zu ihren Klamotten mit einem stolzen »Danke, ich weiß«, ich dagegen sagte meist, was es gekostet hatte und woher es stammte.

»Wie geht es eigentlich deinen Schwestern?«, fragte Lyall, als hätte er meine Gedanken gelesen.

»Gut so weit«, antwortete ich bereitwillig, weil ich es mochte, wenn wir so unbefangen miteinander umgingen. »Willa hat sich ein Jahr Auszeit nach dem Schulabschluss genommen, da sie nicht weiß, was sie überhaupt mit ihrem Leben anfangen will – wobei ich sicher bin, sie weiß längst, dass sie Psychologie studieren möchte, will aber jetzt noch ein bisschen ihr Leben chillen. Juliet ist wie immer mit den Noten an der unteren Kante und liest lieber den ganzen Tag Fantasybücher – und Eleni …« Ich kam ins Stocken und spürte den Stich des Vermissens, als ich an meine jüngste Schwester dachte. Sie schickte mir zwar regelmäßig Nachrichten, aber meistens waren es Berichte über das, was sie mit Dad und Susanna unternommen hatten. Willa war zu alt, um noch auf eine neue Mutterfigur anzuspringen, und Juliet zu eigensinnig. Bei Eleni war das allerdings etwas anderes. Sie blühte auf, seit Susanna da war. Und obwohl ich mich für sie freute, tat es auch weh. »Mein Dad hat eine Frau kennengelernt, also ist Eleni auch gut versorgt«, sagte ich schließlich.

»Eine Frau?« Lyall sah mich aufmerksam an. »Ist das schwierig für dich?«

»Für mich? Wieso sollte es?« Ich gab mich so lässig wie möglich. Ihn gingen meine Gefühle, was meine Familie betraf, nichts an. Eigentlich gingen sämtliche meiner Gefühle ihn nichts an. *Und trotzdem redest du mit ihm darüber.*

»Na, du warst seit dem Tod deiner Mum die wichtigste weibliche Bezugsperson für Eleni.« Lyall nahm eine Lampe aus dem Regal neben uns und drehte sie einmal, um sie anzusehen. »Und dann kommt eine fremde Frau, um den Platz deiner Mutter einzunehmen – nicht nur bei deinem Dad, sondern auch bei deiner Schwester. Was bedeutet, dass deine Aufgabe bei ihr erledigt ist. Ich könnte mir vorstellen, dass man sich da plötzlich überflüssig vorkommt.«

Überrascht sah ich auf und grinste dann schief. »Ja, das trifft es ziemlich genau«, gab ich zu.

»Du weißt aber hoffentlich auch, dass das Bullshit ist?«, fragte er.

Ich hob die Schultern. »Ich weiß, dass es albern ist, sich so zu fühlen. Susanna ist wirklich sehr nett und Eleni bei ihr in guten Händen. Sie war ihre Ärztin letztes Jahr nach dem Unfall, vielleicht erinnerst du dich.« Schließlich war es Lyall gewesen, der mich dort hingebracht hatte. Ich wusste noch genau, wie schrecklich und gleichzeitig glücklich ich mich gefühlt hatte auf dem Flug von Schottland nach London. Eine kuriose Mischung.

»Ja, dunkel.« Lyall lächelte leicht, aber ich erkannte darin eine Traurigkeit, die mich wunderte. *Ach, echt? Glaubst du etwa immer noch, ihm hat das alles weniger bedeutet als dir?* Ich drängte die Stimme von Willa in meinem Kopf weg. Zurückgerufen hatte ich meine Schwester bisher nicht. Ich wollte wohl gar nicht wissen, was sie mir zu sagen hatte.

»Eigentlich ist es gut für mich«, beeilte ich mich, weiterzureden. »Es bedeutet, ich habe in Zukunft viel mehr Freiheiten. Vielleicht könnte ich sogar in London wohnen, wenn ich dort studieren darf. Oder mal eine größere Reise machen.«

»Mit Loki?«

»Nein«, sagte ich. »Loki wird verkauft. Eigentlich ist er schon so gut wie weg.«

»Etwa meinetwegen?«, fragte Lyall, und ich sah den Schock in seinen Augen.

Mein erster Impuls war es, ihm eine Ausrede aufzutischen und klarzumachen, dass er sich nicht so wichtig nehmen sollte. Ihm zu zeigen, wie sehr er mich verletzt hatte – wie tief sein Verrat ging – stand nicht auf der Agenda, um über ihn hinwegzukommen. Aber dann sah ich ihn an, und das »Ja« kam ungefragt aus meinem Mund. Vielleicht, weil ich es leid war, so zu tun, als wäre ich unzerstörbar. Vielleicht auch, weil ich wollte, dass er es wusste.

»Das wollte ich nicht, Kenzie.« Er sagte es so ernst und aufrichtig, dass ich schlucken musste. Was jetzt? Sollte ich mich auf dieses Gespräch einlassen? Nein, sicher nicht.

»Vergiss es einfach.« Ich schüttelte den Kopf und ruderte doch noch zurück. »Es geht dabei nicht nur um dich. Mit Loki verbinde ich auch den Rest von Kilmore, die Trauer um meine Mum … Außerdem wollte ich ihn eh nicht ewig fahren. Ich habe so viele neue Ideen für einen anderen Camper, wäre ja blöd, wenn die nicht umgesetzt werden.« Ich holte Luft. »Lass uns weitermachen. Ich wette, Ioannis will irgendwann Feierabend machen. Und wenn wir uns nicht beeilen, sind wir bis heute Abend nicht mal mit der Hälfte des Krams durch.«

Ich straffte meine Schultern und sah Lyall nicht noch einmal an, bevor ich mich in Bewegung setzte und ein Set Überseekoffer ansteuerte.

25
Lyall

Ich folgte Kenzie langsam, und es fühlte sich an, als hätte man Bleiplatten unter meine Füße geschraubt. Nicht, weil ich nicht in ihrer Nähe sein wollte – ich wollte nichts mehr als das. Sondern, weil ich wusste, meine Nähe bereitete ihr Kummer. In den letzten Tagen war es leichter geworden zwischen uns, aber gerade eben hatte ich wieder deutlich gespürt, was ich ihr angetan hatte. Sie wollte sogar ihr geliebtes Camping-Auto verkaufen, weil sie es mit mir verband. Mit diesem Wochenende in den Highlands, das mir in jeder Einzelheit ins Gedächtnis gebrannt war, als wäre es ein Film, der in Dauerschleife vor meinen Augen ablief. Aber nicht nur die schönen, leidenschaftlichen, nahen Momente. Auch der, in dem ich entschieden hatte, Kenzie nicht die Wahrheit über Ada zu sagen. Ich hatte solche Angst gehabt, es ihr zu erzählen. Panik, dass sie sofort gehen würde und nie wieder etwas mit mir zu tun haben wollte. Wenn ich gewusst hätte, dass es am Ende auf das hier hinauslaufen würde – hätte ich mich dann anders entschieden? Vielleicht. Vielleicht auch nicht. Das Ergebnis war schließlich dasselbe.

»Und, schon was gefunden?« Zum Glück tauchte da Dionys wieder auf, einen gezwungen fröhlichen Ausdruck auf dem Gesicht, im Schlepptau seinen Onkel, der sich sofort daranmachte, Kenzie ein paar besonders schöne Stücke zu zeigen. Er hatte sie aus unerfindlichen Gründen hinter einer Menge Krempel versteckt und zerrte sie nun hervor.

»Ist alles in Ordnung bei dir?«, fragte ich Dionys, nachdem sein Onkel unsere Hilfe abgelehnt hatte.

»Ja, klar. Wieso fragst du?«

»Na, erst dieses wichtige Telefonat, und jetzt siehst du aus, als hätte Ioannis dir gesagt, du musst in Zukunft da drauf schlafen.« Ich zeigte auf ein Sofa, das nur etwa eineinhalb Meter breit und komplett durchgesessen war.

Dionys schnaubte belustigt. »Nein, alles gut.«

»Sicher? Wenn du Hilfe brauchst …« Ich ließ den Rest des Satzes in der Luft hängen.

Er seufzte, schien noch kurz zu hadern, dann atmete er aus. »Es geht um einen Freund von mir. Ich schulde ihm Geld, und obwohl er ziemlich viel davon hat, will er es jetzt sofort zurück. Ich habe es aber nicht, weil ich meine Ersparnisse einer Freundin gegeben habe, damit sie sich ein Auto kaufen kann. Sie arbeitet im Norden der Insel und da fährt kein Bus. Also ruft mein Freund mich jeden Tag an und fragt, ob ich es endlich habe.«

»Um wie viel geht es?«

»6000 Euro. Ich verdiene bei deiner Mum natürlich etwas, so schnell bekomme ich es trotzdem nicht zusammen.«

Ich fragte mich, warum er sich eine so große Summe geliehen hatte, aber sagte es nicht laut. Auch wenn ich aus einer wohlhabenden Familie stammte, wusste ich, dass es Situationen gab, in denen man sich etwas leihen musste. So wie Dionys' Freundin, die sonst nicht zur Arbeit konnte. Und plötzlich beschämte es mich, dass die Ressourcen so ungerecht verteilt waren.

»Wenn du mich lässt«, sagte ich, »gebe ich dir das Geld.«

»Echt?« Sein Gesicht hellte sich auf, aber dann wurde es

gleich wieder unglücklich. »Dir kann ich es allerdings auch nicht so bald zurückzahlen.«

»Das ist kein Problem. Ich brauche es in nächster Zeit nicht.« Ich kam noch nicht an mein Treuhandvermögen heran und hatte deswegen nicht unendlich viel Geld auf dem Konto, aber da ich monatlich von meiner Familie unterstützt wurde und die Wohnung in Chicago uns gehörte, hatte ich alles, was in den letzten Jahren bei Jobs und anderen Anlässen zusammengekommen war, beiseitegelegt.

»Nein, lass.« Er winkte ab. »Ich kann zur Not immer noch Clea oder meinen Vater fragen. Du bist Doras Sohn, ich möchte dir nichts schuldig sein.«

»Deine Entscheidung«, sagte ich. »Das Angebot steht, falls du es dir anders überlegst.«

»Danke, Lyall. Ich weiß das zu schätzen.« Dionys atmete aus. »So, und jetzt sollten wir Kenzie retten.« Er sah zu seinem Onkel, der mit ihr zusammen vor einer alten Wäschetruhe mit Blumenmuster stand. »Sonst fahren wir nachher noch mit diesem Ding nach Hause.«

Ioannis war ein verflucht guter Verkäufer – dennoch schafften wir es, der Truhe zu entgehen. Es wurde eine Menge gelacht, während er uns einige Sachen zeigte, die meine Mutter höchstens als Brennholz verwendet hätte, aber zwei Stunden später hatten wir acht verschiedene Stücke zusammen, die wir gerne kaufen wollten. Als ein anderer Kunde auftauchte und Ioannis verschwand, deutete Dionys zu einer Tür in der Rückwand der Halle.

»Da hinten hat mein Onkel noch sein Lager für Polster- und Gardinenstoffe. Ich weiß ja nicht, ob ihr so etwas auch brauchen könnt.«

Kenzies Augen leuchteten auf. »Ich könnte schauen, ob ich etwas für meinen Villenentwurf finde.« Sie warf mir einen fragenden Blick zu. »Ist das okay oder willst du los?«

»Nein, noch nicht. Dionys muss ja eh einen guten Preis für uns verhandeln.« Ich grinste ihn an, und er nickte nur, bevor er ging. »Was dagegen, wenn ich mitkomme? Mum hat wegen Dubai ihren alljährlichen Seidenbrokat-Fimmel, vielleicht finde ich etwas für sie.«

»Klar.« Kenzie lächelte, dann lief sie los und ich folgte ihr. Sie hatte sich in der letzten Stunde mir gegenüber wieder entspannt, zumindest wirkte es so. Und ich hatte mich bemüht, sie nicht zu oft anzusehen, während sie mit Ioannis lachte oder Dionys mit irgendetwas aufzog. Ich liebte es, wenn sie so glücklich aussah. Vor allem, weil ich jemand war, der für das Gegenteil sorgte.

»Meine Güte.« Ich blieb wie angewurzelt in der Tür zum Nebenraum stehen. Die Decken waren hier nicht so hoch wie in der Haupthalle, aber das Lager war noch voller. Bis unter das Dach stapelten sich Stoffballen aller Farben, Texturen und Qualitäten. »Meine Mutter würde ausrasten. Ausrasten und hier einziehen.« Natürlich gab es sehr viel größere Händler mit exklusiverem Sortiment als dem hier. Aber Mum war im Herzen eben nicht Theodora Henderson, Erbin eines Milliardenimperiums, sondern Hippie-Dora mit einem Sinn für das Unkonventionelle.

»Kann ich verstehen.« Kenzie zog los und scannte mit ihrem Blick die erste Reihe an Stoffen, bevor sie einen Rest Jacquard aus einem Fach zog. »Der wäre perfekt für die Chaiselongue, die wir vorhin ausgesucht haben, was meinst du?«

Ich nickte nur zustimmend und spürte ein Flirren in meinem Bauch, als ihr Lächeln nicht schwächer wurde, obwohl sie mich ansah. Gemeinsam gingen wir die Regalreihen ab, blieben stehen, wenn einer von uns etwas entdeckte, genau wie bei den Möbeln vorhin. Es war nicht viel – Gardinen hatte meine Mutter längst in Auftrag gegeben, auch Tagesdecken und Tischwäsche, aber für die Villen waren ein paar besondere

Stoffe nicht schlecht. Außerdem kosteten sie vermutlich deutlich weniger als bei sonstigen Lieferanten.

Kenzie wühlte sich durch einen Stapel mit Nesselstoff, während ich nach Brokat suchte und an einem mitternachtsblauen Ballen hängen blieb, der beinahe exakt die Farbe von Kenzies Campingmobil hatte. Ich zog ihn heraus und prüfte die Menge. Der Ballen war dünner als die meisten anderen hier, aber er würde sicher reichen.

»Was hast du da?«, fragte Kenzie. »Seidenbrokat für deine Mum?«

»Nein.« Ich legte den blauen Stoff auf einen Tisch, der in der Mitte zwischen den Regalreihen stand. »Für dich. Er ist ideal für die Sitzbänke von Loki.«

»Ich habe dir doch gesagt –«, fing sie an.

»Ich weiß, was du gesagt hast«, unterbrach ich sie. »Aber ich will nicht, dass du dieses Auto meinetwegen verkaufst. Gestalte ihn um, meinetwegen räuchere ihn aus oder opfere eine Voodoo-Puppe von mir darin, aber bitte gib ihn nicht weg. Er ist perfekt für dich.«

»Ja. Das war er.« Sie sah mich an, und ich ahnte, sie sprach nicht von ihrem Wagen. Ihr Blick war weich und bedauernd. »Ich kann Loki nicht behalten«, sagte sie ganz leise. »Alles daran erinnert mich an dich. Das ändert sich nicht, nur weil ich anderen Stoff auf die Bänke ziehe.«

»Du könntest es zumindest versuchen.« Ich schaute sie bittend an.

»Warum?«, fragte sie. »Damit du dich besser fühlst?«

»Nein.« Ich schüttelte den Kopf. »Damit *du* dich besser fühlst.«

Sie schwieg und betrachtete den Stoff skeptisch, aber sie legte ihn auch nicht zurück. Stattdessen zwang sie sich einen neutralen Ausdruck aufs Gesicht und deutete zu den anderen Regalreihen. »Ich werde mal den Bestand da drüben anschauen«, meinte sie. »Sonst kommen wir hier nie wieder raus.«

Ein winziges Lächeln, das mir sagte, dass sie meine Geste durchaus zu schätzen wusste, dann ging sie davon, und ich fuhr mit meiner Arbeit fort, meine Gedanken nicht bei Stoffen und Polstermaterial, sondern ganz woanders.

Getrennt voneinander kämpften wir uns durch den Bestand und ich fand sogar noch einen Ballen Brokat für meine Mutter. Aber da fiel mir etwas ins Auge.

»Kenzie!«, rief ich zu ihr hinüber. »Hattest du in deinem Entwurf nicht was von Seidentaft geschrieben? Da oben ist welcher.«

Sie kam zu mir und spähte auf das Regal, wo sich mehrere Rollen von Taft aneinanderreihten.

»Oh mein Gott, der helle dort ist perfekt.« Sie zog die rollbare Leiter heran und stieg schnell hinauf, um den Ballen Stoff aus dem Regal zu ziehen. Ich sah ihrem Gesichtsausdruck an, dass er höllisch schwer und sehr unhandlich war. Und als sie zu mir hinuntersah, wusste ich, sie dachte genau wie ich an unsere letzte Begegnung mit einem solchen Stoffballen.

»Soll ich helfen?«, fragte ich nur.

Sie grinste schief. »Du meinst, diesmal läuft es besser?«

»Einen Versuch ist es wert.« Ich stieg zu ihr auf die Leiter und zog an dem Ballen. Ohne Beinahe-Unfälle schafften wir es diesmal, ihn vom Regal zu nehmen, die Stufen hinunterzutragen und auf dem Boden abzustellen. Ich atmete erleichtert aus. Kenzie ebenfalls.

»Sieht so aus, als ob –«

»Vorsicht!« Mit einem Ruck riss ich sie zu mir, keine Sekunde zu früh. In der nächsten fiel eine Lampe mit massivem Holzfuß vom Regalbrett über uns und krachte auf den Boden. Der Glasschirm zerschellte und die Scherben spritzten in alle Richtungen. Blitzschnell drehte ich mich vor Kenzie, damit ihre nackten Beine nichts davon abbekamen.

»Fuck.« Ich sah sie an. »Alles okay?«

Wir waren immer noch umschlungen, als wäre die Gefahr noch da, und ich war Kenzie so nah, wie ich es gerne immer gewesen wäre. Ihr Körper drückte sich an meinen, ich spürte jeden Zentimeter davon. Und obwohl ich wusste, dass ich sie loslassen sollte, hielt ich sie fest – als würde das irgendetwas besser machen und mich nicht daran erinnern, wie ausweglos meine Gefühle für sie waren.

»Alles okay«, stieß sie aus, und der Blick aus ihren hellbraunen Augen traf mich auf eine Weise, die meinen Körper, mein Herz und meine Seele sofort in Aufruhr versetzten. Ich sah hinunter auf Kenzies gesenkte Wimpern, auf ihre leicht geöffneten Lippen, die mich anzuflehen schienen, sie zu küssen. Gott, ich wollte das, ich wollte *sie*. So sehr. Und als ihr Blick von meinen Augen zu meinem Mund wanderte, wusste ich, etwas in ihr wollte mich auch.

Aber dann zog sich ein Schleier davor und sie löste sich von mir. Nicht abrupt, eher langsam und kontrolliert. Als wollte sie mir zeigen, dass sie alles im Griff hatte. Obwohl sie sich dabei echt Mühe gab, wusste ich es jedoch besser – ich spürte genau, dass sie in Versuchung war. Etwas in mir jubilierte darüber, wurde jedoch schnell ernüchtert. Körperliche Anziehung war nicht das, was ich wollte. Auch, natürlich, viel davon. Nur war es nicht alles.

Ich holte Luft und merkte, wie der Bann brach.

»Wir sollten –«, begann ich, wurde aber von einem lauten Ruf unterbrochen. Er kam von draußen, jemand stand direkt unter dem Fenster.

»Verflucht noch mal, ich habe dir doch gesagt, ich mache das nicht mehr!«, rief Dionys wütend auf Englisch. »Das war eine einmalige Sache für mich.«

Kenzie und ich wechselten einen Blick und plötzlich war die Spannung zwischen uns Geschichte. Stattdessen sprang der Teil meines Gehirns an, der sich damit beschäftigte, wer der Verräter war. Einmalige Sache? Wir hielten die Luft an, um zu lauschen.

»Ich weiß, was ich gesagt habe! Aber da wusste ich noch nicht, worauf ich mich einlasse, okay? Ich will den Scheißjob nicht! Ist mir egal!«

Dionys entfernte sich, und wir konnten nicht mehr hören, was er sonst sagte. Ich sah zu Kenzie hinunter, die mir immer noch viel zu nah war, und erkannte einen nachdenklichen Ausdruck auf ihrem Gesicht. »Du denkst, was ich denke, oder?«

»Dass er der Informant ist?« Sie nickte zurückhaltend. »Ich hätte nicht gedacht, dass ausgerechnet er … trotzdem passt es irgendwie.«

»Warum?« Ich für meinen Teil hatte nichts Verdächtiges an Dionys entdeckt, aber ich war auch erst eine Woche nach Kenzie auf der Insel angekommen. Vielleicht war vorher irgendetwas passiert?

Kenzie sah mich mit gerunzelter Stirn an. »Als wir in Kassiopi waren, hat Dionys sich vor dem Essen von uns verabschiedet, angeblich, weil er seine Tante besuchen wollte. Aber dann haben wir ihn unten am Hafen gesehen, wo er mit so einem reichen Schnösel gesprochen hat. Sie haben gestritten, dann sind sie getrennte Wege gegangen. Ich habe mir nichts dabei gedacht, wir haben sogar noch Witze gemacht, weil Elliott meinte, dass die beiden Drogen dealen würden. Elliott eben.« Sie hob die Schultern. »Aber vielleicht war es auch was anderes. Vielleicht hat Dionys Probleme und arbeitet deswegen für Davidge. Er ist zwar nicht bei all unseren Besprechungen dabei, aber er ist Cleas Bruder – und bestimmt erzählt sie ihm unwissentlich alles, was er wissen muss, um Davidge Infos zuzuspielen. Außerdem könnte er den Eröffnungstermin von seinem Vater erfahren haben.«

Ich runzelte die Stirn. »Er hat vorhin gesagt, er schulde jemandem Geld und dass er es nicht zurückzahlen kann. Ich habe angeboten, ihm den Betrag zu geben, aber er wollte es nicht. Entweder, weil er sauber ist. Oder weil er weiß, er bekommt bald genug für seine Spionage.«

Kenzie sah plötzlich sehr betreten aus. »Aber es ist Dionys. Er ist immer so nett und hilfsbereit … das passt doch überhaupt nicht zu ihm.« Dann fiel ihr Blick auf mich, und ich konnte ihre Gedanken so deutlich sehen, als stünden sie ihr auf die Stirn geschrieben: *Aber das dachte ich von dir schließlich auch.*

»Wir werden es herausfinden«, sagte ich und wandte mich ab, weil ich diesen Ausdruck in ihren Augen nicht ertragen konnte. »Komm, wir sagen Ioannis Bescheid, damit er uns die größeren Sachen in den nächsten Tagen liefert, und dann fahren wir zurück.« Ich musste dringend mit Finlay sprechen. Und das hier vergessen. Ich musste endlich damit aufhören, mir zu wünschen, dass sich zwischen Kenzie und mir etwas ändern würde, wenn wir nur genug Zeit miteinander verbrachten. Wie sollte das auch funktionieren? Wie sollte sie mir jemals verzeihen?

Wie, wenn ich es doch nicht einmal selbst konnte?

26

Kenzie

Auf der Rückfahrt redeten wir kaum ein Wort im Wagen. Dionys tippte wie wild die ganze Zeit in sein Handy, aber weil er auf der Rückbank hockte, umgeben von dem Teil der Antiquitäten, die in den Kleinbus gepasst hatten, konnte ich ihm nicht über die Schulter schauen, um zu sehen, mit wem er textete. Er hatte sofort gesagt, er würde nach hinten gehen, damit den Möbeln nichts passierte, also war mir nur der Beifahrersitz geblieben. Und da saß ich nun, kaum einen halben Meter von Lyall entfernt. Er befand sich jedoch nicht nur physisch neben mir, sondern war auch in meinem Kopf und immer noch in meinem Herzen, egal, ob ich das wollte oder nicht.

Vorhin, als wir die Möbel gesichtet hatten, war es fast wie im letzten Sommer gewesen: leicht. Unbeschwert. Aber dann hatte er über Loki geredet und ich? Ich war blöd genug gewesen, ihm zu sagen, warum ich das Auto verkaufen würde. Genauso gut hätte ich ihm gestehen können, dass ich ihn einfach nicht vergessen konnte.

Völlig gleich, was ich mir vornahm, ich schaffte es einfach nicht, Lyall so zu behandeln, wie er es verdient hatte – abweisend und wie einen Fremden. Nur ein Blick oder eine Bemerkung und mein dämliches Herz wollte ihn mit aller Macht zurück, von meinem Körper ganz zu schweigen. Als die Lampe beinahe auf uns gefallen war, hatte ich nur gedacht, er solle mich nie wieder loslassen. Es hatte sich so gut angefühlt … und so grausam, als ich aus dem Moment aufgewacht war wie aus einem schönen Traum. Die Sorte, bei der man noch ein paar Sekunden in dem wunderbaren Gefühl verweilte, um dann besonders hart in die Realität zurückgerissen zu werden.

Auch jetzt zog ich mich mit aller verfügbaren Gewalt aus meiner Sehnsucht heraus, schaffte es, Lyall nicht anzusehen. Stattdessen drehte ich mich nach hinten um.

»Alles okay bei dir, Dio?«, fragte ich.

»Was? Ja, klar. Wieso fragst du?«

»Weil du die ganze Zeit vor dich hin fluchst.« Ich lächelte halb und kam mir hinterlistig vor, da ich eigentlich nur herausfinden wollte, ob er der Verräter war – und kein echtes Interesse an seinen Problemen hatte.

»Ich bin Südländer. Wir fluchen gern.« Er grinste breit, ich sah seinen Augen dennoch an, dass er Sorgen hatte. Aber hatten sie wirklich mit Davidge zu tun? »Was willst du heute Abend essen, Kenzie?«

»Ich?«, fragte ich überrascht.

»Ja. Du siehst aus, als könntest du eine Aufmunterung brauchen.«

Aus dem Augenwinkel sah ich, wie sich Lyalls Hand bei diesen Worten stärker um den Schaltknauf krampfte und die Knöchel weiß hervortraten. Mein erster Impuls war, meine Finger auf seine zu legen, um ihm zu zeigen, dass Dionys unrecht hatte, damit er sich wieder entspannte. Aber das hier war nicht die Welt, die ich mir wünschte – die, in der wir zusammen waren. Es war die, in der wir auf ewig getrennt sein würden.

»Ich mag alles, was du kochst«, sagte ich zu Dionys und rang mir ein Lächeln ab, bevor ich mich wieder umdrehte und schwieg.

Wir fuhren auf die Straße, die zum *Kefi Palace* führte, und da ich nichts anderes zu tun hatte, hörte ich der Musik aus dem Radio zu. Es lief ein Song von Zara Larsson, »Can't Fall in Love Without You«. Ich hatte ihn immer nervig gefunden, aber als ich jetzt genauer hinhörte und dabei neben Lyall saß, schien es, als wäre er nur für mich geschrieben worden, mit all der Sehnsucht und dem Kummer, der in den Textzeilen und der Melodie anklang.

Und dann hielt Lyall an einer Ampel, wandte sich halb zu mir um und sah mich an, eher zufällig, aber sein Blick blieb an mir hängen, während Zara Larsson davon sang, dass es unmöglich war, sich neu zu verlieben, wenn man noch an jemand anderem hing.

Was sollte man tun, wenn man an niemand anderen denken konnte als an den, den man unbedingt vergessen wollte? Wie bekam man das hin, wenn es sich so richtig angefühlt hatte, dass alles andere nur die zweite Wahl sein konnte?

Ich hatte keine Ahnung.

Und als er jetzt den Blick von mir löste und wieder auf die Straße sah, bevor er mit einer resoluten Geste das Radio ausdrehte, da ahnte ich: Lyall wusste es auch nicht.

Dionys verzog sich direkt, nachdem wir unsere Einkäufe ausgeladen und in der Lobby verstaut hatten. Am liebsten hätte ich das Gleiche getan und mich noch ein bisschen in die Arbeit gestürzt, aber Finlay hatte andere Pläne. Ungeduldig winkte er uns in sein und Lyalls Zimmer.

»Ist Clea vom Zoll zurück?«, fragte ihn Lyall.

»Nein, noch nicht. Aber ich habe einen heißen Anwärter auf den Posten des Verräters.« Finlay schloss die Tür hinter uns.

»Wir auch«, sagten Lyall und ich gleichzeitig. Finlay sah zwischen uns hin und her.

»Okay, meiner zuerst: Es ist Elliott.«

»Nein, nie im Leben«, schüttelte ich den Kopf. »Nur weil er ein ewiger Nörgler ist, bedeutet das nicht, dass er irgendwelche Infos an den Höchstbietenden verkauft. Und mal im Ernst – würde jemand, der heimlich für Davidge arbeitet, sich nicht unauffälliger verhalten? Freundlicher?«

Finlay drehte seinen Laptop um, auf dem ein Zeitungsartikel aufgerufen war. »Mal sehen, ob du das gleich immer noch sagst.« Lyall und ich beugten uns gleichzeitig zum Bildschirm und ich nahm vorsorglich wieder etwas Abstand.

Der Artikel war eingescannt und deswegen ein bisschen körnig, aber das Foto war dennoch gut zu erkennen.

»Nicht zu fassen«, stieß ich aus. Auf dem Bild war Elliott zu sehen, wie er freudestrahlend Nelson Davidges Hand schüttelte, in der anderen eine Urkunde, deren Aufschrift nicht zu entziffern war.

»Ich erspare euch das Lesen und fasse kurz zusammen«, sagte Finlay. »Elliott hatte für sein College-Studium ein Stipendium von Davidge. Der hat nämlich vor ein paar Jahren in einem plötzlichen Anfall von Philanthropie eine Stiftung für sozial benachteiligte, aber begabte High-School-Abgänger ins Leben gerufen.«

»Damit wollte er den Skandal um eines seiner Hotelprojekte in Asien kaschieren«, murmelte Lyall neben mir. »Mum hat erzählt, dass er sich bei der Werbekampagne eins zu eins an unseren Förderprojekten orientiert hat. Wo hast du das gefunden?« Er sah seinen Cousin an.

»Kontakte.« Finlay hob die Schultern. »Es war ziemlich gut versteckt – keine Online-Version oder so. Meine Quelle hat es aus dem analogen Archiv des *Kansas City Star* gezogen. Wusstet ihr überhaupt, dass Elliott dorther kommt?«

Ich schüttelte den Kopf. »Er hat nie etwas davon gesagt. Aber er redet ohnehin nicht viel über sich. Es sei denn, es geht darum, was er alles kann.«

»Wieso wusste Mum nichts davon?«, fragte Lyall misstrauisch. »Er war in ihrer Master Class in New York, sie muss doch gewusst haben, wo er studiert hat und mit wessen Hilfe.«

»Dora macht nicht gerade Background-Checks vor ihren Kursen, oder?« Finlay grinste leicht.

»Im Gegensatz zu dir«, antwortete ich beeindruckt. »Hast du alle hier überprüfen lassen?«

Er nickte. »So gut es geht, ja. Wobei es bei Martha und Bella schnell ging, beide sind so sauber, wie man sein kann – von ein paar Verstößen gegen das Betäubungsmittelgesetz bei Martha mal abgesehen.«

Mir kam ein unangenehmer Gedanke. »Hast du mich auch überprüft?«

»Dich?« Finlay lachte. »Kenzie, im Ernst, da kann ich meine Zeit auch zum Fenster rauswerfen. Du weißt seit letztem August von Ada und hast es für dich behalten. Ich brauche dich nicht zu überprüfen, um zu wissen, dass wir dir vertrauen können.«

Mein Blick huschte zu Lyall, der mir aber auswich. Ich erkannte, wie die Muskeln an seinem Kiefer hervortraten und seine Augen sich verdunkelten, aber er hatte sich schnell wieder im Griff.

»Okay. Elliott ist also definitiv verdächtig. Es gibt allerdings noch jemanden, der sich merkwürdig verhält: Dionys.«

»Der Koch?« Finlay sah uns skeptisch an. »Wieso der?«

Ich erzählte ihm in knappen Worten, was wir mitgehört hatten – und was ich in Kassiopi beobachtet hatte. »Er hat offensichtlich Schulden bei diesem Typen und kann sie nicht bezahlen. Das ist doch ein Motiv, oder nicht?«

»Sicher. Aber da kann auch etwas ganz anderes dahinterstecken.« Finlay überlegte. »Ich könnte sicher herausfinden, wer der Typ ist – und was Dionys mit ihm zu schaffen hat. Aber es gibt eine viel einfachere Möglichkeit: die gute alte Falle.« Seine Augen leuchteten auf. Lyall stöhnte.

»Bitte nicht, Mann. Wenn du jemandem eine Falle stellst, dann ist das grundsätzlich ein Staatsakt. Und wir müssen hier immer noch dafür sorgen, dass ein Hotel fertig wird, Verräter hin oder her.«

Sein Cousin sah ihn beleidigt an. »Wann habe ich je für so etwas einen Staatsakt veranstaltet?«

Lyall hob eine Augenbraue. »Wann denn nicht? Etwa 2012, als du wissen wolltest, wer deinen Süßkram aus unserem Zimmer in Eton geklaut hat? Ein Jahr später, als in Kilmore Fionas Hasen verschwunden sind? Und diese Sache 2015 auf den Bahamas mit dem Prinzen? Das war *tatsächlich* ein Staatsakt, schließlich war der Premierminister da.«

»Na gut«, gab Finlay zu. »Ich bin gründlich. Aber das ist auch das Geheimnis meines Erfolgs. Und du hättest zugeben können, dass *du* meine Süßigkeiten geklaut hast, das hätte mir viel Arbeit erspart.«

Ich sah Lyall an. »Wirklich?«, fragte ich. »Du klaust deinem besten Freund die Schokolade?«

»Damals war er noch nicht mein bester Freund, im Grunde kannten wir uns kaum«, verteidigte sich Lyall. »Und er hatte immer Unmengen von dem Zeug, weil die Wohnheimaufseherin, die alle anderen das Fürchten gelehrt hat, ihn abgöttisch geliebt und deswegen mit Schokolade, Gummibärchen und Keksen versorgt hat.«

Finlay lächelte zufrieden. »Wer hat, der hat. Mrs Fisher und ich schreiben uns heute noch Weihnachtskarten. Reizende alte Lady.«

»Reizende alte Lady, von wegen«, raunte Lyall mir zu. »Sie hatte Haare auf den Zähnen. Und *spaßbefreit* auf den Hintern tätowiert, da bin ich sicher.«

Ich unterdrückte ein Lachen, aber Finlay sah seinen Cousin

trotzdem pikiert an. »Nur weil du nicht so gut darin bist, dir Freunde zu machen, musst du anständige Menschen nicht verunglimpfen.«

»Die Frau hat mich mit dem Besen gejagt!«, rief Lyall. »Über den gesamten Hof, nur weil ich mein Bett nicht gemacht hatte.«

»Jaha.« Finlay sah ihn streng an. »Und hatte sie nicht recht damit? Du machst dein Bett immer noch nicht vernünftig.«

Irgendetwas passierte zwischen den beiden, ohne dass ich es mitbekam, denn plötzlich begannen sie zu lachen, Finlay schlug Lyall auf die Schulter, sie lachten noch mehr, unterbrochen von irgendwelchen Wortfetzen, die sich offenbar um alte Erinnerungen drehten. Ich beobachtete Lyall und stellte fest, wie sehr ich es mochte, wenn er so vollkommen frei wirkte. Aber bevor die übliche Sehnsucht nach ihm erneut die Herrschaft übernehmen konnte, wurden die beiden wieder ernst.

Lyall seufzte tief. »Ich gebe mich geschlagen – stell deine Falle, Fin. In der Zwischenzeit werde ich zurück auf die Baustelle gehen. Wir haben durch die Aktion heute schon genug Zeit verloren.«

»Halt«, sagte Finlay. »Du kannst nicht weg.«

»Wieso nicht?« Lyall drehte sich um.

»Na, ganz einfach.« Er grinste breit. »Weil ich dich für diese Falle brauche.«

27
Lyall

Das Innere des Schranks roch muffig – deswegen hatte ich meine Klamotten auch in der Tasche gelassen – und er war zwar geräumig, für jemanden meiner Größe aber dennoch unbequem eng. Schon seit einer halben Stunde war ich hier drin und wartete darauf, dass der Verräter in mein Zimmer einbrach, um Informationen zu stehlen. Ich wusste nicht, warum *ich* das tun musste und nicht Finlay wie ein Idiot in diesem Schrank stand, aber er hatte mir irgendetwas vom größeren Ganzen erzählt und dass er als Drahtzieher der Operation den Überblick behalten musste. Also war Kenzie dafür zuständig, Dionys unauffällig zu beobachten, während Finlay an Elliott dranblieb, den er für eindeutig verdächtiger hielt. Und ich hatte die Arschkarte. Okay, auch ich wollte wissen, wer nun Infos an Davidge weitergab – und da es dem Projekt trotz unserer Offensive gegen ihn schadete, würde es helfen, den Verräter zu entlarven. Aber ich hätte gerne einen anderen Part dabei übernommen.

Beim Mittagessen und bei der Besprechung mit den Handwerkern hatte ich freimütig erzählt, dass ich gestern die Unterlagen zur Genehmigung der Konzession für das Hotel per Kurier bekommen und sie in meinen Safe im Zimmer gelegt hätte, da es sich um hochsensibles Material handele. Danach hatte ich angekündigt, den Nachmittag über in Korfu-Stadt zu sein, weil ich dort mit dem Pralinenlieferanten meiner Mutter verabredet wäre, der im Urlaub auf Korfu sei und mit dem wir eventuell eine Kooperation eingehen wollten. Laut Finlay war das alles eine todsichere Angelegenheit. Wer immer der Maulwurf war, würde nicht widerstehen können, Davidge die Preisstruktur weiterzugeben. Gerade jetzt, wo die Behörden drohten, ihm die Baustelle zu schließen, würde er jede noch so kleine Information brauchen.

Draußen hörte ich Schritte, die vor der Tür meines Bungalows stoppten. Dann endlich das Klappern eines Schlüssels. Ich hielt die Luft an, als die Scharniere knirschten und jemand hereinkam, auf leisen Sohlen, eindeutig vorsichtig und heimlich. Andere Geräusche gesellten sich dazu, das Rascheln von Papier, als derjenige den Stapel meiner Unterlagen auf dem Tisch durchsah, das Klirren der Wasserflasche, die danebenstand. Aber erst, als ich hörte, wie erneut das Klimpern eines Schlüssels zu hören war und danach das hohle Kratzen von Metall im Schloss der massiven Tür des Zimmersafes, öffnete ich die Schranktür, um den Verräter auf frischer Tat zu ertappen.

Nur dass es kein Verräter war.

Sondern eine *Verräterin.*

»Clea?«, fragte ich schockiert.

Sie fuhr herum und ließ den Stapel leeres Papier fallen, den ich als Lockstoff in den Safe gestopft hatte. Ihre Augen waren riesig vor Schreck, aber sie fing sich schnell wieder. Viel schneller als ich. Mit ihr hatte ich wirklich als Allerletztes gerechnet. Mum hatte sie engagiert und das Vermächtnis ihres Vaters bedeutete ihr alles. Wie konnte sie das sabotieren?

»Hätte mir denken können, dass das zu gut klingt – du weg und die Unterlagen hier im Safe.« Clea verdrehte die Augen über sich selbst, machte aber keine Anstalten, abzuhauen oder sich zu verteidigen. Wut kochte in mir hoch, als ich daran dachte, dass meine Mum ihr vertraut hatte.

»Wieso tust du das?«, fragte ich sie wütend. »Mum wollte dich als Geschäftsführerin für ein Hotel, das genau wie alle anderen Henderson-Häuser super laufen wird. Was kann Davidge dir denn Besseres bieten?«

»Bieten? Du glaubst, dabei geht es um Geld?« Sie schnaubte. »Das hier hätte *mein* Hotel sein sollen, meins allein! Nur weil mein dämlicher Vater nicht für mich bürgen wollte, konnte ich es nicht selbst weiterführen. Und dann kam die große Theodora Henderson daher, hat ihm einen Spottpreis gezahlt, obwohl ihr reicher seid als Gott. Und sie hatte auch noch die Nerven, mir einen Job anzubieten. Als Angestellte!«

»Oh ja, du bist wirklich zu bedauern«, sagte ich sarkastisch. Wie konnte man aufgrund seines Egos seine ganze Zukunft riskieren? »Meine Mutter hätte dir hier freie Hand gelassen, nachdem alles eingerichtet gewesen wäre. Und du ruinierst das wegen deines Stolzes? Ich hätte nicht gedacht, dass du so dumm bist.«

Wütend starrte sie mich an. »Was weißt du denn schon davon? Ihr Hendersons müsst doch nur mit dem Finger schnippen und schon gehört euch alles, was ihr wollt! Du hast keine Ahnung, wie es ist, wenn man für etwas kämpfen muss!«

Ich hätte ihr widersprechen können, weil sie so falsch lag, wie man nur liegen konnte. Aber ich verzichtete darauf. Es ging Clea nichts an, wie unsere Familie tatsächlich funktionierte. Wie unfrei wir waren, wie wenig uns der Reichtum nützte. Und verdient hatte sie das eh nicht. Weder eine Erklärung noch mein Mitgefühl.

Die Tür ging auf und Finlay kam herein.

»Clea?«, fragte er perplex. Kenzie neben ihm sah ebenfalls völlig fassungslos aus.

»Ah, das war wohl ein Gemeinschaftsprojekt.« Clea verdrehte die Augen. »Klar, dein versnobter Cousin und deine Ex hängen natürlich auch mit drin.« Sie sah von mir zu Kenzie. »Du solltest dich lieber von ihm fernhalten. Ich habe gehört, die Hendersons haben mehr innere Dämonen als die Hölle selbst.«

»Halt die Klappe«, knurrte ich Clea an. »Oder ich sorge dafür, verlass dich drauf.«

»Und da ist er ja schon, der teuflische Lyall«, kommentierte sie bissig. »Was hast du jetzt vor? Willst du mich anzeigen?«

»Das überlasse ich meiner Mutter.« Mit zwei Schritten war ich an der Tür und hielt sie auf. »Ich sorge nur dafür, dass du verschwindest.« Drohend sah ich sie an, die Hand an der Klinke. »Du packst sofort deinen Scheiß und verlässt die verdammte Insel. Oder es wird dir leidtun.«

»Vergiss es.« Sie reckte ihr Kinn. »Davidge hat mir einen Posten angeboten, in seinem neuen Hotel. Den werde ich annehmen, und dagegen kannst du nichts tun.«

Ich lachte auf. »Oh, glaub mir, ich kann. Und ich werde.«

»Wirst du nicht«, zischte sie. »Schließlich könnte ich deiner Mutter auf Korfu noch viel mehr Steine in den Weg werfen als der alte Davidge. Ich kenne hier jeden, schon vergessen?«

»Das würde ich dir nicht empfehlen«, knurrte ich sie an. »In unserer Familie beschützen wir einander gegenseitig. Und wir haben schon ganz andere Leute als dich kaltgestellt, Clea. Glaub mir, *mich* willst du nicht als Feind.«

Mein scharfer Ton brachte sie ins Wanken, ich sah ihre Selbstsicherheit flackern und dahinter Angst aufblitzen. Es versetzte mir einen Stich, weil ich diese harte, kalte Seite an mir nicht mochte. Schon gar nicht, wenn Kenzie in der Nähe war und es hautnah mitbekam. Aber es gab Momente, da war sie nötig. So wie jetzt.

»Gehen wir.« Ich trat nach Clea auf den gepflasterten Weg, ging zu den anderen beiden, die bereits rausgegangen waren, und übergab Clea in Finlays Obhut. Dabei sah ich Kenzies Gesicht, das ganz blass war. Ob wegen Wut über Cleas Verrat oder weil sie Zeugin dieser Szene geworden war, wusste ich nicht.

Ich hatte den Eindruck gehabt, Kenzies Misstrauen hätte sich in der letzten Zeit abgeschwächt. Da waren Blicke und Gesten gewesen, eine entspanntere Haltung mir gegenüber, so als würde sie nicht mehr in jeder Minute überlegen müssen, ob sie mir trauen konnte oder nicht. Natürlich gab es keine neue Chance für uns, aber ich hatte die Hoffnung gehabt, sie würde mich nicht länger für ein Monster halten, weil ich diese Dinge zu Ada gesagt hatte. Und jetzt? Ich hatte keine Ahnung, was Kenzie dachte, und es war keine Zeit, um es herauszufinden. Finlay war bereits mit Clea an den Stufen und drehte sich um.

»Lye? Komm schon.«

Ich nickte. »Bin sofort da.«

Damit ließ ich Kenzie stehen und lief den beiden eilig hinterher.

»Ich hätte nie gedacht, dass ausgerechnet sie es sein würde.« Elliott schüttelte den Kopf.

»Stimmt, schließlich hatte man ja *dich* unter Verdacht«, sagte Bella und stieß ihn in die Seite.

»Mich? Ich würde eher sterben als für jemanden wie Davidge zu arbeiten. Hast du mal die Ausstattung seiner Hotels gesehen? Jedes drittklassige Motel hat mehr Stil.«

Wir prusteten los.

»Aber du hast dir doch von Davidge dein Studium bezahlen lassen«, sagte Finlay zu Elliott. »Wieso findest du ihn dann so ätzend?«

Elliott wurde blass vor Wut, als er das hörte.

»Von wegen«, stieß er hervor. »Der Typ hat mit Stipendien geworben und behauptet, ich wäre einer seiner vielversprechendsten Kandidaten in dem Programm seiner Stiftung. Aber noch vor der Auszahlung der Studiengebühren hat er alles gecancelt. Meine Mum wollte gerichtlich dagegen vorgehen, aber wir hatten keine Kohle für den Anwalt. Also habe ich mich für ein paar andere Förderprogramme beworben und wurde zum Glück genommen. Aber ich werde noch eine ganze Weile das abbezahlen, was ich zusätzlich als Kredit aufgenommen habe, glaub mir.«

Ich wechselte einen überraschten Blick mit Finlay. Damit hatte offenbar keiner von uns gerechnet. Elliott gab sich so großspurig, dass man zwar wusste, es war irgendwie fake, aber dass er sich für sein Studium verschuldet hatte und seine blasierte Art zum Teil wohl nur Schutz war, hatte ich nicht gedacht.

»Warum hast du nicht eher etwas gesagt?«, fragte Kenzie ihn.

»Über Davidge? Was hätte das bringen sollen, ihr wusstet doch vorher schon, dass er ein Arsch ist. Da habe ich lieber tapeziert, um gegen ihn zu rebellieren.«

Wir mussten erneut alle lachen.

»Bye, bitch«, sagte dann Martha, als unter uns eine Autotür zuschlug. »Wir werden dich nicht vermissen.«

Wir standen zusammen oben auf dem Balkon, der zum Parkplatz hinausführte und sahen zu, wie Clea ihre Sachen ins Auto lud. Dionys half ihr dabei. Er hatte zwar gesagt, dass er mit dem Verrat seiner Schwester nichts zu tun hatte, und ich glaubte ihm das, aber trotzdem war er entschlossen, ebenfalls zu gehen. Ich hatte ihn nicht davon abgehalten. Wir wussten alle, dass ihm als Cleas Bruder auf jeden Fall Misstrauen entgegenschlagen würde, solange er hier arbeitete. Und seine Probleme mit diesem reichen Typen, der offenbar von ihm erwartete, dass er als Privatkoch auf dessen Jacht anheuerte, um seine Schulden abzubezahlen – deswegen die wütenden Telefongespräche – halfen da auch nicht. Nikolaos hatte mir bereits gesagt, wie sehr er sich für das Verhalten seiner Tochter schämte und dass es ihm leidtat, dass er unwissentlich Details über die

Eröffnung und andere Dinge an sie weitergegeben hatte. Ich hatte ihm im Gegenzug versichert, dass das nichts mit ihm oder seinem Sohn zu tun hatte. Was die Familie nun daraus machte, war ihre Angelegenheit.

»Ich werde das Essen von Dionys echt vermissen.« Bella seufzte tief.

»Nun müssen wir selbst kochen«, sagte Martha mit Grabesstimme.

»Müsst ihr nicht.« Ich sah sie an. »Orfeas Ramiotis, einer der Köche, die meine Mutter für das Hotel engagiert hat, wird ein paar Wochen früher ankommen, um die Einrichtung der Küche zu überwachen. Wenn wir alle nett zu ihm sind, sorgt er bestimmt dafür, dass wir nicht verhungern.«

»Wann kommt Dora denn eigentlich zurück?«, fragte Elliott.

Ich hob die Schultern. »Wahrscheinlich in der nächsten Woche. Dubai läuft wohl endlich ganz gut.«

Martha sah mich an. »Und du? Gehst du dann wieder?«

Mein Blick glitt zu Kenzie, die neben ihr stand und in diesem Moment Cleas Abgang offenbar besonders spannend fand. Aber ich wusste, sie hörte genau zu, denn ihre Finger krampften sich um das Geländer.

»Ich bleibe noch ein bisschen, schätze ich«, antwortete ich. Kenzie nahm die Hände herunter. »Auch wenn die Chancen gut stehen, dass die Arbeiter von Davidges Baustelle zurückkommen, kann Mum mich sicher hier noch brauchen.« Und ich musste erst in drei Wochen zurück in Chicago sein, um die Prüfung zu schreiben, für die ich bisher viel zu wenig gelernt hatte. Aber auch wenn es klüger gewesen wäre, ich wollte nicht gehen. Und der Grund dafür stand keine eineinhalb Meter neben mir.

Unten auf dem Parkplatz sprang der Motor des kleinen Honda an, und wir beobachteten, wie Clea und Dionys sich vom Hotel und damit auch von uns entfernten. Bella, Martha und Elliott wussten, dass die Show vorbei war, und gingen hinein, um mit ihrer Arbeit weiterzumachen. Wir anderen drei blieben auf dem Balkon zurück.

»Bleibt nur ein Problem«, sagte Kenzie und sah zu mir, ihre Gefühle sorgsam hinter einer Maske aus Professionalität versteckt. »Wer übersetzt jetzt für uns und schlägt sich mit den griechischen Behörden herum?«

»Gute Frage.« Ich sah meinen Cousin an. »Kennst du zufällig jemanden, der Griechisch spricht und dem wir in dieser Situation noch vertrauen können?«

»Nur eine«, sagte Finlay und atmete dabei aus, als würde die Antwort ihm Schmerzen bereiten. Er sah mich an, und wir führten eines jener stummen Gespräche, die wir mit der Zeit perfektioniert hatten – und an dessen Ende er schließlich nickte. »Ruf sie an.«

»Wirst du dann gehen?« Das war die logische Konsequenz. Soweit ich wusste, vermieden die beiden seit Silvester jeden Kontakt.

»Nein. Ich bleibe und halte das aus.«

»Sicher, dass das eine gute Idee ist?«

»Gott, überhaupt nicht«, lachte er ohne Freude. »Aber das hier ist Doras Traum, ihre große Chance, sich von Grandma zu lösen. Und ich muss mich um die ganze Sache mit Davidge kümmern, damit wir rechtlich sicher vor ihm sind. Außerdem … es wird Zeit. Wenn das nicht für immer und ewig ein Thema sein soll, müssen wir irgendwann damit anfangen, wieder normal miteinander umzugehen.«

Kenzie und ich wechselten einen Blick, und ich erkannte darin, dass sie genau wusste, um wen es ging. Überrascht holte ich Luft.

»Du weißt es?«

»Ja.« Sie nickte, als sie Finlay ansah, und ich entdeckte Mitgefühl in ihren Augen. »Schon seit dem letzten Sommer, Edina hat es mir erzählt. Tut mir wirklich leid.«

Mein Cousin schluckte. »Ja. Mir auch.« Dann gab er sich wie so oft einen Ruck, richtete sich auf und straffte seine Schultern. »So, und jetzt gehe ich und suche diesen Vorschlaghammer, von dem ich jede Nacht träume.«

»Ich kann dir sagen, wo du ihn findest.« Kenzie ging voran zum Eingang. »Ich kenne mich mittlerweile ganz gut in der Werkstatt von Nikolaos aus.«

»Lye, kommst du mit?« Finlay sah mich an.

»Klar.« Ich rang mir ein Lächeln ab und folgte ihnen.

Es gab schließlich jede Menge zu tun.

28

Kenzie

Zwei Tage nach Cleas Abgang war die Normalität auf die Baustelle zurückgekehrt – genau wie die Arbeiter, die Davidge uns abgeluchst hatte, denn sein Projekt war tatsächlich wegen der Bodenverunreinigungen erst einmal gestoppt worden. Mit Händen, Füßen und Charme hatten Lyall und Finlay es hinbekommen, ihnen klarzumachen, dass sie gerne wieder bei uns einsteigen konnten, und nun waren sie fleißiger als jemals zuvor, weil sie diese zweite Chance zu schätzen wussten.

Nur ich hatte momentan Probleme, mich auf meine Arbeit zu konzentrieren. Gemeinsam mit Bella musste ich eigentlich die Terrassen der Bungalows ausmessen, um die Steinplatten dafür bestellen zu können. Zwar würde der Teil, in dem wir gerade wohnten, als Letztes renoviert werden, aber je mehr Material bereits da war, desto besser. Das Problem war nur, dass Maßband und Klemmbrett seit sicherlich zwanzig Minuten unbeachtet auf dem Boden lagen und wir nach unten zum Pool schauten, wo Finlay und Lyall dabei waren, die Bar in ihre Einzelteile zu zerlegen – was schweißtreibend genug war, um die Shirts auszuziehen. Ich wollte eigentlich weiterarbeiten, aber ich konnte mich von diesem Anblick einfach nicht losreißen. Egal, ob ich mir jedes Gefühl in seine Richtung verbieten mochte: Lyall mit freiem Oberkörper, der nur in Arbeitsshorts mit einem Vorschlaghammer hantierte, das rief einiges wach. Vor allem Erinnerungen daran, wie es gewesen war, als ich jeden Muskel seines perfekten Körpers nicht aus der Ferne, sondern aus nächster Nähe hatte bewundern dürfen. Aus *allernächster* Nähe.

Bella schien mir anzusehen, was ich dachte. »Okay, ich weiß, du willst nicht darüber reden, was zwischen euch vorgefallen ist, aber sag mir wenigstens eins – hält der Motor, was die Karosse verspricht?«

Ich grinste angesichts der Formulierung, dann nickte ich. »Oh ja.«

»Und trotzdem willst du keine Wiederholung?«

»Nein«, sagte ich schnell, obwohl die Bilder in meinem Kopf mich Lügen straften. »Es ist einfach zu viel zwischen uns passiert.« Als er Clea angefahren hatte, in diesem ganz speziellen Leg-dich-nicht-mit-mir-an-Tonfall, war ich wieder daran erinnert worden, dass es nicht nur den freundlichen, warmherzigen Lyall gab. Und trotzdem rotierten die Gedanken in meinem Kopf und die Gefühle in meinem Herzen, sobald ich in seiner Nähe war. Denn obwohl er Clea gegenüber seine kompromisslose, harte Seite gezeigt hatte … es war berechtigt gewesen, oder nicht? Ich hätte dasselbe getan, wenn es um meine Familie gegangen wäre.

Bella hob die Schultern. »Es passiert immer viel. Aber warum –«

»Was steht ihr denn hier rum?«, unterbrach uns jemand.

Ich fuhr herum und erkannte Lyalls Schwester, die in Sandalen und Sommerkleid mal wieder aussah, als wäre sie von irgendeiner Fashion Show direkt hierher gebeamt worden.

»Edie! Du bist schon da?« Ich umarmte sie zur Begrüßung. Sogar ihre dunklen Haare waren wie von einem Profi gestylt, zumindest sahen die großen Wellen nicht aus, als könnte man mit so etwas morgens aus dem Bett steigen. Obwohl … bei den

Hendersons war so ziemlich alles möglich. Ich hatte Lyall schließlich direkt nach dem Aufwachen gesehen. Und da hatte er mir noch besser gefallen als sonst. Vor allem, wenn er nichts – *Schluss jetzt, verdammt.*

»Ich bin eben schnell.« Edina grinste. »Außerdem habe ich eh in einer Woche Ferien und wollte sie ganz langweilig zum Lernen verwenden. Da kann ich doch nebenher für euch die Dolmetscherin spielen.« Sie sah sich um. »Der Laden ist nicht übel. Sieht genau so aus, wie Mums Love-and-Peace-Traum sein sollte.«

Ich lachte. »Wir geben uns alle Mühe, damit daraus kein Albtraum wird.«

»Ja, davon habe ich gehört.«

»Das ist übrigens Bella«, stellte ich meine Kollegin vor. »Edina ist Doras Tochter und wird uns mit dem Übersetzen helfen.«

»Du sprichst Griechisch?«, fragte Bella beeindruckt, als sie ihr die Hand gab.

»Ja, und Französisch, Spanisch, Italienisch, Portugiesisch und halbwegs brauchbares Mandarin. Sprachen sind so eine Art Hobby von mir.« Edina zuckte bescheiden die Schultern und trat dann neben mich an das Geländer der Terrasse. »Aber ich dachte, ihr habt so viel zu tun, warum steht ihr dann hier rum?«

»Wir genießen nackte Tatsachen.« Bella zeigte nach unten in Richtung der mittlerweile zerstörten Poolbar, in deren Trümmern Lyall und Finlay standen. »Sind allerdings nur dein Bruder und dein Cousin. Das dürfte für dich also kaum interessant sein.«

Edinas Lächeln wurde etwas angestrengt, aber wahrscheinlich fiel nur mir das auf. »Stimmt. Dann würde ich sagen, du genießt weiter die Aussicht und Kenzie zeigt mir mein Zimmer.«

Ich nahm eine ihrer Taschen und ging voran. Da die Schlüssel für die beiden freien Zimmer bei mir lagen, machten wir einen kurzen Abstecher dorthin. Danach liefen wir zur Tür direkt nebenan.

»Du wusstest aber, dass Finlay hier ist, oder?«, fragte ich, während ich aufschloss.

»Ja, sicher. Lyall ist nicht Mum, er würde mir so etwas nicht verschweigen, nur damit ich nicht Nein sage.« Sie sah zu mir und holte Luft, ich kam ihr jedoch zuvor.

»Da ist nichts«, sagte ich schnell. »Zwischen Lyall und mir.«

»Dann bist du also über ihn hinweg?« Da war sie wieder, die berühmte Direktheit der Edina Henderson. Ich wusste nicht, ob ich sie vermisst hatte.

»So gut wie«, nickte ich und ließ ihr den Vortritt ins Zimmer. »Wir bringen das hier zu einem hoffentlich guten Ende und dann gehen wir getrennte Wege.«

Edina lächelte schief. »Immerhin habt ihr diese Möglichkeit.«

Da hatte sie allerdings recht. Wenn man zur selben Familie gehörte, war das deutlich schwieriger. Vor allem bei einer Familie wie den Hendersons, die mit strenger Hand regiert wurde, damit alle Zahnrädchen einwandfrei funktionierten.

»Und trotzdem bist du hier«, stellte ich fest.

»Trotzdem bin ich hier.« Sie nickte. »Das ist wichtig für Mum, und sie kann niemandem außer uns mehr vertrauen, wenn es um dieses Projekt geht. Grandma und Moira warten nur darauf, dass sie hier scheitert und die blöden Hexen sagen können ›Ich wusste es ja von Anfang an‹. Das werde ich nicht zulassen. Und außerdem müssen Fin und ich irgendwann klarkommen. Dazu eignet sich Korfu genauso gut wie jeder andere Ort auf der Welt.«

Ich musste schief lächeln, weil ich nicht daran glaubte, dass dieser Plan von Erfolg gekrönt sein würde – als mir auffiel, dass ich doch selbst das Gleiche hoffte wie sie. Auf einen Abschluss. Und gleichzeitig hatte ich wahnsinnige Angst vor dem Tag, an dem Lyall abreisen würde.

Edina drehte sich einmal um ihre eigene Achse. »Hat seinen Charme, das alte Zeug. Ich bin gespannt darauf, wie der Rest aussieht. Zeigst du mir alles?«

Ich hatte eigentlich schon genug Zeit damit verloren, Lyall anzustarren, aber ich konnte Edina den Wunsch nicht abschlagen. »Klar doch. Ich kenne hier mittlerweile jede Ecke. Also kann ich alles auslassen, was momentan noch hässlich ist.«

Die Handwerker verrenkten sich reihenweise die Hälse, als Edina und ich vorbeigingen. Kein Wunder. Finlay sah unverschämt gut aus und Lyall war für mich ohnehin eine Klasse für sich, aber Edina war auf besondere Art *schön*. Vielleicht, weil sie ein Mädchen war, vielleicht auch, weil sie eine ganz spezielle Ausstrahlung hatte, die niemanden kaltließ. Ich war froh, dass ich nicht von der Sorte war, die schnell Komplexe bekam – neben ihr musste ich in meinen verdreckten Jeans, den Boots und dem verwaschenen *Ghostbusters*-Shirt wirken wie ein ausrangierter Gartenzwerg.

»Eins ist sicher – die werden dir jeden Wunsch von den Augen ablesen«, sagte ich zu Edina, als sie wieder einmal ein paar Handwerker im Vorbeigehen auf Griechisch begrüßt hatte.

»Na, hoffentlich«, grinste sie. »Das muss doch alles rechtzeitig fertig werden.«

Wir steuerten auf den Poolbereich zu, und als wir uns den Männern dort näherten, wurde Edinas Strahlen plötzlich schwächer. Finlay sah uns schon von Weitem kommen, und ich schaute auf den Boden, als ich den Ausdruck in seinen Augen bemerkte – ich hatte das Gefühl, als würde ich einen sehr privaten Moment stören. Erst als wir bei den beiden angekommen waren, sah ich wieder auf.

Nur um direkt Lyall in die Augen zu schauen. Der immer

noch kein Shirt trug. Mein Blick glitt über seinen Oberkörper bis zu seinem Hals, an dem der Schweiß zum Schlüsselbein hinunterlief. Mein Mund wurde trocken, während mein Kopfkino eine Extraschicht einlegte. *Himmel, womit habe ich das verdient?*, dachte ich, aber das Stoßgebet half kein bisschen.

»Edina ist da«, brachte ich schließlich hervor.

»Das sehe ich.« Lyall lächelte erst mich an, dann sie. »Schön, dass du gekommen bist, Schwesterherz.«

»Bei kostenlosem Urlaub sage ich nie Nein, das weißt du doch.«

»Süß, dass du denkst, das hier hätte etwas mit Urlaub zu tun.« Lyall umarmte seine Schwester fest und sie beschwerte sich darüber, dass er ihr Kleid ruinierte, weil er so verschwitzt war. Schnell machte sie sich los und schüttelte sich übertrieben.

»Hey, Fin«, begrüßte sie dann ihren Cousin.

»Hey, Ed.« Er lächelte schief.

Sie umarmten einander nicht, doch die Art, wie sie sich ansahen, war wesentlich inniger als jede körperliche Annäherung. Aber dann holte Edina Luft, zwang sich ein Lächeln aufs Gesicht und sah mich an.

»Gehen wir weiter? Es gibt ja sicher noch einiges zu sehen.«

Eigentlich hatten wir das meiste bereits hinter uns, ich nickte trotzdem. »Auf jeden Fall.« Damit nahm ich sie mit, ließ Finlay und Lyall zurück und atmete erst wieder aus, als wir schon auf der Steintreppe waren, die zum Strand führte.

Edina sah mich an. »Bitte tu mir einen Gefallen, Kenzie. Halte mich von Dummheiten ab.«

Ich schnaubte belustigt. »Vielleicht sollten wir daraus ein gegenseitiges Arrangement machen.«

»Ach? Kommst du etwa doch in Versuchung?« Sie grinste.

Ich zögerte mit der Antwort. Schließlich hatte ich Lyall heute bereits diverse Male angestarrt, weil er einfach so unfassbar gut aussah und die Erinnerungen an den Sex mit ihm nicht weniger heiß waren, nur weil er mir das Herz gebrochen hatte. Ich tat jedoch alles, um nicht schwach zu werden – um nicht zu vergessen, was passiert war. Es machte mich wütend, wie oft ich dabei zu versagen drohte, aber Wut war gut. Sie war besser als Sehnsucht, weil sie mich auf Abstand hielt.

»Nein«, sagte ich mit fester Stimme. »Nein, komme ich nicht.«

Am Abend beim Essen zeigte Edina wieder einmal ihr ganzes Talent zur Überraschung. Ich hatte gemeinsam mit Elliott im Ort einiges zum Grillen eingekauft und ein paar Salate dazu macgyvert, also gab es trotz Dionys' Abgang etwas Vernünftiges zu essen, nachdem wir gestern vor allem Reste verdrückt hatten.

»Wir gehen übrigens am Samstag auf eine Party«, verkündete Edina. »Genauer gesagt, zu einem Empfang mit Champagner, Häppchen und der High Society von Korfu. Ich habe schon alles klargemacht.«

Vier Augenpaare sahen sie mehr als irritiert an, nur Lyall und Finlay aßen in aller Ruhe weiter. Entweder wussten sie bereits, was es mit diesem Empfang auf sich hatte – oder sie waren so vertraut mit Edinas Art, das Zepter zu schwingen, dass die Ankündigung sie weniger schockte als uns.

»Was für ein Empfang?«, fragte schließlich Elliott. Selbst er hatte längst einen Narren an Edina gefressen, aber jetzt schien er sich zu fragen, ob er da etwas voreilig gewesen war.

»Es ist eine Einladung von Marissa Fraser, sie ist Britin, lebt allerdings schon seit zwanzig Jahren auf der Insel und veranstaltet immer Anfang Mai, bevor die Saison beginnt, dieses Event. Jedes Jahr sammelt sie dort Spenden für verschiedene Hilfsorganisationen von hier und lädt dafür alles ein, was Rang, Namen und Geld hat.«

Bella wirkte skeptisch. »Das wird dich jetzt wundern, aber: Nichts davon trifft auf uns vier hier zu.«

Edina hob die Schultern. »Völlig egal. Der Name Henderson wird für uns alle reichen.«

»Was sollen wir dort?«, wagte ich zu fragen. Wenn die Hendersons für diese Organisation spenden wollten, war das natürlich sehr löblich, aber ich sah nicht, was das mit dem Projekt zu tun hatte.

»Ganz einfach: Es kommen nicht nur die Hoteliers, Berufserben und Jachtbesitzer, sondern auch die ganzen hohen Tiere der Behörden. Und ratet mal, wer sich dort herumtreiben wird, um zu retten, was noch zu retten ist?«

»Davidge«, folgerte Martha.

»Hundert Punkte«, sagte Edina mit anerkennendem Nicken. »Wenn wir also verhindern wollen, dass der alte Intrigant seine Baustelle wieder ans Laufen bekommt, sollten wir vor Ort sein, um das zu verhindern.«

»Woher zur Hölle weißt du das alles?« Lyall sah seine Schwester an. »Du bist gerade mal fünf Minuten hier.«

Edina hob die Nase etwas höher. »Recherche, Brüderchen. Ich mache meine Hausaufgaben. Wenn du mich engagierst, damit ich hier den Behörden in den Arsch krieche, dann informiere ich mich vorher, wie ich das am besten anstelle. Oder wie wir Davidge von diesem Arsch fernhalten.«

Finlay nickte nur. »Gute Idee. Hast du dich schon um Abendgarderobe gekümmert?«

»Bin ich Anfängerin oder was?«, fragte sie zurück, aber es klang weicher als ihre Worte vermuten ließen. »Ich habe eine Auswahl für die Mädels bestellt und Smokings für euch Jungs.«

»Moment mal, Abendgarderobe?« Bella verzog das Gesicht. »Ich glaube, ich passe. Party ist cool, aber so steifärschiges Getue mit irgendwelchen reichen Pinkeln? Da klebe ich lieber noch ein paar Tapeten.«

Ich stimmte ihr innerlich zu. Gegen schicke Klamotten und eine Party hatte ich nichts einzuwenden, diese Veranstaltung klang jedoch nicht nach Spaß, sondern nach etwas, mit dem ich mich nicht auskannte. Und ich mochte es nicht, wenn ich mich mit etwas nicht auskannte.

»Ach komm, Bella, stell dich nicht so an«, sagte Edina, als würden sie sich ewig kennen. »Wir brauchen jeden Einzelnen dort, wenn wir die Lage beherrschen wollen. Außerdem wird es höchste Zeit, dass ihr euch alle mal wieder die Haare wascht und etwas Anständiges anzieht. Samstag um 19 Uhr geht es los. Elliott, kann ich noch eins von diesen Steaks haben?«

Lyall sah mich über den Tisch hinweg an, während die anderen längst akzeptiert hatten, dass Edina jetzt der Boss war, und sie nach der Party ausfragten. Ich grinste nur schief und hob die Schultern, und er lächelte und verdrehte die Augen in Richtung seiner Schwester. Ein warmes Gefühl machte sich bei dieser schrecklich simplen Geste in mir breit, weil es sich für einen Moment so normal anfühlte, in seiner Nähe zu sein. Als würden wir nach diesem Essen runter an den Strand gehen, um allein zu sein – oder einfach direkt in mein Bett. Die Wärme wurde zu Hitze und Edinas Frage von vorhin kam mir wieder in den Sinn.

Kommst du doch in Versuchung?

Und meine Antwort.

Nein, komme ich nicht.

Was für eine dreckige Lüge.

29
Lyall

Wenn ich etwas in den 19 Jahren mit meiner Schwester gelernt hatte, dann das: *Sollte Edina sich was in den Kopf gesetzt haben, steh ihr nicht im Weg oder du bereust es.* Das hatte im Alter von fünf begonnen, als sie beschlossen hatte, sie wolle sich ihre Haare selbst schneiden, war in der Schule weitergegangen, als sie sich geweigert hatte, unseren Eltern die Hausaufgaben zu zeigen – und endete, zumindest für den Moment, bei einer Abendveranstaltung auf Korfu und der Teilnahme daran, die so generalstabsmäßig durchgeplant war, als wäre es ein Militärmanöver.

Edina hatte uns nicht nur einzelne Personen zugewiesen, die in den griechischen Behörden etwas zu sagen hatten und deswegen von Davidge ferngehalten werden mussten. Nein, sie hatte außerdem auch noch Bereiche eingeteilt, damit uns ja nichts entging. Egal, wie oft sie davon sprach, das würde alles ein riesengroßer Spaß werden – ich glaubte ihr kein Wort. Und trotzdem stand ich am Samstagabend in der Lobby, trug einen Smoking und wartete darauf, dass der Rest der Truppe auftauchte. Edina hatte alle in ihr Zimmer beordert, um sich um Klamotten und Haare zu kümmern, nur Finlay und mich hatte sie außen vor gelassen. Sie wusste, ich hasste es, wenn man an mir herumfuhrwerkte, und bei Finlay war es besser, sie hielt Abstand.

Ich sah auf die Uhr und zerrte an meinem Kragen, der mir viel zu eng vorkam. Noch zwanzig Minuten bis zum Beginn der Veranstaltung, bei der man sich natürlich nicht pünktlich sehen lassen durfte, sondern auf jeden Fall ein bisschen zu spät kam, damit man von allen als wichtig wahrgenommen wurde. Das waren die Regeln der oberen Zehntausend, und auch wenn ich das ziemlich unhöflich fand, hinterfragte ich es schon lange nicht mehr. Edina hatte entschieden, sich nach diesem Kodex zu verhalten, also widersprach ich nicht. Ich war einfach froh, wenn das Ganze vorbei war und das *Kefi Palace* nichts weiter von Davidge befürchten musste.

»Sind die anderen noch nicht da?«, riss mich eine Stimme aus meinen Gedanken. Eine Stimme, die wohl für alle Zeiten ein Flattern in meinem Magen auslösen würde. Ich drehte mich um und erstarrte.

Gott, steh mir bei.

Kenzie trug ein dunkelgrünes Abendkleid aus fließendem Stoff, das ab der Hüfte weich bis zum Boden fiel und am Ausschnitt gerafft war. Nicht dass ich für eines dieser Details tatsächlich einen Blick gehabt hätte, denn ich konnte nur *sie* sehen. Und spüren, wie sie mich umhaute, wieder einmal. Genau wie die Erkenntnis, dass sich an meinen Gefühlen für sie nichts geändert hatte. Im Gegenteil. Mit jeder Minute, die sie in meiner Nähe war und ich merkte, dass sie alles verkörperte, nach dem ich mich immer gesehnt hatte, verliebte ich mich mehr in sie. So sehr, dass Verliebtsein längst ein unzulängliches Wort war. Aber ich verbot es mir, dieses andere Wort auch nur zu denken. Denn wenn ich es tat, wurde es wahr. Und dann würde alles nur noch schlimmer werden.

Ich räusperte mich, als sie die Treppe herunterkam und vor mir stehen blieb. »Es gibt keinen Satz, der in diesem Zusammenhang nicht abgedroschen klingt, aber: Du siehst wirklich wunderschön aus.« Ihre Haare fielen ihr offen über die Schultern und waren in Wellen gelegt, vermutlich Edinas Werk.

Kenzie wurde rot. »Danke. Du aber auch.« Sie deutete an mir herunter und lächelte. »Nicht ganz so gut wie der Kilt, aber es kommt nah dran.«

Ich verzog das Gesicht. »Erinnere mich nicht daran. Den Kilt gibt es nicht mehr.«

»Nicht? Wieso?«

»Es war zu viel Blut dran.« *Und Erinnerungen.* Ich lächelte schief.

»Verstehe.« Sie nickte leicht. »Aber wie ich deine Familie kenne, wirst du um einen neuen wohl nicht herumkommen.«

»Vermutlich nicht. Wobei ich ihn sowieso nur zu den Games und bei irgendwelchen Hochzeiten in der Familie tragen muss, also brauche ich so bald keinen neuen.«

»Du wirst dieses Jahr nicht nach Kilmore zu den Highland Games fahren?«, fragte Kenzie verwundert. »Ich dachte, das wäre ein fester Termin für alle Hendersons.«

Ich hob die Schultern. »Wenn ich es verhindern kann, werde ich diese Stadt nicht öfter betreten als nötig.«

Man konnte ihr förmlich ansehen, was ihr durch den Kopf ging. Wie sie darüber nachdachte, dass ganz Kilmore keine Ahnung hatte, was mit Ada tatsächlich passiert war – und wie viel mehr sie mich alle verabscheuen würden, wenn sie es wüssten. Aber in Kenzies Blick war trotzdem kein Hass, sondern Mitgefühl. Das ich nicht verdiente, deswegen schaute ich weg.

»Lyall?«, fragte sie leise.

»Hm?« Ich sah wieder auf.

»Glaubst du … denkst du, wir –«

»Hier bist du!« Meine Schwester kam fertig gestylt die Treppe herunter und sah Kenzie an wie einen Hund, der ihr entlaufen war. »Ich habe oben auf dich gewartet und dachte schon, du kneifst.«

Kenzie sah von mir zu Edina und am liebsten hätte ich ihr vom Gesicht abgelesen, was sie mich hatte fragen wollen. Aber es war unmöglich. »Tut mir leid«, sagte sie zu meiner Schwester. »Ich dachte, ich gehe schon mal runter, wenn ich eh fertig bin.«

In dem Moment kamen auch Finlay und die anderen in die Lobby und binnen weniger Sekunden hatte Edina uns alle zu der Limousine gescheucht, die auf dem staubigen Parkplatz wirkte, als hätte das Navi sie ziemlich weit *offroad* geführt. Nur kurz sprach meine Schwester mit dem Fahrer, dann saßen wir in den bequemen Ledersitzen und wurden Richtung Süden chauffiert.

»Also«, begann Edina mit ihrem letzten Briefing. »Kenzie, du gehst mit Finlay rein, ich mit Lyall und Elliott mit Bella und Martha. Das passt optisch am besten.«

»Merkst du es?«, murmelte ich meinem Cousin zu, der neben Kenzie saß. »Es ist wieder so weit.«

»Oh ja«, gab er zurück. »Edie-Zilla ist zurück.«

»Hey, ich kann euch hören«, sagte sie streng, und schnell setzten wir unschuldige Mienen auf. »Und es ist echt traurig, dass ihr das immer noch nicht verstanden habt, aber der richtige Auftritt ist bei einer solchen Veranstaltung entscheidend. Es gibt keine zweite Chance für einen ersten Eindruck.«

»Ist nur die Frage, was für einen ersten Eindruck wir machen wollen«, sagte Finlay und seine Augen funkelten herausfordernd. *Oh nein, bitte nicht*, dachte ich. Wenn die beiden besonders frustriert von der Situation zwischen ihnen waren – und nach ein paar Tagen in der Gegenwart des anderen war das todsicher der Fall – dann begannen sie damit, sich zu streiten. Und das war in einem Auto voller Uneingeweihter eine richtig schlechte Idee.

»Na, du sicher den gleichen wie immer«, gab Edina da schon eiskalt zurück. »Möchtegern-Playboy auf der Suche nach dem nächsten dürren Arsch in irgendeiner Designerrobe. Nur dass du in diesem Fall Pech haben wirst. Das heute ist keine *Victoria's-Secret*-Fashionshow.«

»Ach, das ist kein Problem für mich.« Finlay hob eine Augenbraue. »Ich komme immer auf meine Kosten, wie du weißt.«

»Oh ja, das weiß ich nur zu gut«, ätzte Edina zurück. »Besonders wählerisch warst du schließlich noch nie. Und außerdem –«

»Vielleicht solltet ihr diese Diskussion auf später verschieben. Das wäre eine gute Ablenkung, falls wir sie irgendwann brauchen sollten.« Es war Kenzie, die all die dicke Luft mit einem völlig neutralen Tonfall zerschnitt. Es wunderte mich nicht – sie hatte in ihrem Leben sicher schon so viele Streits beendet, dass sie reich gewesen wäre, wenn sie dafür jedes Mal ein Pfund bekommen hätte. »Erklärt mir lieber mal, warum das heute so ein wichtiger Abend ist, um Davidge von den Behördenfritzen fernzuhalten? Was hindert ihn daran, einfach am Montag in deren Büros zu spazieren und dort zu versuchen, sie zu schmieren?«

Edina atmete aus und löste ihren wutentbrannten Blick von Finlay. »Klar, das könnte er. Aber in einer Atmosphäre wie heute sind die Leute entspannter und lassen sich leichter einlullen.«

»Und ich denke, dass er das längst versucht hat«, fügte ich hinzu. »Einer wie er glaubt ja, die ganze Welt lasse sich bestechen. Nur dass Europa bei den Bauvorschriften die Daumenschrauben angezogen hat und der alte Knacker das nicht mitgekriegt hat. Wenn er also jemanden belabern will, dann geht das nur in so einem Kontext wie heute. Halten wir ihn davon ab, stehen die Chancen gut, dass er nicht damit durchkommt und seinen Boden erst einmal säubern muss.«

»Was bedeutet, Dora müsste nicht mehr fürchten, er würde

ihrer Eröffnung in die Quere kommen.« Kenzie nickte. »Alles klar. Dann kann ich nur hoffen, dass sein Bauleiter nicht dort sein wird. Der würde mich vielleicht doch erkennen.«

Ich schüttelte den Kopf. »Keine Sorge. Davidge bezahlt seine Leute nicht nur schlecht, er behandelt sie auch so. Garantiert nimmt er keinen von ihnen mit zu einem solchen Event.«

»Gut.« Sie lächelte und zupfte an ihrem Kleid herum, nur eines der Anzeichen dafür, dass sie nervös war. Ich wollte sie beruhigen, dachte nicht nach und legte meine Finger sanft auf ihre. Kenzie atmete hörbar ein und nahm ihre Hand nicht weg, aber sie versteifte sich, also zog ich meine zurück. Jedoch konnte ich auch, als wir uns nicht mehr berührten, ihre weiche Haut immer noch fühlen, als wäre jeder Funke Nähe zwischen uns eine Droge, die mich immer abhängiger machte. Schnell sah ich aus dem Fenster.

Die anderen hatten davon nichts mitbekommen, denn sie sprachen längst über den Ort, an dem das Ganze stattfinden sollte: das Achilleion, gebaut für Kaiserin Elisabeth von Österreich-Ungarn. Ich war noch nie dort gewesen, aber als wir einige Minuten später vor dem Haupteingang hielten, den man mit einem roten Teppich versehen hatte, wusste ich, wieso viele von diesem Ort so beeindruckt waren.

Durch die getönten Fenster der Limousine erkannte ich den von warmen Lampen angestrahlten weißen Bau mit seinen imposanten Säulen. Die Kaiserin hatte sich den Palast bauen lassen, nachdem sie Korfu als neue Heimat auserkoren hatte, und sich bei der Gestaltung ganz an den großen griechischen Vorbildern orientiert. Als meine Mutter mich gefragt hatte, ob ich ihr helfen würde, hatte ich mir vorgenommen, das Achilleion zu besuchen, aber die Arbeit war einfach wichtiger gewesen. Ein Gutes hatte dieser Zirkus also doch – ich konnte mir das Gebäude ansehen. Sofern Edina und ihr Plan mich ließen.

»Showtime«, sagte Finlay und reichte Kenzie seine Hand,

um ihr beim Aussteigen zu helfen. Sie holte Luft, dann war sie auch schon aus dem Wagen. Ich folgte ihr und meine Schwester hakte sich bei mir unter.

»Wissen die eigentlich, dass wir kommen?«, fragte ich und versuchte, meinen Blick von Kenzies Rücken zu lösen. Was schwierig war, weil ich keine Ahnung gehabt hatte, wie tief dieses Kleid hinten ausgeschnitten war.

»Kommt darauf an, wen du mit *die* meinst.« Edina zeigte ein leises Lächeln. »Ich habe das Team von Mrs Fraser selbstverständlich darüber informiert, dass die Hendersons ihren Empfang besuchen wollen. Aber es könnte sein, dass ich das erst heute Morgen getan habe, um niemanden aufzuschrecken.«

Ich grinste. »Also hat Davidge keine Ahnung.«

»Das will ich doch hoffen. Sonst wäre das alles nur der halbe Spaß.« Sie lächelte mich an, und in der nächsten Sekunde waren wir auch schon bei der Gastgeberin angekommen, der Finlay gerade Kenzie als seine Begleitung vorstellte und seinen üblichen Charme für sich arbeiten ließ. Mrs Fraser sah zumindest sehr verzückt aus, als die beiden weitergingen und sie sich uns zuwandte.

»So viele Hendersons auf einmal, womit verdiene ich das?« Sie gab zuerst Edina und anschließend mir die Hand, sah jedoch vor allem mich an, als sei ich – weil ich männlich war – eher dazu befugt, ihre Frage zu beantworten. Fast hätte ich mit den Augen gerollt, aber dann besann ich mich auf meine guten Manieren und die Rolle, die ich hier zu spielen hatte.

»Das verdanken Sie meiner Schwester«, lächelte ich. »Edina ist diejenige von uns, die von Ihrer Veranstaltung wusste und es für eine wunderbare Idee hielt, Sie hier zu besuchen.« Gott, ich klang, als hätte ich ein paar Regency-Filme inhaliert. Grandma wäre begeistert gewesen.

»Tatsächlich?«, sagte Mrs Fraser und betrachtete meine Schwester auf eine Art, wie es viele andere auch taten – von ihrer Schönheit beeindruckt und gleichzeitig wegen des cleveren Ausdrucks in ihren Augen auf der Hut. Ich fragte mich, ob Edina irgendwann einen Partner finden würde, der keine Angst davor hatte, neben ihr zu verblassen. Finlay wäre das völlig egal gewesen, er war selbstbewusst genug, um an ihrer Seite zu bestehen – oder ihr im richtigen Moment das Feld zu überlassen. Aber er war keine Option. Es sei denn, wir konnten etwas in der Familie ändern *und* unsere Mutter davon überzeugen, dass diese Beziehung dem Sturm der Öffentlichkeit standhalten würde.

»Tatsächlich«, lächelte Edina jetzt freundlich. »Ich habe schon so viel von all dem Guten gehört, was Sie hier tun, dass ich meinen Bruder, meinen Cousin und unsere Freunde quasi dazu genötigt habe, herzukommen. Vielen Dank, dass Sie uns empfangen. Ich bin sicher, es wird eine ordentliche Summe für den guten Zweck zusammenkommen.«

Mrs Fraser nickte, lächelte und entließ uns dann. Edina schob ihren Arm wieder in meinen und wir folgten Kenzie und Finlay, wie immer die vielen Blicke ignorierend, die wir beide zusammen auf uns zogen. Ich wusste, was in den Köpfen der Leute vor sich ging. *Sind die beiden ein Paar? Nein, dazu sehen sie sich zu ähnlich. Also Geschwister. Oder sogar Zwillinge? Vielleicht doch ein Paar. Bei diesen einflussreichen Familien weiß man schließlich nie.*

»Hast du Davidge schon entdeckt?«, fragte ich Edina leise.

»Nein. Aber ich bin sicher, er ist hier irgendwo.«

»Und wenn nicht, haben wir immerhin ein paar Tausend Euro für einen guten Zweck gespendet«, grinste ich.

»So sieht es aus.« Sie lachte. »Dieses Jahr geht das Geld an die Eselrettungsstation auf der Insel. Also haben wir auf jeden Fall ein gutes Werk getan.«

»Da seid ihr ja.« Mein Cousin hatte wie üblich bereits Getränke organisiert und reichte Edina und mir ein Glas Champagner, kaum dass wir einen Fuß auf die Terrasse gesetzt hatten. Ich schaute mich um, unauffällig, aber beeindruckt. Der Marmor in Schachbrettoptik, dazu die griechischen Statuen und erneut unzählige Säulen … es war wirklich feudal, einer Kaiserin würdig. Ich sah, wie Kenzies Augen leuchteten und ahnte, dass sie bereits tausend Ideen im Kopf hatte, wie man diesen Stil in den Villen des *Kefi Palace* umsetzen konnte. Und ich wollte unbedingt wissen, welche es waren.

Edina machte meinem Plan, sie danach zu fragen, allerdings einen Strich durch die Rechnung. Nachdem Bella, Martha und Elliott, die von dem ganzen Prunk völlig überwältigt schienen, zu uns gestoßen waren, stellte meine Schwester ihr Glas auf dem Tablett eines Kellners ab und sah uns an.

»Also, Team Kefi Palace, an die Arbeit. Wir haben viel zu tun.«

30

Kenzie

Edinas Plan hatte in der Theorie kompliziert geklungen, in der Praxis war er eigentlich ganz einfach. Wir wechselten jede halbe Stunde unseren Standort, flanierten über die Terrasse oder durch den Palast, redeten mit Leuten und taten so, als würden wir uns amüsieren, während wir Davidge und seine Versuche im Auge behielten, den griechischen Entscheidungsträgern Honig ums Maul zu schmieren. Wobei das vor allem Edinas Job zu sein schien, denn immer, wenn der alte Hotelier sich an jemanden heranwanzte, tauchte sie auf, um in bestem Griechisch denjenigen um den Finger zu wickeln, sodass er nur noch Augen für sie hatte. Wir waren eher Zuschauer dieses Schauspiels, wie Statisten bei einem Film, die von A nach B liefen und nicht groß auffielen. Immerhin trugen wir nicht solche Ohrstöpsel wie in einem Action-Streifen. Ich wäre wohl jedes Mal zusammengezuckt, wenn jemand etwas gesagt hätte, ohne in meiner Nähe zu sein.

Allein für den Besuch des Palastes lohnte es sich jedoch schon, kriminell hohe Schuhe zu tragen und dazu dieses Kleid, das eigentlich nicht ganz mein Stil war – wobei ich seit Lyalls Blick nicht sicher war, ob ich es nicht behalten wollte. Es passte auf jeden Fall zum Ambiente des Achilleions, zu den Säulen, den bemalten Decken, der opulenten Ausstattung der Innenräume oder der breiten Treppe im Eingangsbereich. Da es aber wohl merkwürdig kam, wenn ich am heutigen Abend den Boden genauer angeschaut oder die Tapeten inspiziert hätte, hatte ich mir bereits vorgenommen, noch einmal während der Besuchszeiten herzukommen und mein Skizzenbuch mitzunehmen.

»Wie machst du das nur?«, fragte ich Finlay, mit dem ich in den Garten gegangen war, weil das für die nächste halbe Stunde unser Bereich war. Davor hatte ich mit Bella und Elliott im Haus die Sissi-Ausstellung angesehen, aber trotzdem bemerkt, wie Lyalls Cousin von den anderen Gästen angeschaut wurde – und nicht nur er. Die Hendersons zogen die Aufmerksamkeit auf sich, egal wo. Ich hatte unendlich viele Blicke in Lyalls, Edinas und Finlays Richtung gesehen, die jeden sonst hätten rot werden lassen. Aber keiner der drei ließ sich das anmerken. »Dieses ganze Small-Talken und Komplimente machen, selbst wenn sie nicht angebracht sind. Und dann das *Lächeln.* Ich habe das Gefühl, ich werde morgen Muskelkater im Gesicht haben, dabei bin ich neben dir eine Spaßbremse ohne Mimik.«

Finlay lachte. »Jahrelange Übung. Mein großer Bruder Logan war immer schon der ernste, verschlossene Typ, deswegen hat meine Familie mich bereits mit zu solchen Anlässen genommen, als ich noch in der Schule war. Lächeln und das Richtige zur richtigen Zeit sagen, das ist wie Fahrradfahren. Kannst du es einmal, verlernst du es nie wieder.«

»Also ist das für dich nicht anstrengend? So zu tun, als würdest du dich für diese Leute interessieren? Oder für das, was sie sagen?« Ich konnte mir nicht vorstellen, ein solches Leben zu führen.

Er hob die Schultern. »Ich mag Menschen. Manche mehr, manche weniger, aber im Schnitt finde ich die meisten tatsächlich interessant. Meine Mutter sagt, das wäre das Ergebnis davon, dass ich es nicht mit mir allein aushalte. Vielleicht hat sie damit recht.«

Ich schnaubte. »Charmant, deine Mum.«

»Auch daran gewöhnt man sich.« Er lächelte. »Mein Dad ist dafür der Hammer, also gleicht es sich aus.«

»Das heißt, die eingeheirateten Hendersons sind eigentlich schlimmer als die originalen?«, fragte ich, bis mir auffiel, dass das ziemlich anmaßend war. »Sorry, ich wollte nicht schlecht über deine Mutter reden –«

Finlay winkte ab. »Ach was, sie ist wirklich nicht gerade Mum des Jahres. Ich glaube, nachdem meine Eltern geheiratet haben, wollte sie sich beweisen, schließlich hatte sich Grandma höchstpersönlich dafür eingesetzt, dass sie meinen Dad bekommt. Und ja, ich weiß, dass das wie auf einem Basar klingt.« Er verdrehte die Augen. »Jedenfalls hat sie dann eigentlich nur noch für die Arbeit gelebt, nachdem ich da war, also hat mein Dad entschieden, er steigt aus dem Unternehmen aus und kümmert sich um uns. War cool. Ich hätte es nicht anders haben wollen.«

»Und der Dad von Edina und Lyall? Hat er das auch so gemacht?« Ich hatte letzten Sommer gelesen, dass Ross Henderson, der längst wieder Boyd hieß, Olympiaschwimmer gewesen war und die Trennung nicht gerade einfach. Aber ich hatte Lyall nicht nach ihm gefragt, dazu waren wir nie gekommen.

»Nein, Ross ist ganz anders als mein Dad.« Finlay hob die Schultern. »Er war immer sehr auf seinen Erfolg konzentriert. Erst stand sein Training an erster Stelle, dann seine Werbeverträge und später hat er versucht, in der Firma Fuß zu fassen, aber das hat nicht geklappt. Und dann war auch schnell die Ehe mit Dora am Ende.«

Ich runzelte die Stirn. »Aber wenn Dora gearbeitet hat und ihr Mann auch, wer hat sich dann um die beiden gekümmert? Irgendwelche Nannys?«

»Das war Jamie«, sagte Finlay. »Er hat bei ihnen gewohnt, als Edie und Lye klein waren, weil er irgendwas studiert hat und da wenig Bock drauf hatte. Also hat er lieber die beiden bespaßt.« Er sah mich an. »Danke übrigens, dass du ihm diesen Platz in England besorgt hast. In Spanien wäre er früher oder später sicher unter die Räder gekommen.«

»Hab ich gern gemacht.« Ich lächelte. »Diane ist eine Seele von Mensch und hat ein Händchen für Leute, die neue Wege brauchen, wie sie immer sagt. Sicher kommt er dort gut klar.«

»Warst du mal da und hast ihn kennengelernt?«

»Nein«, schüttelte ich den Kopf. »Ich hatte es vor, aber nach allem in Kilmore wollte ich nicht … na ja.«

»Über Lyall reden? Verstehe ich.« Finlay nickte und stützte sich auf das Geländer, um aufs Meer zu schauen. Da man von hier aus das griechische Festland sehen konnte, strahlten Hunderte Lichter auf die Wasseroberfläche. Es war wunderschön. Und trotzdem standen wir beide hier und hatten andere Gedanken im Kopf als die Aussicht.

Zumindest, bis hinter uns ein lautes Rascheln ertönte und anschließend ein Schnauben. Wir fuhren herum und sahen uns einem Esel gegenüber, der nur ein paar Meter entfernt an dem akkurat gemähten Rasen rupfte und dann den Kopf hob, um uns kauend anzusehen.

»Hallo«, machte Finlay überrascht, »Wer bist denn du?«

Der Esel nahm das als Aufforderung, zu uns zu kommen. Er war nicht allzu groß und wirkte ein bisschen abgemagert, aber sein Halfter war nagelneu. Ich streckte die Hand aus und strich ihm über den Kopf.

»Du bist ja ein Hübscher«, sagte ich und lachte, als er mich anstieß, weil ich aufgehört hatte, sein Fell zu streicheln. Mit Pferden hatte ich so meine Probleme, aber Esel mochte ich sehr gern. Die waren kleiner und ruhiger und schlau genug, um nicht bei jedem Geräusch die Flucht zu ergreifen.

»Was meinst du, macht er hier?« Finlay sah sich um. »Gehört er zum Inventar?«

»Hamlet!«, rief da eine junge Frau und kam mit energischen Schritten auf uns zu. »Wie hast du es denn schon wieder geschafft, dich loszumachen?«, fragte sie auf Englisch. Kaum war sie neben uns, hob der Esel den Kopf und begann, ohrenbetäubend zu brüllen. Finlay und ich lachten. Die Frau verzog jedoch das Gesicht. »Tut mir wirklich leid, ich hoffe, er hat eure Kleidung nicht dreckig gemacht. Er ist ein echter Ausbruchskünstler, unser Hamlet.«

Finlay winkte ab. »Ach was, gar nicht. Hamlet war eine wirklich nette Begegnung am heutigen Abend.« Er kraulte den Esel am Hals und der hob genießerisch den Kopf.

»Seid ihr von der Eselhilfe?« Ich sah die Frau fragend an. Edina hatte erwähnt, dass diese Organisation im Zentrum des Abends stand.

»Ja, genau. Dieses Jahr sammelt Mrs Fraser für unsere Station Geld bei diesem Empfang. Deswegen wollte sie, dass wir mit den Eseln hierherkommen, um zu zeigen, was wir so tun. Offenbar fressen, wenn es nach Hamlet geht.« Sie verdrehte gutmütig die Augen. »Ich bin Sarah, eine der Freiwilligen, die dort arbeiten.«

Wir stellten uns vor und Finlay kraulte weiter. »Und was ist genau eure Aufgabe? Ich hätte gar nicht gedacht, dass auf der Insel so viele Esel gerettet werden müssen.«

»Leider schon. Esel waren in den Olivenhainen lange als Arbeitstiere beliebt, aber das wird immer weniger – und wenn sie dann alt sind oder verletzt, können ihre Besitzer nichts mehr mit ihnen anfangen. Manchmal bringen sie sie zu uns, aber teilweise setzen sie die Esel auch einfach aus. Und häufig genug gerät dann einer auf die Straße und wird angefahren … oder verhungert.«

»Das ist ja furchtbar.« Jetzt war klar, wieso Hamlet ein bisschen zu dünn war, offensichtlich wurde er noch aufgepäppelt. »Kann man gegen diese Leute nicht vorgehen?«

Sarah hob die Schultern. »Oft weiß man gar nicht, wem die Esel gehört haben. Und Tierschutz ist hier etwas anderes als in nördlicheren Ländern Europas.« Sie seufzte. »Umso schöner, dass jemand wie Mrs Fraser sich für uns einsetzt. Natürlich brauchen die Tiere vor allem Zuwendung und einen ruhigen Platz zum Leben und zur Erholung, aber ein Esel kostet über 2000 Euro im Jahr und wir finanzieren uns nur aus Spenden. Da wird es manchmal schon eng.«

Ich sah es in Finlays Kopf arbeiten. »Meine Tante, Theodora Henderson, eröffnet bald ein Hotel auf Korfu. Und sie ist immer sehr interessiert daran, dass unsere Stiftung lokale Organisationen unterstützt. Ich werde mal mit ihr reden, ob sie sich nicht langfristig für euch engagieren will.«

»Das wäre wirklich toll.« Sarah strahlte, vermutlich nicht nur wegen des Angebots. Schon seit sie Finlay gegenüberstand, konnte ich erkennen, dass sie seinem Charme genauso wenig entgegenzusetzen hatte wie der Rest der Menschheit.

Aber plötzlich zog eine andere laute Stimme unsere Aufmerksamkeit auf sich, nur stammte sie nicht von einem Esel.

»Wenn deine Schwester mir noch einmal in die Quere kommt, garantiere ich für nichts!«, schnauzte jemand.

Finlay und ich wechselten einen Blick, dann entschuldigten wir uns bei Sarah und eilten zu der Terrasse, auf der wir eben gestanden hatten. Von dort aus sahen wir auf die untere Gartenebene, wo die Rasenfläche von Strahlern in einen Mix aus Licht und Schatten getaucht wurde.

»Fuck, das ist Davidge«, stieß Finlay aus. Und es gab nicht viele Möglichkeiten, wer mit ihm da unten war. Denn hier war nur *eine* Schwester, die ihm heute Abend in die Quere gekommen war. »Dieser elendige Steinzeitmensch, weiß der denn nicht, dass man keinen öffentlichen Stress bei solchen Veranstaltungen anfängt, sondern höchstens ein paar subtile Andeutungen fallen lässt?«

»Vorsicht, Mister Davidge«, antwortete Lyall da schneidend. »Ich könnte Ihre Worte als Drohung gegen Edina verstehen. Und entsprechend darauf reagieren.«

Finlay nickte anerkennend. »Siehst du, so macht man das.«

»Vor dir habe ich keine Angst, Bürschchen!«, schnauzte Davidge weiter.

»Oh, wirklich nicht?« Lyall lachte leise auf. »Wollen Sie sich wirklich mit uns anlegen? Wissen Sie nicht genug über unsere Familie, um das für eine schlechte Idee zu halten?«

»Eure Familie«, schnaubte der Hotelier. »Wie weit ist es denn damit her? Ich habe euch monatelang ausspioniert, ohne dass ihr es gemerkt habt!«

»Dafür haben wir Ihre Baustelle dichtgemacht. Und das auch noch ganz legal.«

Ich blickte mich um, ob außer uns noch jemand zuhörte. Davidge war deutlich lauter als Lyall, der in solchen Situationen schon immer eher die Leise-aber gefährlich-Schiene gefahren war. Wenn *wir* sie jedoch hören konnten, dann garantiert auch andere. Und ich wusste, was öffentliche Skandale bei den Hendersons bedeuteten. Falls Davidge Lyall auf einer Wohltätigkeitsgala angriff, fand das sicher seinen Weg in die Zeitungen.

Finlay schien das ähnlich zu sehen.

»Ich kümmere mich drum. Warte hier, okay?«

»Nein, ich mache das. Vertrau mir.« Finlay als weiterer Henderson würde die Stimmung nur noch mehr anstacheln, vor allem, da Davidge Edina bedroht hatte. Da war es besser, jemand ging dort runter, der neutral war. *Haha. Weil du ja so neutral bist.*

Trotzdem ging ich die Steintreppe hinunter und suchte mir einen Weg über die abwechselnd nachtschwarze und dann wieder in helles Licht gehüllte Rasenfläche. Als ich nahe genug war, hatte ich mir eine Strategie überlegt.

»Lyall?«, kam es recht kläglich aus meinem Mund. »Lyall, bist du hier?« Kaum hörte er meine hilflosen Worte, nahm er Abstand von Davidge und kam auf mich zu.

»Kenzie, was ist los?«, fragte er weich. Ich musste all meine Selbstbeherrschung aufbringen, um nicht aus meiner Rolle zu fallen, als ich diesen fürsorglichen Ton hörte.

»Mir geht's irgendwie nicht so gut«, murmelte ich. »Ich glaube, ich vertrage keinen Champagner.« Ich legte einen astreinen Fake-Stolperer hin – Eleni wäre stolz gewesen – und wurde prompt aufgefangen.

»Ich hab dich.« Lyall schlang seinen Arm fest um meine Taille. »Komm, ich bring dich hier weg.«

Ich sah zu Davidge, mit hoffentlich glaubhaft verschleiertem Blick. »Oh, ihr wart gerade mitten in einem Gespräch, oder? Tut mir sehr leid, Sir.« Ich wagte ein entschuldigendes Lächeln, aber er ignorierte mich und fixierte stattdessen Lyall.

»Richte deiner Mutter aus, wenn sie sich noch einmal einmischt, wird sie mich kennenlernen.«

»Verzeihung«, gab er zurück. »Für Botengänge bin ich überqualifiziert. Aber ich würde Ihnen dringend raten, diesen Empfang zu verlassen. Sonst erfahren vielleicht noch mehr Leute von Ihrem kleinen Bodenproblem.«

Davidge stieß einige unschöne Flüche aus, dann suchte er das Weite. Ich atmete zeitgleich mit Lyall aus, klärte ihn aber nicht sofort über meine kleine Schauspieleinlage auf. Seine Nähe fühlte sich zu gut an, und ich war heute nicht stark genug, um zu widerstehen. Nicht an diesem Abend, in dieser Kulisse und der Dunkelheit, wo alles so viel einfacher wirkte als sonst.

Lyall steuerte mit mir im Arm eine Bank an, die im dunklen Abschnitt des Gartens an einem Geländer stand. »Okay, ich glaube, du kannst aufhören.«

Ich war so überrascht, dass ich mich nicht hinsetzte. »Du

wusstest, dass ich nur so tue? Und ich dachte, ich könnte es in Zukunft mal mit Schauspielerei versuchen.«

Er lachte leise. »Ich weiß, wie trinkfest du bist, schon vergessen? Wenn dich eine solche Menge Whiskey wie damals nicht umhaut, dann erst recht keine zwei Gläser Champagner.«

»Gut, du hast mich erwischt.« Ich lächelte.

»Du verhinderst, dass ich mich mit Davidge anlege?«, fragte er. »Ich hätte gedacht, du würdest es begrüßen, wenn ihm mal jemand ein paar aufs Maul haut.«

»Von mir aus hättest du ihn gerne verhauen können – ich hätte dir sogar geholfen. Aber nicht in aller Öffentlichkeit. Es wäre doch blöd, wenn sich Jamies Schicksal wiederholen würde.« Ich hob die Schultern.

»Also bist du gekommen, um mich zu retten?«, fragte Lyall mich.

»Sozusagen. Irgendjemand muss dich ja vor Dummheiten bewahren.«

»Eigentlich ist Finlay dafür zuständig.« Er grinste.

»Ja, der wollte seinen Job auch erfüllen. Aber ich glaube, dann hättet ihr euch beide mit Davidge geprügelt. Was der Mission doch irgendwie geschadet hätte.«

Lyall lachte leise, und ich konnte erkennen, wie die Anspannung sich aus seinem Körper löste. »War eine gute Show, das muss man dir lassen. Auch wenn die hilflose Frau dir nicht besonders gut steht, man kauft sie dir ab. Zumindest, wenn man nicht ich ist.«

»Aber mitgemacht hast du trotzdem.«

»Ja.« Er senkte den Blick, dann sah er mich jedoch wieder an. »Es war zu verlockend«, gab er zu.

Darauf wusste ich nichts zu sagen, also schwiegen wir, dicht beieinander, allerdings ohne uns zu berühren. Wir standen am Geländer, das den Garten des Achilleion vom Rest der Welt zu trennen schien, in der Dunkelheit, fast schon unsichtbar. Ich wusste, Lyall war nah, gefährlich nah. Ich spürte seine Wärme in der aufkommenden Kühle, aber das war nicht der Grund, warum ich mich nicht von ihm wegbewegte, obwohl ich es hätte tun sollen.

Lyall sah mich an, dann hob er die Hand und schob mir sanft eine Strähne zurück. Ich schauderte, als seine Finger meine Schulter streiften, aber nicht, weil es unangenehm war. Ganz im Gegenteil. Es war, weil ich mehr davon wollte.

»Vielleicht sollte jetzt jemand kommen und *uns* retten«, sagte er leise.

»Vielleicht aber auch nicht«, flüsterte ich und legte meine Hand auf seine Brust, spürte seinen schnellen Herzschlag unter meinen Fingern. Und da hielt ich es nicht mehr aus.

Ich ließ meine Hand nach oben gleiten, über Lyalls Schulter in seinen Nacken. Dann überwand ich das letzte bisschen Distanz zwischen uns und küsste ihn. Ich wusste, wie dumm das war. Aber ich konnte einfach nicht anders.

Es war ein vorsichtiger Kuss, fast schon zaghaft, kein Vergleich zu allem, was wir voneinander gewohnt waren. Und ich spürte, dass Lyall es nicht wagte, ihn zu vertiefen, genauso wenig wie ich. Aber gerade die Sanftheit des Kusses war es, was tief in mir etwas weckte, das ich längst verloren geglaubt hatte: Hoffnung. Verzweifelte, sehnsüchtige Hoffnung. Von Lyall getrennt zu sein, war so schrecklich, dass es sich anfühlte, als würde dieser Kuss mich wieder ganz machen. Als würde er den ganzen Schmerz der letzten Monate heilen. Als wäre endlich alles wieder in Ordnung.

Aber das war es nicht.

Denn in der nächsten Sekunde endete es.

Lyall löste sich von mir, seine Hände bebten, als er mich an den Schultern fasste und vorsichtig auf Abstand ging. Ich sah den Schmerz in seinen dunklen Augen und mir blieb die Luft weg, weil es genau der gleiche war, den ich auch fühlte. Und ich wusste, was als Nächstes kam. Ich wusste es und konnte es trotzdem nicht verhindern.

»Entschuldige«, flüsterte er. »Das war falsch von mir.« Dann berührte er mich kurz an der Wange, drehte sich um und war wenige Sekunden später in den Schatten verschwunden. Ich blieb zurück, allein in der Dunkelheit, die jetzt keinen Schutz mehr bot, sondern mich zu verschlingen drohte.

Tränen sammelten sich in meinen Augen, als ich der Leere nachspürte, die Lyall hinterlassen hatte, die er schon vor Monaten hinterlassen hatte. Aber es wurde mir erst in diesem Moment wirklich bewusst. Weil die Wut auf ihn in den letzten Wochen immer leiser geworden war und Platz gemacht hatte für den Kummer, der darunter verborgen lag. Für die Sehnsucht, die kein bisschen schwächer geworden war, obwohl ich wusste, was er getan hatte. Obwohl er mich angelogen hatte. Ich hätte alles dafür gegeben, das einfach nur vergessen zu können. Aber stattdessen hatte er mich erinnert. Daran, dass wir beide nie wieder das sein würden, was ich mir wünschte. Dass wir es gar nicht sein konnten, weil er es zerstört hatte. Und plötzlich brachte ich es nicht mehr fertig, die Verzweiflung fernzuhalten. Also gab ich ihr nach.

Ich sank auf die Bank, so kraftlos und schwach, wie ich mich nie wieder hatte fühlen wollen. Und dann verbarg ich mein Gesicht in den Händen und weinte um etwas, das ich längst verloren hatte.

31
Lyall

»Hey, Mann.« Finlay war der Erste, auf den ich traf, nachdem ich aus dem Garten zurückgekommen war. Er klopfte mir zufrieden auf die Schulter. »Davidge ist gerade wutentbrannt verschwunden. Mission erfüllt. Wir sollten abhauen und das im Hotel anständig feiern.« Er musterte mich. »Alles okay?«

Ich nickte, brachte kein Wort raus. Mein Herz hämmerte heftig gegen meine Rippen, so sehr, dass es in meinen Ohren klopfte.

»Lye?« Finlays Tonfall wurde alarmiert. »Du hast dich doch nicht mit ihm geprügelt? Kenzie meinte, sie –«

»Nein«, ich schüttelte den Kopf. »Habe ich nicht.« Stattdessen hatte ich jede Vorsicht fallen lassen und einfach nur auf mein Gefühl gehört, auf die Sehnsucht, die mich beherrschte, seit ich auf der Insel war. Den Abstand aufgegeben, den ich gehalten hatte, wochenlang. Kenzie und ich waren endlich wieder klargekommen, sie hatte sich in meiner Gegenwart nicht mehr unwohl gefühlt, wir hatten sogar wieder lachen können, zumindest manchmal. Aber das war heute alles zerstört worden. Mit einem einzigen Kuss. Dem besten Kuss aller Zeiten, weil er mir für ein paar Augenblicke die Illusion gegeben hatte, alles würde gut werden. Und dem schrecklichsten, weil ich nur Sekunden später gewusst hatte, dass es eine Lüge war.

»Wo ist Kenzie?« Finlay sah an mir vorbei zu der Treppe, die ich hochgekommen war. »Hast du sie unterwegs verloren?«

Nein, ich hatte sie bereits vor Monaten verloren. Sie da unten im Garten stehen zu lassen, das war nur das Ende eines Weges gewesen, den ich sehr viel früher eingeschlagen hatte. Einfach zu gehen war grausam gewesen und ich wusste es. Aber es war die einzige Chance gewesen, immerhin sie zu retten, wenn es für mich schon zu spät war.

»Sag mal, was ist los mit dir?« Finlay sah mir besorgt in die Augen. »Du bist ja völlig durch den Wind. Ist was passiert?«

»Nein«, sagte ich abweisend. »Davidge hat mich aufgeregt, das ist alles.«

»Ich glaub dir kein Wort.« Aber in dem Moment wurde Finlays Aufmerksamkeit von jemand anderem abgelenkt. »Ah, da ist Kenzie ja. Gut, dann können wir gehen.«

Ich fuhr herum und begegnete Kenzies Blick. Einem Blick, der mich in seiner Intensität so heftig traf, dass mir die Knie weich wurden. Sie hatte geweint, das erkannte ich sogar auf diese Entfernung, weil ich genau wusste, wie sie dann aussah. Am liebsten wäre ich zu ihr gegangen, hätte ihr gesagt, dass es eine Lösung für uns gab. Aber das konnte ich nicht. Mein Fehler war viel älter als das zwischen uns beiden. Und obwohl ich nie gewollt hatte, dass sich mein Schatten auf sie ausbreitete, wusste ich in diesem Moment, dass es trotzdem geschehen war.

Deswegen konnte ich nichts tun. Ich konnte nur den Blickkontakt unterbrechen, mich abwenden und Richtung Ausgang gehen. Die Autofahrt überstehen, bei der sie mir gegenübersaß und während der ich sie nicht ein einziges Mal ansah, mir ihrer Nähe jedoch grausam bewusst war. Ich hielt durch, als ich mit den anderen ins Hotel ging, wehrte die Einladung zu einer Privatparty in Elliotts Bungalow ab, schob Müdigkeit vor, lächelte sogar auf die Frage meiner Schwester, ob ich okay war.

Aber kaum stand ich allein in meinem Zimmer, war die Anzugjacke losgeworden und hatte die Fliege abgenommen, da zerbrach etwas in mir, so endgültig, dass mir die Luft wegblieb. Ich hatte seit Jahren nicht geweint, ich hatte gedacht, ich würde es nicht verdienen, mir diesen Schmerz zu erlauben, wo ich doch selbst dafür verantwortlich war. Aber jetzt konnte ich es nicht mehr verhindern. Also erlaubte ich mir, zu weinen – um alles, was kaputtgegangen war, vor Jahren und vor allem in letzter Zeit. Um die Chance auf Glück, die mit Ada gestorben war. Um meine Freiheit, die ich deswegen nie haben würde. Und um Kenzie, die ich liebte und deren Liebe ich mehr gewollt hatte als irgendetwas anderes auf der Welt. Aber sie war für mich unerreichbar.

Als mir das bewusst wurde, *wirklich* bewusst wurde, brach die Verzweiflung über mir zusammen wie eine riesige Flutwelle und riss mich fort.

Fort von ihr.

Fort von einer Zukunft mit ihr.

Fort von allem, was wir hätten sein können.

Ich wusste nicht, wie ich mich wieder zusammensetzte, aber es passierte irgendwie. Schwimmen half dabei, schwimmen und arbeiten bis zur totalen Erschöpfung. Es dauerte einen Tag, den ich mich größtenteils von allen zurückzog, auch von Finlay und Edina, dann schaffte ich es, meine Gefühle wegzusperren und weiterzumachen. Also saß ich ein paar Tage später an dem Tisch im Besprechungsraum und klärte mit den anderen, was auf der Baustelle zu tun war, als wäre alles in bester Ordnung. Ich hatte schließlich gelernt, so zu tun, als wäre alles okay, während ich innerlich vor Schmerz brüllte.

Auf der Baustelle ging es gut voran, jetzt, wo wir mit mehr als der früheren Besetzung arbeiten konnten. Die Standardzimmer im Haupthaus waren fertig und zum größten Teil bereits möbliert, die neue Poolbar stand zur Hälfte, und selbst die Renovierung des Wasserbeckens war auf dem besten Weg. Alles lief super. Und da meine Mutter in ein paar Tagen wieder zurückkommen wollte, neigte sich mein Aufenthalt in der Sonne auch dem Ende zu. Denn ich hatte beschlossen, nach Chicago zurückzugehen, sobald sie hier war. Nicht nur, weil ich mich um mein Studium kümmern musste. Sondern vor allem wegen Kenzie. Kenzie, die mir jetzt am Kopfende des langen Tisches gegenübersaß.

Wir hatten seit dem Achilleion nicht mehr allein miteinander gesprochen und über Privates schon gar nicht. Obwohl unser Verhältnis vor diesem Kuss auch ein unstetiges Auf und Ab aus Nähe und Distanz gewesen war, wünschte ich mir diesen Zustand zurück. Denn Kenzies eisige Kälte war für mich kaum zu ertragen. Mir war bewusst, dass ich das verdient hatte, für mehr als nur einen Fehler. Aber trotzdem zerstörte es mich mit jeder Minute mehr, die sie mich nicht ansah, die sie nicht mit mir redete. Weil ich wusste, in ein paar Tagen würde ich gehen und sah sie nie wieder. Diesmal tatsächlich nicht. Denn selbst wenn Kenzie eines Tages ein Jobangebot von meiner Mutter bekam … sie würde garantiert alles dafür tun, damit wir uns nicht begegneten. Damit sie so tun konnte, als hätte es uns nie gegeben.

So wie jetzt. Kenzie sah eisern auf ihre Notizen, während ich die To-do-Liste durchging.

»Okay, die restlichen Glasabtrennungen für die Bäder in den Standardzimmern sind gekommen, also können wir die Installationen diese Woche abschließen«, sagte ich und hakte den Punkt ab. »Damit ist das Haupthaus bis auf den Bar-Bereich und die Lobby fertig. Ende der Woche sollten die Arbeiten im Speisesaal beendet sein, also können wir uns an die Villen machen. Meine Mutter hat mich gebeten, eure Entwürfe mit euch durchzugehen und zu diskutieren. Eine Entscheidung, welcher davon umgesetzt wird, will sie treffen, wenn sie wieder da ist.«

»Wann kommt sie hier an?«, fragte mich Bella.

»Voraussichtlich Sonntag.« Ich übertrug das Bild von meinem Laptop auf den Monitor an der Wand und rief das erste Konzept auf. Eigentlich wäre es effizienter gewesen, wenn Mum die Optik der Villen einfach allein festgelegt hätte, aber sie war zu gerne Dozentin, um das zu tun. Nur dass nicht sie nun endlose Diskussionen vor sich hatte, sondern ich. *Wie wunderbar.*

Der erste Entwurf war von Bella, die sich für ein sehr minimalistisches Konzept entschieden hatte, das in meinen Augen weder zum Hotel passte noch zu Korfu, sondern vor allem zu ihr selbst. Ich hielt mich jedoch zurück und ließ zunächst die anderen sprechen.

»Interessantes Konzept«, sagte Martha. »Es erinnert mich irgendwie an den *Barcelona Pavilion* und Mies van der Rohe. Aber brauchst du nicht mehr Texturen? Das ist alles sehr einheitlich.«

Bella nickte. »Ich wollte gerade diesen Minimalismus, um genug Platz für die Wirkung des Raumes und den Ausblick zu lassen. Teppiche oder Vorhänge würden da nur stören.«

»Ich sehe das wie Martha.« Elliott, dessen vollgestopftes Konzept das komplette Gegenteil von Bellas war, runzelte die Stirn. »Du brauchst mehr Texturen, sonst verliert es sich. Und indirektes Licht. Die Dunkelheit erdrückt ja alles.«

»Dunkelheit? Wir sind auf Korfu.« Bella schüttelte den Kopf und die nächste Viertelstunde drehte sich alles um irgendwelche Detailfragen, bei denen jeder zeigen wollte, wie viel Wissen er im Studium angehäuft hatte. Ich war kurz davor, dem ein Ende zu setzen, als Bella Kenzie ansah.

»Was denkst du eigentlich?«, fragte sie direkt. Kenzie hatte bisher noch nichts beigetragen, sondern nur zugehört.

»Es ist … stimmig.« Sie sagte es zögernd, entweder weil sie an die Art von Feedback nicht gewöhnt war oder Bella nicht verletzen wollte. »Und sicherlich kann man darüber diskutieren, ob es nun mehr Texturen oder indirektes Licht braucht. Ich frage mich nur ehrlich gesagt, was der Entwurf mit Korfu zu tun hat. Und mit diesem Hotel.«

Bingo. Ich versuchte, mir das Lächeln zu verkneifen, und scheiterte.

Bella sah sie an. »Was meinst du damit?«

Kenzie hob die Schultern. »Das *Kefi Palace* ist ein Ferienhotel, oder? Für Menschen, die Urlaub machen. Wollen die nicht etwas mehr … Behaglichkeit? Und den Flair der Insel, wo sie schon hier sind? Das, was du ausgearbeitet hast, kann ich mir gut in einem Hotel in New York vorstellen, aber ich glaube nicht, dass es hier passt.«

»Bist du jetzt Expertin für Ferienhotels oder was?«, fragte Bella beleidigt. »Wie willst du das beurteilen?«

»Sie hat Augen im Kopf«, antwortete ich trocken, bevor Kenzie es tun konnte. »Und ich bin völlig ihrer Meinung. Wer hierherkommt, sucht Erholung, keine Minimalismus-Erfahrung. Ich kann dir nur raten, deinen Entwurf zu überarbeiten, bis Mum ihre Entscheidung fällt.«

Bella nickte nur. Ich war nicht meine Mutter, aber sie wusste, dass ich mit ihr geredet hatte, bevor ich in diese Besprechung gegangen war. Also schwieg sie und schrieb sich meine Verbesserungsvorschläge auf, obwohl ich an ihrem verkniffenen Gesicht erkennen konnte, dass ich in ihrer internen Hass-Liste gerade Platz 1 vor Elliott erreicht hatte. *Und wenn schon*, dachte ich. *Soll sich Mum doch mit ihr herumschlagen.*

Wir machten weiter mit dem überfüllten Entwurf von Elliott, der seine Gedanken zu den Skizzen mitteilte, bevor er sie zur Diskussion freigab. Wieder wurden viele Innendesigner und Stilrichtungen in den Raum geworfen, um Buzzword-Bingo zu spielen, aber es war erneut Kenzie, die mit der entscheidenden Frage kam.

»Wieso hast du eigentlich das Schlafzimmer auf die Westseite gelegt und nicht in die Nähe des Badezimmers?«

»Weil damit die Linie zerstört wird.« Elliott musterte sie mit einem herablassenden Blick, der mich augenblicklich wütend machte. »Ich will die Verbindung von Bad und Meer schaffen, Wasser zu Wasser, verstehst du? Das geht nicht, wenn das Bett zwischen Terrasse und Bad steht.«

»Aber das ist doch nicht sinnvoll«, merkte Kenzie an. »Es ist das Gleiche wie bei Bella: Wenn du im Urlaub bist, möchtest du Komfort – und der fehlt völlig, wenn du nach dem Aufstehen drei Kilometer laufen musst, um ins Bad zu kommen. Da nutzt dir die Verbindung von Badezimmer und Meer auch nichts mehr.«

»Kenzie hat recht«, stimmte ich ihr ein weiteres Mal zu. »Design ist wichtig, aber nicht auf Kosten der Funktionalität.«

»Klar, natürlich bist du ihrer Meinung«, murrte Elliott laut genug, dass ich ihn hören konnte. Martha antwortete mit einem gemurmelten Kommentar, den ich nicht verstand, aber Bella kicherte. Es ärgerte mich massiv, trotzdem ignorierte ich sie alle drei. Auf so einen Mist durfte man sich gar nicht einlassen.

»Gut, dann lasst uns mit Kenzies Entwurf weitermachen.«

Martha lehnte sich zu Bella. »Den haben sie bestimmt letzte Nacht noch durchgesprochen«, flüsterte sie und kassierte dafür einen vernichtenden Blick von mir. Aber auch jetzt kommentierte ich das nicht.

»Kenzie, sag uns, was du dir dabei gedacht ha…«

»Kann ich dich kurz sprechen?«, fragte sie mitten in meinen Satz hinein.

»Jetzt?« Ich zog die Augenbrauen zusammen, um ihr nicht zu zeigen, was es mit mir machte, sie nur anzusehen. »Wir sind mittendrin.«

»Ja, jetzt. Es ist wichtig.«

Ich zuckte entschuldigend die Schultern in Richtung der anderen, dann erhob ich mich und folgte ihr, das Tuscheln im Rücken. Kenzie verließ den Besprechungsraum, ging vor zum Speisesaal und von dort weiter in das Zimmer, das wir als Vorlage für die Handwerker bereits komplett eingerichtet und dekoriert hatten. Als wir drin waren, schloss sie die Tür und fuhr zu mir herum.

»Könntest du *bitte* damit aufhören?«, fragte sie genervt.

»Womit?«

»Mir ständig recht zu geben.« Ihre Augen funkelten, und ich sah, was hinter ihrer abweisenden Haltung lauerte: Wut, die sich langsam an die Oberfläche kämpfte. Etwas in mir begrüßte das sehr. Alles war besser als diese Eisblock-Nummer. »Du tust es seit Tagen und die anderen zerreißen sich das Maul darüber.«

Ich verdrehte die Augen. »Und? Sie zerreißen sich das Maul über uns, seit ich hier angekommen bin. Seit wann interessiert dich das?«

»Seit es meine Arbeit betrifft! Und mein Ansehen bei den anderen!« Kenzie ballte die Fäuste. »Die denken alle, du bist nicht objektiv. Dass wir miteinander vögeln und du deswegen alles gut findest, was ich sage!«

»Okay.« Ich verschränkte die Arme. »Dann erkläre ich ihnen *sehr* gerne, dass wir a) nicht vögeln und b) weder meine Mutter noch ich einen ihrer Entwürfe mochten – deinen dagegen schon. Soll ich vielleicht lügen? Du bist gut, du hast gute Ideen, das hier hat nichts damit zu tun, was zwischen uns war!«

»Dann bevorzugst du mich nicht? Gibst mir seit dem Achilleion recht, wenn Vorschläge von mir kommen, weil du Mitleid mit mir hast? Erzähl mir keinen Scheiß, Lyall!« Sie strich sich die Haare zurück und atmete ein.

Ich schüttelte heftig den Kopf. »Das ist Bullshit! Nur weil du der einzige Mensch hier bist, der so etwas wie praktischen Verstand mitbringt, bedeutet das nicht, dass ich dich bevorzuge.«

»Dann wäre es auch so, wenn ich Elliott wäre? Oder Bella?«

»Natürlich!«, rief ich.

Sie öffnete den Mund, dann schloss sie ihn wieder. Schließlich atmete sie ein.

»Weißt du was, es ist mir egal, ob du es einsiehst oder nicht, aber hör auf damit. Ich will nicht, dass alle denken, ich bekomme den Vorzug, nur weil wir etwas miteinander hatten!« Sie sagte es so abfällig, dass meine Wut sich regte.

»Ich hatte nichts mit dir, Kenzie«, korrigierte ich sie hart. »Ich hatte verdammt noch mal Gefühle für dich, das ist ein gewaltiger Unterschied.« Eigentlich waren sie immer noch da, aber was hätte es gebracht, ihr das jetzt zu verraten?

»Und ich hatte Gefühle für dich!«, schnauzte sie mich an. »Bis ich erfahren musste, dass alle recht haben und es eine Scheißidee ist, sich in dich zu verlieben!«

Ich schnaubte. »Na, immerhin weißt du es jetzt, oder? Wieso kümmert es dich dann überhaupt noch? Wieso küsst du mich, wenn du doch genau weißt, dass alles stimmt, was andere über mich sagen?!« Ich wusste, es war nicht hilfreich, meinen Zorn von der Leine zu lassen und zu streiten. Aber auch wenn das echt erbärmlich war – Streit war besser als gar nicht mit Kenzie zu reden.

»Das ist nicht fair«, keuchte sie jetzt empört. »Diesen Kuss gegen mich zu verwenden, ist echt nicht fair.«

»Es ist selten fair, wenn Gefühle im Spiel sind«, gab ich zurück.

»Ach ja?« Sie kam auf mich zu, bis sie so dicht vor mir stand, dass ich in jeder Regung ihres Gesichts sehen konnte, wie unglaublich sauer sie auf mich war. »Dabei redest du doch davon, als wären sie längst verschwunden.«

»Wir wissen beide, dass das gelogen ist«, sagte ich mühsam beherrscht.

»Stimmt!«, höhnte sie. »Lügen sind ja dein Ding, hatte ich

fast vergessen. Lyall macht sich die Welt, wie sie ihm gefällt, nicht wahr? Ist doch nicht so schlimm, wenn er dabei ein paar Leuten das beschissene Herz bricht!«

Ich starrte sie an. »Du scheinst zu vergessen, dass ich damit nicht nur dich verletzt habe, sondern mich genauso!«

»Ja, aber *ich* hatte im Gegensatz zu dir keine Wahl!«, rief sie. Dann schüttelte sie den Kopf. »Und weißt du, was das Schlimmste an diesem ganzen Mist ist? Dass ich dich *wirklich* hassen sollte für das, was du mir angetan hast. So richtig mit Inbrunst und Höllenfeuer und allem! Und ich will es, ich will dich hassen. Aber ich kriege es einfach nicht hin, weil ich etwas anderes noch mehr will.«

»Und was, verdammt noch mal?«

»Dich!«, rief sie wütend aus. »Ich will dich, Lyall! Und das ist scheiße, okay?!«

Ich starrte sie an, als hätte sie mir gerade etwas vollkommen Absurdes gesagt. Ich wartete sogar darauf, dass sie es zurücknehmen würde. Aber in ihren Augen war kein Bedauern, sondern nur Wut und Wahrheit. Und plötzlich war mir alles egal. Ich machte den letzten Schritt auf sie zu, ich packte sie und küsste sie, so heftig, wie ich es noch nie getan hatte. Und sie erwiderte es, ohne auch nur eine Sekunde zu zögern.

Wir waren grob miteinander, unser Zorn vertrieb jede Zärtlichkeit aus unseren Berührungen. Kenzie zerrte an meinem Shirt, zog es mir über den Kopf und küsste mich wieder. Ihr Körper an meinem, ihre Finger auf meiner Haut, und mein Verstand schaltete ab. Ich hob sie auf meine Hüften, umschlang sie mit den Armen, meine Zunge längst wieder in ihrem Mund. Atemlos drückte ich Kenzie gegen die Wand, meine Hände fuhren unter ihr Oberteil, sie vergrub ihre in meinen Haaren und stöhnte leise auf, als meine Finger tiefer glitten und ich ihren Hintern packte, um sie noch fester an mich zu pressen. Als sie mir in die Unterlippe biss, jagte eine neue Hitzewelle durch meinen Körper, ging zitternd auf sie über. Unsere Wut verwandelte sich in Erregung, in pures Verlangen, und es war nicht aufzuhalten, selbst wenn ich es gewollt hätte.

Doch plötzlich wurde Kenzie ganz steif in meinen Armen und sie unterbrach den Kuss.

»Lyall, stopp«, sagte sie atemlos. »Hör auf.«

Ich wachte auf, erstarrte, hielt sie noch für einen Moment fest, dann setzte ich sie ab und versuchte, Luft zu bekommen. Was war *das* denn gewesen? *Das, was immer zwischen euch war. Was immer noch zwischen euch ist.*

»Fuck«, stieß Kenzie aus, machte ein paar Schritte von mir weg und strich sich die Haare aus dem Gesicht. »Das muss aufhören. Das muss endlich aufhören.« Sie sagte es mehr zu sich selbst als zu mir. Aber ich wäre eh nicht fähig gewesen, etwas zu antworten. Ich konnte nur zusehen, wie sich Verzweiflung und Wut in ihren Augen abwechselten, sie Luft holte und wieder ausatmete, bevor sie schließlich aus dem Zimmer stürzte, ohne noch ein weiteres Wort zu sagen.

Ich sah ihr nach, nahm mechanisch mein Shirt vom Boden und zog es über. Dann sank ich auf das gemachte Bett und spürte, wie die Hitze verschwand und einer schmerzhaft vertrauten Kälte Platz machte. Und in meinem Kopf war nur eine Frage.

Wie oft sollte ich Kenzie noch verlieren?

Wie oft, bis ich endlich kapierte, dass es vorbei war?

32
Kenzie

Ich hatte keine Ahnung, wie ich überhaupt einen klaren Gedanken fassen und den Weg durch die verwinkelte Anlage zu den Bungalows finden konnte, aber ich schaffte es in erstaunlich kurzer Zeit. Als die Tür meines Zimmers hinter mir zuschlug, lehnte ich mich dagegen und atmete einen Moment durch. Dann ging ich in Richtung Bett.

In meinem Kopf war nur Chaos – Chaos und Lyall. Ich spürte ihn immer noch auf mir, an mir, seine Lippen, seine Hände, seine verfluchte Zunge, die mich bei jedem Kuss in den Wahnsinn trieb. Ich hätte laufen sollen, rennen, irgendetwas, um die Spannung abzubauen, die meinen Körper zittern ließ. Aber stattdessen schnappte ich mein Handy und wählte eine Nummer. Es gab nur einen Menschen, der mich in dieser Situation wieder auf den Boden bringen konnte.

»Kenz? Was geht ab?«

»Ich brauche deine Hilfe, Willa.«

Meine Schwester wurde schlagartig ernst. »Was ist los? Ist was passiert?«

Ich hätte darüber lachen sollen, dass sie genauso reagierte wie ich sonst, und sie dafür aufziehen. Aber mir war nicht nach Lachen, sondern nach Heulen und Schreien zumute.

»Ist egal. Sag mir einfach nur, dass ich recht habe. Dass es richtig ist, wenn ich nichts mehr mit Lyall zu tun haben will.«

»Ähm …« Sie zögerte. »Ich fürchte, ich brauche mehr Kontext.«

»Der Kontext ist, dass ich mich weder von ihm fernhalten noch mit ihm zusammen sein kann.« Das hatte ich die ganze Zeit geahnt, aber jetzt *wusste* ich es.

»Was bringt es dann, wenn ich dir sage, dass es richtig ist, wenn du nichts mit ihm zu tun haben willst?«, fragte Willa. »Du kennst meine Meinung dazu, Kenzie. Er hat Scheiße gebaut und dir wehgetan. Aber … du kommst trotzdem nicht von ihm los. Und da du kein dummes Huhn bist, das sich an irgendwelche Typen hängt, die ihnen nicht guttun, solltest du dich vielleicht fragen, wieso das so ist.«

Weil ich eben doch ein dummes Huhn bin. Und immer noch schrecklich verliebt in diesen Kerl.

»Ich kann ihm doch nie wieder vertrauen, Willy! Egal, wie sehr ich es will, wie sehr ich *uns* will, ich kriege diesen Mist mit Ada nicht aus dem Kopf. Und ich würde mich bei jedem Wort, bei jedem Satz fragen, ob er mir etwas verheimlicht. Ob es da noch mehr Geheimnisse gibt, von denen ich nichts weiß. Wenn ich mich wieder auf ihn einlasse und er mich noch einmal anlügt … das würde ich nicht überstehen.«

Meine Schwester schwieg, ich hörte aber, wie sie die Luft ausstieß. »Dann kannst du eigentlich nur eins tun«, sagte sie dann.

»Und was?« Ich klang ziemlich kläglich. Aber ich war echt verzweifelt.

»Nach Hause kommen«, sagte sie. »Bring so viele Kilometer wie möglich zwischen euch und hoffe darauf, dass du irgendwann damit aufhörst, an ihn zu denken.«

Ich atmete aus, plötzlich war mir kalt. Wenn sogar Willa, die nie ausgeschlossen hatte, dass es noch eine Chance für Lyall und mich gab, nun keine andere Lösung mehr sah, dann musste es richtig sein, oder nicht?

»Dir gefällt die Antwort nicht?«, fragte sie.

»Nein. Und ja. Keine Ahnung. Ich weiß überhaupt nicht mehr, was richtig ist.«

»Auf die Gefahr hin, zu klingen wie ein alter Zen-Meister aus einem schlechten C-Movie, aber: Dann musst du herausfinden, was *deine* Wahrheit ist.«

»Okay.« Ich sagte es ruhig, weil ich wusste, sie hatte recht. Meine Wut auf Lyall, die sich seit dem Achilleion aufgebaut und sich heute in etwas ganz anderes verwandelt hatte, war verschwunden. Stattdessen fühlte ich mich leer und traurig. Aber ich wusste auch, klären konnte ich das nur allein. »Ich denk drüber nach.«

»Mach das. Und wenn du reden willst, ruf wieder an, okay?«

»Danke.«

»Immer, Schwesterchen.«

Sie legte auf, und ich blieb sitzen, starrte auf das schwarze Display. Dann beschloss ich, für mich Klarheit zu bekommen – dort, wo ich meistens hinging, wenn ich einen klaren Kopf brauchte: in der Natur.

Ich ging also nicht wieder an die Arbeit, sondern zog Turnschuhe an und machte mich auf einen langen Spaziergang, erst am Strand entlang, dann durch das Hinterland des Hotels. Ich lief bestimmt zwei Stunden, wälzte Gedanken, versuchte meine Gefühle irgendwie zu greifen und die richtige Entscheidung zu treffen.

Nach Hause zu gehen war das Beste, was ich machen konnte. Das einzig Richtige. Dieses Projekt lag mir am Herzen, und ich wollte Theodora nicht enttäuschen, indem ich frühzeitig das Handtuch warf. Aber ich konnte nicht hierbleiben, in Lyalls Nähe, ständig in Gefahr, mich noch mehr in ihn zu verlieben als ohnehin schon. Wieder schwach zu werden und diese andere Seite an ihm zu ignorieren, die mich im Sommer ins Unglück gestürzt hatte.

Und trotzdem zögerte ich, da ich wusste, wenn ich ging, dann waren wir endgültig Geschichte. Aber waren wir das nicht ohnehin, weil seine Vergangenheit wie ein unüberwindbarer Graben zwischen uns klaffte? Da war so viel Unausgesprochenes, so viel Enttäuschung, so viel Wut, so viel zerstörtes Vertrauen. Nein, es ging nicht anders. Ich musste gehen. Es gab keine andere Möglichkeit, um es zu beenden.

Um ihn hinter mir lassen zu können.

Irgendwann.

Nachdem ich zurück war, rief ich Theodora an und erfand die Ausrede, dass mein Vater mich zu Hause in der Firma brauchte, weil ein Mitarbeiter sich verletzt hatte. Sie zeigte Verständnis dafür, dass ich gehen wollte, auch wenn sie es schade fand.

»Ich hatte eigentlich gehofft, du wärst so lange da, dass du die Umsetzung deines Entwurfes selbst übernehmen kannst«, sagte sie.

»Mein Entwurf? Das heißt, du hast …«

»Deine Idee ausgewählt? Das habe ich. Du hast als Einzige bewiesen, dass du nicht nur eine Designerin bist, sondern auch an die Gäste meines Hotels denkst. Lyall und ich waren uns schon letzte Woche einig, dass dein Entwurf hervorragend und im Sinne des *Kefi Palace* ausgearbeitet ist, während die anderen vor allem sich selbst profilieren wollten. Mangelnde Funktionalität ist ein No-Go in unserem Beruf.« Theodora atmete ein. »Du hast das erkannt, wie ich hörte. Am Ende machst du mich noch arbeitslos.«

Also hatte Lyall mir tatsächlich nicht nur zugestimmt, weil er ein schlechtes Gewissen wegen des Achilleion gehabt hatte? Sondern, weil er meine Ansicht einfach teilte? Etwas in mir verknotete sich unangenehm, als ich daran dachte, wie ich ihn deswegen angefahren hatte. Dann begann mein Magen zu flirren, als mir in den Sinn kam, was danach passiert war.

»Danke, Dora. Es tut mir wirklich leid, dass ich nicht länger bleiben kann.«

»Das muss es nicht, Kenzie. Die Familie geht immer vor. Und ich bin mir sicher, dass wir nicht das letzte Mal zusammengearbeitet haben.« Im Hintergrund sagte jemand etwas zu ihr. »Ich muss Schluss machen. Wir bleiben in Kontakt, ja?«

»Ja, natürlich.« Ich verabschiedete mich und begann dann, meine Sachen zu packen. Als ich damit fertig war, war es bereits nach neun, aber ich hatte Edina abgewimmelt, die mich hatte abholen wollen, weil sie und die anderen in Korfu-Stadt etwas essen und dann feiern gehen wollten. Mittlerweile waren sie bestimmt schon auf dem Weg in irgendeinen Club. Nach der Stimmung in der heutigen Besprechung wäre ich ohnehin nicht mitgegangen, und so war es ruhig in der Anlage, als ich mein Zimmer verließ. Die Arbeiter waren längst weg, Grillen zirpten und die Blumen dufteten. Es war, wie ich vermutet hatte, als ich den ersten Tag hier gewesen war – das *Kefi Palace* würde ein Paradies werden. Nur konnte ich daran nicht mehr mitarbeiten.

Verabschieden wollte ich mich dennoch davon. Ich besuchte die Villen, den fast fertigen Poolbereich, dann ging ich hoch zum Haupthaus, stieg die Stufen bis zur obersten Etage hinauf und lief den Gang entlang bis zu der Terrasse der letzten Suite, von der man den besten Ausblick auf die Bucht und das Hotel hatte. Am Abend war das Licht hier wunderschön. Ich wollte es noch einmal sehen, bevor ich morgen Nachmittag ging.

Ich stützte mich mit den Händen auf das Geländer und atmete tief ein und wieder aus, während ich versuchte, mir das Bild genau einzuprägen, das sich mir hier bot: die grüne Oase des Hotels mit den hellroten Dächern der Bungalows und Villen, darunter der Pool und schließlich der Strand mit dem dunkelblauen Meer, das langsam in der Dämmerung verschwand.

Allerdings war ich offenbar nicht die Einzige, die diese Aussicht genießen wollte.

»Willst du auch?«

Ich fuhr erschrocken herum. Eine Hand mit einem Glas dunkler Flüssigkeit tauchte aus den Schatten des Mauervorsprungs auf, dann erschien der Arm zur Hand, der Oberkörper und schließlich der Kopf von Finlay. Seine blonden Haare reflektierten das Licht, als er aus der Dunkelheit trat.

»Danke«, sagte ich nur und nahm das Glas Whiskey entgegen, um es in einem Zug zu leeren. »Hast du noch mehr?«

»Natürlich.« Er ging zu dem Tischchen neben dem Fenster und holte die Flasche, die dort stand. Dann stellte er sich zu mir und schenkte mir nach, bevor er mir mit der Flasche zuprostete. »Alleine trinken macht hässlich«, sagte er und nahm einen Schluck.

»Dann wüsstest du immerhin, wie es uns Normalsterblichen so geht.«

»Komm schon, Kenzie, falsche Bescheidenheit steht dir nicht. Du weißt, dass du der Hammer bist.« Er grinste schief und trank noch mal.

Ich schnaubte. »Ja, sicher.« Ich stieß mit ihm an und wir schwiegen. »Was machst du hier?«, fragte ich dann. »Keine Lust auf die Clubtour in Korfu-Stadt?«

»Nee. Mir war irgendwie mehr nach der Gesellschaft von Mister Single Malt als nach der von … du weißt schon wem.« Finlay wedelte mit der Hand.

»Verstehe«, murmelte ich und drehte das Glas in der Hand. »Ich werde morgen übrigens nach Hause fliegen.«

»Ich weiß. Edie hat es mir erzählt, nachdem sie mit Dora telefoniert hat.«

»Weiß Lyall es auch?«

»Japp. Was wohl der Grund ist, warum er da unten versucht, sich zu Tode zu schwimmen.« Finlay zeigte auf das immer dunkler werdende Meer, und ich brauchte einen Moment, bis ich die Person sah, die durch die Wellen pflügte, als ginge es um olympisches Gold. Mein Herz zog sich schmerzhaft zusammen.

»Es ist besser so«, sagte ich.

»Besser für wen? Lyall? Oder dein Ego?«

Ich schnappte nach Luft. »Mein Ego? Spinnst du? Das hat absolut nichts mit meinem Ego zu tun. Ich tue nur das, was für alle Beteiligten das Beste ist.«

»Ach ja?« Finlays blaue Augen, die ich nur mit einem fröhlichen Funkeln oder einem traurigen Schatten kannte, waren jetzt undurchdringlich – und seine Stimme todernst. »Hast du überhaupt eine Ahnung, wie viel Lyall für dich empfindet?«

Ich presste die Lippen aufeinander. »Offenbar war es nicht genug, um mir die Wahrheit über Ada zu sagen«, sagte ich hart. Was wollte Finlay von mir? Ich war nicht diejenige, die eiskalt gelogen hatte.

»Hast du je danach gefragt, wieso er dir nicht die Wahrheit gesagt hat? Ob es eine Erklärung dafür gibt?«

Ich schnaubte. »Er hatte die Chance, es mir zu erklären, monatelang«, wehrte ich mich gegen das, was Finlay mir da unterstellte. »Aber hat er mich angerufen? Mich zu Hause aufgesucht? Mir eine Mail geschrieben? Da kam nichts, Fin! Wie soll ich auf *nichts* reagieren?«

»Du hast nicht erst nach Monaten entschieden, dass du seine Wahrheit nicht hören willst. Sondern an dem Tag, als du es erfahren hast.«

»Wirfst du mir das ernsthaft vor?«, fragte ich verärgert. »Ich habe ihn in Kilmore damit konfrontiert, und er hat sich nicht gewehrt, nicht eine Sekunde.«

»Natürlich hat er sich nicht gewehrt!«, sagte Finlay. »Weil er, ganz egal, was Edie, seine Mum oder ich ihm die Jahre über gesagt haben, glaubt, er würde das verdienen: die Einsamkeit, die Schuld, die Selbstvorwürfe. Dass er ein schlechter Mensch ist, nur weil er diesen einen Fehler gemacht hat.« Finlay stieß sich impulsiv vom Geländer ab. »Du warst die Erste, die er nach dieser ganzen Scheiße wieder an sich herangelassen hat. Die Erste, bei der er wieder Gefühle zulassen konnte, weil das mit euch genau das war, was er immer wollte.«

Ich schluckte, aber seine Worte konnten die Tatsachen nicht vertreiben. »Du klingst, als wäre ich die Böse – nur weil ich nicht verstehe, dass er mich angelogen hat, obwohl er in mich verliebt war.«

»Du begreifst es nicht, oder? Es gibt keine Bösen in diesem Spiel, Kenzie!« Finlay sah mich aufgebracht an. »Vielleicht abgesehen von den Leuten, die dir diese Nachricht geschickt haben.«

»Es war Adas Mutter«, sagte ich. »Sie hat mir die Aufnahme geschickt, um mich zu *beschützen*.«

»Ach, und wovor? Vor Lyall etwa? Denkst du, es wäre ein Hobby von ihm, nette Mädchen in den Selbstmord zu treiben? Dass er so eine Art Serientäter wäre, auf der Suche nach dem nächsten Opfer?« Finlay schnaubte. »Ich frage dich eins: Hast du dich auch nur einmal von ihm bedroht gefühlt oder unwohl in seiner Nähe, hat er je irgendeine Grenze überschritten oder etwas getan, das du nicht wolltest? Jemals, Kenzie?«

Finlays schnell ausgesprochene Worte ratterten durch meinen Kopf, aber ich brachte die einzig wahre Antwort nicht über die Lippen. Es war allerdings auch nicht nötig. Er konnte sie mir vom Gesicht ablesen.

»Dachte ich mir. Denn das hat er nie. Auch nicht bei Ada. Und würdest du die ganze Geschichte kennen, wüsstest du, dass das, was er getan hat, nur das Ende von allem war, was *sie* getan hat.«

»Was sie getan hat?« Ich starrte ihn an. »Sie war schrecklich verliebt in ihn und er hatte für sie nichts anderes übrig als Kälte und Abweisung.«

»Verliebt?«, höhnte Finlay. »Das hatte doch mit Liebe nichts zu tun. Sie hat ihn terrorisiert, Kenzie, ihm das verdammte Leben zur Hölle gemacht! Ihm, einem 18-jährigen Typen, der keine Ahnung hatte, dass sie Probleme hat, mit denen weder sie noch er fertigwerden konnte. Lyall ist nur zu anständig, dir oder sonst irgendjemandem zu sagen, was zwischen den beiden los war, bevor er diese grässlichen Worte zu ihr gesagt hat!« Er holte Luft. »Wenn du ihm vorwirfst, dass er dir die Wahrheit verschwiegen hat, dann tust du das vollkommen zu recht, auch wenn er es nur getan hat, weil er eine Scheißangst hatte, dich zu verlieren. Aber wenn du ernsthaft glaubst, Lyall wäre dieses Monster, von dem die ganzen Hohlbirnen in Kilmore reden, dann tu mir einen Gefallen – verschwinde und lass ihn in Ruhe.«

Damit ging er und ließ mich allein mit meinen Gedanken, diesem endlosen Knäuel aus Möglichkeiten, Ängsten und Gefühlen. Finlay warf mir vor, mir eine Meinung gebildet zu haben, ohne die ganze Geschichte zu kennen. Aber was hatte ich denn für eine Wahl gehabt, wenn Lyall mir die ganze Geschichte nicht hatte erzählen wollen? Ich hatte ja nicht einmal gewusst, dass es so etwas wie eine ganze Geschichte überhaupt gab.

Ich erinnerte mich an diesen Nachmittag in den Highlands, an den Regen, unseren Lauf zurück zum Camper, den Moment, in dem mir völlig klar geworden war, dass ich durchdrehen würde, wenn ich Lyall nicht endlich so nahe kam, wie alles in mir es wollte. An den Sex, das Danach, die zweite Runde, meine Frage nach Ada. Und an ihn, wie er mir von ihr erzählt hatte. Jetzt, nachdem ich mit Finlay geredet hatte, war es, als hätte jemand einen Schleier von meinen Erinnerungen weggezogen und ich konnte sie neu betrachten – dass ich Lyall im letzten Sommer die Möglichkeit gegeben hatte, das Thema fallen zu lassen und er mich dennoch gebeten hatte, ihn danach zu fragen, ob er mit Adas Verschwinden etwas zu tun hatte. Plötzlich erinnerte ich mich auch an den Moment, als er ins Stocken gekommen war: bei der Frage, ob er sie nicht mehr gesehen hatte, nachdem sie weggelaufen war. Es war nicht so, dass ich meine Reaktion auf all das mit einem Mal für unangemessen hielt. Aber jetzt war da Raum für die Wahrheit. Die *ganze* Wahrheit.

Etwas in mir sortierte sich, ordnete sich neu, und ich wusste, was ich tun musste. Das, was ich von Anfang an getan hatte und weiterhin hätte tun müssen: auf mein Bauchgefühl hören. Willa hatte mich gefragt, warum ich nicht über Lyall hinwegkam, wenn er mir doch so wehgetan hatte und es keinen Grund gab, an ihm festzuhalten.

Weil es doch einen Grund gab: Hoffnung. Die Hoffnung, dass ich mich nicht getäuscht hatte. Und ich würde nie darüber hinwegkommen, wenn ich nicht erfuhr, ob ich am Ende doch richtiglag.

Finlay war längst weg, als ich zurück ins Haus ging, die dunklen Flure entlanglief und dann hinunter zum Strand. Die neuen Laternen waren schon installiert, aber noch nicht in Betrieb, deswegen war das letzte Licht des Tages alles, was mir den Weg wies. Mein Herz klopfte wie wild, als ich am Ende der Steinplatten ankam und den Sand betrat. Lyall konnte ich im Meer nicht erkennen, aber seine Sachen und ein Handtuch lagen dort, also musste er noch im Wasser sein. Kurz machte ich mir Sorgen, dass ihm da draußen etwas passierte, dann rief ich mir in Erinnerung, dass er ein mehr als erfahrener Schwimmer war.

Ich setzte mich in den Sand und wartete, bis er sein Training beendet hatte und aus den Wellen kam. Heute flatterte mein Magen jedoch nicht, weil Lyall halb nackt und nass aussah wie ein Gott, sondern wegen dem, was ich vorhatte. Würde er mir diesmal die Wahrheit sagen?

Erst bemerkte er mich gar nicht, während er das Wasser aus den Haaren schüttelte und es sich aus den Augen strich. Als er mich schließlich doch sah, stockte er kurz, kam dann aber zu mir.

»Hey«, sagte ich und stand auf.

»Hey«, antwortete er leise und nahm sein Handtuch, ohne etwas damit zu tun. Ich sah Vorsicht in seinen Augen, vielleicht sogar Angst. »Bist du hier, um dich zu verabschieden?«

Ich schüttelte den Kopf. »Nein, nicht deswegen.«

»Warum dann?«

Tief atmete ich ein. »Weil ich offenbar nicht die ganze Geschichte kenne. Also bin ich hier, um dich darum zu bitten, sie mir zu erzählen.«

»Die ganze Geschichte?«, fragte er. »Worüber?«

Ich sah ihn an. »Über Ada Warner. Und das, was mit ihr passiert ist.«

33
Lyall

Ich starrte Kenzie an, nicht den Hauch einer Ahnung, wie ich auf diese Bitte reagieren sollte. Ich wusste ja nicht einmal, wie ich auf ihre Anwesenheit reagieren sollte. Vor eineinhalb Stunden hatte Edina mir Bescheid gesagt, dass Kenzie beschlossen hatte, nach Hause zu fahren. Angeblich wegen ihrer Familie, aber ich wusste es besser: Sie ging meinetwegen.

Ich ahnte, was für einen Kampf sie innerlich ausfocht. Denn es war ein ähnlicher wie mein eigener, wenn auch aus völlig anderen Gründen – gefangen zwischen unserer Anziehung und dem dringenden Wunsch nach Abstand. Also war ich schwimmen gegangen, weil ich der Angst, Kenzie nie wiederzusehen, entkommen wollte. Und nun stand sie vor mir und fragte nach Ada. Nach der ganzen Geschichte.

Mechanisch hob ich das Handtuch und trocknete mir die Haare und den Oberkörper ab, um Zeit zu gewinnen. Dann zog ich den Hoodie über, den ich mitgebracht hatte. Aber schließlich hatte ich keine andere Wahl mehr als sie anzusehen.

»Du weißt doch alles darüber«, sagte ich, immer noch verunsichert, warum sie plötzlich danach fragte. Als sie es das letzte Mal getan hatte, war sie von mir angelogen worden und hatte die Wahrheit später von anderen erfahren. Was gab es noch darüber zu reden?

»Ich weiß, dass sie gestorben ist.« Kenzie nickte. »Und was du zu ihr am Telefon gesagt hast. Ich weiß auch, wie eure Beziehung angefangen und geendet hat. Aber offenbar gibt es da eine Lücke, von der ich nichts weiß. *Gründe*, von denen ich nichts weiß.«

Ich lachte freudlos auf, als mir endlich ein Licht aufging. »Du hast mit Finlay geredet«, stellte ich fest.

Sie hob die Schultern. »Es war eher andersherum.«

»Und was hat er gesagt?«

»Einiges. Zum Beispiel, dass er, sollte ich tatsächlich glauben, du wärst das Monster, für das dich in Kilmore alle halten, froh ist, wenn ich morgen verschwinde.«

Ich schnaubte. »Und da meinen die Leute, er wäre der Charmanteste von uns.«

»Er *ist* der Charmanteste von euch.« Sie blieb ernst. »Stimmt es denn, was er sagt? Dass Ada dich … terrorisiert hat, bevor das alles passiert ist?«

»Nein. Es stimmt nicht.« Ich stieß die Luft aus. »Wenn Finlay dir gesagt hat, dass irgendetwas an Adas Verhalten gerechtfertigt hätte, was ich ihr an den Kopf geworfen habe, liegt er falsch. Es gibt keine Entschuldigung für das, was ich getan habe. Nicht bei ihr … und auch nicht bei dir.«

Kenzie sah mich aufmerksam an, und ich bemerkte, wie sich Erkenntnis in ihren Augen ausbreitete. »Du beschützt sie«, sagte sie leise. Ich wich ihrem Blick aus und antwortete nicht. Aber das schien ihr Antwort genug zu sein. »Warum? Wieso tust du das?«

Ich schüttelte den Kopf und wandte mich ab. »Du hättest nicht herkommen sollen, Kenzie. Ich kann dir nicht geben, wonach du suchst.«

»Wonach suche ich denn?«, fragte sie.

»Nach irgendeiner Erklärung. Einer Bestätigung, dass es kein Fehler war, dich in mich zu verlieben.« Ich sah sie an.

»Aber ich habe es dir schon damals gesagt – ich bin beschädigte Ware. Du weißt das besser als jeder andere. Und deswegen sollten wir … wir sollten das lassen.«

»Ist das dein Ernst?« Kenzie verengte verärgert die Augen. »Du lässt mich hängen, schon wieder? Lässt mich hier stehen, nachdem ich trotz allem hergekommen bin, um dir eine Chance zu geben, endlich die Wahrheit zu sagen?«

»Du kennst die Wahrheit.« Ich sagte es leise, mehr zu mir selbst.

»Offenbar nicht. Finlay meint –«

»Finlay redet Schwachsinn!«, fiel ich ihr ins Wort.

»Tut er nicht und du weißt das genauso gut wie ich!«, rief sie. »Und trotzdem willst du lieber, dass ich gehe, als mir zu sagen, was passiert ist? Du willst, dass ich mich den Rest meines Lebens fragen muss, ob ich mich in dir getäuscht habe? Ob meine Gefühle für dich ein Fehler waren? Bin ich dir wirklich so egal, Lyall?!«

Ihre Worte trafen mitten ins Ziel, jedes einzelne von ihnen ein sauberer Schuss. Und plötzlich konnte ich die Wahrheit nicht mehr zurückhalten. Sie drängte aus mir heraus, ohne dass ich es verhindern konnte.

»Sie war krank, verdammte Scheiße!«, entfuhr es mir. »Ada war psychisch krank, okay?! Und dafür konnte sie nichts! Was für ein Recht habe ich, das gegen sie zu verwenden, um mich aus der Verantwortung zu stehlen? Was für ein Recht habe ich, glücklich zu sein, obwohl ich an ihrem Tod schuld bin?!«

Kaum hatte ich das gesagt, drehte ich mich von Kenzie weg, ballte die Fäuste und versuchte krampfhaft, die Fassung zu behalten. Ich trug diese Sache seit über drei Jahren mit mir herum, und die meiste Zeit war sie wie eine Narbe, die dumpf pochte. Aber wenn ich darüber redete, so wie jetzt, wurde sie zu einem tiefen Schnitt, der blutete und höllisch wehtat. Ein Schmerz, der so mächtig war, dass ich ihn nicht in Schach halten konnte.

Kenzie antwortete nichts, und ich wusste nicht, ob sie gegangen war – oder nur zu geschockt, um zu antworten. Aber dann spürte ich plötzlich eine Hand auf meinem Rücken, die sanft über den Stoff des Pullovers strich.

»Lyall«, sagte sie leise.

Die Art, wie sie meinen Namen aussprach, brachte mich dazu, mich umzudrehen und sie die Tränen sehen zu lassen, die sich in meinen Augen gesammelt hatten. Ich versuchte mit letzter Kraft, mich zusammenzureißen, aber ihr mitfühlender Blick machte es vollkommen unmöglich. Sie schreckte jedoch nicht vor meinem Schmerz zurück, im Gegenteil. Kenzie tat das, was nur jemand tun konnte, der wusste, wie sich Verzweiflung anfühlte: Sie schlang ihre Arme um mich und hielt mich fest, während mehrere Jahre Einsamkeit und Kummer über mich hinwegfegten wie ein Sturm. Und sie blieb bei mir, obwohl sie jedes Recht dazu gehabt hätte, mich bis in alle Ewigkeit zu hassen.

Ich hatte keine Ahnung, wie lange wir so dastanden, eng umschlungen und reglos. Aber als die Tränen langsam versiegten und ich tief Luft holte, war es endgültig dunkel geworden. Kenzie sah mich prüfend an, dann ließ sie mich los.

»Besser?«, fragte sie nur. Ich nickte.

»Danke. Tut mir leid, dass ich –«

»Hör auf«, unterbrach sie mich sanft. »Es gibt ein paar Dinge, für die du dich gerne später bei mir entschuldigen darfst, aber bestimmt nicht für deine Gefühle.«

Ich schwieg, denn darauf fiel mir keine Antwort ein. Kenzie lächelte leicht.

»Willst du deine Ruhe?«, fragte sie.

»Würdest du gehen, wenn ich Ja sage?« Ich grinste schief.

»Wahrscheinlich nicht.« Sie lachte leise auf. »Du weißt doch, mein Glucken-Gen. Ich kann niemanden im Stich lassen, dem es scheiße geht.«

»Das unterscheidet uns beide dann wohl.«

Sie antwortete nicht darauf, sondern ließ sich auf einer altersschwachen Liege nieder, die einige Meter weiter einsam am Strand stand. Ich ging zu ihr und setzte mich neben sie. Eine Weile sagte keiner von uns etwas, dann holte ich Luft.

»Was willst du wissen?«, fragte ich und spürte, wie allein bei dieser Frage mein Puls in die Höhe schoss. Kämpfen oder fliehen, das war es, was mein Körper dachte, tun zu müssen. Aber nichts davon würde helfen. Ich war Kenzie die Wahrheit schuldig. Und sie würde sie bekommen, wenn sie das wollte. Egal, was es mit mir machen würde.

Kenzie atmete aus und sagte nicht sofort etwas, so als würde sie ihre erste Frage mit Bedacht wählen. Dann schien sie sich entschieden zu haben.

»Weißt du, was Ada hatte? Welche … Krankheit?«

»Nein, nicht genau«, antwortete ich. »Sie war nie in Behandlung, also hat auch nie jemand eine Diagnose gestellt. Der Therapeut, bei dem ich nach ihrem Tod war, meinte aufgrund der Symptome, es wäre wohl eine Borderline-Störung gewesen. Die Stimmungsschwankungen, die übersteigerte Bindung an mich, die krasse Angst vor dem Verlassenwerden … das passt alles zusammen. Leute, die an Borderline leiden, stellen ihren Partner so lange auf einen Sockel, bis er sie irgendwann zurückweist.«

»Und dann?« Kenzie sah mich an.

»Dann verfallen sie ins andere Extrem. Beleidigungen, Drohungen, Manipulationen. Wenn das auch nicht wirkt, kommt die hilflose Phase mit Verzweiflung, Angst und …« Ich brach ab.

»Selbstmorddrohungen«, murmelte Kenzie.

Ich nickte. »Nachdem ich gesagt hatte, mir wären ihre Eifersuchtsanfälle und das klammernde Verhalten zu viel, hat sie regelmäßig damit gedroht, sich etwas anzutun. Mal war es subtil, mal ganz direkt. Einmal hat sie sogar Moira angerufen, um zu sagen, dass sie nicht ohne mich leben kann und deswegen mit dem Auto in den See fahren wird, wenn ich nicht sofort bei ihr auftauche.« Während ich darüber sprach, merkte ich, wie nah das alles noch war. Wie sehr es mich immer noch mitnahm, auch nur daran zu denken.

Kenzie schien es ebenfalls zu merken, denn sie strich mir flüchtig über den Arm. Mehr jedoch nicht. »Wie hast du darauf reagiert?«

»Die ersten Male bin ich sofort zu ihr gegangen, weil ich Angst hatte, sie macht es wirklich. Aber sie war nie tatsächlich in Gefahr, und erst mit der Zeit habe ich gemerkt, dass es nur ihr letztes Mittel war, um mich wieder zu sich zurückzuholen.« Ich schüttelte den Kopf. »Natürlich bin ich nicht gleich wieder abgehauen, wenn sie vor mir gestanden und geweint hat, ich … ich dachte, ich wäre ein Unmensch, wenn ich sie in dem Zustand allein lasse. Also habe ich sie getröstet. Und sie hat es so interpretiert, dass wir es noch mal versuchen würden.«

»Aber das wolltest du nicht.«

»Nein«, schnaubte ich. »Obwohl ich mich in den letzten Jahren tausendmal gefragt habe, ob ich uns nicht eine Chance hätte geben müssen. Ich hätte ihr sagen können, dass sie eine Therapie machen soll, um ihre Kindheit zu verarbeiten, oder –«

Kenzie unterbrach mich. »Ihre Kindheit? Kamen die daher, ihre Probleme?«

»Ich nehme es an.« Ich verknotete meine Hände ineinander. »Ihr Vater ist früh gestorben, ihre Mutter war mit vier Kindern völlig überfordert und hat Ada oft geschlagen oder in den Keller gesperrt, wenn ihre Brüder Mist gebaut hatten, weil sie es sich bei denen nicht getraut hat. Ada hat mir nur einmal davon erzählt. Deswegen wollte sie ja unbedingt von ihrer Familie weg und hat jeden Sommer gearbeitet, um genug Geld zusammenzubekommen.«

»Kann ich gut verstehen«, sagte Kenzie und ich ahnte, dass sie daran dachte, wie ähnlich sich Adas und ihr Schicksal waren – und auf der anderen Seite auch nicht. Beide hatten ein Elternteil verloren und trotzdem war ihr Leben vollkommen anders verlaufen. »Für Ada musst du wie der strahlende Ritter auf dem weißen Pferd ausgesehen haben.«

»Ja, nur dass ich das komplette Gegenteil war.« Ich schüttelte den Kopf. »Wenn ich Ada heute treffen würde, dann wüsste ich spätestens nach dem ersten Date, dass etwas mit ihr nicht stimmt. Damals dachte ich nur, sie wäre eben eines dieser nervigen Mädchen, die klammern und nach der Trennung eine Weile rumspinnen, sich aber dann bald damit abfinden. Spätestens, wenn sie wieder zu Hause ist und ich zurück in Eton bin.«

Kenzie schob mit dem Schuh den Sand unter ihren Füßen glatt. »Aber so war es nicht«, stellte sie fest. »Dieser Anruf, den ich da gehört habe … war also einer von vielen?«

»Es war bestimmt der fünfte allein an diesem Abend. Sie kamen im Abstand von wenigen Minuten, nachdem Ada abgehauen war – du weißt schon, als ich angeboten hatte, sie nach Hause zu fahren. Ich habe sie mehrfach gefragt, wo sie ist, aber sie hat nur geweint, mich verflucht, sich dafür entschuldigt und gesagt, dass sie mich liebt … und dann aufgelegt. Irgendwann ist mir der Geduldsfaden gerissen.«

»Deswegen diese Andeutung mit dem anderen Mädchen? Es klang so, als hättest du jemanden bei dir.«

Kenzie schien diese Nachricht sehr oft angehört zu haben, wenn sie die Details so genau kannte. Mein Innerstes zog sich zusammen, als ich daran dachte, wie das alles auf sie gewirkt haben musste. Und sie war völlig allein damit gewesen, weil ich nichts dazu gesagt, mich nicht gerechtfertigt hatte. Das konnte ich allerdings auch jetzt nicht. Nur ihre Fragen beantworten und erzählen, was passiert war.

»Ich habe nur so getan, als wäre da jemand«, gab ich zu, »schließlich war ich immer noch bei dem Abendessen nach den Highland Games. Ich dachte, wenn Nettsein nicht hilft, dann vielleicht das Gegenteil. Dass sie mich zwar für ein Arschloch hält, aber wenigstens einsieht, dass ich ihre Liebe nicht wert bin. Deswegen war ich so ätzend zu ihr, so kalt und desinteressiert. Und als sie gesagt hat, sie verschwindet, das … das war genau das, womit sie schon zigmal gedroht hatte. Also habe ich ihr gesagt, sie soll es tun. Ich hatte doch keine Ahnung, dass sie tatsächlich …« Meine Stimme brach und ich holte zittrig Luft.

Kenzie griff nach meiner Hand und drückte sie fest. »Wann hast du es erfahren?«, fragte sie sehr leise.

»Moira hat mich frühmorgens geweckt, da dämmerte es gerade erst. Ich weiß noch, wie sie vor meinem Bett stand, leichenblass, und mir gesagt hat, ich solle aufstehen und mich anziehen, weil etwas passiert wäre.« Ich dachte mit Grauen daran, wie sie geklungen hatte. »Erst dachte ich, es wäre etwas mit Edie oder Fin oder meiner Mum. Aber dann hat sie mir gesagt, sie hätte Ada gefunden. Moira geht immer früh in dem Waldstück laufen, das hinter dem Hotel liegt und unserer Familie gehört. Dabei hat sie jemanden in der kleinen Hütte liegen sehen, die dort für Spaziergänger steht. Sie dachte wohl, es wäre ein Obdachloser oder jemand, der nach dem Pub den Weg nach Hause nicht mehr gefunden hat. Aber es war Ada. In einer Lache aus Blut. Sie hatte sich die Pulsadern aufgeschnitten.« Jetzt, wo ich einmal angefangen hatte, wollte die ganze Geschichte so schnell wie möglich aus mir heraus. »Moira hat sofort unseren Arzt gerufen, aber er konnte nur noch ihren Tod feststellen. Und dann … dann haben sie beschlossen, es zu vertuschen. Da der Skandal um Jamie noch so frisch war, dachte Grandma, es würde der Familie schaden, wenn noch jemand von der Presse an den Pranger gestellt wird.« Ich presste die Lippen aufeinander. »Mir wäre es lieber gewesen, sie hätten die

Polizei geholt und alles seinen Gang gehen lassen. Das wäre gerecht gewesen. Aber stattdessen gab es ein anonymes Grab, eine sechsstellige Summe für Adas Mutter und die Verpflichtung zum Stillschweigen für jeden, der davon wusste. Was nicht fair ist. Die Leute sollten erfahren, was mit ihr passiert ist, statt sich zu fragen, ob sie noch lebt.«

Kenzie schwieg.

»Ich bin nicht sicher, ob das stimmt«, sagte sie dann. »Wenn niemand wusste, dass sie krank war, hätten sie dich dafür gelyncht. Und du hättest es ihnen kaum erzählt, oder?«

Ich schüttelte den Kopf. »Sie mochten sie so sehr. Ihren Zustand preiszugeben, ohne dass sie dazu etwas sagen kann, wäre noch schlimmer gewesen als die Vertuschung ihres Todes.«

»Hast du mir deswegen nicht die Wahrheit gesagt?«, fragte Kenzie leise. »Weil du dachtest, du ziehst sie in den Dreck, wenn du erzählst, was mit ihr los war?«

Ich schüttelte den Kopf. Ihre Worte waren eine Einladung, einfach zu nicken, aber ich würde sie nie wieder anlügen. »Ich habe es vor allem getan, weil ich Angst hatte, dich zu verlieren. Du hattest die ganzen Warnungen aus Kilmore gehört und auch mitbekommen, wie ich mit Drew umgesprungen bin … und wolltest trotzdem mit mir zusammen sein. Ich dachte, wenn ich dir die Wahrheit über Ada sage, wäre es zu viel, sogar für dich – ich dachte, niemand könnte so etwas verzeihen, wenn ich es nicht einmal selbst schaffe. Natürlich wäre es einfach gewesen, alles auf Ada zu schieben. Auf ihre Anrufe, ihre Drohungen, ihr Verhalten. Aber auch wenn ich nicht gewusst habe, was mit ihr los ist: Ich hätte das niemals zu ihr sagen dürfen.«

Kenzie schwieg, schwieg lange. Dann nickte sie.

»Stimmt. Das hättest du nicht.«

34
Kenzie

Ich sah Lyall an und erkannte Angst in seinen Augen – dieselbe Angst, die schon darin flackerte, seit ich ihn dazu gedrängt hatte, mir zu sagen, was passiert war. Und ich wollte sie ihm nehmen, nach allem, was ich nun wusste. Denn vollkommen egal, was zwischen uns beiden falsch gelaufen war, dass er mich belogen und dann keinen Schritt getan hatte, um das alles aufzuklären … er trug eine Schuld mit sich herum, die in ihrem gewaltigen Umfang nicht seine war. Eine Schuld, die er sich aufgeladen hatte, weil er am Ende genau das war, was ich die ganze Zeit gewusst hatte: ein zutiefst anständiger Mensch. Spätestens, seit er in meinen Armen bitterlich geweint hatte, war mir das vollkommen klar.

»Du hättest es nicht sagen dürfen«, wiederholte ich und fügte schnell hinzu, »genauso, wie man zu seinen Eltern nicht sagen darf, dass man sie hasst, nur weil sie einem verbieten, zu einer Party zu gehen. Oder der kleinen Schwester, dass sie die Klappe halten soll, nur weil sie als Einzige verstanden hat, was wirklich mit einem los ist.« Ich schüttelte den Kopf. »Adas Tod ist eine fürchterliche Tragödie, und vielleicht hätte man ihr helfen können, damit sie sich nichts antut. Das wäre der Job ihrer Familie gewesen oder der von Profis. Aber garantiert nicht deiner.«

Lyall rieb die Hände langsam aneinander und sah mich

nicht an. »Ich habe mich benommen wie ein komplett unsensibler Idiot.«

»Weil du das warst.« Ich lächelte schief. »Ein unwissender, überforderter und deswegen unsensibler Idiot. Wie fast alle in dem Alter. Nur, dass das meistens keine Rolle spielt, weil es keinerlei Konsequenzen hat außer einem gebrochenen Herz, das schnell wieder heilt.« Erst jetzt verstand ich tatsächlich, warum Lyall war, wie er war. Warum er mit Anfang zwanzig schon eine Ernsthaftigkeit ausstrahlte, die man oft nicht einmal bei Menschen fand, die doppelt so alt waren wie er. Warum er über alles so genau nachdachte und fast nie unbeschwert wirkte. Weil die Sache mit Ada ihn gelehrt hatte, dass es, egal was man sagte oder tat, Konsequenzen hatte.

»Wie man sieht, habe ich seitdem nichts dazugelernt.« Lyall lachte bitter auf. »Sonst hätte ich dich nicht angelogen.«

»Ja, das stimmt. Du hättest es mir gleich sagen sollen.« Ich hob die Schultern. »Aber ich verstehe jetzt, wieso du es nicht getan hast.« Er hatte seine eigene verdrehte Logik dessen, was passiert war – anders als Finlay konnte Lyall die Geschichte mit Ada nicht als das sehen, was sie war: eine unglückliche Verkettung von Umständen, die niemand hätte voraussehen können. Und als mir das bewusst wurde, merkte ich, wie sich in mir etwas entspannte. Nicht nur, weil dieser Widerspruch in meinen Gefühlen aufgelöst war. Sondern auch, weil jetzt der Weg dafür frei war, den Schmerz der letzten Monate hinter mir zu lassen. Egal, wie dieser Weg aussah.

»Ich dachte, wenn ich es dir sage, dann ist alles vorbei.« Lyall sah mich an, und ich sah eine Offenheit in seinen Augen, die er nur sehr selten zeigte. »Aber ich hätte wissen müssen, dass es irgendwann rauskommt. Ich habe es wohl einfach verdrängt, weil ich froh war, dass du nach den Games wieder bei mir warst. Und als Drew dann bei mir angerufen hat, weil er wissen wollte, warum du die Flucht ergriffen hättest … da habe ich es schon geahnt. Also habe ich mir Finlays Auto geschnappt und bin dir nachgefahren, in der Hoffnung, es gäbe einen anderen Grund. Aber kaum warst du ausgestiegen, war mir klar, dass du Bescheid wusstest.«

Ich konnte meine Gefühle zu dem Zeitpunkt nur schlecht in Worte fassen, aber ich versuchte es dennoch. Nicht für Lyall. Eher für mich selbst. »Ich stand völlig neben mir in dem Moment. Gerade eben hatte ich noch neben dir im Bett gelegen und wir hatten Bali geplant – und nur fünf Minuten später hat dieser Anruf meine komplette Welt auf den Kopf gestellt. Zu hören, was du gesagt hast und wie … das hat etwas bei mir getriggert. Eine alte Erinnerung. Ich war nämlich selbst einmal in einer solchen Situation.« Ich beugte mich vor, nahm eine Hand voll Sand und ließ ihn durch meine Finger rieseln. Nur einen Moment überlegte ich, ob ich wirklich von diesem schwarzen Tag in meiner Vergangenheit erzählen sollte, aber dann entschied ich mich dafür. »Es war ein paar Wochen, nachdem meine Mum gestorben war. Man hatte uns ein Bild geschickt, die letzte Aufnahme von ihr. Ich war allein zu Hause und neugierig, also habe ich das Paket aufgemacht. Aber als ich die Plakette mit ihrem Todesdatum drauf gesehen habe, haben die Trauer und die Gewissheit, dass sie tot ist, mich total überrollt. Etwas in mir ist vollkommen ausgetickt, ich bin losgefahren und an einer Eisenbahnbrücke gelandet. Und dann bin ich draufgestiegen.«

Schockiert sah er mich an. »Du wolltest …?«

»Keine Ahnung.« Ich hob die Schultern. »Im Nachhinein glaube ich nicht, dass ich tatsächlich in Versuchung war. Ich stand dort oben und wollte nur diese Verzweiflung loswerden. Aber dann habe ich an meine Schwestern und meinen Dad gedacht, also bin ich wieder runtergeklettert.« Tief atmete ich ein. »Als ich allerdings im letzten August gehört habe, was du zu Ada gesagt hast … da dachte ich: Was, wenn jemand in dem

Moment so etwas zu mir gesagt hätte wie du? Wäre ich dann gesprungen? Hätte ich mein Leben beendet? Deswegen bin ich so ausgeflippt. Normalerweise hätte ich dir wenigstens die Chance gegeben, es mir zu erklären, nachdem ich die Aufnahme bekommen hatte. Aber in dem Moment –«

»Himmel, Kenzie, du musst dich nicht rechtfertigen, dass du so reagiert hast«, unterbrach Lyall mich, und seine Stimme war rau vor Schuld. »Niemand hätte da nachgefragt. Nicht bei einer solchen Lüge. Oder bei einem solchen Telefongespräch.«

Ich schwieg, weil er recht hatte, vermutlich hätte niemand anders reagiert als ich. Aber ich wünschte, ich hätte es gekonnt. Um uns beiden eine Menge Unglück zu ersparen.

»Es tut mir so leid«, sagte Lyall leise in unser Schweigen hinein, und obwohl die Worte so simpel waren und die meisten sie für vollkommen unzureichend gehalten hätten, hatten sie für mich unendlich viel Bedeutung. Weil ich nun nicht mehr sämtliche Begegnungen, Gespräche und Gefühle immer wieder durchgehen musste, um herauszufinden, an welcher Stelle ich einen Fehler gemacht hatte – den Fehler, mich in jemanden verliebt zu haben, der diese Liebe nicht verdiente.

»Ich weiß.« Als ich meine Hand wieder in die von Lyall schob und meine Finger mit seinen verschränkte, stiegen mir Tränen in die Augen. Ich versteckte sie nicht, sondern sah ihn an. »Und ich bin froh, dass ich die Wahrheit jetzt kenne. Ich weiß nur nicht, ob ich es vergessen kann. Ob ich … ob wir …« Der Kloß in meinem Hals erstickte meine Worte.

»Shhhht«, machte Lyall und zog mich in seine Arme. »Du schuldest mir nichts, Miss Bennet. Und ich erwarte nichts von dir. Gar nichts.«

Als er meinen Spitznamen sagte, konnte ich die Tränen nicht mehr zurückhalten. Also erlaubte ich mir, stumm in seinen Pullover zu weinen und seine Umarmung zu spüren, die mir wie die erste Sonne nach einem langen Winter vorkam. In einem Film wäre nun alles geklärt gewesen und der Weg zum Happy End frei. Aber das hier war kein Film. Verletzungen heilten nicht in Sekunden und Gedanken verschwanden nicht, nur weil man das gerne so gehabt hätte. Ich wusste nicht, ob ich Lyall je wieder vertrauen konnte oder mich ständig fragen würde, ob er mir etwas verschwieg. Meine Gefühle für ihn waren immer noch da – sie hatten sich nie vertreiben lassen. Aber die Frage, ob es eine Chance für uns gab … ich konnte sie jetzt nicht beantworten.

Ich ließ Lyall los und fröstelte augenblicklich, als seine Wärme verschwand.

»Frierst du?«, fragte er.

»Ein bisschen«, sagte ich. »Vielleicht sollten wir besser hochgehen.« So sehr sich ein großer Teil von mir nach Lyalls Nähe sehnte – nach mehr als einer Berührung unserer Hände oder einer Umarmung – ich war nicht bereit dafür, sie direkt wieder zuzulassen. Ich musste all das, was ich heute erfahren hatte, erst mal verarbeiten. Und dazu brauchte ich meine Ruhe.

Den Weg nach oben zum Hotel legten wir schweigend zurück und ohne uns zu berühren, obwohl ich meine Hände zu Fäusten ballen musste, um es zu verhindern. Dieser Sog zu Lyall, er war so heftig, dass es beinahe körperlich schmerzte, auf Abstand zu bleiben. Aber ich wusste, es war richtig, ihm jetzt nicht nachzugeben.

Ein lautes Fluchen empfing uns, als wir an den Bungalows angekommen waren. Wir sahen uns an und gingen dann auf die hochgewachsene Gestalt zu, die im Licht der kleinen Lampe neben der Tür am Schloss herumfuhrwerkte.

»Fin?«, fragte Lyall, der ihn noch eher erkannte als ich. »Was machst du da?«

»Der beschissne Schlüssl passnich«, motzte sein Cousin und seine verwaschene Sprache sagte mir, er hatte irgendwo weitergetrunken, nachdem er mich auf der Terrasse allein gelassen hatte. »Wieso passdernich?«

»Vielleicht, weil das *mein* Zimmer ist?« Ich musste grinsen, als Finlay sich zu mir umdrehte und die Stirn in tiefe Falten legte.

»Echt?« Er klang maximal verwirrt.

»Echt«, nickte ich.

»Oh. Sah irgnwie aus wie meins.« Er musterte die Tür, die sich nicht von seiner und Lyalls unterschied, dann streichelte er das Holz, als wollte er sich für die rabiate Behandlung entschuldigen. Erst danach sah er uns an, wie wir da vor ihm auf dem Weg standen. »Habt ihreuch wieder lieb? Ich fändsecht gut, wenn ihr euch wieder lieb hättet.«

Lyall verdrehte gutmütig die Augen und legte den Arm um Finlays Schultern. »Komm, mein betrunkener Freund.« Dann sah er mich an. »Ich bringe ihn mal lieber ins Bett.«

Ich lächelte. »Ja, das wird das Beste sein.«

»Was? Nein! Wir könn doch noch abhängn.« Finlay wand sich aus Lyalls Griff. »Es macht eeeecht Spaß, miteuch abzuhängn. Vorallm, wenn ihr euch wieder lieb habt.« Sein Grinsen wurde so breit, dass ich lachen musste.

»Schlaf gut, Finlay.«

Er verbeugte sich und verlor dabei fast das Gleichgewicht.

»Du auch, Kenzie. Bismorgen in aller … alter Frische.«

Das bezweifelte ich stark. Es sei denn, die Henderson-Gene bescherten den Familienmitgliedern nicht nur gutes Aussehen, sondern auch Immunität gegen die Nachwirkungen von Alkohol.

Lyall ging mit ihm los, warf mir noch einen Blick zu und ich entdeckte Unsicherheit darin – die gleiche, die ich selbst fühlte. Trotzdem lächelte ich.

»Gute Nacht«, wünschte ich. »Wir sehen uns morgen.«

»Gute Nacht.« Er lächelte ebenfalls, dann verschwand er in der Dunkelheit.

Ich schloss die Tür auf – schließlich hatte ich den richtigen Schlüssel dafür – und ging ins Zimmer, schaltete das Licht jedoch nicht ein, bevor ich mich aufs Bett fallen ließ und ausatmete. Was für ein Abend. So viele Gefühle, so viele Informationen, so viel, über das ich nachdenken musste.

Das würde eine lange Nacht werden.

35
Lyall

Ich lag auch in dieser Nacht wieder wach. Nicht, weil Finlay ein Bett weiter seinen Whiskey-Rausch ausschlief und dabei schnarchte wie ein Berserker, das war ich gewohnt. Genau wie die Schlaflosigkeit – die sich jedoch anders anfühlte, seit ich mit Kenzie geredet hatte. Ich fühlte eine Erleichterung, die ich Monate oder sogar Jahre nicht verspürt hatte … gepaart mit neuer Angst. Der Angst, dass dieses Gespräch ein Abschluss gewesen war – ein Ende, damit Kenzie und ich neu anfangen konnten, jeder für sich. Denn auf alles andere wagte ich nicht zu hoffen. Selbst wenn sie sagte, dass sie nicht glaubte, ich wäre für Adas Tod verantwortlich, bedeutete das nicht, dass sie vergessen konnte, wie ich sie belogen hatte. Es bedeutete auch nicht, dass sie mit jemandem zusammen sein wollte, der sich wahrscheinlich nie ganz von diesem dunklen Kapitel in seiner Vergangenheit würde lösen können. Ich war keine gute Partie und sie wusste das. Wenn sie klug war, würde sie also gehen, wie sie es vorgehabt hatte. Und davor hatte ich Angst. Weil ich keine Ahnung hatte, wie ich damit klarkommen sollte, wenn sie weg war.

Draußen hörte ich, wie Edina und die anderen von ihrem Besuch in Korfu-Stadt zurückkamen – sie bemühten sich, leise zu sein, scheiterten aber kolossal. Bella verkündete lautstark ihre grenzenlose Liebe zu Elliott, bis ein viel lauteres *Psssst* meiner Schwester ihr Einhalt gebot. Danach kam nur noch Kichern. Finlay moserte undeutlich im Halbschlaf, aber mich störte der Lärm nicht, schließlich konnte ich eh nicht schlafen. Und es war schön, wenn die anderen Spaß hatten, sie arbeiteten alle hart genug hier im Hotel.

Irgendwann musste ich dann jedoch eingeschlafen sein, denn als ich wieder wach wurde, zeigte der Wecker kurz vor zwei Uhr an. Ich stand auf, um mir was zu trinken zu holen, als ich etwas bemerkte.

Einen merkwürdigen Geruch.

Hier im Hotel roch es vor allem nach Meer und den Blumen und Pflanzen, die Anfang Mai blühten ohne Ende. Ich hatte mich daran gewöhnt, deswegen stach mir diese andere Note jetzt unangenehm in die Nase. Einer inneren Ahnung folgend öffnete ich die Schiebetür zum Balkon. Und eine Sekunde später wusste ich, woher dieser Geruch kam.

Feuer.

Ein rötlicher Schein erhellte die Nacht, Rauch quoll aus einem Gebäude unterhalb der Bungalows. In dem Moment, als ich mich über das Geländer beugte, um mehr zu sehen, schoss eine Stichflamme in den Himmel und ich zuckte zurück. War das unser Lager?

»Finlay!«, rief ich augenblicklich, stürzte wieder ins Zimmer und lief zu ihm, um ihn wach zu rütteln.

Mein Cousin schreckte hoch. »Was ist los?«, murmelte er verschlafen.

»Es brennt!«

»Wo? Hier?« Er tastete auf der Matratze herum, als wäre das Feuer in seinem Bett.

»Nein, draußen!« Ich war schon längst bei meinen Klamotten und zog mir ein Shirt und Shorts an, dann Schuhe. Im Dunkeln griff ich nach meinem Handy. Wie war die Nummer für die Feuerwehr hier?

»Fuck!« Ich kannte die Notfallnummern für sicherlich zwanzig Länder der Welt, aber nicht die für Griechenland.

»Wähl 112«, sagte Finlay, der plötzlich ziemlich wach wirkte, als er aus dem Bett stieg und sich etwas überzog. »Die gilt mittlerweile in der ganzen EU.«

»Okay«, ich gab sie ein. »Wir müssen die anderen wecken, die Bungalows sind zu nah dran. Sie sollen alle zum Haupthaus hoch, das ist hoffentlich weit genug weg, bis die Feuerwehr herkommt.«

»Ich mach das«, sagte Finlay.

Mit dem Handy am Ohr lief ich zur Tür hinaus. Finlay kam mir nach und ging zu den zwei Zimmern, in denen Martha und Edina wohnten, während sich am Telefon endlich jemand meldete.

»Hallo? Ja, wir haben hier einen Brand. Im *Kefi Palace* Hotel in Gouvia. Was?« Der Kerl am anderen Ende redete schnell auf mich ein, aber wenn es Englisch war, verstand ich kein Wort.

»Gib mir das.« Edina tauchte aus der Dunkelheit auf, schnappte mir das Telefon aus der Hand und begann, auf Griechisch mit dem Typen zu reden. »Kümmer du dich darum, dass die anderen rauskommen.«

Ich rannte zu dem Zimmer von Elliott, weil ich sah, dass Finlay noch vor Marthas Tür stand. Es brauchte zum Glück nur ein kräftiges Klopfen und Elliott war wach, genau wie Bella, die zwar verkatert aussah, aber den Ernst der Lage dennoch schnell begriff. Martha wankte im nächsten Moment aus ihrem Zimmer. Dann blieb nur …

»Hey! Kenzie!« Ich schlug gegen die Tür wie schon bei den anderen, aber es tat sich nichts. Also hämmerte ich stärker, schließlich mit beiden Fäusten. Keine Reaktion. »Verflucht noch mal, Kenzie, mach auf! Es brennt!«

»Was ist los?« Finlay stoppte neben mir.

»Sie reagiert nicht!« Ich klopfte wieder, obwohl mein Instinkt mir sagte, dass es sinnlos war. Schlief Kenzie etwa so fest? Ich hatte nicht genug Nächte mit ihr verbracht, um das sagen zu können.

»Die Feuerwehr ist unterwegs«, meldete Edina, die in ihrem Morgenmantel neben den anderen stand. »Sie brauchen ungefähr zwanzig Minuten hierher. Wo ist Kenzie?«

»Sie macht nicht auf!«

»Ich hole den Generalschlüssel aus dem Büro«, sagte Finlay und lief davon, aber ich konnte nicht hier herumstehen und warten, bis er wieder zurückkam.

Ich sprintete los, nahm die erste Abzweigung nach rechts und bahnte mir einen Weg durch das Gestrüpp unterhalb der Bungalows. Die Ranken zerrissen mir das Shirt und zerkratzten meine Haut, aber ich spürte es kaum. Das Feuer war mittlerweile nicht nur zu riechen, sondern auch zu sehen, es fraß sich seinen Weg durch die Sträucher, und das trockene Holz ging in Flammen auf, als hätte man es mit Benzin übergossen. Als Nächstes würde es auf die Bungalows übergreifen. Ich hatte wenig Zeit.

Hektisch suchte ich nach Kenzies Balkon. An dem richtigen Häuschen angekommen, sprang ich auf den alten Tisch, der vor dem Fenster des unteren Zimmers stand, griff nach der Kante des Geländers und stemmte mich hoch, landete auf den Fliesen. Die Scheiben der Schiebetür spiegelten das Flackern hinter mir wider und das Bett war ein ganzes Stück weiter hinten, deswegen konnte ich im Zimmer nichts erkennen. Wieder klopfte ich, presste mein Gesicht an das Glas, nichts rührte sich. Also blieb nur eins.

Ich ging einen Schritt zurück, nahm den Stuhl, der auf dem Balkon stand, holte aus und zertrümmerte damit die Scheibe. Das Klirren tausender Splitter war ohrenbetäubend.

»Kenzie?!«, rief ich, dann trat ich durch die Reste der Balkontür ins Zimmer. Ich erwartete, dass sie mich zu Tode erschrocken aus der Dunkelheit anstarren oder mich anfahren würde, warum zur Hölle ich ihr Fenster zerstörte, irgendwas. Aber es kam kein Laut von ihr. Und als ich weiter in den Raum hineinging, wusste ich auch wieso. Die Bettdecke war zurückgeschlagen, die Tür zum Bad stand offen. Es war leer.

Kenzie war nicht da.

Erleichtert sank ich in mich zusammen. Bis mir eine Frage in den Kopf kam, die meine Angst wieder auf höchste Stufe katapultierte: Wenn sie nicht hier war, wo war sie dann?

Es klopfte draußen immer noch. Mit drei langen Schritten war ich an der Tür und öffnete sie, Edina stand auf der anderen Seite.

»Hast du sie?«

Ich schüttelte den Kopf.

Finlay kam den Weg hinuntergerannt, den Schlüssel in der Hand. »Was ist los?«, fragte er, als er mich in der offenen Tür stehen sah.

»Sie ist nicht da.« Panisch dachte ich darüber nach, wo sie sein könnte. Nachdem wir vom Strand gekommen waren, hatte ich sie in dieses Zimmer hineingehen sehen. War sie in der Nacht noch mal draußen gewesen, hatte das Feuer bemerkt und wollte es löschen? *Großer Gott.*

»Ich gehe nach oben und suche das Haupthaus ab«, sagte Finlay schnell. »Wenn sie nicht schlafen kann, arbeitet sie doch meistens, bestimmt ist sie dort und hat von dem Feuer gar nichts mitbekommen.«

»Und was, wenn doch?!«, rief ich. Kenzie war eine Macherin, jemand, der anpackte, wann immer es nötig war. Wäre es nicht ihr erster Impuls gewesen, den Brand zu löschen? Mein Blick fiel auf etwas an der Wand: eine leere Halterung für einen Feuerlöscher. Da hakte es in mir aus.

»Ich muss runter und nachsehen, ob sie dort ist«, sagte ich. »Bitte geht hoch und bringt euch in Sicherheit, okay?«

»Lye, das ist zu gefährlich!«, rief Edina. »Die Feuerwehr ist bald hier, die kümmern sich darum!«

Ich ignorierte sie einfach, lief denselben Weg wie vorhin hinunter, aber diesmal bog ich nicht ab, sondern hielt direkt auf das Feuer zu. Es musste in einem der Lagerräume ausgebrochen sein, denn die ganze Zeile von Schuppen, die wir bald hatten abreißen wollen, stand in Flammen, genau wie alles drum herum. Ich dachte an Kenzie, an uns beide unten am Strand, an ihre Hand in meiner, an ihr Verständnis. *Bitte sei in Sicherheit*, flehte ich innerlich. Wenn ihr etwas passierte … das würde ich nicht überstehen.

»Kenzie!« Ich rief ihren Namen wieder und wieder, während ich mir mein T-Shirt vor den Mund zog und das Husten unterdrückte. Der Rauch wurde dichter, es war längst brüllend heiß, aber ich ging weiter auf den Schuppen zu, zwängte meine tränenden Augen auf, um nach ihr Ausschau zu halten. »Kenzie, verdammt! Bist du hier?«

Da hörte ich ein Zischen, wie von einem Feuerlöscher. Und dann ein Geräusch, das sich wie ein schwaches Wimmern anhörte. War das ein Hilferuf? Hatte sie sich verletzt und kam nicht mehr raus? Ich wagte mich noch weiter vor, spürte, wie die Hitze auf meiner Haut brannte, wie sie meine Klamotten versengte. Aber es war mir egal. Um Kenzie zu retten, würde ich durch jedes Feuer gehen.

Denn wenn man jemanden liebte, dann tat man genau das.

36

Kenzie

Irgendwoher drang Lärm an mein Ohr. Ich registrierte ihn, aber ich reagierte nicht darauf. Auch nicht, als die Rufe lauter wurden. Bestimmt war die feierwütige Meute aus der Stadt zurück und schaffte es nun nicht, leise das Haupthaus zu durchqueren, um zu ihren Zimmern in den Bungalows zu kommen.

»Kenzie?«

Erst als jemand meinen Namen rief, wurde ich hellhörig. Wieso wussten die, dass ich vor zwei Stunden meine Schlafversuche aufgegeben hatte und hier in die Suite gegangen war, um zu zeichnen?

»Kenzie, bist du hier irgendwo?« Das war Finlay. Der war doch gar nicht dabei gewesen. Und warum klang er so alarmiert? Ich stand aus dem Sessel auf und ging auf den Flur. Da kam mir Lyalls Cousin schon entgegen. »Oh Gott sei Dank, du bist hier.« Er fiel mir um den Hals und ich tätschelte ihm den Rücken, damit er mich wieder losließ.

»Brennt es irgendwo oder warum rennst du hier rum, mitten in der Nacht?«, scherzte ich.

»Ja, verdammt!«, rief er.

»Was, ja, verdammt?«

»Es brennt!« Er nahm meine Hand und zog mich mit auf die Terrasse der Suite. Ich dachte immer noch, er würde mich auf den Arm nehmen, aber dann sah ich es: Die Reihe von Schuppen zwischen Bungalows und Strand brannte lichterloh. Ich starrte einen Moment wie paralysiert auf das Feuer, bevor mein Gehirn endlich wieder funktionierte.

»Sind alle in Sicherheit?«, fragte ich Finlay hastig. »Habt ihr die Feuerwehr gerufen?«

»Ja und ja. Sie sollte gleich da sein.« Er nickte. »Komm, die anderen sind unten in der Lobby. Sie werden froh sein, dass du in Ordnung bist.« Ich folgte ihm die Treppen hinunter und entdeckte den Rest der Gruppe. Sie standen mit bangem Blick an der Schiebetür, die zur großen Terrasse führte. Dahinter sah man den hellen roten Schein des Feuers, das mit jeder Minute gewaltiger zu werden schien. Wie lange würde es dauern, bis es auf die Bungalows übergriff? Konnte die Feuerwehr das verhindern?

Ich ging auf die anderen zu, suchte nach einem bestimmten Gesicht. Aber ich entdeckte es nirgends.

»Wo ist Lyall?«, fragte ich Edina, die hektisch mit Finlay redete, der sich offenbar gerade auf den Weg nach draußen machen wollte. Ich hatte Lyall noch nicht gesehen. War er auf dem Parkplatz, um die Feuerwehr in Empfang zu nehmen?

Edina wechselte einen Blick mit Finlay, der fast schon aus der Tür war. Aber keiner von beiden sagte etwas.

»Raus damit!«, forderte ich.

Finlay sah mich unglücklich an. »Du … du warst nicht in deinem Zimmer und der Feuerlöscher hat gefehlt, da dachte er, du wärst vielleicht losgelaufen, um dich selbst um das Feuer zu kümmern. Er wollte dich suchen und ist runter zu den Lagerräumen.«

»Er ist *was*?!« Eine Welle aus purer Panik peitschte durch meinen Körper, denn mir fiel ein, dass ich gestern die Propangasflaschen aus der Strandbar in einen der Schuppen gebracht hatte. Wenn das Feuer dort ankam, dann würden die Flaschen explodieren und das ganze Lager in Stücke reißen – so wie alles, was sich darin befand. »Die Gasflaschen sind dort. Ich muss sofort dahin, ich –«

»Bleib hier!« Finlay hielt mich auf, als ich losrennen wollte, das Gesicht starr vor Schreck. »Ich mache das, ich gehe runter!«

Ich riss mich los. »Nein, ich kenne mich da unten besser aus als du. Und außerdem …« Außerdem würde ich es mir nie verzeihen, wenn Lyall etwas passierte, weil er sich Sorgen um mich gemacht hatte. Nur weil ich nicht hatte schlafen können, war ich aus dem Zimmer gegangen. Wenn er verletzt wurde … oder Schlimmeres, dann war das meine Schuld.

Draußen vor dem Hotel hörte man Sirenen, die lauter wurden. »Zeig denen, wo sie hinmüssen!«, rief ich Finlay zu, dann war ich schon aus der Tür hinaus, ohne dass er es verhindern konnte.

Die Luft flirrte vor Hitze, als ich die Steinstufen hinunterrannte, so schnell ich konnte. Wie hatte Lyall denken können, dass ich versuchen würde, das Feuer zu löschen? Dass ich mich so in Gefahr bringen würde? *Weil er dich kennt. Und weiß, dass du jede Katastrophe am liebsten eigenhändig abwenden möchtest.*

Je näher ich dem Feuer kam, desto heißer wurde es. Rauch kratzte in meinem Hals, als ich den Pfad entlangspurtete und direkt auf die Lagerbaracken zuhielt. Ich suchte die Umgebung nach Lyall ab, konnte ihn jedoch nirgends entdecken.

»Lyall? Bist du hier?«

Es knallte, und ich zuckte zusammen, als eine Funkenfontäne aus dem Dach der Werkstatt sprühte. Aber sofort setzte ich mich wieder in Bewegung.

»Lyall!«, brüllte ich aus voller Kehle.

Niemand antwortete. Wo war er, verdammt? Hatte er sich verletzt und lag nun in einem der Schuppen oder in der Werkstatt?

»Lyall!«, rief ich noch einmal verzweifelt.

»Kenzie?« Plötzlich tauchte Lyall im Rahmen einer der Türen auf, etwas auf dem Arm tragend. Er ließ es los, es sprang herunter und raste davon. Ich stürzte ohne Zögern auf ihn zu, griff nach seiner Hand. Da hörte ich ein hohes Sirren, das durch das Knistern der Flammen pfiff.

Die Gasflaschen.

»Weg hier!«, schrie ich und riss an Lyalls Arm.

Wir rannten von den Schuppen weg Richtung Meer, als das Lager hinter uns explodierte. Es knallte ohrenbetäubend laut, Lyall warf mich zu Boden, schützte mich mit seinem eigenen Körper, während um uns herum die Reste des Schuppens auf den Untergrund prasselten wie Geschützfeuer. Eine Welle aus sengender Hitze fegte über uns hinweg und hinderte mich für einen Moment daran, zu atmen. Dann wurde es still.

Zu still.

»Lyall?« Ich bewegte mich, um ihm zu bedeuten, dass er von mir runtergehen konnte. Er stöhnte leise, und ich spürte, wie sein Gewicht von meinem Rücken verschwand. Schnell drehte ich mich um und hievte mich auf die Knie. Lyall blieb auf dem Boden liegen, das Gesicht schmerzverzerrt und rußverschmiert. Aber als er mich sah, wurde der Schmerz durch grenzenlose Erleichterung vertrieben. Er rappelte sich hoch, dann zog er mich in seine Arme und hielt mich fest. Ich ließ ihn einen Moment gewähren, aber dann spürte ich, wie zerfetzt der Stoff seines Shirts war – und dass etwas Nasses an meinen Fingern kleben blieb.

»Du blutest.« Schnell ließ ich ihn los und sah mir seinen Rücken an. Hatte er sich schlimmer verletzt?

»Das sind nur Kratzer«, wehrte er ab.

»Ja, die Nummer kenne ich schon. Und glaube dir deswegen kein Wort.« Vorsichtig schob ich das zerstörte Shirt ein Stück nach oben und erwartete schwere Wunden oder wahre Blutströme, es schien jedoch, als hätte er diesmal recht: Es waren nur Kratzer. Ein paar davon tiefer und alle sollten sicherlich ordentlich desinfiziert werden, aber keiner blutete heftig. Ich atmete aus und ließ die Hände sinken.

Lyall wandte sich zu mir um und lächelte leicht. »Ich bin okay. Wirklich.«

»Wieso machst du so einen Scheiß?!«, stieß ich aus. »Was –«

»Sind Sie verletzt?«, hörten wir jemanden auf Englisch fragen. Einige Feuerwehrmänner kamen auf uns zu, aber nur einer blieb stehen, während die anderen direkt auf das Feuer zuhielten, dicke Schläuche in den Händen, die sie über den versengten Rasen zogen. Nur Sekunden später regneten gewaltige Wassermassen von oben in Fontänen herunter und durchnässten uns gleich mit.

»Nein«, beteuerte Lyall schnell und stand auf, bevor er mir auf die Füße half. »Alles in Ordnung.«

Der Feuerwehrmann beäugte sein kaputtes Shirt, als würde er das bezweifeln. »Lassen Sie sich bitte trotzdem oben vom Arzt durchchecken. Und jetzt weg hier, wir müssen unsere Arbeit machen.«

Damit scheuchte er uns in Richtung Haupthaus und wir leisteten dem Befehl nur zu gerne Folge.

Es war schon fast früher Morgen, aber noch dunkel, als die Feuerwehr ihre Arbeit beendete und uns meldete, dass der Brand gelöscht war. Sie wollten am Vormittag einen Ermittler schicken, um herauszufinden, wie das Feuer entstanden war, fürs Erste rückten sie jedoch ab. Und wir beschlossen, dass es das Beste war, schlafen zu gehen, auch wenn alle behaupteten, jetzt kein Auge zumachen zu können. Die Bungalows waren zwar vor dem Brand gerettet worden, aber man hatte sie mit Löschwasser bespritzt, damit nichts passieren konnte – und sie stanken so nach Rauch, dass dort wohl in nächster Zeit niemand wohnen würde. Also verteilte Lyall uns auf die Zimmer im Haupthaus, die schon fertig eingerichtet waren, schickte Martha, Elliott und Bella in die beiden Suiten ganz oben, genau wie Edina. Finlay und er wollten in der Lobby schlafen und ich bekam das Musterzimmer im zweiten Stock. Ich wehrte mich dagegen und wollte es an die beiden Jungs abtreten, aber die weigerten sich beharrlich. Und da ich zu erschöpft war, um mich auf Diskussionen einzulassen, die zu nichts führten, gab ich mich geschlagen.

Ich hatte aus dem Bungalow meinen persönlichen Kram und ein paar Sachen geholt. Darunter war auch ein frisches Shirt, das ganz unten in meiner Tasche gewesen war und deswegen nicht nach Qualm roch. Nachdem ich Shampoo herausgekramt hatte, testete ich, ob die Dusche im Badezimmer tatsächlich warmes Wasser ausspuckte, weil ich lieber schmutzig ins Bett ging als zu frieren. Da klopfte es an meiner Tür und ich lief hin, um zu öffnen.

Lyall stand davor.

»Hi«, machte er.

»Hi«, antwortete ich und lächelte leicht. Vorhin, als wir Todesangst umeinander gehabt hatten, war meine Befangenheit weg gewesen, aber jetzt spürte ich sie wieder.

»Ich wollte nur wissen, ob du alles hast, was du brauchst.« Er hielt etwas weißes Flauschiges hoch. »Und dir frische Handtücher bringen, damit du duschen kannst.«

»Damit *ich* duschen kann?« In seinem Gesicht waren immer noch Spuren von Ruß zu sehen und sein Shirt hing nach wie vor in Fetzen von ihm herunter. »*Du* siehst eher aus, als könntest du warmes Wasser und Seife brauchen.«

Er hob müde die Schultern. »Wir haben noch keine Abtrennungen in den anderen Zimmern und ich will nicht alles versauen. Morgen dann.«

»Du kannst hier duschen, wenn du willst«, sagte ich und zeigte zum Badezimmer – dem einzigen mit Glasabtrennung an der Dusche, auch wenn der Raum selbst noch keine Tür hatte. »Ich kann solange Finlay Gesellschaft leisten.«

Lyall lächelte. »Der schläft längst. Und danke für das Angebot. Aber ich will dich nicht stören. Außerdem wolltest du gerade duschen, also …«

»Ich kann ja mitkommen«, sagte ich leichthin, bis ich Lyalls Blick bemerkte, der mich urplötzlich an die Hitze des Feuers da draußen erinnerte. »Nur ein Witz«, schob ich schnell nach.

»Klar.« Er nickte nur und schien immer noch zu zögern, ob er mein Angebot annehmen sollte.

»Komm, geh schon.« Ich wies wieder zum Bad. »Ich hole so lange ein paar Flaschen Wasser in der Küche, der Rauch hat mich komplett ausgetrocknet.«

Lyall nickte. »Okay. Meinst du, du könntest mir meine Tasche aus der Lobby mitbringen? Sie steht direkt neben dem Sofa, auf dem Finlay schnarcht.«

»Sicher.«

Er ging ins Bad und zog sein kaputtes Shirt über den Kopf, aber ich schaute gar nicht erst hin, sondern beeilte mich, aus dem Zimmer zu kommen. Zunächst machte ich den geplanten Stopp in der Küche, dann ging ich in der Lobby vorbei und holte die Tasche für Lyall. Finlay schnarchte tatsächlich auf der Couch, die eigentlich viel zu kurz für ihn war, und ich breitete die dünne Wolldecke wieder über ihn aus, die halb heruntergerutscht war.

Als ich zurück ins Zimmer kam, hörte ich das Rauschen von Wasser, Lyall war offenbar noch nicht fertig. Und jetzt? Noch eine Runde draußen drehen? Oder reingehen?

Meine Füße nahmen mir die Entscheidung ab. Ich wollte direkt ins Zimmer weiterlaufen, am Bad vorbei, aber wie automatisch wurde mein Blick von der Türöffnung angezogen. Wir hatten uns für Duschabtrennungen entschieden, die in der Mitte einen breiten Milchglaseinsatz besaßen, sodass man nicht alles sehen konnte. Aber was ich sah, reichte völlig aus, um meinen Pulsschlag von ohnehin gefährlichem *Lyall-ist-in-meiner-Nähe-Tempo* auf das Doppelte zu erhöhen. Er hatte mir den Rücken zugedreht, und ich sah seine Schultern, deren Muskeln sich durch das warme Wasser entspannten, als Lyall den Kopf senkte und ihn unter den Strahl hielt. Ich merkte, wie ich die Luft anhielt. Ich hatte ihn von der ersten Sekunde an umwerfend gefunden. Aber mittlerweile war es viel mehr als nur sein Aussehen, was mich anzog. So viel mehr.

In diesem Moment wurde meine Sehnsucht nach ihm so übermächtig, dass meine Bedenken, die vor ein paar Stunden noch da gewesen waren, vollkommen verblassten. Wie es weitergehen sollte mit uns. Ob ich ihm wieder vertrauen konnte. Ob wir eine Zukunft hatten. Ich wollte einfach nur meine Klamotten loswerden, in dieses Bad gehen und ihm unter die Dusche folgen, um bei ihm zu sein. Ich hatte solche Angst um ihn gehabt. Jetzt wollte ich wissen, wollte *spüren*, dass er da war.

Also tat ich es. Ich zog mein T-Shirt und meine Jeans aus und ließ meine Unterwäsche folgen. Dann öffnete ich die Tür zur Dusche und trat in den warmen Dampf hinein, streckte die Hand aus und legte sie auf Lyalls Rücken. Er zuckte leicht zusammen, als ich ihn berührte. Überrascht drehte er sich um, sagte jedoch nichts, sondern schaute mich nur an, Vorsicht in den Augen.

Ich brauchte keine Worte, um ihm klarzumachen, dass ich meine Entscheidung getroffen hatte. Denn in diesem Moment spürte ich, dass sie längst gefallen war. Hatte er mich belogen? Oh ja. Konnte ich das vergessen? Keine Ahnung. Aber ich wollte es zumindest versuchen. Meine Gefühle für ihn waren über Monate nicht verschwunden, ganz egal, wie sehr ich sie verflucht hatte. Sie hatten eine Chance verdient. *Wir* hatten diese verdammte Chance verdient.

Deswegen legte ich die Hände auf Lyalls Brust, strich nach

oben, bis ich an seinem Gesicht ankam, und lächelte. Ich sah, wie die Vorsicht aus seinem Blick verschwand und er ihn an mir heruntergleiten ließ. Mein ganzer Körper begann augenblicklich erwartungsvoll zu kribbeln, als er mich unter den warmen Schauer zog, und ich schloss die Augen, als das Wasser auf mein Gesicht traf. Lyall strich mir die nassen Haare zurück, ließ seine Hände über meine Wangen in meinen Nacken wandern. Dann beugte er sich zu mir hinunter und küsste mich endlich.

Obwohl es nicht der erste Kuss war, seit wir auf der Insel waren, obwohl es den zaghaften Moment im Achilleion und den wütenden in genau diesem Zimmer gegeben hatte, fühlte sich dieser Kuss wie eine Erlösung an. Als würde sich alles in Luft auflösen: die Schuld, die Zweifel, die Angst. Da waren nur noch wir, Lyall und ich. Und die überwältigende Anziehung zwischen uns.

Er löste sich von mir, sah mich an, lächelte wie der Teufel, der er nicht war. Sein Daumen fuhr meine Unterlippe entlang und ich hielt es nicht mehr aus. Ich schlang ihm die Arme um den Hals und öffnete die Lippen, eine Einladung, die Lyall ohne zu zögern beantwortete. Wir stöhnten beide auf, als ich meine Zunge über seine gleiten ließ, er seine Arme um mich legte, mich packte und an sich zog. Ich spürte seine Härte zwischen uns und presste mich an ihn, verstärkte den Druck, genoss die Wirkung, die es hatte. Genau wie seinen Anblick, von dem ich nie genug kriegen würde: diesen unglaublichen Körper, den auch die Kratzer nicht entstellen konnten, und den Ausdruck in seinen Augen, der mir sagte, ich durfte mit ihm tun, was ich wollte, und er würde jede Sekunde davon genießen.

Lange ließ er mich trotzdem nicht gewähren, aber das kannte ich ja schon. Er küsste mich erneut, seine Lippen blieben jedoch nicht auf meinen, sondern glitten erst zu meinem Ohr, dann meinen Hals hinunter. Ich lehnte mich gegen die Wand und legte den Kopf in den Nacken, als Lyall mit den Fingern über meine Schultern und meine Brüste strich – und dann mit seinem Mund folgte. Die Mischung aus Erregung und völliger Erschöpfung ließ mich jede Berührung, jeden Kuss noch viel intensiver fühlen als sonst. Und es war so unglaublich gut.

Lyall ging langsam in die Knie, ich spürte seine Lippen an meinem Bauch, dann noch tiefer. Seine Hände folgten dem Wasser, das warm über meinen Körper lief und die letzten Spuren von Ruß mit sich nahm. Dann schob er sanft meine Beine ein Stück auseinander, strich mit den Fingern über die Innenseiten meiner Oberschenkel und ließ seine Zunge den Rest erledigen. Ich sog scharf die Luft ein, als er an meiner empfindlichsten Stelle ankam. *Großer Gott.* Vielleicht war da doch ein bisschen Teufel in ihm.

Meine Glückseligkeit hielt jedoch nur ein paar Sekunden – denn im nächsten Moment wurde das Wasser auf einen Schlag eiskalt. Ich fluchte laut und wich aus, Lyall richtete sich auf, griff schnell nach dem Hebel für das Wasser und stellte es ab.

»Was zur Hölle, *Kefi Palace*?«, rief ich aus, eine Anspielung auf das erste Mal, als ein kalter Regenschauer uns getroffen hatte. Wir sahen einander an und mussten beide lachen. Aber es konnte die Spannung zwischen uns nicht vertreiben. Nicht im Geringsten.

»Sieht so aus, als müssten wir was Neues suchen«, murmelte Lyall an meinen Lippen und hielt inne für einen schnellen, leidenschaftlichen Kuss, dann öffnete er die Duschtür. Draußen nahm er eines der Handtücher, legte es mir um die Schultern und zog mich damit wieder nah an sich. Sehr nah. »Oder hast du schon genug, Miss Bennet?«, raunte er in mein Ohr.

Ich blieb ihm eine Antwort schuldig, stattdessen küsste ich ihn und ließ mich erneut in das Verlangen nach ihm hineinfallen. Es war mir scheißegal, wo wir es taten, solange wir auf keinen Fall damit aufhörten.

Lyall verstand den Wink und hob mich hoch. Ich schlang meine Beine um seine Hüften und registrierte mit tiefer Genugtuung den Laut, den er daraufhin ausstieß. Ohne Worte dirigierte ich ihn zu dem Samtsofa hinten am Fenster, vielleicht hatten wir auch einfach die gleiche Idee gehabt. Dort ließ er mich herunter, zog mich aber sofort wieder auf seinen Schoß. Ich hatte anderes vorgehabt, aber auch gut. Mir war es sowieso am liebsten, wenn ich möglichst viel von ihm spürte.

Ich ließ meine Hand von seinem Hals über sein Schlüsselbein und den Oberkörper hinuntergleiten, schob sie in die Lücke zwischen uns, um ihn zu umfassen. Lyall stieß eines dieser Knurren aus, die meinen ganzen Körper vibrieren ließen, aber es dauerte nicht lange, bis er seine Hand auf meine legte und mich stoppte.

»Du bist immer noch zu gut darin«, ließ er mich keuchend wissen.

»Ich weiß.« Ich grinste und spannte meine Finger noch einmal an, bevor ich ihn aus meinem Griff entließ und meine Arme wieder um seinen Nacken schlang. »Wird Zeit für das, in dem wir beide gut sind«, flüsterte ich und spürte dem Schaudern nach, das meine Worte in Lyall auslösten und in einem neuen Kuss gipfelte, der mich vor Erwartung zittern ließ. Aber dann hielt er plötzlich inne.

»Verdammt, ich habe nichts dabei«, murmelte er an meinem Hals.

»Ich schon«, sagte ich atemlos und stand auf, um hastig in meiner Tasche zu wühlen und die Kondome herauszuholen, die dort seit irgendeinem Kurztrip im letzten Frühjahr verstaut waren. »Du weißt doch …«

»… allzeit bereit ist ein gutes Motto.« Lyall nahm mir das Päckchen ungeduldig aus der Hand, kaum dass ich wieder bei ihm war, und schaffte es, mich gleichzeitig zu streicheln, während er das Kondom überrollte.

Seine Ungeduld war aber nichts gegen meine, die ich empfand, als ich zurück auf seinen Schoß glitt und ihn dabei in mich aufnahm. Sein Stöhnen ging in meins über, ich beugte mich zu ihm und tauchte in seinen Mund ein. Für einen Moment genoss ich das unglaubliche Gefühl zwischen uns einfach nur. Dann hob ich meine Hüften an und senkte sie erneut, langsam, quälend für uns beide, sah ihm dabei direkt in die schwarzen Augen, deren Blick mein Verlangen nach ihm noch steigerte, wenn das überhaupt möglich war. Lyall lehnte sich vor, hielt mich fest und presste seinen Mund auf die empfindliche Haut an meiner Brust. Eine Stichflamme jagte durch meine Adern, als er es tat. *Himmel, habe ich das vermisst*, dachte ich. Nicht Sex an sich. Sondern Sex mit Lyall.

Meine Bewegungen wurden schneller, und Lyall ließ mich gewähren, seine Lippen auf meiner Haut, seine Finger genau da, wo ich sie wollte. Aber dann legte er die Hände an meine Hüften, hob mich hoch und trug mich zum Bett. Dort beugte er sich über mich, küsste mich hungrig und erinnerte mich daran, wie gut er darin war, die Kontrolle zu übernehmen – und wie gerne ich sie ihm überließ. Ich bog den Rücken durch, krallte meine Finger in das nagelneue Laken und kostete es voll aus, wie Lyall uns beide mit jedem Stoß, mit jedem Kuss dem Wahnsinn ein Stück näher brachte.

Als der Höhepunkt auf mich zurollte und ich merkte, Lyall war auch kurz davor, löste ich meine Lippen von seinen und raunte ihm etwas ins Ohr. Es waren zwei Worte, nur zwei winzige Worte, die ich ihm zuflüsterte. Aber sie hatten genau die Wirkung, die ich wollte – er stöhnte auf, packte mich fester und brachte uns beide mit schnellen harten Bewegungen bis an die Schwelle und dann darüber hinaus. Ich spürte den Moment, als wir abhoben, ließ mich fallen und nahm ihn mit mir. Eine endlose Sekunde waren wir schwerelos, dann gingen wir in Flammen auf.

Genau wie alles, was uns je getrennt hatte.

37
Lyall

Eigentlich war das Aufwachen am Morgen nach dem Sex meist großartig. Vor allem, wenn man es neben der Frau tat, nach der man sich monatelang gesehnt hatte. Es fing mit Kuscheln an, das Kuscheln ging in Berührungen über, erst träge und verschlafen, dann wacher, und irgendwann entschied man, dass die Erinnerung an die letzte Nacht doch schon verblasste und man dringend eine weitere Runde brauchte, um nicht zu vergessen, wie gut es gewesen war. Quasi der perfekte Start in den Tag.

Zumindest, wenn man nicht gerade auf einer Baustelle wohnte.

Das Hämmern eines Schlagbohrers riss uns nach der extrem kurzen Nacht abrupt aus dem Schlaf. Kenzie stieß einen höchst unwilligen Laut aus und vergrub ihr Gesicht an meiner Schulter, bevor sie die Decke über unser beider Köpfe zog.

»Verdammter Lärm«, murrte sie. Ich spürte die Worte auf meiner Haut.

»Ich dachte, du magst diesen ganzen Baustellenkram?«, neckte ich sie.

»Ja, aber doch nicht heute.«

In das Hämmern fiel nun das unangenehme Sirren einer Steinsäge mit ein, offenbar waren die Arbeiter trotz des Feuers schon dabei, die äußeren Terrassen neu zu pflastern.

Ich stöhnte auf. »Das ist echt der mieseste Danach-Morgen aller Zeiten.«

Da spürte ich, wie Kenzie lachte. »Besser als die mieseste Nacht aller Zeiten. Und die war das absolute Gegenteil. Okay … zumindest alles *nach* dem Brand.«

»Du hast keine Ahnung, welche Sorgen ich mir gemacht habe«, sagte ich leise.

»Du um mich? Was ist mit mir?« Kenzie klang sehr ernst. »Bist du eigentlich wahnsinnig, in ein brennendes Gebäude zu laufen? Hast du denn gar keinen Überlebensinstinkt?«

Ich fand ihren Mund im schwachen Licht unter der Decke und küsste sie sanft. »Man muss Prioritäten setzen. Mister Darcy wäre auch in ein brennendes Gebäude gerannt, um Miss Bennet zu retten.«

Kenzie lachte auf. »Dann heißt die Katze, die du unter deinem Arm hattest, also Miss Bennet?«

Ich hielt inne. »Machst du dich gerade über mein Heldentum lustig?«

»Würde ich nie tun«, murmelte sie und revanchierte sich für meinen letzten Kuss mit einem, der genau eine Sekunde harmlos daherkam, bevor er verdammt schnell heiß wurde. Ich spürte, wie Kenzies Hand meinen Rücken nach unten bis zu meinem Hintern strich und dann über meine Hüfte nach vorne.

»Hi«, sagte sie in dieser Tonlage, in der es nicht mehr als ein Wort brauchte, um mich alles außer Kenzie augenblicklich vergessen zu lassen. Scheißegal, ob um uns herum ein wahnsinniger Lärm war. Leise stöhnte ich auf, als ihre Hand ihr Ziel fand.

»Glaubst du, wir haben noch zehn Minuten?«, fragte ich.

Als wäre es eine Antwort darauf, klopfte es in der nächsten Sekunde an der Zimmertür.

»Lye?«, rief Edina von draußen. »Ich weiß, dass du da drin bist. Mum ist in zehn Minuten hier. Also verschieb die Morgennummer mit Kenzie besser auf später und zieh dir was an.«

Kenzie ließ mich augenblicklich los und schlug die Decke zurück. »Deine Mutter kommt heute zurück? Wieso hat mir das niemand gesagt, bevor wir ihr Musterzimmer verwüstet haben?«

Als ich den Ausdruck auf ihrem Gesicht sah, musste ich lachen. »Ich bin sicher, das ist total okay für sie. Mum hofft schon seit letztem Sommer, dass wir beide mal wieder irgendwas verwüsten, glaub mir.«

Es klopfte nochmal. »Lyall, hast du mich gehört?«, rief Edina.

»Ja, verdammt!«, antwortete ich ihr. »Wir sind gleich da.« Nur eine Sekunde blieb ich noch im Bett, bevor ich mich der Erkenntnis ergab, dass der angenehme Teil des Morgens beendet war. Also küsste ich Kenzie ein letztes Mal, dann standen wir auf und ich kramte in meiner Tasche nach Klamotten.

»Woher weiß deine Schwester eigentlich, dass du hier bist?« Kenzie holte ein frisches Shirt hervor und zog es über.

»Sie ist Edina. Sie weiß alles.« Außerdem musste man nicht allzu gut rechnen können, um meine Abwesenheit zu bemerken und dann eins und eins zusammenzuzählen. Und ich ging jede Wette ein, dass Finlays gestriger Appell an Kenzie nicht allein auf seinem Mist gewachsen war. Wahrscheinlich sollte ich mich bei ihnen bedanken.

Wir waren im Rekordtempo fertig, obwohl wir jedes Mal, wenn wir einander in die Quere kamen, vergaßen, dass wir keine Zeit übrig hatten. Nach dem Anziehen räumten wir schnell das Zimmer auf, falteten die Decke, legten die Kissen zurück aufs Sofa und hängten die Handtücher ordentlich ins Bad. Danach sah es wieder fast genauso aus wie vorher.

»Ich gehe mal vor«, sagte Kenzie, zog den Reißverschluss ihrer Tasche zu und wandte sich dann zur Tür. »Ich habe zwar keine Hoffnung, dass nicht längst jeder da draußen weiß, was hier läuft, aber wir sollten vielleicht trotzdem nicht zusammen aus diesem Zimmer kommen.«

»Hey, warte kurz.« Ich hielt sie sanft am Arm zurück.

»Ja?« Sie lächelte, als sie ihre Hände in meinem Nacken verschränkte.

»Ich wollte nur sagen … ich würde es verstehen, wenn du das mit uns nicht willst. Trotz heute Nacht. Du musst es nur sagen und ich werde kein Wort mehr darüber verlieren.«

Ich hatte zwar die Entschlossenheit in ihren Augen gesehen, die Überzeugung, dass sie uns eine Chance geben wollte. Aber wenn man Angst um jemanden hatte, dann traf man auch Entscheidungen, die man vielleicht später bereute. Ich wollte ihr nicht das Gefühl geben, irgendetwas von ihr zu erwarten. *Ach komm, wem machst du was vor?*

»Du denkst, das ist so ein Ding wie in *Speed*? Extremsituationen und plötzlich auftauchende Gefühle durch Adrenalin?« Kenzie war nur halb belustigt und wurde schnell wieder ernst. »Ich bereue das hier nicht, Lyall. Und ich will sehen, wie weit wir kommen.« Sie holte Luft. »Ja, es hätte einiges in der Vergangenheit anders laufen müssen. Und du musst damit leben, dass ich manchmal Angst haben werde, dass du lügst, und deswegen mich – und dich – fragen werde, ob du mir die Wahrheit sagst. Aber glaub mir, das zwischen uns ist mir wichtiger als meine Angst.«

Ich sah sie einen Moment an, dann zog ich sie an mich. Nicht, um sie zu küssen, sondern einfach nur zu umarmen. Ich brachte kein Wort heraus, aber ich war sicher, sie verstand, was mir das bedeutete. Glück schoss durch meine Adern und das letzte bisschen Abspannung fiel endlich von mir ab. Als ich Kenzie losließ und sie mich anlächelte, hatte ich das Gefühl, als wäre ich wieder ganz. Zum ersten Mal seit Jahren.

»Wir sollten gehen«, sagte sie leise.

»Noch nicht.« Ich beugte mich vor und küsste sie doch.

Der Kuss war hastig und schnell, aber er war vielleicht der Bedeutsamste seit dem allerersten in Kenzies Camper, als ich trotz aller Regeln gemerkt hatte, dass ich nicht in der Lage war, mich von ihr fernzuhalten. Weil wir jetzt wussten, wir gehörten zusammen. Und egal, was noch kommen würde, wir konnten das schaffen.

In der nächsten Sekunde ging die Tür nach einem kurzen Klopfen auf.

»Oh gut, ihr seid angezogen.« Finlay grinste breit, als er uns sah. »Dora hat gerade vor dem Hotel geparkt. Und ich wette, sie will euch sehen.«

Ich verengte die Augen. »Was habt ihr Mum denn gesagt?« Dass Edina sie angerufen hatte, nachdem der Brand gelöscht worden war, wusste ich. Aber ich war bei dem Gespräch nicht dabei gewesen. Und auch wenn meine Schwester sonst ein sehr beherrschter Mensch war, hatte sie in manchen Situationen den Drang, Dinge dramatischer darzustellen als sie waren.

Finlay hob die Schultern. »Ich würde schätzen, so schnell, wie Dora einen Flug hierher genommen hat, war es mindestens ein ›Lyall wäre fast gestorben, Mum, also beweg deinen Arsch gefälligst hierher‹.« Er imitierte Edinas Tonfall so gut, dass ich beinahe gelacht hätte – wenn ich nicht gewusst hätte, was mir jetzt bevorstand.

»Ich gehe ihr mal lieber entgegen.«

Finlay und Kenzie folgten mir mit etwas Abstand und ich hörte ihren Dialog, während ich eilig die Treppen hinunterlief.

»Also?«, fragte mein Cousin und ich konnte das Grinsen in seiner Stimme erahnen. »Seid ihr zwei wieder …?«

»Allerdings«, antwortete Kenzie und als ich die Überzeugung in diesem einen Wort wahrnahm, musste ich lächeln. »Danke, Fin. Dein Appell gestern, der war zwar ziemlich auf die zwölf, aber ich habe ihn wohl gebraucht.«

Was Finlay darauf sagte, hörte ich nicht mehr, denn ich war

in der Lobby angekommen – und im selben Moment ging die mittlerweile funktionstüchtige Schiebetür am Eingang auf.

»Lyall! Oh Gott, da bist du ja! Schatz, ist alles in Ordnung?« Meine Mutter rauschte herein wie die Drama-Queen, die sie war, und fiel mir um den Hals, als müsste sie mich höchstpersönlich von der Todesschwelle ins Leben zurückziehen. »Wieso machst du so einen Unsinn? Habe ich dir nicht beigebracht, dass man nicht in brennende Gebäude rennt?«

Ich unterdrückte ein Grinsen, weil Kenzie mich vor zehn Minuten das Gleiche gefragt hatte. Dann schüttelte ich den Kopf.

»Nein, hast du nie.« Ich machte große Augen, als sie mich losließ. »Wenn du es getan hättest, wäre ich da doch nie reingelaufen.«

Meine Mutter versetzte mir einen Klaps auf den Oberarm. »Hör auf, Witze darüber zu machen.« Sie sah mir sehr genau ins Gesicht und berührte dann den Kratzer an meiner Wange. »Geht es dir wirklich gut? Dir und den anderen?«

Ich nickte. »Ja. Es ist niemandem etwas passiert, Mum.«

Wie aufs Stichwort kamen Kenzie und Finlay dazu, die ebenfalls mit erleichterten Umarmungen bedacht wurden, genau wie Edina, Elliott und die anderen, die bei dem Lärm wohl auch nicht länger hatten schlafen können und alle ziemlich übernächtigt aussahen. Erst als zwei Männer in Feuerwehr-Kleidung und einer mit Polizeiabzeichen auf dem Shirt hereinkamen, ließ meine Mutter von uns ab.

Edina und sie sprachen nicht lange mit dem Brandinspektor, bevor er alles in Augenschein nehmen wollte und wir ihn die Stufen hinunter zu der Stelle führten, an der bis gestern die Schuppen gestanden hatten. Es roch immer noch bestialisch nach Rauch und dazu nach feuchter Erde.

Ich bemühte mich, mir nichts anmerken zu lassen, aber das Ausmaß des Schadens bei Tageslicht war krasser als ich gedacht hatte. Nicht nur, dass die Schuppen, die teilweise gemauert gewesen waren, teils aus Holz bestanden hatten, jetzt kaum mehr als Ruinen waren. Die komplette Umgebung war mit Asche übersät – von den Pflanzen, den Sträuchern, dem Rasen drum herum war nichts übrig. Überall lagen Trümmer der Explosion verteilt, nicht nur die der Gebäude, sondern auch verkohlte Farbdosen und Werkzeug, das herausgeschleudert worden war. Dazu waren die früher weißen Wände der Bungalows nun schwarz vor Ruß. Meine Mutter stieß einen schockierten Laut aus, und ich strich ihr über den Rücken, weil ich mir denken konnte, wie sie sich fühlte. Das hier war ihr Herzensprojekt. Und dieser Schaden bedeutete zwar kein Todesurteil, aber er warf uns ein ganzes Stück zurück.

Der Brandermittler bahnte sich vorsichtig einen Weg durch das Trümmerfeld, besah sich einzelne Teile genauer, redete mit den Feuerwehrleuten und drehte sich dann zu mir um.

»Sie haben den Brand bemerkt?«, fragte er mich auf Englisch.

»Ja, das ist richtig.«

»Können Sie noch sagen, wo Sie die ersten Flammen gesehen haben?«

»Ich zeige es Ihnen«, antwortete ich. Zwar war ich oben im Bungalow gewesen, aber das Einschätzen von Perspektiven war Teil meines Jobs. Ich hatte keine Probleme, ihm die genaue Stelle zu benennen, wo ich den Ursprung des Brandes vermutete. Es war Nikolaos ehemalige Werkstatt, dieser vollgestopfte Raum mit Lacken, Farben, Unkrautvernichtungsmitteln und Verdünner.

Der Ermittler sah sich gemeinsam mit den Feuerwehrmännern um und wir zogen uns ein Stück zurück, um sie arbeiten zu lassen. Als ich Kenzie neben mir bemerkte, legte ich einen Arm um sie, ohne darüber nachzudenken. Und zog damit die erstaunten Blicke der anderen auf mich.

»Du schuldest mir 20 Mäuse«, raunte Martha dann Elliott zu.

»Mir auch«, sagte Bella leise, und ich grinste, als Kenzie meine Geste erwiderte und sich an mich schmiegte. Erst da wurde meine Mutter auf uns aufmerksam, die bis dahin noch den Ermittler angestarrt hatte, als würde sie ihn so dazu bringen können, ihr zu sagen, dass alles halb so wild war.

»Ach, wie schön!«, rief sie aus – so laut, dass sich die Brandinspektoren irritiert umdrehten. Sie wedelte mit der Hand. »Machen Sie nur weiter. Das hier hat nichts mit Ihnen zu tun.« Dann umarmte sie Kenzie erneut. »Ich wusste es. Ich wusste, ihr kriegt das hin. Schließlich habe ich eine hundertprozentige Trefferquote, was die Vorhersage von Paaren angeht.«

»Hat sie nicht«, formte ich lautlos mit den Lippen. Kenzie grinste und sah dabei so glücklich aus, dass ich mich beherrschen musste, sie nicht zu küssen, mitten in diesem Trümmerfeld vor all den Leuten.

»Bedeutet das, du wirst noch ein bisschen bei uns bleiben?« Meine Mutter sah Kenzie an, immer noch völlig verzückt.

»Wenn du mir die Notlüge mit dem Unfall in der Firma meines Vaters verzeihst, dann ja«, antwortete sie mit einem schiefen Grinsen und sah zu mir. Ich lächelte und drückte ihr einen schnellen Kuss auf die Haare.

»Ach«, meine Mutter wedelte mit der Hand. »Das ist schon vergessen. Wir haben alle mal das Gefühl gehabt, von irgendwo wegzumüssen.«

Im nächsten Moment kamen die Inspektoren auf uns zu und sahen so ernst aus, dass wir das Gerede über Notlügen sofort vergaßen.

»Wir müssen uns unterhalten.« Der Brandermittler sah zu Edina und bat sie, zu übersetzen, weil er sich diese Erklärungen wohl auf Englisch nicht zutraute. Es folgten einige lange Schilderungen auf Griechisch, die meiner Schwester ein tiefes

Stirnrunzeln bescherten – ob wegen des Inhalts oder weil es auch für sie kompliziert war, was der Mann sagte, wussten wir nicht, bis sie zu sprechen begann.

»Er meint, dass sie noch weitere Untersuchungen machen müssen. Aber sie gehen momentan davon aus, dass das Feuer keinen natürlichen Ursprung hatte, sondern gelegt wurde.«

»Es war Brandstiftung?« Ich sah die Ermittler schockiert an. Einer von ihnen hielt uns etwas hin, das wie ein schwarzer Klumpen Plastik aussah.

Edina zeigte darauf. »Dieser Behälter lag auf dem Boden unter der Werkbank und ist wohl auf eine Art und Weise geschmolzen, die sich nicht mit der Ausbreitung des Feuers erklären lässt. Sie werden ihn im Labor auf Rückstände wie Brandbeschleuniger untersuchen, um ganz sicherzugehen.«

Das war eine Nachricht, die uns alle erst einmal sprachlos machte. Auch wenn jeder von uns einen Namen im Kopf hatten, den Elliott schließlich aussprach.

»Clea«, sagte er abfällig. »Das war doch garantiert sie, im Auftrag von Davidge. Sie kennt sich hier aus, wusste genau, wo die Werkstatt ist und dass da ein Haufen Kram lagert, der nicht mit Feuer in Berührung kommen sollte.«

»Glaubst du echt, sie würde so etwas tun? Sie hat uns ausspioniert, okay, aber das?« Bella schien zu zweifeln.

»Wer soll es sonst gewesen sein?«

»Sie haben einen Verdacht?«, fragte der Ermittler, der vermutlich nicht alles verstanden hatte. Edina erklärte ihm, was wir vermuteten, und er notierte sich Cleas Namen und ihre Telefonnummer, um sie zu befragen, wenn sich der Verdacht der Brandstiftung bestätigen sollte. Dann sperrten sie das Areal ab und baten uns, es nicht zu betreten, bis sie ihre Untersuchungen abgeschlossen hatten. Wir zogen uns auf den Hauptweg zurück, von den Neuigkeiten immer noch hart getroffen, aber vor allem erschöpft.

»Okay.« Kenzie gähnte hinter vorgehaltener Hand. »Wenn wir hier nichts mehr tun können, dann sollten wir wohl an die Arbeit gehen.«

»Arbeit? Bist du verrückt?« Meine Mutter schüttelte heftig den Kopf. »Heute wird nicht gearbeitet. Ihr habt alle frei. Ich bin mit einem Hotelier an der Westküste von Korfu befreundet, er hat eine kleine Wellnessoase direkt am Meer und zu dieser Zeit sicherlich Kapazitäten frei. Ich rufe ihn gleich an und mache ein paar Behandlungen klar. Vor morgen will ich keinen von euch hier wiedersehen, verstanden?«

Elliott, Martha und Bella widersprachen nicht, und ihren müden Augen war anzusehen, dass sie sich auf eine Massage und ein bisschen Schlaf ohne Baulärm freuten. Als sie gingen, blieben Finlay, Edina, Kenzie und ich zurück.

»Das gilt auch für euch«, sagte meine Mutter. »Packt eure Sachen und los geht's. Die Handwerker wissen doch sicher, was sie zu tun haben, oder?«

»Schon, aber –«, begann ich.

»Nichts aber. Ich habe trotz dieser Katastrophe genau gesehen, wie weit ihr in den letzten Wochen gekommen seid, und ihr müsst dafür mehr als hart gearbeitet haben. Bitte dämpft mein schlechtes Gewissen ein bisschen und nehmt wenigstens den einen Tag frei.«

Wir willigten ein und Finlay verschwand als Erster, anschließend Edina. Ich versicherte mich, dass es wirklich okay war, wenn wir meine Mutter mit dem Chaos alleinließen, dann lief ich gemeinsam mit Kenzie zum Haupthaus.

»Also Wellness, hm?«, sagte sie, und es klang nur mittelmäßig begeistert.

»Nicht, wenn du nicht willst«, lächelte ich. »Wir können stattdessen einfach unser eigenes Ding machen.« Ich hatte auch schon eine Idee, was.

Kenzie schenkte mir ein Lächeln, das nur für mich reserviert zu sein schien. Mein Magen antwortete mit einem warmen Kribbeln darauf. »Bin dabei. Ehrlich gesagt hat mir die Vorstellung noch nie behagt, dass mir fremde Leute auf dem Rücken herumdrücken.«

Ich lachte, weil ich auch so war. Während sich Finlay oder Edina liebend gerne in einem unserer Hotels den ganzen Tag durchkneten ließen, war alles, was ich an Wellness ertrug, der Besuch des Pools.

»Dann ist es entschieden. Du und ich und … nein, das wird eine Überraschung. Pack auf jeden Fall Badezeug ein. Ich muss noch kurz etwas mit Mum klären.« Schnell drückte ich ihr einen Kuss auf den Mund und machte mich auf den Weg zurück zu meiner Mutter, nachdem Kenzie in Richtung Haupthaus verschwunden war.

Während ich die Stufen hinunterlief, sah ich in den blauen Himmel, spürte ein tiefes Glücksgefühl in mir und musste lächeln. Denn obwohl ich hier mitten durch eine teils verwüstete Hotelanlage spazierte, obwohl wir offenbar einen ernstzunehmenden Gegner hatten und nicht wussten, wie wir uns wehren sollten – das hier konnte trotzdem der beste Tag seit sehr langer Zeit werden.

38
Kenzie

Die Sonne und die Aussicht auf einen freien Tag nur mit Lyall vertrieben die dunklen Schatten des Brandes mit jeder Minute, die ich damit verbrachte, meinen Kram zu packen. Davor stornierte ich noch schnell meinen Flug für den Nachmittag und schrieb Willa eine Nachricht, dass ich doch nicht nach Hause kommen würde. Dann zog ich einen meiner selten genutzten Bikinis an und Shorts und Top darüber, nahm zu den Flipflops noch meine Boots mit und Klamotten zum Wechseln. Ich kramte meine Sonnencreme aus der Reisetasche, steckte sie mit ein paar anderen nützlichen Kleinigkeiten ein und bekam das Grinsen kaum aus dem Gesicht, als ich daran dachte, was hier heute Nacht passiert war … und wie es weitergehen würde. Da kamen jedoch zwei der Handwerker ins Musterzimmer, weil sie momentan die Bilder aufhängten und die Abstände messen wollten, und ich ging schnell raus.

Ich war gerade auf dem Weg in die Lobby, um zum Parkplatz zu gehen, als ich Stimmen hörte – die von Finlay und Edina. Ich wollte nicht lauschen, sie aber auch nicht unterbrechen, was unweigerlich passieren würde, wenn ich an dem offenen Loungebereich vorbeiging. Also blieb ich, wo ich war.

»Ist das dein Ernst?«, fragte Finlay und es klang genauso müde wie genervt. »Du willst nicht mit in ein Wellnesshotel, weil ich auch dabei bin? Ist es so unerträglich für dich, in meiner Nähe zu sein?«

»Darum geht es doch gar nicht und das weißt du«, antwortete Edina und erinnerte mich vom Tonfall und der Kühle in ihrer Stimme an ihren Bruder, wenn er unangenehme Gespräche führte. »Also nutz das nicht, um mir schon wieder Vorwürfe zu machen.«

»*Ich* mache dir Vorwürfe? Ich sage doch überhaupt nichts!«

Ich schaute kurz um die Ecke und sah, dass Edina mit verschränkten Armen am Fenster stand, während Finlay an der gegenüberliegenden Wand lehnte. So als wollten sie um jeden Preis Abstand halten, wie seit Edies Ankunft schon.

»Du musst auch nichts sagen«, gab sie zurück. »Es reicht, wenn du mich ansiehst und ich in deinem Blick lesen kann, wie wenig du von meiner Entscheidung hältst. Von einer Entscheidung, die du eigentlich mittragen solltest, wenn du auch nur einen Funken Realitätssinn hättest!«

Finlay schnaubte. »Klar, ich bin der Unrealistische von uns beiden. Weil *ich* nicht auf irgendwelche bescheuerten Familienregeln höre und deswegen meine Gefühle verleugne.«

»Ach, dann willst du gerne den Shitstorm der Medien abkriegen?«, fragte Edina. »Die ganze Hetze gegen uns, wenn das rauskommt?«

»Du klingst wie Dora.«

»Weil sie recht hat, verdammt!« Sofort dämpfte Edina ihre Stimme wieder. »Die gesamte Welt würde sich das Maul über uns zerreißen, Fin. Sie würden von Inzest reden, von *Blutschande*, davon, dass es unnatürlich ist, wenn wir zusammen sind.«

»Wir sind keine Geschwister, Herrgott, wir kannten uns kaum, bevor wir Teenager waren«, sagte Finlay, vermutlich nicht zum ersten Mal. »Es ist nicht verboten, dass wir ineinander verliebt sind.«

»Musst du das so rumposaunen?«, zischte Edina. »Was, wenn es jemand hört oder aufnimmt und dann der Presse zuspielt?«

»Das ist mir scheißegal! Die kennen uns nicht, also muss es uns auch nicht interessieren. Es wird ein paar Wochen dauern und dann finden sie ein neues Thema. So ist es immer.« Finlays Worte hatten etwas Flehendes.

Edina holte tief Luft. »Ist völlig egal. Der Rat hat entschieden und damit ist das Thema erledigt. Da steht zu viel auf dem Spiel.«

»In New York hat dich das nicht interessiert. Zumindest, bevor du dich morgens aus dem Zimmer geschlichen hast, als wäre ich irgendein One-Night-Stand für dich gewesen.«

»Ich bin gegangen, weil New York ein verfluchter Fehler war. Das weißt du so gut wie ich.«

»Nein, was ich weiß, ist, dass ich dich noch nie so glücklich gesehen habe wie in dieser Nacht.«

»Ja, und was habe ich davon? Gar nichts!« Ich hörte klackernde Schritte, offenbar lief Edina auf und ab. »Es war vorher schon schlimm, aber jetzt weiß ich, wie es ist, mit dir zusammen zu sein. *Wirklich* zusammen zu sein.« Sie brach ab. »Und es wird nicht besser. Es kann nicht besser werden, wenn du nicht bereit bist, zu akzeptieren, dass wir keine Chance haben.«

Für einen kurzen Moment schwiegen sie beide.

»Ich liebe dich, Ed«, stieß Finlay dann aus. »Das geht nicht weg, nur weil du es gerne so hättest.«

»Hör auf, das zu sagen.« Edina sagte es sehr leise. »Bitte hör auf damit, okay?«

»Warum? Es ist die Wahrheit.«

»Warum? Weil ich dich auch liebe, du Idiot! Aber je öfter wir es sagen, desto schwerer wird es, das endlich zu vergessen!« Ihre Stimme war erstickt, und im nächsten Moment hörte ich, wie sie in Tränen ausbrach. »Wir dürfen das nicht«, schluchzte sie. »Ich kann nicht meine Familie verlieren und du auch nicht.

Was, wenn wir irgendwann anfangen, einander zu hassen? Wenn es schiefgeht? Dann haben wir niemanden mehr!«

Auch wenn es mich nichts anging, ich konnte hier nicht stehen und dabei zuhören, wie sie litt. Wie sie beide litten. Also machte ich einen Schritt nach vorne, aber bevor sie auf mich aufmerksam werden konnten, sah ich, wie Finlay auf Edina zuging und sie in die Arme nahm.

»Es tut mir so leid, Ed«, murmelte er, während er sie festhielt und ihr über den Kopf strich. »So unendlich leid.«

Keiner der beiden beachtete mich und wahrscheinlich war das auch besser so. Ich nutzte den Moment und huschte an ihnen vorbei zum Ausgang. Draußen auf dem Parkplatz wartete Lyall vor dem schwarzen Jeep, den sein Cousin für die Zeit auf der Insel gemietet hatte.

»Finlay überlässt uns das Ding für heute.« Er grinste. »Wollen wir los?«

»Unbedingt.« Ich lächelte und warf meine Sachen auf den Rücksitz, dann stieg ich ein. Aber ich brachte es nicht fertig, meine eigene Vorfreude auf unseren gemeinsamen Tag über das zu stellen, was ich gerade mitbekommen hatte. Lyall schien es zu bemerken, denn wir waren noch nicht einmal auf der Hauptstraße, da sah er mich fragend an.

»Was ist los? Denkst du an den Brand? Wenn es Clea war, werden die ihr das nachweisen können. Und dann wird sie merken, was sie davon hat, uns gegen sich aufzubringen.«

»Das ist es nicht«, verneinte ich. »Die Brandstiftung ist schlimm, und ich hoffe, sie fassen Clea oder denjenigen, der es getan hat. Aber ich denke daran, dass ich gerade … ich habe unfreiwillig ein Gespräch zwischen Finlay und Edina mit angehört.« Und es hatte mich mehr berührt, als ich sagen konnte.

»Haben sie gestritten?«, fragte Lyall in düsterem Ton.

»Zuerst, ja. Woher weißt du das?«

»Weil sie das immer tun, wenn sie aufeinandertreffen. Zumindest, seit der Rat im letzten Sommer seine offizielle Entscheidung gefällt hat.« Er schüttelte den Kopf.

Ich sah ihn an. »Was bedeutet das? Du hast mir gesagt, dass sie damals Jamie aus der Familie geworfen haben, weil er diesen Skandal verursacht hat. Und Finlay und Edina wären der nächste Skandal, das ist mir auch klar. Was haben sie also getan? Vorab um Erlaubnis gebeten, damit ihnen nichts passiert, wenn das Ganze in die Presse kommt?«

»So in der Art.« Lyall nickte, und ich sah, wie ernst sein Blick hinter der Sonnenbrille war. Er öffnete den Mund und schloss ihn wieder – und in mir flammte sofort die Sorge auf, er würde mir erneut etwas verschweigen. Aber bevor ich nachfragen konnte, holte er Luft. »Außerdem ist es so, dass unsere Partner vom Rat genehmigt werden müssen.«

Ich starrte ihn an. »Was? Du willst sagen, die Familie entscheidet darüber, mit wem Finlay, Edina oder du zusammen sein dürfen?«

»Ja. Zumindest, wenn es auf eine dauerhafte Verbindung rausläuft. Wenn einer von uns also ernsthafte Absichten hat, muss er oder sie vorher eine offizielle Anfrage stellen. Und nur, wenn der Kandidat oder die Kandidatin – so nennen sie das wirklich – in die Familie passt, gibt es grünes Licht.«

Ich schwieg, weil ich nicht aussprechen wollte, was mir durch den Kopf ging, aber Lyall schien meine Gedanken zu lesen. Er nahm die rechte Hand vom Schaltknauf und griff nach meiner.

»Mach dir keine Sorgen«, sagte er und lächelte. »Wir haben noch ewig Zeit dafür. Außerdem – Mum liebt dich, Moira schätzt dich und Fiona wird kein Problem sein. Sollte also der Tag kommen, wo wir beide entscheiden, es offiziell zu machen, wirst du gar nicht merken, dass wir sie überhaupt gefragt haben. Sofern eine Erlaubnis des Rates dann noch nötig ist.«

Ich entspannte mich trotzdem nicht. »Du meinst, weil du vorher die Regeln ändern willst?«

Er nickte nur.

»Was passiert denn, wenn man sich jemanden aussucht, der nicht in die Familie passt?«, fragte ich. »Bei dir, nicht bei Edina und Finlay. Fahren sie dann die Jamie-Nummer?« Lyall hatte mir bei unserem Ausflug im letzten Sommer gesagt, dass er, wenn er bei seiner Mission in Kilmore versagte, nicht direkt aus der Familie geworfen wurde – sondern nur auf einen Platz im Unternehmen verzichten musste. Aber vielleicht war die Strafe bei der Wahl des falschen Partners ja härter.

Lyall schüttelte den Kopf. »Nein, es läuft nur darauf hinaus, dass man in der Firma und im Rat nichts zu sagen hat.«

Mehr sagte er nicht, aber ich las den Subtext – schließlich wusste ich von Edina, was der Plan war. Alle vier, Logan, Finlay, Edina und Lyall, mussten in den Rat kommen, damit sie die anderen bei der Festlegung neuer Regeln überstimmen konnten. Und das bedeutete, keiner von ihnen würde einen Partner frei wählen können, bis es so weit war.

»Es ist echt ein Witz«, schnaubte Lyall. »Grandma hatte bei allen Beziehungen ihrer Kinder die Hände im Spiel – und keine davon ist glücklich verlaufen. Finlays Eltern, Eric und Patricia, sind zwar noch zusammen, aber die haben mehr ein geschäftliches Verhältnis als alles andere. Moira hat sich direkt, nachdem Fionas Schwester Kenna geboren wurde, von ihrem Typen getrennt, und der hat sich mit einem ordentlichen Sack Geld aus dem Staub gemacht. Jamies Freundinnen wurden allesamt abgelehnt, obwohl die echt nett und cool waren. Und meine Eltern … na ja. Das ist noch mal ein ganz eigenes Thema.« Er atmete ein. »Fakt ist, wir müssen etwas ändern. Eine andere Möglichkeit gibt es nicht.«

Ich sagte nichts mehr, sondern drückte seine Hand und sah dann aus dem Fenster, während ich seinen Worten nachhing. Denn so einfach, wie Lyall es darstellte, würde es nicht sein, das hatte ich im Gefühl. War ich das, was sich eine Matriarchin für die Fortführung ihres Familienimperiums vorstellte? Ich kam aus keiner bedeutsamen Familie, ich hatte meinen eigenen Kopf und passte sicher nicht in das Bild einer strebsamen Karrierefrau im Hosenanzug. *Mach nicht den zehnten Schritt vor dem ersten. Ihr seid gerade erst wieder zusammen. Genieß es.* Ich atmete durch und beschloss, alle Hendersons bis auf einen fürs Erste aus meinen Gedanken zu verbannen.

Passend dazu hielt Lyall fünf Minuten später auf einem Parkplatz.

»Wir sind da.«

Ich hatte nur wenig auf die Umgebung geachtet und sah nun beim Aussteigen, dass wir am Meer waren – an einem schönen kleinen Jachthafen, um genau zu sein. Die Sonne schien wie in einem Prospekt auf die glatten weißen Oberflächen der Boote und das Wasser spiegelte den klaren blauen Himmel. Es war die pure Urlaubsidylle. Und ich merkte, dass ich genau das gebraucht hatte, um all die Gedanken, Sorgen und Befürchtungen, die mich befallen hatten, zu vergessen. Lyall und ich waren hier. Wir waren zusammen. Endlich.

Die Erkenntnis traf mich mit voller Wucht, und ein unbeschreibliches Hochgefühl überflutete meinen Kopf, meinen Körper, mein Herz. Ich machte drei Schritte bis zu Lyall und umarmte ihn.

»Woah«, stieß er aus und drückte mich fest an sich. »Wofür ist das denn?«

Ich ließ ihn nur ungern los. »Ich glaube, mir ist gerade erst klargeworden, was passiert ist.«

»Du meinst, dass wir dieses Flammeninferno überlebt haben?«, witzelte er, aber ich konnte in seinen Augen erkennen, dass er genauso glücklich war wie ich.

Ich hob trotzdem die Hand und boxte ihn leicht. »Sei nicht blöd.«

»Also, das bin ich nun wirklich nie.« Er zog mich an sich und küsste mich neckend, bevor er seine Finger mit meinen verschränkte. »Komm, wir haben heute schließlich noch etwas vor.«

Gemeinsam gingen wir zu einem niedrigen Gebäude, das direkt an dem kleinen Pier stand und in dem ein untersetzter Grieche zwischen Bergen aus Papier saß. Als Lyall ihm sagte, wer er war und dass sie telefoniert hatten, sprang der Mann auf, wuselte in seinem Chaos herum und holte dann einen Schlüssel aus einem Kasten sowie ein zerknittertes Formular zum Unterschreiben. Lyall zeigte ihm im Gegenzug einen Ausweis, dessen Layout mir unbekannt war, und nahm den Schlüssel entgegen. Nach der freundlichen Verabschiedung traten wir hinaus, und Lyall suchte einen bestimmten Steg, meine Hand wieder in seiner. Obwohl es nur eine kleine Geste war und für die meisten Paare völlig normal, bedeutete sie mir unendlich viel. Weil sie zeigte, dass die fürchterliche Zeit unserer Trennung vorbei war.

»Wir fahren Boot?«, sprach ich schließlich aus, was vollkommen klar war. Spätestens, als Lyall auf eines der größeren Exemplare in diesem Hafen zuging. Er sprang über den Spalt an Deck und hielt mir die Hand hin, damit ich ihm folgen konnte. Der helle Boden unter mir schwankte leicht. Ich fragte mich, wann ich das letzte Mal auf dem Wasser gewesen war. Wahrscheinlich mit fünfzehn, bei dem Schulausflug auf dem Ärmelkanal.

»Ich dachte, das wäre das Richtige für heute – und für uns. Es ist wie Loki, nur auf dem Meer. Wir haben also bis morgen unsere absolute Ruhe.«

»Und du hast einen Führerschein für so was«, stellte ich amüsiert fest. »Warum überrascht mich das nicht?«

Er grinste. »Weil ich einer dieser reichen Jungs bin, die viel Zeit auf Jachten verbringen? Es tut echt weh, dass du mich für so ein Klischee hältst.«

»Aww, armer reicher Junge – so unverstanden«, zog ich ihn auf und drückte ihm einen Kuss auf die Wange. Dann sah ich mich um.

Das Boot – oder die Jacht – war ziemlich neu und sehr viel weniger langweilig gestaltet als gedacht. Es gab einen Außenbereich mit einer dicken Matte, auf der man sich sonnen konnte, dazu eine fest installierte Sitzgruppe mit blauen Polstern und einem Tisch, der mit Holz beplankt war. Und auch der Innenraum mit Küchenzeile, großer Couch und den dahinterliegenden Schlafräumen war mit farbenfrohen Stoffen ausgestattet, die perfekt aufeinander abgestimmt waren.

»Moment mal«, sagte ich, nachdem ich das alles auf mich hatte wirken lassen. »Das ist doch der Style deiner Mutter.« Die Polster, die Farben, ich kannte Theodoras Handschrift mittlerweile sehr gut.

»Erwischt.« Lyall grinste, als er neben mir in eines der gemütlichen Schlafzimmer trat. »Die Jacht gehört ihr. Sie hat sie zum Ende des Winters aus Marbella herbringen lassen, obwohl sie wusste, dass sie keine Zeit haben wird, damit zu fahren. Aber so haben jetzt immerhin wir was davon.«

»Und vor morgen erwartet uns niemand zurück«, sagte ich, und als ich ihn anschaute, änderte sich die Stimmung zwischen uns schlagartig.

Seit wir uns wiederhatten, verspürte ich das ständige Bedürfnis, ihn zu berühren. Ob ganz harmlos wie bei einer Umarmung oder wenn er meine Hand nahm – oder weniger harmlos wie jetzt, als ich die Arme um ihn schlang und ihn küsste. Das Bett war direkt neben uns, und wir ließen uns darauf fallen, Lyalls Finger längst auf meiner Haut, während der Kuss tiefer wurde und ich mich fragte, ob es sich jemals anders anfühlen würde, wenn wir das taten. Weniger aufregend. Weniger perfekt.

Lautes Rufen in irgendeiner fremden Sprache unterbrach uns abrupt. Als wir aufsahen, bemerkten wir eine Gruppe Kids in teuren Klamotten, die uns durch die Öffnung zum Steg hin entdeckt hatten und das mit Johlen und Pfeifgeräuschen kommentierten.

»Okay, wir sollten dringend aufs offene Meer raus«, sagte Lyall trocken, stand auf und zog mich mit hoch. »Da gibt es weniger Spanner.«

»Gute Idee.« Ich glättete meine Klamotten und folgte ihm nach draußen, wo wir die Taue von den Pfeilern am Steg lösten und schließlich für die Abfahrt bereit waren. Lyall steckte den Schlüssel ins Zündschloss und startete den Motor, dann steuerte er die Jacht vom Liegeplatz und aus dem Hafen. Ich war neben ihm, schmiegte mich an ihn, genoss es, wie er entspannt seinen Arm um meine Schultern legte und mit der anderen Hand das Boot lenkte.

»Wo fahren wir hin?«, fragte ich, obwohl es mir völlig egal war.

»Es gibt ein Stück nördlich von hier eine kleine Bucht, die man nicht mit dem Auto erreichen kann, weil oberhalb steile Felsen sind. Dionys hat mir vor ein paar Wochen davon erzählt.«

»Klingt perfekt.« Ich lächelte breit. »Also, Jack Sparrow. Bring mich an den Horizont.«

Lyall salutierte. »Aye, Ma'am.«

Dann drückte er den Gashebel nach vorne, und wir entflohen allem, was an Land noch auf uns zukommen würde. Dieser Tag gehörte uns.

Uns allein.

»Meine Güte, wie machst du das?« Schwer atmend fiel ich auf das Polster, das an Deck zum Sonnenbaden einlud, und versuchte, Luft zu bekommen. »Ich wusste, dass du gut darin bist, aber so gut? Das ist nicht normal.«

Lyall lachte ziemlich dreckig. »Selbst schuld, wenn du auf Wettkampf machen willst, Miss Bennet. Da verstehe ich keinen Spaß.«

»Ich dachte, Mister Darcy ist ein Gentleman«, beschwerte ich mich. »Du hättest mich ruhig gewinnen lassen können.«

»Beim *Schwimmen*? Vergiss es.« Er lachte immer noch und warf sich dann neben mich. »Außerdem hättest du mir das nie abgenommen.«

»Hey, so schlecht bin ich nun auch wieder nicht.« Ich lachte ebenfalls. »Und es kann ja nicht jeder von uns Haifisch-Gene haben.« Ich hatte schwimmen als Kind gelernt und ging auch nicht schon bei der kleinsten Welle unter, aber gegen die Art, wie Lyall sich im Wasser bewegte, war ich die reinste Anfängerin. »Hast du das von deinem Vater? Ich habe gelesen, dass er Olympia-Schwimmer war.« Ich drückte mir die Haare aus und Wasser tropfte auf das Polster.

Lyall verdrehte die Augen. »Ja, das ist auch irgendwie alles, was ihn auszeichnet – seine verdammte Silbermedaille. Aber er war nur selten mit mir beim Schwimmen, also ist es entweder Genetik oder ich habe unabhängig von ihm gemerkt, dass mir Bewegung im Wasser etwas gibt.«

»Habt ihr denn Kontakt?« Ich hatte Lyall nie von seinem Vater reden hören, aber so viel Zeit hatten wir ja auch noch nicht zusammen verbracht.

»Selten.« Er hob die Schultern. »Mein Dad ist jemand, der sich nur bei Leuten meldet, wenn er was von ihnen will. Und solange er mit irgendeiner Trulla beschäftigt ist, die mindestens zwanzig Jahre jünger ist als er, hat er kein Bedürfnis, uns zu sehen.«

»Das ist echt schade.« Ich konnte mir nicht vorstellen, wie es sein musste, sich nicht mit seinem Vater zu verstehen. Meiner war einer der wichtigsten Menschen in meinem Leben.

»Ja, aber es lässt sich nicht ändern.« Lyall schüttelte den Kopf. »Wenn sich Eltern trennen, hat man wohl immer den Drang, eine Seite zu wählen. Und für mich war das die meiner Mutter, obwohl sie beide gleich viel Scheiße in ihrer Ehe gebaut haben.«

»Du meinst, er war nicht das Klischee des gutaussehenden Sportlers, der seine Frau betrügt?«, fragte ich.

»Doch, genau das. Nur dass Mum das Gleiche gemacht hat. Er hatte seine jungen Hühner, die ihn angehimmelt haben, und sie ihre ebenso jungen Künstlertypen. Eigentlich ist es krass, wie ähnlich sie sich sind. Trotzdem haben sie es nicht hingekriegt.«

Ich sah ihn an. »Tut dir das weh? Kein gutes Verhältnis zu deinem Dad zu haben?«

»Manchmal, ja. Aber ich kenne es nicht anders, weil er eben noch nie viel da war. Für mich war Jamie immer mehr Dad für mich als mein eigener.«

Als Lyall seinen Onkel erwähnte, musste ich lächeln. »Jamie fühlt sich richtig wohl bei Diane auf dem Hof. Ich glaube, er hat da ein echtes Zuhause gefunden, bis ihr wisst, wie es weitergeht.«

»Dank dir. Du hast ihn gerettet. Genau wie mich.« Lyall schaute mich an, und mir stockte der Atem, weil dieser Blick jede Faser in mir zum Kribbeln brachte. Aber es war nicht das Flirren, kurz bevor er mich küsste. Es war viel mehr als das.

»Das ist nicht wahr«, widersprach ich verlegen.

»Doch. Ist es.« Er sagte es todernst. »Ich habe dir gesagt, ich lüge dich nicht mehr an. Und wenn es etwas gibt, bei dem ich immer schon die Wahrheit gesagt habe, dann sind es meine Gefühle für dich.«

Selbst wenn ich eine Antwort darauf gefunden hätte, es gab keine Gelegenheit für mich, sie auszusprechen. Denn im nächsten Moment beugte sich Lyall zu mir und küsste mich – und ich wusste, er meinte, was er sagte.

Ohne jeden Zweifel.

39

Lyall

Etwas später schwammen wir an den Strand der Bucht und fühlten uns ein bisschen, als wären wir auf einer einsamen Insel gelandet. Kenzie machte Witze über die Serie *Lost* und mutmaßte, was wohl passieren würde, wenn wir tatsächlich allein irgendwo abstürzen würden. Ich erinnerte sie an meine miserablen Jagdkünste, sie gab zu, dass es um ihre eigenen nicht besser bestellt war. Deswegen einigten wir uns darauf, lieber nicht abseits der Zivilisation zu stranden – oder nur, wenn Loki mit vollem Kühlschrank dabei war.

Es war der unbeschwerteste Tag für mich seit dem Sommer vor Ada – und ich liebte es, wie gut, wie *vollkommen* ich mich in Kenzies Gegenwart fühlte. Jemand wie sie, die geben konnte, ohne auszurechnen, was sie dafür zurückbekam, war in meiner Welt nicht selbstverständlich. Und anders als in den Highlands gab es endlich keine Lügen mehr zwischen uns. Sie wusste von Ada, sie kannte die ganze Geschichte und war trotzdem bei mir und sah mich an, als gäbe es für sie nichts Wichtigeres als uns. All das zusammen mit dem Sommerwetter sorgte dafür, dass ich mein Glück nicht fassen konnte. Das Glück, dass das mit uns doch noch ein Happy End bekommen hatte.

»Hey, Miss Bennet«, sagte ich leise. »Schläfst du etwa?« Wir lagen im warmen Sand, dicht aneinandergekuschelt. Kenzies nassen Haare kitzelten meine Schulter, als sie sich bewegte, aber sie hob nicht den Kopf.

»Nein, gar nicht«, murmelte sie schläfrig. Nachdem wir in der letzten Nacht nur zwei Stunden geschlafen hatten, waren wir nach dem Schwimmen nun mehr als erledigt. »Du willst noch nicht zurück zum Boot, oder? Es ist gerade so gemütlich hier.«

»Keine Sorge.« Ich schob ihr zart die Haare zur Seite und streichelte ihre Wange. »Wenn es nach mir geht, müssen wir gar nicht mehr zurück zum Boot.«

Kenzie raunte nur zustimmend und drängte sich noch näher an mich. Ich spürte ihren Herzschlag an meinen Rippen, er war ruhig und gleichmäßig, einen Ticken schneller als meiner. Und während ich ihm lauschte, meine Finger träge über ihre Haut gleiten ließ, wieder und wieder, im Takt der Wellen, die an den Strand rollten, drifteten wir beide langsam in den Schlaf.

Als wir aufwachten, war es später Nachmittag und die Sonne hatte die Felsen umrundet, sodass unser Schlafplatz nun vollends im Schatten lag. Ich blinzelte dennoch, als ich die Augen öffnete, und lächelte, als ich Kenzie sah, die einen Arm über meinen Brustkorb gelegt hatte und friedlich schlief. Vorsichtig reckte ich den Hals und küsste sie auf die Stirn.

»Was ist los?«, murmelte sie und schlug schließlich ihrerseits die Augen auf. »Hi, Mister Darcy.« Ihr Lächeln wurde breiter, als sie mich sah und ihr in den Sinn zu kommen schien, was in den letzten 24 Stunden passiert war. »Willst du zum Boot? Ich dachte, wir können hierbleiben.«

Ich lachte leise. »Im Prinzip schon. Aber ich habe Hunger, also sollten wir langsam zur Jacht zurück. Als ich Orfeas heute Morgen nach ein paar Snacks gefragt habe, hat er uns so viel eingepackt, davon könnten wir wahrscheinlich drei Wochen überleben.«

Kenzie richtete sich auf und sah zu unserem Transportmittel, das etwa zweihundert Meter entfernt im Wasser dümpelte. »Gibt es irgendetwas an Bord, mit dem man die Sachen hierher transportieren kann?«

»Klar, das Schlauchboot für Notfälle. Warum fragst du? Bist du so eine Landratte, dass du nicht auf der Jacht essen willst?«

Sie grinste. »Nein, das nicht. Aber ich glaube, ich will das Gefühl unserer einsamen Insel noch etwas länger genießen.«

»Dein Wunsch ist mir Befehl, holde Maid.« Ich küsste sie flüchtig, dann stand ich auf. »Ich schwimme schnell rüber und hole die Sachen. Dann bringe ich auch Klamotten für dich mit.« Und ein Feuerzeug, denn hier lag ausreichend Holz herum, damit wir ein Lagerfeuer machen konnten, sobald es dunkel wurde. Das Schlauchboot war groß genug, um später trocken zurück auf die Jacht zu kommen.

Kenzie war einverstanden, also kraulte ich zum Boot und zog mich um, bevor ich das Essen zusammen mit einigen Getränken in die Kühlbox packte, Pulli und Jeans für Kenzie mitnahm und das Schlauchboot losschnürte, das an der Steuerbordwand der Jacht verspannt war. Auch eine Decke, ein Feuerzeug, zwei Fackeln und unsere Handys legte ich hinein, bevor ich mich hineinsetzte und zurück zum Strand ruderte.

»Danke«, sagte sie und nahm ihre Klamotten entgegen. »Es wird nämlich langsam echt kühl hier draußen.« Eilig schlüpfte sie in die mitgebrachten Sachen – was ein Teil von mir bedauerte, weil dieser schwarze Bikini wie alles an ihr verdammt heiß aussah. »Was?«, fragte sie grinsend, als würde sie meine Gedanken erraten.

»Nichts«, antwortete ich unschuldig. »Ich habe nur gedacht, dass Bikinis eine schöne Erfindung sind. So generell.«

»So generell, ja?« Sie legte die Arme um mich und ich fragte mich, wann ich kapieren würde, dass sie jetzt tatsächlich zu mir gehörte. Trotz Ada. Trotz der Lügen, die ich ihr erzählt hatte.

Vielleicht stand es gar nicht so schlecht um meine Seele, wenn eine Frau wie Kenzie mit mir zusammen sein wollte.

»Genau.« Ich strich ihr die Haare zurück, die sich durch das Salzwasser stärker wellten als sonst. Es stand ihr. »Hast du Hunger?«

Sie berührte mit ihrer Nase meine. »Immer«, sagte sie leise. »Aber vielleicht sollten wir vorher etwas essen.« Das waren meine Worte aus den Highlands, und ich versteifte mich kurz, als ich es bemerkte. Kenzie kommentierte es nicht, sondern küsste mich, als wollte sie mir beweisen, dass alles in Ordnung war. Schließlich war es das auch. Meine Schuld war nicht weniger geworden, nur weil sie wusste, was ich zu Ada gesagt hatte, denn verzeihen musste ich mir das selbst. Aber es fühlte sich nicht mehr an, als würde mich die Vergangenheit unter Wasser ziehen.

»Also, was hat uns Orfeas denn mitgegeben?«, fragte Kenzie, nachdem unser Kuss von einem lauten Magenknurren meinerseits unterbrochen worden war. »Er steht auf dich, bestimmt sind es nur die guten Sachen.«

Ich lachte. »Und ich dachte, Finlay wäre eher sein Typ.«

»Richtig, er ist ja auch der Hübscheste von euch.« Kenzie sah mich auf eine Weise an, die mir sagte, sie war nicht dieser Ansicht. Eigentlich war es mir völlig egal, was andere Leute von meinem Aussehen hielten – manchmal wünschte ich mir sogar, es würde sie weniger interessieren – aber bei Kenzie war es mir wichtig. Nicht, dass ich mir da Sorgen machen musste. Allein der Gedanke daran, wie sie mich angeschaut hatte, als sie letzte Nacht zu mir in die Dusche gekommen war, ließ mich an völlig andere Dinge denken als ans Essen.

Dennoch löste ich mich von ihr und packte die Kühlbox aus, während Kenzie ihr Handy nahm und ihre Nachrichten checkte.

»Ach du Scheiße«, entfuhr es ihr. Sofort war ich alarmiert.

War etwas passiert? Es konnte doch nicht sein, dass jedes Mal eine Katastrophe stattfand, wenn wir einen Tag allein unterwegs waren.

»Was ist los?« Ich richtete mich auf.

Kenzie starrte auf ihr Handy, dann hielt sie es mir hin. »Die UAL hat mich zum Interview eingeladen. Gloria Fowler hat mir persönlich geschrieben, dass sie sich sehr freut, unsere spannende Diskussion beim offiziellen Gespräch für meine Bewerbung fortzusetzen!«

Jubelnd fiel sie mir um den Hals, und ich drückte sie an mich, während ich versuchte, von ihrem Schwung nicht umgerissen zu werden.

»Das ist großartig«, sagte ich leise in ihr Ohr, noch nicht bereit, sie wieder loszulassen. Ich hatte keine Sekunde daran gezweifelt, dass sie dieses Interview bekommen würde, genauso wenig wie den Studienplatz. Nicht, weil meine Mutter sie unterstützte, sondern weil sie verdammt talentiert war. Viel talentierter, als sie selbst ahnte. Kenzie arbeitete mit Kreativität und Herz, aber auch mit Sinn und Verstand. Und sie würde es weit bringen, wenn sie sich nicht von Konkurrenz und Leistungsdruck verrückt machen ließ.

Wir setzten uns auf die Decke, packten die kalten Köstlichkeiten von Orfeas aus und stießen mit griechischem Bier darauf an, dass sich alles zum Guten zu wenden schien. Und auch wenn in meinem Hinterkopf diese leise, warnende Stimme war – ich war bereit, sie in diesem Moment zu ignorieren.

Etwas später, nachdem wir gegessen hatten, lehnte sich Kenzie mit dem Rücken gegen meinen Oberkörper und wir sahen zu, wie die Sonne maximal kitschig im Meer versank.

»Die letzten Monate waren echt schrecklich«, sagte sie leise. »Ich wusste einfach nicht, wie ich mich so irren konnte. Oder wieso du mir nicht aus dem Kopf gegangen bist, obwohl wir doch gar nicht viel Zeit zusammen gehabt hatten. Das mit uns hat sich so richtig angefühlt, dass meine komplette Welt in sich zusammengefallen ist.«

»Ja, ich weiß, was du meinst«, antwortete ich. »Ich hatte mit dir das Gefühl von Hoffnung, das erste Mal seit Jahren. Und solche Angst, dass die Wahrheit das zerstören könnte – weil ich nicht daran glauben konnte, dass irgendjemand akzeptieren würde, was ich getan habe.«

Kenzie holte tief Luft, ich spürte es an meiner Brust. »Verfolgt es dich ständig, was damals passiert ist?«

Es fiel mir schwer, darüber zu reden, aber ich wusste, dass es sein musste. Nicht nur für sie. Auch für mich. »Ich denke nicht jede Sekunde daran, wenn du das meinst. Es ist wie ein alter Knochenbruch, den man nur dumpf spürt ... aber manchmal sagt jemand etwas oder eine Situation erinnert mich an sie – und sofort ist es wieder da. Dieser Abend. Das Telefonat. Die Konsequenzen.«

»Hat die Therapie dir nicht geholfen?« Sie fragte es sehr vorsichtig.

»Vielleicht hätte sie das. Wenn ich weiterhin zu den Sitzungen gegangen wäre.« Ich wollte Kenzie loslassen, aber sie hielt meine Arme fest und hinderte mich sanft daran. »Nach zwei oder drei Monaten kam es mir sinnlos vor, mit jemandem darüber zu reden, was ich bei Adas Tod empfunden habe. Ich war damals vor allem wütend – auf mich, auf sie, auf meine Familie, weil sie es vertuscht haben wie einen Mord. Ich wollte nicht reden. Ich wollte es einfach nur vergessen.«

Kenzie nickte. »Das verstehe ich. War bei mir auch so.«

»Mit deiner Mum?«

»Ja. Mein Dad hat für sich und uns vier Mädels Termine bei einer Psychologin gemacht, und alle sind hingegangen, nur ich nicht. Ich dachte, das wäre nur etwas für schwache Leute. Ich war der festen Überzeugung, es allein hinzukriegen.« Sie schnaubte. »Und dann war da dieser Abend in Kilmore und eine Ausstellung der Bilder meiner Mutter – und ich hatte Glück, dass es diesen Kerl gab, der im richtigen Moment für mich da war.«

»Du hattest trotzdem recht«, sagte ich leise. »Du hast es schließlich allein hingekriegt, als sie gestorben ist.«

»Nein, nicht so richtig.« Kenzie seufzte. »Ich dachte zwar, dass es so wäre, weil ich nie morgens im Bett lag und nicht aufstehen wollte. Oder stundenlang weinen musste. Wer funktioniert, ist in Ordnung, oder nicht? Aber nachdem ich aus Kilmore zurück war, wusste ich, dass da einiges im Argen liegt. Also bin ich zu einer Psychologin gegangen.«

Bei ihrem letzten Satz kroch mir ein eiskalter Hauch den Rücken hinauf. Meine Hände, die auf Kenzies lagen, verkrampften sich automatisch.

Natürlich bemerkte sie es.

»Nicht deinetwegen«, sagte sie schnell und drehte sich in meinen Armen, damit sie mich ansehen konnte. »Es war nicht deinetwegen, Lyall.« Sanft strich sie über meine Wange und ließ die Hand dann in meinen Nacken wandern. »Dabei ging es um den Tod meiner Mum und um mich. Nicht um uns.«

»Dann denkst du, du wärst auch hingegangen, wenn das mit uns nicht so abrupt geendet hätte?« Ich ahnte, was die Antwort war.

Kenzie schüttelte leicht den Kopf. »Nein, bestimmt nicht. Weil ich mit dir glücklich gewesen wäre und es erst mal keine Rolle gespielt hätte, ob ich Angst vor Nähe habe oder davor, noch einmal jemanden zu verlieren. Aber früher oder später wäre das alles hochgekommen, und vielleicht hätte ich dich zum Teufel gejagt so wie die anderen vorher. Völlig egal, wie gut es mit uns gelaufen wäre.« Sie atmete ein. »Ich sage nicht, dass ich uns diesen ganzen Mist nicht gerne erspart hätte. Das hätte ich liebend gern. Trotzdem stehen unsere Chancen jetzt besser, dass wir das Ganze nicht versauen.«

Ich musste lachen, obwohl es eigentlich nicht angebracht war. »Unsere *Chancen stehen jetzt besser*? Wow. Du bist echt die Königin der Romantiker, Miss Bennet.«

Sie grinste und kuschelte sich wieder in meine Arme. »Ich weiß. Viel Spaß damit.«

»Okay, was weiß ich noch alles nicht über dich? Nur dass ich vorbereitet bin.«

»Gar nichts«, sagte sie im Brustton der Überzeugung. »Ich wäre ja schön blöd, wenn ich dir das jetzt schon verraten würde, bevor ich sicher sein kann, dass ich dich damit nicht in die Flucht schlage. Mit meiner Vorliebe für Trash-TV zum Beispiel. Meinen Gesangskünsten. Oder der Tatsache, dass ich alles Unangenehme gerne verdränge.«

Ich lachte wieder und umarmte sie fester. »Okay, mit zwei aus drei kann ich leben, aber Trash-TV ertrage ich nicht.«

Schockiert wandte sie sich zu mir um. »Was? Du guckst kein *The Real Housewives of Cheshire*? *The Bachelor*? Oder eine von den Sendungen, wo sie schreckliche Tattoos überstechen?«

»Nein. Niemals. Kennst du dieses Gefühl, wenn du auf etwas Kaltes beißt und der Schmerz schießt dir direkt ins Gehirn? So ist das für mich. Mir tut alles weh, sobald ich so was anschauen muss.«

Kenzie schob meine Arme beiseite. »Gut, das war's«, verkündete sie in gespieltem Ernst. »Das mit uns wird nichts, tut mir leid. Können wir zum Boot zurück? Ich will nach Hause.«

»Sicher, dass ich dich nicht doch überreden kann, zu bleiben?« Ich versuchte es mit einem möglichst treuherzigen Blick. Sie brach in Gelächter aus.

»Was zur Hölle tust du da?«

»Ich setze meinen Hundeblick ein.«

»Okay, lass das in Zukunft besser sein, das sieht aus, als wärst du zu lange in der Sonne gewesen. Wenn du mich zu irgendwas überreden willst, solltest du dich ausziehen oder so.« Sie sah mich abwartend an.

»Ich dachte, das machst du lieber selbst?«, konterte ich.

»Stimmt. Aber nur, wenn du mir einen Abend die Gelegenheit gibst, dich von Trash-TV zu überzeugen.«

Ergeben hob ich die Hände. »Ein Abend. Für dich. Ruf Finlay an, der weiß, dass das mehr bedeutet, als wenn ich dich aus einem brennenden Haus retten würde.«

»In einem brennenden Haus, in dem ich mich tatsächlich befinde? Oder eher so wie letzte Nacht?«

Wir kabbelten uns ein bisschen, und ich liebte es, weil es genau das war, was Paare taten: sich gegenseitig mit Macken, Gemeinsamkeiten und Unterschieden aufziehen. Denn das waren wir: ein Paar. Und die Erkenntnis spülte jedes Mal eine ganze Welle an wohliger Wärme in meinen Magen, wenn ich daran dachte.

»Ich habe dich nie gefragt, was dein Tattoo bedeutet«, bemerkte ich etwas später, weil Kenzie die Ärmel ihres Pullovers hochgeschoben hatte und das Abendlicht auf ihre bemalte Haut fiel. »Verrätst du es mir?«

Kenzie hob den Arm. »Das ist kein Geheimnis: Es ist mein Leben. Die Symbole stehen für wichtige Menschen oder Ereignisse.« Sie zeigte auf einen schwarz ausgefüllten Vogel. »Der steht für meine Mum. Der kleine Fuchs ist für Eleni, der Schirm für Juliet, der Camper für meinen Dad, die Sprechblase für Willa. Sie meinte, sie will eine, damit sie mir immer wieder etwas Neues mit Kuli reinschreiben kann. Das doppelte Hexagon hier ist für den Moment, als ich gemerkt habe, dass ich Innendesignerin werden will, das da habe ich mir nach dem Umbau von Loki stechen lassen … und die Linien verbinden alles. Weil im Leben alles miteinander verbunden ist.« Sie lachte. »Ich war sechzehn, als ich damit angefangen hatte. Da findet man so etwas tiefsinnig.«

Ich machte mich nicht darüber lustig, denn ich fand es immer noch tiefsinnig. Sacht fuhr ich über die Linien. »Was würde ich bekommen, wenn du mich irgendwann hier verewigen solltest?«, fragte ich.

»Ein kleines Päckchen«, antwortete sie so prompt, dass ich wusste, sie hatte sich längst Gedanken darüber gemacht. »Und der Deckel wäre geöffnet, sodass man sieht, dass eben kein Haufen Schutt darin ist.«

Ich war verlegen angesichts dieser Beschreibung und drückte ihr statt einer Antwort einen Kuss auf ihre Haare.

»Was ist mit dir?«, fragte Kenzie.

»Ich habe keine Tattoos«, verstand ich sie absichtlich falsch und lächelte, bevor ich antwortete. »Mein dunkelstes Geheimnis kennst du längst. Alles andere sind nur Macken. Dass ich gerne nachts jogge. Dass ich grauenhaft darin bin, nach der Pfeife anderer Leute zu tanzen. Oder dass ich seit Jahren beschissen schlafe – außer wenn du neben mir liegst.«

»Echt?«

»Echt.«

»Dann ist es ja gut, dass ich in Zukunft so oft wie möglich neben dir liegen werde.«

»Allerdings.«

Wir schwiegen, und es war die Sorte von Schweigen, bei der sich niemand unwohl fühlte. Im Gegenteil, es war, als würde das zwischen uns wachsen, gerade weil wir nicht redeten. Erst als die Sonne vollends verschwunden war, sagte Kenzie wieder was.

»Wie machen wir das eigentlich?«

»Du meinst, wegen Chicago und High Wycombe?« Ich streichelte über ihre Arme. »Ich bin in drei Monaten mit dem Studium fertig – sofern ich diese Klausur bestehe, für die ich bisher viel zu wenig gelernt habe – also kann ich danach bei dir rumhängen und dir auf den Wecker gehen. Falls du das willst, natürlich.«

»Auf jeden Fall.« Sie lachte leise, es verebbte jedoch schnell. »Aber danach wirst du für die *Henderson Group* arbeiten, richtig? Und immer dort sein, wo ihr gerade ein Projekt umsetzt.«

Ich antwortete nicht direkt, sondern vergrub meine Nase in ihren Haaren, um ihren Duft einzuatmen, während mir bewusst wurde, dass ich niemals für längere Zeit von ihr getrennt sein wollte. In den letzten Jahren hatte sich eine solche Frage nicht für mich gestellt – außer sehr kurz im vergangenen Sommer, als keiner von uns die Gelegenheit bekommen hatte, tatsächlich darüber nachzudenken. Ich hatte nur das Ziel im Blick gehabt, die Familie auf einen neuen Kurs zu bringen, weil ich geglaubt hatte, eine Beziehung wäre für mich sowieso nicht drin.

»Wir kriegen das hin«, sagte ich schließlich und zog sie wieder enger an mich. »Ich wette ohnehin, dass meine Mum dich engagieren wird, sobald du die UAL nach dem Master verlässt. Dann sind wir eh am selben Ort. Und bis dahin ... überlegen wir uns was. Videoanrufe zum Beispiel. Das hat doch beim letzten Mal auch super geklappt.«

Kenzie lachte auf, weil sie genau wie ich daran dachte, was in Andalusien passiert war.

»Ich habe mich dafür angemessen gerächt, denke ich.«

»Also, wenn du das Rache nennst ...« Ich schob ihre Haare im Nacken beiseite, drückte einen Kuss auf die weiche Haut dort – und spürte zufrieden, wie ein angenehmes Schaudern Kenzie durchlief. »Dann räch dich bitte öfter, okay?«

»Versprochen«, flüsterte sie, drehte den Kopf zu mir nach hinten und berührte meine Lippen mit ihren, erst ganz sachte, dann mit mehr Nachdruck – und nur zwei Sekunden später hatte ich längst vergessen, worüber wir geredet hatten, denn da war Kenzies Mund und ihre Zunge, die meine auf diese verlockende Art anstieß. Wir sanken in den Sand, ich beugte mich über sie, und als sie ihre Hände unter dem Shirt über meinen

Oberkörper gleiten ließ und ein Bein um meine Hüften schlang, wurde mir klar, dass keiner von uns mehr Lust hatte, zu reden.

»Wir sollten dringend zum Boot«, flüsterte ich.

»Oh ja«, gab sie atemlos zurück. »Auf jeden Fall.«

40
Kenzie

Gold, grau oder blau?

Um diese elementare Frage kreiste ich seit einer halben Stunde. Denn genauso lange schon stellte ich wieder und wieder eine andere Vase auf das Lowboard neben dem Durchgang zum Wohnbereich, lief ein Stück zurück und betrachtete das Bild aus der Entfernung. Es half nichts – ich konnte mich einfach nicht entscheiden, welche am besten zum Gesamtkonzept der Villa passte. Aber da morgen endlich der wegen des Brandes verschobene Fototermin stattfinden würde, um Aufnahmen für Magazine und die Website zu machen, musste ich eine Entscheidung treffen.

»Vielleicht doch noch mal die goldene«, murmelte ich und griff danach, um sie auf der niedrigen Kommode zu platzieren. Sie passte aber immer noch nicht perfekt zu dem grauen Bett mit dem gepolsterten Kopfteil und den tiefblauen Sitzmöbeln im Chesterfield-Stil, die ich ausgesucht hatte. Goldene Accessoires gaben dem Raum Wärme, genau wie die Nacht- und Beistelltischchen aus Olivenholz und der Frisiertisch von Ioannis, den ich aufgearbeitet und neu lackiert hatte. Als Kleiderschrank hatte ich nicht auf eines der Modelle aus dem Katalog zurückgegriffen, sondern einen griechischen Bauernschrank gewählt, der nun gegenüber vom Bad stand. Ich war mit allem in »meiner« Villa mehr als zufrieden, scheiterte aber nun an der Dekoration. Das war doch wirklich zum Verrücktwerden.

»Unentschlossen, Kenzie?«

Ich wandte mich um und schaute zu Theodora, die gerade hereingekommen war und lächelte, als sie mich da mitten im Raum stehen sah.

»Ich kann mich nicht für eine Vase entscheiden. Die goldene ist ziemlich dominant, die graue zu unauffällig und die blaue eigentlich zu groß.«

Sie trat neben mich und legte die Stirn in Falten.

»Okay. Und was tust du jetzt?«

»Keine Ahnung. Vermutlich eine weitere halbe Stunde darüber nachdenken und dann immer noch keine Entscheidung treffen?« Ich sah sie an. »Was würdest du tun?«

Theodora legte den Kopf schief. »Mir hilft es immer, wenn ich einen Schritt zurücktrete. Nicht im räumlichen Sinne, sondern gedanklich in der Entscheidungskette.«

»Du meinst, ich sollte mir keine Gedanken darüber machen, welche Vase passt, sondern mir überlegen, ob eine Vase überhaupt passt?«

»Genau das.« Theodora nickte. »Ich habe drüben bei Martha ein paar Stücke gesehen, die dir gefallen könnten. Warte kurz.« Sie ging, und ich lehnte mich an die Rückseite des Sofas, das mit Blick nach draußen mitten im Raum stand. Da ich schon seit einer Weile keine dreckigen Klamotten mehr bei der Arbeit trug, durfte ich das sogar.

Die letzten zwei Wochen waren einerseits wie im Flug vergangen und andererseits so schön gewesen, dass ich mir hoffentlich jeden Moment gut genug eingeprägt hatte, um mich auch noch in Jahren daran erinnern zu können. Das Hotel hatte sich mit all den tatkräftigen Händen zu genau dem traumhaften Ort entwickelt, den sich Theodora vorgestellt hatte. Die Arbeit mit ihr war so inspirierend, wie ich es mir erhofft hatte, und obwohl wir vorher schon fleißig gewesen waren – seit ihrer Rückkehr sprudelte die Kreativität nur so aus uns heraus. Deswegen hatten wir auch alle eine eigene Villa bekommen, um sie einzurichten, unter den strengen Augen unserer Mentorin, die sogar Elliott einige seiner vielen Möbel hatte ausreden können. Okay, sie hatte ihm gedroht, nie wieder mit ihm zu reden. Aber das Ergebnis zählte.

Und dann war da natürlich Lyall. Immer und immer wieder Lyall. Bei der ganzen Arbeit hatten wir nicht so viel Zeit füreinander, wie wir es uns wünschten, aber wir nutzten jede Sekunde, jeden freien Abend und jede verdammte Nacht. Wir redeten, öffneten uns, kamen einander auf jede erdenkliche Weise näher. Und ich verliebte mich mit jeder Frage, mit jeder ehrlichen Antwort, mit jedem Blick in seine schwarzen Augen und jedem Morgen, an dem ich neben ihm aufwachte, noch mehr in ihn.

Aber schon übermorgen würde das alles vorerst enden, denn dann musste ich zu meinem Interview nach London fliegen und auch die anderen reisten ab. Wir waren fertig mit unserer Arbeit, für uns gab es hier nichts mehr zu tun – und Lyall musste ebenfalls zurück nach Chicago, um seine entscheidende Klausur zu schreiben. Aber schon in drei Wochen würden wir uns zur Eröffnung hier im *Kefi Palace* wiedersehen und dann hoffentlich mehr darüber wissen, wie es weiterging.

»Hier.« Theodora war zurück, in den Händen ein kugelförmiges Korbgeflecht, eine halbhohe Statuette aus Olivenholz und zwei blau-weiße Keramikschalen. »Vielleicht ist da was dabei.«

Ich besah mir die kleine Statue genauer. Das Holz war glatt poliert und fühlte sich warm in der Hand an. Es war eine stilisierte Ballerina, die ihre Arme nach oben reckte – wie man diese Position nannte, wusste ich nicht, obwohl Juliet ein paar Jahre Ballett gemacht hatte. Die gemusterten Schalen waren auch sehr hübsch, aber da sie flach waren und der Wohnraum einige Stufen tiefer lag, würde man sie von unten nicht sehen. Und die geflochtene Kugel erinnerte mich an diese Dinger, die durch die Wüste rollten.

»Ich glaube, die ist gut.« Vorsichtig platzierte ich die Statuette auf dem Möbelstück und trat dann die Treppe hinunter, um mir das Bild von dort aus anzusehen. »Was meinst du?«

Theodora nickte. »Gefällt mir sehr gut. Vor allem hast du dann das Holz wieder aufgegriffen und somit einen organischen Punkt in all dem Grau und Weiß.«

Ich atmete aus.

»Das heißt dann wohl … ich bin hier fertig.« Es war ein komisches Gefühl, das auszusprechen, denn es bedeutete nicht nur den Abschluss der Arbeit an dieser Villa, sondern auch meiner Zeit auf Korfu. Einer Zeit, die als Flucht aus England begonnen hatte und am Ende zu einer der schönsten meines Lebens geworden war.

»Und, bist du zufrieden?«, fragte Theodora mich.

Ich drehte mich einmal um die eigene Achse und nahm mit kritischem Blick alles in Augenschein. Aber obwohl mein Perfektionismus mir oft den Spaß verdarb, konnte ich jetzt nichts mehr finden, das mich störte. Vielleicht auch, weil Lyalls Mutter mir in der letzten Woche ungefähr hundertmal gesagt hatte, dass man irgendwann loslassen musste.

»Ja«, sagte ich. »Ich bin zufrieden.«

»Das bin ich auch. Sehr sogar.« Sie lächelte. »Ich hoffe, du weißt, dass dir meine Tür immer offensteht. Ob im Studium, danach für einen Job – oder wenn du dich mal über meinen Sohn beschweren möchtest.«

Ich musste lachen. »Gut zu wissen. Auf die ersten zwei Sachen komme ich bestimmt zurück.«

Theodora lachte mit, aber sie wurde sehr bald wieder ernst. »Ich habe Lyall noch nie so glücklich gesehen wie jetzt. Und ich hoffe, ihr bleibt zusammen und lasst euch nicht von Geheimnissen und Intrigen auseinanderbringen, wie es bei den Hendersons gerne der Fall ist.«

»Bestimmt nicht«, sagte ich leichthin und nahm den Karton, in dem die Kissenhüllen gewesen waren, um ihn wegzuräumen. Lyall und ich hatten das schlimmste Geheimnis längst überstanden, obwohl Theodora davon nichts wusste. Wir würden auch alles andere hinkriegen.

»Dora?« Bella stand in der Tür. »Weißt du noch, ob wir einen oder zwei von den grauen Gropius-Sesseln bestellt hatten? Elliott hat ihn sich unter den Nagel gerissen und behauptet, es wäre seiner. Aber ich bin mir sicher, dass der aus meiner Bestellung ist.«

Theodora seufzte. »Sag doch gleich, dass ihr mal wieder einen Schiedsrichter braucht.« Ich grinste, und sie verdrehte kurz die Augen, bevor sie nickte. »Kenzie, das war wirklich hervorragende Arbeit. Und ganz ohne das Drama, das andere produzieren.« Sie schaute demonstrativ zu Bella, aber ihre mütterliche Zuneigung zu der Italienerin machte dem strengen Blick einen Strich durch die Rechnung. »Wir sehen uns spätestens heute Abend bei der Party am Strand.«

Die beiden verschwanden, und auch, wenn ich Ewigkeiten hier hätte stehen, mir die Villa ansehen und über die Stoffe der Vorhänge, der Couch oder die Bettwäsche streichen können, gab es doch etwas, was ich noch lieber sah als ein nahezu perfekt eingerichtetes Zimmer. Oder eher, *jemanden.*

Ich verließ die Villa, grüßte im Vorbeigehen den Trupp Gärtner, der letzte Hand an die Beete legte, und wandte mich in Richtung des Pools. Dabei kam ich an den Bungalows vorbei, deren Fassaden nach dem Brand einen frischen Anstrich bekommen hatten und sogar innen mittlerweile fast fertig renoviert waren. Auch von den zerstörten Schuppen war nichts mehr zu sehen, und dank Rollrasen und neuen Olivenbäumen war der Ausblick nun wieder richtig schön. Trotzdem fröstelte es mich meistens, wenn ich hier vorbeikam. So als würden diese Nacht und das verheerende Feuer auf ewig in meinem Kopf bleiben. Den Schuldigen der Brandstiftung hatte man noch nicht gefunden – Clea hatte ein Alibi, weil sie Lyalls Drohung ernst genommen und die Insel verlassen hatte, und Davidges Leute konnte die Polizei ohne eindeutige Beweise nicht überführen – aber es hatte keine weiteren Anschläge mehr gegeben, und nachdem Theodora die Zäune reparieren und mit Überwachungstechnik hatte ausstatten lassen, fühlten wir uns sicher.

Der Pool war mittlerweile ein wahrer Urlaubstraum – gefliest mit blau melierten Kacheln und bestückt mit kleinen Inseln, in die Palmen gepflanzt worden waren. Letzten Schliff brauchte allerdings noch die neue Poolbar, die erst vor ein paar Tagen fertig geworden war. Und hier würde ich vermutlich Lyall finden, der mir gesagt hatte, dass er dabei helfen wollte, das Mobiliar zusammenzubauen.

Allerdings sah ich ihn nicht, nur die Handwerker, die ein Loungesofa in Richtung Bar trugen, und den Wasserinstallateur, der mit dem halben Körper unter der Spüle steckte.

»Hast du Lyall gesehen?«, fragte ich Fliesenguru Wilbur, der gerade an mir vorbeikam, eine Kiste mit Zierkacheln auf dem Arm.

»Ich glaube, der wollte runter zur Strandbar, weil dort im Lager noch neue Zapfanschlüsse liegen.«

Also weiter. Ich bedankte mich, stieg die schmale Treppe hinunter, die hinter der Poolbar zum Strand führte und nur dem Personal vorbehalten sein würde, und landete direkt an der Tür zum Lager. Der Raum dahinter war dunkel, und meine Augen brauchten einen Moment, um sich an das spärliche Licht zu gewöhnen. Dann bahnte ich mir einen Weg durch die Regalreihen.

»Lyall? Bist du da?«

»Hier drüben«, tönte es da aus einer Ecke und ich schlängelte mich um einen maroden Kleiderständer. Lyall hockte vor einem Pappkarton mit irgendwelchen silbernen Gegenständen darin und richtete sich auf, als ich zu ihm kam. »Sieh an, eine willkommene Ablenkung.«

Ich grinste – es war unmöglich, nicht zu lächeln, sobald ich ihn anschaute. Selbst wenn er so verschwitzt und staubig war wie jetzt. Und eine Menge von dem Dreck auf meine saubere Kleidung übertrug, als er die Arme um meine Hüften legte.

»Oder bist du etwa auch auf der Suche nach Zapfanschlüssen?« Mit gespieltem Misstrauen sah er mich an. »Vergiss es, die da gehören mir.«

»Du darfst sie behalten«, erlaubte ich ihm gnädigerweise und streichelte seinen Nacken. »Ich bin eigentlich nur hier, weil ich dich vermisst habe. Aber ich kann auch wieder gehen und dich mit deinen Zapfdingern da allein lassen, wenn ihr gerade dabei seid, eine Beziehung aufzubauen.«

»Nichts da, du bleibst schön hier«, murmelte er leise und küsste mich. Und wie jedes Mal, wenn er das tat, blendete ich unsere Umgebung aus, und in meinem Kopf war nur noch Platz für Lyall – für das Gefühl seiner Lippen auf meinen, den Moment, wenn er sie öffnete und ich ihn einließ. Für den warmen Druck seiner Hände an meinem Rücken, die Hitze, die sich augenblicklich in meinem Inneren zusammenbraute und in jede Faser meines Körpers schoss. Die Vorfreude auf mehr, die sich breitmachte, sobald ich ihn spürte. Ich wusste, ich würde davon nie genug bekommen. Niemals.

»Ooh Leute, ernsthaft?« Edinas Stimme sorgte für die trillionste Unterbrechung in den letzten zwei Wochen. Ich ließ Lyall los, zog mein Shirt zurecht und unterdrückte ein Seufzen. Man war hier nirgendwo allein. Das war das Los auf einer Baustelle mit fast hundert Handwerkern – und einer Edina Henderson. »Hier drin wohnen ungefähr vierhundert Spinnen und es ist dreckig und stinkt nach altem Bier. Seid ihr so scharf aufeinander, dass ihr das einfach ausblendet?«

»Japp«, sagte Lyall trocken. »Allerdings reicht es offenbar nicht, um auch noch *dich* auszublenden.«

»Das ist auch unmöglich, wie du weißt.« Seine Schwester grinste. »Ich wurde geschickt, weil der Installateur sich Sorgen gemacht hat, dass du bei der Suche nach den Anschlüssen an Altersschwäche gestorben bist. Er braucht sie nämlich jetzt, wenn er heute noch fertig werden soll.«

Lyall sah mich an, und ich konnte in seinen Augen lesen, was er nicht laut sagte: *später*. Ich nickte nur und sah ihm nach, als er mit dem Karton voller Anschlüsse zum Hinterausgang verschwand.

»Sorry«, sagte Edina wenig bedauernd, als wir vor die Tür traten.

»Kein Problem.« Ich hob die Schultern, und mir fiel auf, dass wir seit ein paar Tagen nicht mehr wirklich miteinander geredet hatten. Genauer gesagt, seit Finlay abgereist war. Er hatte zwar gesagt, dass man ihn von der Uni werfen würde, wenn er nicht bald nach New York zurückkehrte, aber wir wussten es besser – vor allem Edina. Er hatte es in ihrer Nähe nicht länger ausgehalten. »Wie geht es dir?«, fragte ich also.

»Gut.« Die Antwort kam schnell. Zu schnell.

»Sicher?« Vielleicht war es an der Zeit, ihr zu verraten, dass ich den Streit gehört hatte. »Ich … habe mitbekommen, dass ihr gestritten habt. Am Morgen nach dem Brand in der Lobby.«

Edina schien nicht wütend darüber zu sein, nicht einmal überrascht. »Wie viel hast du gehört?«

»Nicht viel. Okay, vielleicht doch. Ich schätze, so ziemlich alles. Es war aber keine Absicht, ich wollte nur nicht stören, und das hätte ich, wenn ich an euch vorbeigegangen wäre. Tut mir leid.«

Sie zuckte die Achseln. »Dann weißt du ja, dass er mehr darunter leidet als ich. Finlay ist … er ist emotionaler, sensibler, er hat mehr Herz als wir anderen zusammen.« Edina schnaubte. »Fin würde alles aufgeben, damit wir zusammen sein können, und wahrscheinlich wirkt es egoistisch, dass ich das nicht will. Aber eigentlich schütze ich *ihn* damit. Er würde es nicht überleben, seinen Dad nicht mehr zu sehen, seinen Bruder und vor allem Lyall. Ich würde das vielleicht hinkriegen, aber er nicht.«

»Aber in New York hast du das ignoriert?« Ich hatte weder sie noch Finlay gefragt, was an Silvester passiert war. Edina war jedoch der direkteste Mensch, den ich kannte. Sie würde mir schon sagen, wenn mich das nichts anging.

»Oh Gott, New York.« Sie schnaubte, offenbar über sich selbst. »Reden wir nicht darüber, okay? Ich will das einfach nur vergessen.«

»Weil es so mies war?«, fragte ich in dem Versuch, sie aufzuheitern.

»Nein«, sie schnaubte wieder. »Weil es so verdammt gut war.«

So viel zum Aufheitern.

»Weißt du, ich habe es echt versucht.« Edina strich sich die Haare zurück. »Ich habe angefangen, ernsthaft zu daten, du weißt schon, mit Essen und Nach-Hause-Bringen und dem ganzen Mist.« Sie sah aus, als hielte sie das per se für ein dämliches Konzept.

»Und, war jemand dabei?«, fragte ich trotzdem.

»Tatsächlich, ja.« Sie nickte. »Daniel studiert mit mir, ist im Rugby-Team der Uni, nett, witzig und echt heiß. Er lacht über meine Witze, er hat hervorragende Manieren und er interessiert sich nicht dafür, dass ich eine Henderson bin. Wir können stundenlang miteinander reden, ohne dass es langweilig wird, neulich sind wir sogar eine Stunde nachts durch Notting Hill spazieren gegangen wie in dem Film mit Julia Roberts und Hugh Grant. Kurz: Er ist perfekt.«

»Aber?«, sprach ich aus, was sie in der Luft hängen ließ.

»Aber er ist nicht Fin.« Sie lachte bitter auf. »Ich habe mich in diesen verrückten Spinner verliebt, da war ich noch keine fünfzehn. Hals über Kopf, keiner hat das ernst genommen. Aber es wurde ernst … und tief und besonders zwischen uns. Niemand auf der Welt kennt mich besser, niemand *versteht* mich besser als Finlay. Wer immer an seine Stelle treten soll, muss ihn erst mal aus meinem Herz rauswerfen. Und dort macht er sich verdammt breit.«

Ich schwieg, weil ich ihr Dilemma verstand. Schließlich hatte ich im letzten Dreivierteljahr ebenfalls erlebt, wie es war, wenn man jemanden einfach nicht vergessen konnte, obwohl man es um jeden Preis wollte.

»Was passiert denn, falls ihr es schafft, den Rat zu übernehmen?«, fragte ich, nachdem ich mich versichert hatte, dass niemand außer uns hier am Strand war. »Lyall hat gesagt, dass ihr die Regeln dann ändern könntet.«

Edina nickte. »Ja, könnten wir. Aber wenn Mum nicht mitzieht, können wir es vergessen. Und selbst wenn sie es tun würde … ich weiß nicht, ob ich das aushalten würde. Als das mit Jamie passiert ist, haben alle darüber hergezogen, über ihn und seine Art zu leben. Jeder dahergelaufene Depp hat sich eingebildet, ihn zu kennen und zu wissen, warum er so abgestürzt ist. Ich will nicht, dass sie das auch mit uns tun. Dass sie uns hinter vorgehaltener Hand als gestört und abnormal bezeichnen.«

»Also bleibt dir nichts anderes übrig, als ihn dir aus dem Kopf zu schlagen?« Ich fragte mich, wie sich Edina fühlen musste, wenn *ich* schon so eine elendige Hoffnungslosigkeit wegen Finlay und ihr spürte. Ich mochte beide so gern, und man merkte, wie sehr sie sich liebten, obwohl sie das nie zeigen durften. Dass sie keine Chance haben sollten, machte mich wahnsinnig traurig.

»Sieht ganz danach aus.« Edina holte tief Luft. »Zum Glück habt immerhin ihr zwei euer Happy End bekommen und ich freue mich wie irre darüber. Auch wenn ich euch bitte nie wieder erwischen will.« Sie zeigte streng mit dem Finger auf mich, dann straffte sie ihre Schultern. »So, und nun zeig mir deine Villa. Mum hat gesagt, sie ist die schönste von allen, und ich bin ein kleines bisschen neugierig.«

»Okay, Milady, auf zur Führung. Bitte dort entlang.« Ich lächelte und akzeptierte stumm, dass sie das Thema wechselte. Was sollte ich auch dazu sagen? Ich konnte die Regeln nicht ändern, ich konnte die Welt nicht ändern für sie. Obwohl ich das gerne getan hätte.

41
Lyall

Die Party war genau das, was sie sein sollte: der ideale Abschluss einer stressigen, aber dennoch grandiosen Zeit. Es gab Fisch, Fleisch und Gemüse vom Grill, zum letzten Mal griechische Spezialitäten, dazu gekühlte Getränke in großen Behältern mit Eis und natürlich das Meer und den Strand als Kulisse. Wilbur war ein hervorragender Cocktail-Mixer, wie sich herausstellte, also bekamen wir alle Caipirinhas. Edina tanzte mit Martha und Orfeas, Bella improvisierte ein Best-of von Elliotts arrogantesten Ausbrüchen, er hielt mit einer perfekten Imitation von ihr dagegen, und als es dunkel wurde und die beiden verschwunden waren, wunderte das niemanden mehr. Die meiste Zeit war ich an Kenzies Seite, weil wir es kaum aushielten, einander nicht ständig zu berühren, aber dann ließ ich sie kurz allein, um etwas vorzubereiten, und kehrte erst danach an den Strand zurück. Sie zuckte überrascht zusammen, als ich plötzlich hinter ihr auftauchte und sie umarmte.

»Komm mal mit«, sagte ich und nahm sie an der Hand. Gemeinsam verließen wir den Strand und schlugen einen der Wege durch die Hotelanlage ein, die mittlerweile von warm scheinenden Laternen beleuchtet wurde.

»Wo willst du hin?«, fragte Kenzie, als wir nicht in Richtung

Haupthaus gingen, wo wir seit dem Brand ein gemeinsames Zimmer hatten.

»Ist eine Überraschung.« Das war die einzige Antwort, die ich ihr gab. »Und deswegen …« Ich hielt an und ließ ihre Hand los, um etwas aus der Tasche zu ziehen. »… musst du auch das hier tragen.«

Sie beäugte gespielt misstrauisch das Tuch, das ich als Augenbinde von Edina geklaut hatte. »Du hast aber nicht vor, hier irgendeine *Fifty-Shades*-Nummer abzuziehen, oder?«

Ich lachte. »Oh, doch. Ich habe heute im Baumarkt sämtliche Kabelbindervorräte aufgekauft und dachte mir, wir probieren mal was Neues. Stehst du nicht auf diesen Bondagekram? Ich habe extra ein paar Bücher zu dem Thema gelesen. Erste Regel: *Vereinbaren Sie ein Safeword.* Hast du da Vorschläge?«

»Wie wäre es mit *Idiot*?« Kenzie musste ebenfalls lachen, nahm mir aber dennoch das Tuch aus der Hand, um es sich umzubinden.

Ich half ihr dabei, dann legte ich den Arm um sie, damit ich sie führen konnte. Wir gingen weiter und kamen schließlich an einer Tür an, die ich nur angelehnt gelassen hatte. Vorsichtig dirigierte ich sie über die Schwelle und brachte sie durch den Flur. Im nächsten Moment nahm ich ihr die Augenbinde ab.

»Wow«, machte sie nur.

Wir standen in einer der Villen – in *ihrer* Villa, die sie mit Unterstützung meiner Mum eingerichtet hatte. Allerdings sah sie jetzt etwas anders aus. Nicht nur, weil es dunkel war, sondern vor allem, weil ich Windlichter mit Kerzen darin verteilt hatte – genug, damit sie warmes Licht verbreiteten, aber nicht so viele, dass es kitschig war. Die Türen zum Pool waren geöffnet und die Vorhänge bauschten sich im leichten Wind. »Was machen wir denn hier?«, fragte Kenzie überrascht.

Ich lächelte. »Ich dachte, wenn jemand die erste Nacht hier drin verbringen sollte, dann du.«

»Du meinst … nein, das geht nicht. Alles ist für den Fototermin morgen vorbereitet, wir können das nicht durcheinanderbringen.« Kenzie schüttelte heftig den Kopf. »Deine Mum hat am Nachmittag selbst noch einmal eine Runde durch die Villen und die vorbereiteten Zimmer gemacht, damit nichts am falschen Platz ist.«

»Und? Dann räumen wir eben hinterher auf. Das hat im Musterzimmer schließlich auch geklappt.« Ich griff wieder nach ihrer Hand und zog sie sanft raus auf die Terrasse. Auch hier standen Kerzen, und ich konnte in Kenzies Gesicht lesen, dass ihr ohnehin kläglicher Widerstand zu bröckeln begann. *Gut so.*

»Aber dann müssen wir wirklich alles genau so herrichten, wie es war«, stellte sie ihre Bedingungen. »Und wir schlafen nicht im Bett. Das ist ägyptische Baumwolle, die knittert, wenn man zu lange darauf liegt.«

Ich nickte. »Einverstanden.« Dann legte ich meine Arme um sie und beugte mich zu ihr, bis ich beinahe ihr Ohr streifte. »Ich für meinen Teil hatte eh nicht vor, besonders viel zu schlafen.«

Sie lachte, aber ihr angenehmes Schaudern spürte ich trotzdem. »Okay, Herausforderung angenommen«, flüsterte sie. »Erst mal brauche ich allerdings eine Abkühlung.« Damit ließ sie mich los und lief zum Pool, der exklusiv zu der Villa gehörte. Mit einer fließenden Bewegung hatte sie ihr Kleid über dem Bikini ausgezogen und war in der nächsten Sekunde im Wasser.

»Bist du irre?«, fragte ich in gespieltem Ernst. »Das ist doch alles für den Fototermin vorbereitet.«

»Halt die Klappe und komm lieber rein«, rief sie. Das ließ ich mir nicht zweimal sagen, wurde Shirt und Jeans los und sprang in Schwimmshorts in den Pool – so leise wie möglich. Der kleine Garten war durch eine dichte und ausreichend hohe

Hecke vor neugierigen Augen geschützt, aber trotzdem war es besser, wenn man nicht zu viel von uns hörte. Denn heute Abend durfte es keine Störungen geben.

Wir schwammen ein bisschen hin und her, ließen uns im Wasser treiben, redeten irgendwelchen Unsinn. Dann kam Kenzie zu mir und legte die Arme um meinen Hals.

»Eigentlich schade, dass es bald vorbei ist«, sagte sie leise. »Klar, es war echt anstrengend, das alles hier auf Vordermann zu bringen. Aber ich werde das Hotel und die ganzen Leute echt vermissen.«

»Ich weiß, was du meinst.« Zwar hatte ich immer noch den Gedanken im Hinterkopf, dass es vielleicht jemanden gab, der mich beschattete – obwohl mir seit dem angeblichen Spitzel von Davidge niemand weiteres aufgefallen war – aber es war mir nicht mehr wichtig gewesen. Das *Kefi Palace* war wie ein eigener kleiner Mikrokosmos, in dem alles außerhalb keine große Bedeutung hatte. »Ich habe allerdings eine Idee, wie wir das Gefühl noch ein bisschen länger haben könnten … nur etwas anders.«

»Was meinst du damit?«

»Es ist so eine Art Tradition der Hendersons, nach dem Uni-Abschluss noch ein bisschen zu reisen. Und ausnahmsweise ist es nicht vorgeschrieben, wo die Reise hingeht – oder *womit* man sie macht. Also dachte ich … wieso nicht Camping? Mit dir.«

Kenzie starrte mich ungläubig an. »Du meinst, du hast im Sommer Zeit? Und wir könnten mit Loki Europa bereisen?«

»Mum erwartet mich erst im Herbst zum Antritt in der Firma«, grinste ich. »Ich habe das gestern mit ihr geklärt. Das heißt, wenn dein Studium an der UAL im September beginnt und du frühestens eine Woche vorher zurück sein musst, haben wir locker zwei Monate Zeit.«

Sie strahlte. »Das wäre der Hammer! Wir könnten nach

Nordeuropa fahren … in Dänemark war ich schon, aber in Schweden noch nie. Vielleicht schaffen wir es sogar bis Norwegen.« Plötzlich hielt sie inne und sah mich an. »Oder kennst du das alles längst? Dann fahren wir irgendwohin, wo du noch nie warst.«

»Okay. Die Antarktis soll schön sein.« Ich grinste und schüttelte den Kopf. »Keine Sorge. Wir haben Hotels in Oslo und Stockholm, aber weiter nördlich war ich noch nicht. Und ich war außer unserem Ausflug in die Highlands auch noch nie campen, also ist es so oder so für mich Neuland.«

Kenzie grinste. »Das bedeutet, ich kann dir all die unangenehmen Aufgaben übertragen und es als *Da-mussten-wir-alle-am-Anfang-durch* tarnen? Das klingt hervorragend.«

»Ich dachte eigentlich, ich lasse mich von dir durch die Gegend kutschieren und mache auf Pascha, weil ich behaupte, von dem ganzen Kram nichts zu verstehen.« Ich nickte, als fände ich diese Idee echt super.

»Vergiss es. Camping ist nichts für Paschas. Was der Grund ist, warum es perfekt zu dir passt.« Sie lächelte und strich mir über die Wange. »Bist du denn sicher, dass du es mehrere Wochen auf so engem Raum mit mir aushältst?«

»Eigentlich finde ich es sogar umso besser, je weniger Raum zwischen uns ist«, murmelte ich und zog sie zum Beweis noch enger an mich. Und wie so oft veränderte sich die Stimmung innerhalb von Sekunden, wandelte sich von scherzhafter, vertrauter Nähe zu aufgeladenem Verlangen. Kenzie küsste mich, erst nur auf diese neckende Art, die sie so gut beherrschte, aber sie hielt es nicht lange durch. Ihr Seufzen, als sie sich dazu entschloss, den Kuss zu vertiefen, setzte mich augenblicklich in Brand. Ich hatte keine Ahnung, wie sie es schaffte, mich so unglaublich süchtig nach ihr zu machen, Fakt war jedoch – ich würde ihr niemals widerstehen können.

Ich steuerte den Beckenrand an, drückte Kenzie dagegen.

Meine Hände verließen ihren Nacken, meine Zunge glitt aus ihrem Mund, und ich fuhr mit den Fingern über ihren Körper, um nach dem Verschluss ihres Bikinioberteils zu tasten. Meine Berührungen waren unter Wasser träger, aber offenbar nicht weniger intensiv, denn Kenzie schloss genießerisch die Augen und biss sich auf die Unterlippe, als ich den lästigen Stoff entfernte. Das brachte mich dazu, sie erneut zu küssen, während sie ihre Arme um meinen Nacken schlang und mich näher zu sich zog. Ich atmete scharf ein, als ihre Brüste meinen Oberkörper berührten.

Aber dann unterbrach sie den Kuss plötzlich und sah an mir vorbei zu der Hecke, auf der Schatten tanzten.

»Sicher, dass uns hier niemand sieht?«, fragte sie atemlos. »Wenn uns nämlich heute jemand stört, erschieße ich ihn.«

Ich lachte auf. »Keine Sorge«, murmelte ich dann, meine Lippen längst wieder an ihrem Hals. »Uns wird niemand stören.«

»Gut«, keuchte sie und ließ ihre Finger über meinen Körper nach unten bis zu meinen Shorts gleiten. Aber auch wenn sich bei der Berührung alles in mir vor Erregung zusammenzog – ich hatte vorerst andere Pläne.

Ich hob Kenzie auf meine Hüften, stieg die beiden Stufen zum Rand hoch und setzte sie dort ab. Dann küsste ich sie noch einmal, bevor ich ins Wasser zurücksank. Sanft strich ich mit den Händen von ihren Knien über ihre Schenkel nach oben, berührte sie aber nicht an ihrer empfindlichsten Stelle, sondern ließ die Finger wieder nach unten gleiten. Meine Lippen streiften über die Haut an der Innenseite ihrer Oberschenkel, bedachten jeden Zentimeter ausgiebig, dann wiederholte ich meine Berührungen. Es kostete mich all meine Selbstbeherrschung, mir Zeit zu lassen, aber ich wusste, es würde sich lohnen.

Kenzie sah das anders.

»Lyall, bitte«, stieß sie aus. Ich sah auf, betrachtete ihr Gesicht, ihr Blick eine einzige Aufforderung, sie nicht länger hinzuhalten. Ich grinste, dann griff ich nach dem schwarzen Stoff und zog ihr den Rest des Bikinis aus. Keine Sekunde ließ ich sie aus den Augen, genoss den Ausdruck in ihren, als sie ihre Beine für mich erneut öffnete, weiter als zuvor. Und endlich schafften es meine Finger bis zu ihrer Mitte, streichelten sie kreisend, bevor ich mich vorbeugte und sie durch meinen Mund ersetzte.

Kenzie seufzte bei der Berührung meiner Lippen auf. Sie lehnte sich nach hinten und stützte ihre Arme auf der gefliesten Umrandung ab, bat mit einer Bewegung ihrer Hüften um mehr, aber die Aufforderung war nicht nötig. Ich strich mit meinen Händen über ihren Körper nach oben und umfasste ihre Brüste, während ich meine Zunge in sie hineingleiten ließ und ein Stöhnen als Antwort bekam. Erregung lief in Wellen durch Kenzies Körper, und ich nahm jeden Laut, jedes Zittern als Bestätigung, dass ihr gefiel, was ich tat. Und als Zeichen ihres Vertrauens. Wir waren nach zwei Wochen ohnehin schon gut eingespielt, aber das hier brachte uns auf eine ganz neue Ebene.

Ich beschäftigte mich ausgiebig damit, was sie mochte und was noch mehr, variierte den Druck und die Intensität meiner Bewegungen – und nahm schließlich meine Finger zu Hilfe. Das gab Kenzie den Rest. Sie griff in meine Haare, flehte mich an, sie zu erlösen, und auch wenn ich ewig so hätte weitermachen können, tat ich ihr den Gefallen. Meine Finger bewegten sich schneller vor und zurück, ich presste meine Lippen auf ihre Mitte und spürte genau, sie war kurz davor. Und dann bog sie den Rücken durch und kam, leise, aber heftig. Ich hielt sie an den Hüften fest und beobachtete sie dabei, weil es nichts Heißeres gab als Kenzie, die sich in einen Orgasmus hineinfallen ließ, für den ich verantwortlich war. Ihr ganzer Körper bebte einige Augenblicke, und ich sah, wie sie das Gefühl in vollen Zügen genoss, bevor sie schließlich tief einatmete und die Luft wieder ausstieß.

Als sie sich aufrichtete und mich ansah, war ich gebannt von dem Blick aus ihren Augen, die im Schein der Kerzen noch viel lebendiger wirkten als sonst. Von der Intensität darin, diesem Flackern, während sie vollkommen nackt vor mir saß und wusste, wie sehr ich sie wollte – genau wie sie mich. Ich hatte nie eine Frau schöner gefunden. Oder anziehender.

Dann schob sie sich nach vorne und glitt wieder ins Wasser, direkt in meine Arme, und ich spürte ihren erhitzten Körper an meinem. »Himmel«, stieß sie leise aus. »Gibt es eigentlich irgendetwas auf der Welt, das du *nicht* kannst?«

»Oh, ja.« Ich nickte. »Ich bin ein lausiger Golfspieler, falls du das vergessen haben solltest.«

»Gut, dass ich so gar kein Interesse an Golf habe.« Sie schlang ihre Beine um meine Hüften und bewegte fast schon aufreizend träge ihr Becken. Ich keuchte leise auf. Aber da löste sie sich von mir und brachte mich dazu, den Platz einzunehmen, den sie gerade verlassen hatte. »Okay, Henderson«, raunte sie dann, und es klang wie ein Versprechen. »Zeit für eine Revanche.«

Sie hatte die Worte kaum ausgesprochen, da ging sie bereits vor mir in die Knie, die Hände an meinen Shorts, und streifte sie mir von den Hüften. *Verflucht noch mal*, dachte ich nur noch. Dann knipsten Kenzies Berührungen jeden klaren Gedanken in meinem Hirn aus.

42

Kenzie

Was für eine Nacht. Das war der erste Gedanke am folgenden Morgen, der mir in den Sinn kam. Unter mir spürte ich das weiche Polster des blauen Sofas, das ich für die Villa ausgesucht hatte, über mir die dünne Decke, die eigentlich ordentlich gefaltet auf den Sessel gehörte. Und neben mir Lyalls warmen Körper, der sich im Takt seines Atems hob und senkte. Ich öffnete die Augen und betrachtete ihn. Er schlief entspannt, die dunklen Haare fielen ihm ins Gesicht, und ich strich sie sanft zur Seite. Er schien es zu merken, denn nur ein paar Sekunden später wachte er auf.

»Morgen, Miss Bennet«, murmelte er verschlafen, und mein Herz lief über vor Liebe, weil er nie entzückender war, als wenn er morgens aufwachte. Trotzdem setzte ich einen ernsten Gesichtsausdruck auf. »Alles okay?«, schob er nach.

»Ich habe es genau gesehen«, teilte ich ihm streng mit.

»Was hast du gesehen?« Er wurde wacher und schien langsam beunruhigt. Prüfend ließ er seinen Blick durch die Villa wandern, als könnte er hier den Grund für meine Worte finden.

»Na, was wohl? Du hast *geschlafen*. Obwohl du meintest, dazu würdest du diese Nacht nicht kommen.« Ich lachte, als Lyall sich entspannte und zurück ins Kissen sank.

»Nur weil du mich völlig fertiggemacht hast«, beschwerte er sich.

»Tatsächlich? Ich dachte, das wäre umgekehrt gewesen.« Bei der Erinnerung an das, was er am Pool mit mir angestellt hatte, wurden in mir andere Dinge wach als nur mein Kopf. Von allem danach ganz zu schweigen. Wir hatten mittlerweile einige gemeinsame Nächte gehabt, aber diese war dennoch besonders gewesen. Das Bett war tatsächlich das Einzige, das wir nicht angerührt hatten.

Ich kuschelte mich in Lyalls Arme und schloss erneut die Augen, als mir plötzlich etwas einfiel und ich hochschreckte. »Wie spät ist es?« Draußen war es verdammt hell, also war es kein früher Morgen mehr. Und wenn wir rechtzeitig alles wieder in Ordnung bringen wollten, dann …

»Das hier ist es, wir haben es gestern fertig eingerichtet.« Die Vordertür klackte und eine energische Stimme hallte durch den Vorraum bis zu uns.

»Fuck!«, stieß ich aus und sah Lyall an, der weniger erschrocken aussah als ich, aber doch irgendwie, als hätte er Zahnschmerzen. »Was jetzt?«

Er hob die Schultern. »Zum Abhauen ist es wohl zu spät.«

Nur eine Sekunde später kam Theodora herein, gefolgt von zwei anderen Leuten, die ich nicht kannte. Sie bemerkte zuerst die offenen Fenster zum Pool, bevor ihr Blick auf uns fiel, zusammen auf dem dunkelblauen Sofa, und sie mitten in der Bewegung stockte. Ich hielt die Luft an, weil mir klar war, dass sie von mir enttäuscht sein musste. Dass heute der Fototermin war, wusste ich seit Tagen, und trotzdem hatte ich mich von Lyall überreden lassen, die Nacht hier zu verbringen. Da gab es mit Sicherheit keinen Beifall.

»Es tut mir ehrlich leid, Dora«, begann ich. »Aber –«

»Kenzie kann nichts dafür, Mum«, unterbrach mich Lyall. »Das war meine Idee.«

»Ja, ich dachte mir, dass du das behaupten würdest.« Sonst sagte sie jedoch nichts, sondern maß uns nur mit prüfendem Blick, bevor sie ihn durch das Zimmer schweifen und schließlich wieder auf uns ruhen ließ. »Das ist *die* Idee«, murmelte sie dann kryptisch und nickte. »Wieso bin ich da nicht viel eher drauf gekommen?«

»Mum?« Lyalls Tonfall war auf eine Art misstrauisch, die mich vermuten ließ, dass er mehr aus Theodoras Gemurmel herausgehört hatte als ich. Aber weil ich noch damit beschäftigt war, das Laken so um mich zu wickeln, dass ich den drei Leuten vor mir keine nackten Einblicke gewährte, war mir das momentan echt egal.

Theodora drehte sich zu einer jungen Frau mit Brille um. »Sagen Sie die Models für das Shooting morgen ab. Wir machen das direkt heute mit den beiden. Randy wird das wunderbar finden.«

Mit den beiden? Models? Okay, jetzt war ich auch alarmiert. Schnell wechselte ich einen Blick mit Lyall, aber der schüttelte nur den Kopf.

»Keine Sorge«, flüsterte er mir zu, »wir bringen sie davon ab.«

»Wie denn?«, fragte ich leise zurück.

Seine Mutter war längst am Handy. »Jean, bist du schon da? Perfekt, ich brauche dich nämlich direkt heute, es gab eine Änderung. Du musst nicht viel machen, es soll ganz natürlich aussehen. Die Outfits sind schon gestern gekommen, das ist kein Problem. Super, danke. Bis gleich.« Sie wandte sich zu uns um. »Haare und Make-up sind geklärt, wir können in einer halben Stunde loslegen.«

»*Mum*«, sagte Lyall wieder, diesmal mit wesentlich mehr Nachdruck. »Vielleicht solltest du Kenzie und mich fragen, bevor du uns als Models zwangsverpflichtest.«

»Oh kommt schon, ihr habt mein Set verunstaltet, dafür

seid ihr mir etwas schuldig.« Theodora sah ihren Sohn streng an. »Und keine Sorge, ihr landet nicht in der *Vogue Living*, das werden nur die Werbefotos für das Hotel und ein paar Branchenmagazine. Ich möchte, dass hier glücklich verliebte Paare Urlaub machen, also brauche ich ein glücklich verliebtes Paar – und das seid ihr doch, oder? Wenn es echt ist, kommt es viel besser rüber, glaubt mir.«

Damit wuselte sie hinaus, die beiden anderen folgten ihr und wir blieben allein zurück. Lyall setzte sich auf und fahndete mit den Augen nach seinen Klamotten, die vermutlich immer noch draußen auf der Terrasse lagen.

»Okay, hier ist der Plan«, sagte er. »Du sagst Mum einfach, du möchtest das nicht. Dass du dich vor der Kamera unwohl fühlst oder dass so etwas deiner Seriosität als zukünftige Innendesignerin schadet, irgendwas. Denn wenn *ich* es versuche, wird sie auf Durchzug schalten und mir vorhalten, dass sie 34 Stunden mit mir in den Wehen lag, während sie eigentlich ihren ersten AD100-Award in Empfang nehmen sollte.«

Ich grinste. »Dafür hat sie allerdings echt etwas gut bei dir.« Dieser Preis war schließlich einer der bedeutendsten in der Branche.

Lyall hob eine Augenbraue. »Machst du dich gerade lustig über mich?«

»Würde ich nie. Ich denke nur … wieso tun wir ihr den Gefallen nicht?« Ich zuckte mit den Schultern. »Es sind doch lediglich ein paar Bilder für die Website. Und sie hat recht, wir sehen wirklich gut zusammen aus.« Ich fuhr ihm durch die Haare.

»Hast du schon mal gemodelt?«, fragte er mich.

»Nein, noch nie«, antwortete ich.

»Ich schon. Es ist ätzend. Man muss sich an den Haaren ziehen lassen, irgendwelche bescheuerten Klamotten tragen und dann in den blödsinnigsten Posen stillhalten. Ich habe keinen Bock darauf. Und du auch nicht, glaub mir.«

Theodora kam wieder herein und wedelte energisch mit der Hand. »Kinder, kommt schon. Jean ist gleich da und die Uhr läuft.«

Lyall schaute mich an, als wollte er mich an meinen Einsatz erinnern.

»Dora, hör mal«, sagte ich schnell. »Das ist nichts für mich, glaube ich. Ich habe so was noch nie gemacht. Ich kann das gar nicht.«

»Ach was, dafür brauchst du keine Erfahrung, du musst nur du selbst sein.« Sie schüttelte den Kopf. »Außerdem hast du fantastische Haut und dann deine Haare … zusammen mit dem dunklen Ton von Lyalls wird das umwerfend aussehen. Also bitte, Herrschaften, einmal ins Fitting.«

Der energische Ton war eindeutig, also versuchte ich nicht ein weiteres Mal, sie zu überzeugen. Lyall seufzte nur tief und machte dann ein Gesicht, als hätte er sich mit seinem Schicksal abgefunden – und als wäre es nicht das erste Mal, dass so etwas passierte.

Wir zogen uns eilig an, dann gingen wir ins Haupthaus und lernten Stylistin Jean kennen, die unser beider Haare in geordnete Unordnung brachte und mir ein dezentes Make-up verpasste. Anschließend bekamen wir unsere Klamotten – dunkle Boxershorts für Lyall, die so aussahen wie die, die er eh immer trug, und ein tiefblaues Negligé aus Seide für mich, das wie nichts aussah, das ich jemals in meinem Leben getragen hatte. Aber es war nicht zu tief ausgeschnitten und fühlte sich gut auf der Haut an, deswegen fragte ich nicht nach etwas anderem.

Als wir in Bademäntel gehüllt zurück in die Villa kamen, schwirrte mir immer noch der Kopf davon, wie ich innerhalb von einer halben Stunde als Model verpflichtet worden war.

Aber Zeit, um darüber nachzudenken, bekam ich nicht. Denn längst war der Fotograf mit seiner Crew vor Ort und prüfte das Licht.

Im Raum hatte jemand Ordnung gemacht, von unserer Nacht war nichts mehr zu sehen. Mir war es unangenehm, dass fremde Leute für uns aufgeräumt hatten, wo das doch eigentlich unser Job gewesen wäre.

»Okay, ihr seid da, gut.« Der Fotograf, der original so aussah, wie man sich jemanden vorstellte, der den ganzen Tag schöne Dinge ablichtete – stylishes Dandy-Outfit mit passender Frisur – stellte sich als Randy vor und sagte mir, dass er schon seit Jahren mit Theodora zusammenarbeitete. Lyall schien ihn zu kennen, denn als er dazukam, fiel Randys Begrüßung sehr viel weniger förmlich aus. Er war geradezu aus dem Häuschen, Lyall zu sehen. Der hingegen behielt das gesamte Gespräch über einen Gesichtsausdruck bei, als hätte er in eine Zitrone gebissen.

»Habt ihr eine gemeinsame Vergangenheit?«, fragte ich belustigt, als der Fotograf sich entfernte, um seine beiden Assistenten zu instruieren.

»Sozusagen«, knurrte Lyall. »Es ist ungefähr zehn Jahre her, da hat Mum uns schon einmal zu so einem Schwachsinn überredet, Edina und mich. Wir sollten für die alljährliche Weihnachtskarte der *Henderson Group* einen Baum schmücken, Edie als Engel, ich als Elf. Nur dass Randy der Ansicht war, zwei Engel wären doch viel besser, und mich ebenfalls in so ein komisches bauschiges Spitzending und eine blonde Lockenperücke gesteckt hat. Weil mein Gesicht ja so *entzückend* wäre.«

»Aww, armer Lyall.« Ich legte einen Arm um ihn und verkniff mir ein Lachen. »Da hat doch tatsächlich jemand festgestellt, wie gut er aussieht. Was für ein Schock.«

Lyalls Augen verengten sich stark, aber in seinen Mundwinkeln zuckte es. »Verarsch mich noch eine Weile, Miss Bennet, und wir beide werden eine ganz andere Unterhaltung führen.«

Ich legte den zweiten Arm um ihn. »Du meinst, so eine wie letzte Nacht?«, fragte ich so unschuldig wie möglich. »Dann bin ich einverstanden.«

Seine Hand fuhr über das Revers meines Bademantels zu dem Band, das in meiner Taille zur Schleife gebunden war, als würde er darüber nachdenken, wie wir schnell hier raus- und irgendwo anders hinkamen, um ungestört zu sein. Aber Randy und Theodora machten uns einen Strich durch die Rechnung.

»Wir fangen im Bett an«, verkündete der Fotograf. »Ich hätte euch gerne ganz natürlich, als würdet ihr morgens aufwachen und glücklich verliebt in den Tag starten. Verstanden? Dann los.«

Etwas zögernd, weil so viele Leute da waren, zogen wir die Bademäntel aus und stiegen in das Bett, das wir in der letzten Nacht extra gemieden hatten. Ich legte meinen sorgsam durcheinandergebrachten Kopf auf eines der strahlend weißen Kissen. Lyall positionierte sich halb über mir und stützte sich auf einem Arm ab, die andere Hand an meiner Hüfte.

»Die Hand jetzt bitte etwas höher, oberhalb der Taille. Nein, noch höher.«

Lyall sah zum Fotografen und verengte seine dunklen Augen. »Niemand würde in der Realität seine Hand dort hinlegen.«

»Wir sind nicht in der Realität«, wedelte Randy sein Argument weg. »Und wir wollen doch nicht, dass Eltern ihren Kindern die Augen zuhalten müssen, wenn sie sich die Website anschauen, oder?«

»Da hättet ihr gestern Abend vorbeikommen müssen«, knurrte Lyall so leise, dass nur ich es hören konnte. Ich hoffte, dass die Hitze, die bei der Erinnerung in mir aufstieg, es nicht bis in mein Gesicht schaffte.

»Bitte noch etwas höher. An Kenzies Seite.«

Lyall gab sich geschlagen und legte die Hand dorthin, wo er sollte. Ich spürte seinen Körper an meinem und lächelte, als er zu mir heruntersah. »Gibt Schlimmeres, oder?«, fragte ich leise. Wenn ich ehrlich war, gefiel mir dieses Shooting besser als gedacht.

»Nein, gibt es nicht«, widersprach er. »Neben dir zu liegen und nur so *zu tun*, als würden wir uns gleich die Klamotten vom Leib reißen, ist pure Folter. Vor allem, wenn du *das da* trägst.« Er fuhr über die blaue Seide.

»Wir können die ganze Truppe ja kurz wegschicken«, raunte ich in sein Ohr und spürte an der Stelle, wo unsere Hüften sich berührten, dass meine Worte nicht ohne Folge blieben. Kaum sichtbar bewegte ich mein Becken. »Oder auch etwas länger.«

»Gott, bitte bring mich nicht um«, stöhnte Lyall, und ich musste lachen. Schnell drückte ich ihm einen Kuss auf die Lippen und hörte die Kamera klicken. Und wieder. Und wieder.

Doch. Der Job war echt okay.

Einige Stunden später hatten wir nicht nur zusammen im Bett gelegen, sondern waren auch im Pool geschwommen – deutlich harmloser als gestern – und hatten in modern-lässigen Outfits, wie Theodora es nannte, auf dem Sofa gesessen, um verzückt die Aussicht zu genießen. Als Randy verkündete, dass er alles in der Villa im Kasten hatte, atmeten Lyall und ich erleichtert auf.

»Gut, dann fehlt nur noch das Hochzeits-Setting«, sagte Theodora.

»Das … was?«, hustete ich.

»Na, ich habe vor, hier auch Hochzeiten zu veranstalten.« Sie sah über den Monitor, auf dem sie die Fotos begutachten konnte, hinweg zu uns. »Also brauche ich euch, um das für Interessenten zu visualisieren. Das Kleid dürfte etwas zu lang für dich sein, Kenzie, aber gerade barfuß am Strand sieht das nur noch romantischer aus. Bitte geht und zieht euch um, in Ordnung?«

Da ich Lyalls Widerwillen gegenüber dem Shooting mittlerweile gut verstand, hätte ich gern abgewinkt. Ich wusste jedoch, dass es sinnlos war, daher fügte ich mich der Bitte ebenso schicksalsergeben wie er.

»Und, macht es immer noch Spaß?«, neckte er mich auf dem Weg ins Haupthaus.

»Sei bloß still«, maulte ich. Mir tat jeder Muskel weh von den unmöglichen Posen, die Randy verlangt hatte, die aber dummerweise auf den Bildern total natürlich rüberkamen.

Lyall fing mich ein und drückte mir einen Kuss auf die Haare. »Okay. Du darfst dir dein *Du hattest recht* für später aufheben.«

»Wie großzügig, Euer Gnaden«, grinste ich.

»Ja, so bin ich.«

In ihrem improvisierten Umkleideraum flocht Jean mir einen Teil meiner Haare mit einigen Blumen zu einem Kranz und steckte mich anschließend in ein weich fließendes Vintage-Kleid mit Spitze in einem zarten Elfenbeinton. Ich hatte noch nie ein Hochzeitskleid getragen, und obwohl das hier so schlicht war, dass es fast als normales Kleid durchging, klopfte mein Herz spürbar, als ich hinter dem Paravent hervortrat. Davor wartete Lyall, der eine helle Hose und ein weißes Hemd mit aufgekrempelten Ärmeln trug. Als ich seinen Blick sah, blieb mir die Luft weg. Er schaute mich an, vollkommen hingerissen und sprachlos, so als wäre ich tatsächlich eine Braut und er der Bräutigam am Altar. Und plötzlich war das Klopfen in meiner Brust ein heftiges Pochen, bei dem ich sicher war, man müsste es durch die zarte Spitze sehen.

»Ich habe keine Ahnung, wie ich ausdrücken soll, was mir

gerade durch den Kopf geht«, sagte er leise und lächelte. »Du siehst unglaublich aus.«

»Danke.« Ich lächelte verlegen. »Du übrigens auch. Das Engelskostüm wäre sicherlich noch schöner gewesen, aber ich nehme, was ich kriegen kann.«

Wir lachten beide, dann reichte Lyall mir seinen Arm und gemeinsam gingen wir hinunter zum Strand, wo bereits ein Bogen mit Blumen aufgebaut worden war und Theodora offenbar Wilbur als Pfarrer engagiert hatte, der in entsprechender Montur und mit brav gescheiteltem Haar nicht mehr nach dem verrückten Meister der Fliesen aussah, sondern erschreckend seriös.

Lyall und ich mussten vor dem Bogen das glückliche, zu trauende Paar spielen, was viel einfacher war, nachdem die anfängliche Befangenheit wegen des Settings erst einmal verflogen war. Randy fotografierte uns aus allen Winkeln und mit wachsender Begeisterung, während wir so taten, als würden wir Gelübde sprechen, über einen Witz lachen oder uns nach den erlösenden Worten des Pfarrers endlich küssen – was wir mehr als einmal wiederholen mussten.

Aber mitten im zwanzigsten Kuss für die Kamera ertönte plötzlich eine herrische Stimme.

»Ich wusste gar nicht, dass jemand aus dieser Familie heiratet. Ist meine Einladung verloren gegangen?«

Wir alle fuhren herum – und erstarrten, als wir sahen, zu wem die Stimme gehörte.

Auf dem Weg, der zum Strand führte, direkt an der Kante, bevor der Sand begann, stand Agatha Henderson. Groß, herrschaftlich, genau wie ich sie von Fotos und aus der Ferne bei der Eröffnung des *Grand* in Erinnerung hatte. Sie wirkte in ihrer hochgeschlossenen Kleidung wie eine Statue, die ein unfähiger Innendesigner vollkommen falsch für diese Szenerie ausgewählt hatte.

Theodora war die Erste, die sich wieder regte. »Mutter, was für eine Überraschung.« Sie verließ unser Set und ging durch den Sand auf Agatha Henderson zu. »Warum hast du mir nicht gesagt, dass du kommen würdest?«

»Weil ich mir ein unvoreingenommenes Bild von deinem Projekt machen wollte. Wenn ich mich angekündigt hätte, wäre das wohl kaum möglich gewesen.« Sie warf Lyall einen messerscharfen Blick zu. »Also, was ist das hier für eine Veranstaltung?«

An Lyalls Kieferknochen traten die Muskeln hervor. Ich verstärkte den Griff meiner Finger um seine, weil ich wusste, wie sehr er seine Großmutter verabscheute. Aber im nächsten Moment ließ er mich los.

»Das ist nur ein Fotoshooting für die Werbung«, sagte Theodora, und ihr Lachen klang ein bisschen schrill. »Kenzie und Lyall waren so nett, als Modelle zu dienen.«

»Wie interessant.« Jetzt traf der prüfende Blick mich und ich fühlte mich an ihre Enkelin Fiona erinnert. Es war die gleiche Herablassung, mit der sie mich immer bedachte hatte. Aber dann sah ich Erkenntnis in Agatha Hendersons Augen. »Moment, Kenzie? Etwa Kenzie Stayton? Aus Kilmore?«

Verdammt, sie schien ein wirklich gutes Gedächtnis zu haben. Wie sonst konnte sie sich daran erinnern, dass Lyall und ich bereits im letzten Sommer miteinander zu tun gehabt hatten? »Ich stamme nicht aus Kilmore, Mrs Henderson«, beeilte ich mich zu sagen. »Ich war nur für ein Praktikum dort.«

Sie fixierte mich eisern. »Und nun sind Sie *nur für ein Praktikum* hier? Oder eher, um mit meinem Enkel Hochzeit zu spielen?«

Theodora sah ebenfalls zu mir. »Kenzie ist eine sehr talentierte junge Innendesignerin, Mutter. Ich habe sie persönlich hierher eingeladen, um mir bei dem Projekt zu helfen.«

Ich hatte Theodora noch nie so gehört. Sie klang trotz des

Kompliments an mich beinahe unterwürfig, so als wollte sie meine Anwesenheit rechtfertigen. Es löste in mir das Gefühl aus, als wäre es nicht in Ordnung, dass ich hier war. Als wäre ich ein Ärgernis, das man vor Agatha Henderson entschuldigen musste. Plötzlich fühlte ich mich unwohl.

Aber im nächsten Moment schob Lyall seine Finger wieder zwischen meine, und sein Lächeln verschwand, als er von mir zu seiner Großmutter sah.

»Kenzie und ich sind seit zwei Wochen zusammen«, sagte er, und jedes dieser Worte kam so deutlich aus seinem Mund, als wollte er ihnen besonderes Gewicht verleihen. »Es ist nicht nötig, so zu tun, als wären wir nur zum Arbeiten hier.«

»Ach ja?« Agatha Henderson verengte die Augen. »Und warum sagst du mir das? Du informierst mich doch sonst nicht über deine wechselnden Bekanntschaften, die nur demonstrieren, wie wenig auf dein Gespür für Klasse und den richtigen Umgang zu geben ist.« Sie ließ den Blick an mir herunter- und wieder hochgleiten, und mir blieb die Luft weg, weil es nicht abfälliger hätte sein können, wie sie mich ansah.

Lyalls Griff um meine Hand wurde etwas fester.

»Weil Kenzie keine wechselnde Bekanntschaft ist«, sagte er hart. »Geschweige denn alles andere, was du über sie denkst.«

Seine Großmutter schnaubte. »Ich bitte dich, Lyall. Was sollte sie denn wohl sonst sein als ein halbwegs passabler Zeitvertreib?«

Ich war immer noch starr vor so viel Boshaftigkeit.

Lyall holte Luft. »Sie ist die Frau, mit der ich zusammen sein will. Für immer, sofern sie mich lässt.«

Mir wurde warm bei seinen Worten, aber es hielt nicht lange vor. Denn der Blick seiner Großmutter war nun so wachsam, als befände sie sich mitten unter Feinden. »Heißt das, du willst eine offizielle Anfrage an den Rat stellen?«, fragte sie Lyall in strengem Ton.

Eine offizielle Anfrage? Überrascht schaute ich ihn an. Ich dachte, dass das nur nötig wäre, wenn man plante, zu heiraten. Und dass es erst nach Jahren Thema sein würde, nicht nach Wochen. Nicht *jetzt*.

»Ja.« Lyall straffte die Schultern und wirkte noch ein Stück größer als sonst – und sehr viel erwachsener als ohnehin schon. »Das möchte ich.«

Ich hörte seine Worte und augenblicklich kämpften zwei Mächte in meinem Innern um die Vorherrschaft: Liebe und Panik. Liebe, weil ich wusste, dass er längst entschieden hatte, wie viel ich ihm bedeutete. Und Panik, weil ich wusste, was hier auf dem Spiel stand. Dass *alles* auf dem Spiel stand.

»Nun gut.« Agatha Henderson neigte leicht den Kopf – kein Nicken, eher die Annahme einer Kriegserklärung. Dann schaute sie mich an. »Miss Stayton? Können wir uns einen Moment allein unterhalten?«

Ich blieb, wo ich war, Lyalls Hand immer noch in meiner. »Allein?«, fragte er seine Großmutter. »Gemäß den Regeln für diese Art von Anfrage sollte ich dabei sein.«

»Nun, wenn du dich nicht an die Regeln hältst, mich mit angemessenem Vorlauf über deine Pläne zu informieren, muss ich das wohl auch nicht. Also, Miss Stayton, kommen Sie nun oder nicht?«

Schnell wechselte ich einen Blick mit Lyall, aber er sah mich nur auf eine Weise an, die *Deine Entscheidung* zu sagen schien.

»Ja, natürlich.« Ich nickte, obwohl ich keine Ahnung hatte, was ich hier tat.

Als sich seine Großmutter kommentarlos in Richtung Haupthaus umdrehte und dann in Bewegung setzte, drückte Lyall mir einen eiligen, heftigen Kuss auf den Mund.

»Alles wird gut, okay? Lass dich von ihr nicht einschüchtern.«

»Nicht einschüchtern?«, fragte ich. »Hast du gesehen, wie sie mich angeschaut hat? Was, wenn ich es nicht hinkriege, sie von mir zu überzeugen? Wenn ich das Falsche sage, wenn ich –«

»Du kannst nichts Falsches sagen. Sei einfach du selbst.« Er lächelte, aber ich sah, dass er ebenso angespannt war wie ich.

»Okay.«

Mit seinem Rat im Ohr folgte ich Agatha Henderson, die für ihr Alter und trotz der Treppen ein ordentliches Tempo vorlegte. Zum Glück schloss ich zu ihr auf, bis sie die Lobby erreicht hatte und auf einer der Sitzgruppen mit Blick auf die Bucht Platz nahm. Nur zu gerne wäre ich das Hochzeitskleid losgeworden, bevor wir miteinander sprachen, aber ich ahnte, dass diese Bitte nicht auf Zustimmung stoßen würde.

»Setzen Sie sich«, befahl sie, und ich tat, wie mir geheißen. »Wo bekommt man hier etwas zu trinken?« Sie sah um, als suche sie einen Kellner.

»Wir haben noch kein Service-Personal«, klärte ich sie auf und kassierte sofort die Quittung dafür: ein missbilligendes Schnauben. Also zeigte ich in Richtung Küche. »Kann ich Ihnen etwas holen? Ich weiß, wo alles steht.« Und außerdem hatte ich dann noch dreieinhalb Minuten, um mir zu überlegen, wie ich mit dieser unerwarteten Begegnung umgehen sollte.

»Earl Grey«, sagte Agatha. »Das Wasser 95 Grad, mit Milch, kein Zucker.«

Schnell erhob ich mich, obwohl ich nicht wusste, ob wir überhaupt Earl Grey im Haus hatten. Da die meisten von uns den Tag über literweise Kaffee in sich hineinschütteten, war das Feld der Teetrinker rar gesät.

»Orfeas? Haben wir irgendwo Tee?« Ich schneite in die Küche, und merkte erst dann, dass sie leer war. Vermutlich war unser Koch unterwegs, um Besorgungen zu machen. Also stellte ich den Wasserkocher an und durchforstete die Schränke auf der Suche nach Earl Grey – und wurde glücklicherweise fündig. Es war zwar nur Beuteltee, aber immerhin. Ich goss zwei Tassen auf und kehrte dann damit zurück in die Lobby. Ein Danke gab es dafür natürlich nicht, obwohl ich sogar ein kleines Tablett gefunden und die Tassen sowie Milchkännchen und ein paar Kekse ansprechend darauf drapiert hatte. Mit spitzen Fingern nahm Lyalls Großmutter den Tee und nippte daran, bevor sie angewidert schaute und die Tasse ein Stück wegschob.

»Miss Stayton, ich bin nicht sicher, ob Ihnen bewusst ist, welche Bedeutung unsere Familie hat«, begann sie und sah mich an. »Die Hendersons sind eine globale Marke mit viel Ansehen und Einfluss. Aber wir sind nur deswegen so erfolgreich, weil wir sehr genau auswählen, wen wir in unsere Reihen aufnehmen. Und weil wir keine öffentlichen Fehltritte dulden.«

Ich dachte an Jamie und wie herzlos sie ihn ans Messer geliefert hatte, aber ich sagte kein Wort dazu. Mir war klar, dass von diesem Gespräch viel abhing – denn ich wusste nicht, was wir tun sollten, wenn ich Agatha nicht davon überzeugen konnte, dieser Familie würdig zu sein. Schließlich hatte ich die Art von Überprüfung in weiter Ferne geglaubt.

»Vor allem auf die Frauen in unserer Familie wird besonderes Augenmerk gelegt«, fuhr Agatha fort. »Seien sie nun geborene Hendersons oder eingeheiratete. Normalerweise werde ich vorab über den Wunsch einer langfristigen Bindung informiert, um Hintergrundinformationen einzuholen, aber so, wie es aussieht, sind Sie in jeder Hinsicht ein spezieller Fall. Erzählen Sie mir etwas über sich, Miss Stayton. Woher stammt Ihre Familie?«

Ich atmete ein. »Meine Mutter wurde in Kilmore geboren und ist dort aufgewachsen, bis sie wegen ihres Berufs zu reisen begann und dann meinen Vater kennengelernt hat. Die Staytons leben seit Generationen in High Wycombe, genau wie ich seit meiner Geburt.« Ich wählte meine Worte sorgsam, obwohl es mir widerstrebte, dieser Frau schönzutun, die so schlecht von mir dachte, obwohl sie mich gar nicht kannte.

»Sie studieren?«, fragte sie weiter.

»Ja.« Ich nickte. »Momentan noch am örtlichen College, aber ab Herbst hoffentlich Innendesign an der *University of the Arts* in London.«

»Und der Rest Ihrer Familie?«, setzte sie das Verhör fort. »Was arbeitet Ihr Vater?«

Ich straffte die Schultern. »Er hat ein eigenes Unternehmen für den Ausbau von Campingmobilen.«

»Campingmobile?« Agathas Augenbrauen schnellten in die Höhe. Ich ignorierte das Entsetzen auf ihrem Gesicht.

»Richtig, Ma'am. Wir haben Kunden aus der ganzen Welt. Wenn jemand einen außergewöhnlichen Wunsch oder besondere Ansprüche hat, kommt er zu uns.« Ich war stolz auf die Firma meines Vaters, das sollte sie ruhig wissen.

Agatha kommentierte das zunächst nicht, aber ihr Gesichtsausdruck blieb weiterhin missbilligend. Mich wunderte es nicht. Für die Herrscherin eines Multimilliarden-Hotelunternehmens war der Bau von Campingfahrzeugen vermutlich weit unter dem, was sie als anständigen Beruf bezeichnet hätte.

»Also sind Sie wohl nicht damit vertraut, was es heißt, Teil einer Familie zu sein, die in Sachen Prestige und wirtschaftlichem Erfolg allerhöchste Ansprüche hat?«

»Oh, doch.« Langsam meldete sich Trotz in mir. Und Wut. »Das Unternehmen meines Vaters läuft ausgesprochen gut und alle Kunden sind voll des Lobes über unsere Arbeit.«

Agatha zuckte kaum merklich mit den Schultern und kam zum nächsten Thema.

»Ihre Mutter ist verstorben, nicht wahr? Haben Sie Geschwister?« Kein Mitgefühl, keine Beileidsbekundung. Aber ich hatte auch nichts dergleichen erwartet.

»Drei jüngere Schwestern.«

»Das war sicher nicht einfach für Sie. Ohne Mutter aufzuwachsen.«

»Mein Dad hat einen sehr guten Job gemacht«, sagte ich. »Und ich habe getan, was ich konnte, um ihm dabei zu helfen.«

»So, haben Sie das?« Zum ersten Mal, seit sie aufgekreuzt war, sah ich einen Funken Anerkennung in dem Blick dieser strengen Frau. Aber es dauerte keine Sekunde, dann war er schon wieder verschwunden. »Kommen wir zu meinem Enkel. Sie haben Gefühle für ihn?«

Am liebsten hätte ich ihr gesagt, dass sie das einen feuchten Dreck anging. Aber ich beherrschte mich gerade noch. »Das ist richtig«, antwortete ich.

»Nun, ich werde Ihnen das nicht vorhalten. Mir ist bewusst, dass Lyall durchaus einnehmend sein kann. Und junge Frauen wie Sie verlieren gerne mal den Kopf, wenn jemand mit Geld und Einfluss des Weges kommt. Ich habe das oft erlebt.«

Mein Schnauben konnte ich nicht unterdrücken. »Geld und Einfluss interessieren mich nicht, Mrs Henderson. Es geht mir nur um Lyall.«

Sie schien mich gar nicht zu hören. »Ich möchte ehrlich zu Ihnen sein, Miss Stayton: Lyall ist seit jeher der Schwierigste seiner Generation.« Sie seufzte, was so aufgesetzt klang, dass ich wusste, ihre angebliche Sorge war nur geheuchelt. »Die Jungen sind immer schon meine Sorgenkinder gewesen, aber Finlay hat den Charme meines Sohnes geerbt und Logan die Zielstrebigkeit seiner Mutter. Lyall hingegen kommt leider ganz nach seinem Vater – er ist selbstverliebt, stur und immer der Ansicht, allein die Wahrheit zu kennen. Wir hatten bereits eine Partnerin für ihn ausgesucht, aber leider ist Lyall zu eigensinnig, um zu begreifen, wie gewinnbringend diese Verbindung für ihn wäre. Er braucht eine strenge Hand. Jemanden, der ihm klarmacht, was die richtige Spur ist. Denken Sie, dass *Sie* das hinkriegen?«

»Nein, ganz bestimmt nicht«, antwortete ich ohne Zögern. Merkte sie eigentlich, was sie da redete? Wie sie über Lyall sprach, als wäre er ein Jagdhund, den es abzurichten galt?

»Wie bitte?« Sie sah mich pikiert an.

»Sie haben mich schon verstanden.« Ich hob das Kinn. »Ihr Enkel, Mrs Henderson, braucht einen Partner, der ihn in seinen Zielen unterstützt und ihn nicht verbiegen will. Jemanden, der gleichberechtigt an seiner Seite steht, egal was passiert. Und ihn so liebt, wie er ist. Das braucht jeder, um genau zu sein.« Ich konnte die Schärfe kaum aus meiner Stimme heraushalten. »Lyall ist ein wirklich besonderer Mensch, klug, warmherzig und liebevoll. Offenbar kennen Sie ihn nicht besonders gut, wenn Sie eine solch schlechte Meinung von ihm haben.«

Agatha sah mich hochmütig an. »Und wie lange kennen Sie ihn, Miss Stayton? Fünf Minuten?«

»Lange genug, um zu wissen, dass die Beschreibung *selbstverliebt, stur* und *besserwisserisch* meilenweit von dem entfernt ist, was Lyall tatsächlich ausmacht.« Natürlich hatte auch er seine Schwächen, genug davon, aber ich kannte niemanden, der sich weniger wichtig nahm als er. Oder mehr für die Menschen da war, die ihm etwas bedeuteten. Etwas, das seiner Großmutter offenbar verborgen geblieben war. Aber vielleicht übertrug sie auch ihre Enttäuschung über die gescheiterte Beziehung zwischen Ross Boyd und Theodora einfach auf ihn. Man musste keine Psychologin sein, um zu erkennen, dass der ehemalige Profi-Schwimmer ihr ein Dorn im Auge war. Und das, obwohl sie ihn selbst für ihre Tochter ausgesucht hatte.

Agatha ließ sich von meinen deutlichen Worten jedoch nicht beirren. »Glauben Sie mir, nur weil Lyall so attraktiv ist, bedeutet das nicht, dass hinter seinem hübschen Gesicht keine Abgründe lauern. Seine Vergangenheit ist düsterer, als Sie vielleicht ahnen, und sie wird ihn vermutlich immer wieder einholen.« Sie holte Luft. »Sie sind nicht mit unserer Welt vertraut und werden sich aufgrund Ihrer Herkunft wahrscheinlich nie in ihr zurechtfinden – und wollen dann mit jemandem zusammen sein, der solche Dämonen mit sich herumträgt? Glauben Sie ernsthaft, dass Sie *dem* gewachsen sind?«

Ich lächelte warm, aber es galt nicht ihr.

»Ja, das bin ich.«

43
Lyall

Während Kenzie mit meiner Großmutter redete, lief ich auf der Terrasse Rillen in die Fliesen und spielte hundertmal mit dem Gedanken, einfach zu ihnen zu gehen, bis ein Klingeln auf dem Handy mich unterbrach. Es war Finlay.

»Hey, Mann«, begrüßte ich meinen Cousin.

»Hey, Lye.« Er klang ernst. »Hast du eine Minute?«

»Auch zwei.« Ich zögerte, ihm von meiner Anfrage an den Rat zu erzählen, denn sein Tonfall sagte mir, er hatte etwas genauso Wichtiges zu sagen wie das. »Ist alles in Ordnung bei dir?«

»Ja, es geht nicht um mich. Sondern um den Brand.« Finlay holte Luft. »Du weißt doch, dass die Polizei meinte, sie hätten zwar einen Fingerabdruck an dem geschmolzenen Kanister gefunden, in dem der Brandbeschleuniger war – aber dass er nicht im System wäre?«

Ich runzelte die Stirn. »Klar. Sie meinten, sie hätten keine Beweise, und wenn der Täter nicht zufällig wegen etwas anderem aufgegriffen würde, müssten sie die Ermittlungen wohl einstellen.«

»Richtig. Und er wurde nicht aufgegriffen, nicht in Griechenland oder Europa zumindest. Aber ich habe meine Kontakte in den USA gebeten, den Abdruck von den Griechen anzufragen, ihn durch ihr System zu jagen und die Augen offen zu halten. War nur so ein Gefühl, dass dabei vielleicht was rauskommen könnte. Und nun rate mal, wer vor drei Tagen in Detroit wegen eines Einbruchs verhaftet wurde?« Finlay machte eine Kunstpause. »Unser Brandstifter.«

»Krass!«, stieß ich aus. »Wer ist es? Hat er was mit Davidge zu tun?« Wenn wir den alten Sack dafür drankriegen würden, wäre das noch besser als nur seine Baustelle zu schließen.

»Der Typ heißt Mikhail Irgendwas und stammt aus Osteuropa.« Finlay wirkte nicht so euphorisch wie ich, und ich ahnte, da war noch mehr. »Es gibt keinerlei Verbindung zu Davidge. Aber zu jemand anderem.«

»Zu wem?«, fragte ich ungeduldig. Musste er immer einen halben Krimi aus simplen Informationen machen?

»Zu dir.«

»Zu mir? Ich kenne den Kerl doch überhaupt nicht.«

»Ich weiß. Aber ich habe mir seine Reisedaten geben lassen – und er war im März in Chicago. Genau zu der Zeit, als du von jemandem beobachtet wurdest.«

Es brauchte einige Sekunden, um diese Tatsache zu verdauen. »Das bedeutet … derselbe Typ, der mich beschatten sollte, hat auch das Hotel angezündet?« Das ergab doch überhaupt keinen Sinn. Wieso sollte jemand, der an mich heranwollte, das Hotelprojekt meiner Mutter sabotieren? Und wenn er mir etwas hätte antun wollen, warum dann die Schuppen anzünden und nicht direkt Feuer an den Bungalows legen? »Wer hat ihn geschickt, Fin?« Sobald wir das wussten, würden wir Klarheit bekommen.

»Weiß ich noch nicht«, stieß er aus. »Aber ich finde es heraus, verlass dich drauf. Wenn da etwas Größeres läuft, müssen wir das wissen.«

»Danke.« Ich nickte.

»Klar doch.« Ein Geräusch war in der Leitung zu hören.

»Mich ruft jemand an, ich muss Schluss machen. Ich melde mich, wenn ich mehr weiß.« Damit legte er auf. Aber ich hatte keine Gelegenheit, länger über seine Worte nachzudenken, denn im nächsten Moment kam Kenzie auf die Terrasse – und alles andere rückte in den Hintergrund. Finlay würde sich um diese Sache kümmern und er war gut darin. Bis ich mehr wusste, war Kenzie meine Priorität.

Während ich sie erst fest umarmte und dann zu Jean begleitete, damit sie das Kleid ausziehen konnte, erzählte sie mir die Kurzfassung des Gesprächs mit Grandma, und ich fand nichts darin, was sie in einem schlechten Licht dargestellt hätte – auch wenn meine Großmutter das garantiert anders sehen würde. Trotzdem war ich zutiefst berührt davon, wie sehr Kenzie sich für mich eingesetzt hatte. Ich machte mir jedoch keine Illusionen darüber, was Grandmas Entscheidung anging, als ich zwei Stunden später hinauf in das Büro gerufen wurde, das meine Mutter sich im dritten Stock eingerichtet hatte. Nur ging es hier nicht darum, was *sie* dachte, wenn die Mehrheit des Rates anders entschied. Und darauf setzte ich.

Meine Großmutter saß hinter dem Schreibtisch, als ich hereinkam.

»Lyall, der Rat hat eine Entscheidung getroffen.« Sie deutete auf den Stuhl vor dem Tisch. Ich hätte lieber gestanden, aber da ich heute besser auf freundlichen Enkel machte, folgte ich der Aufforderung.

»Und?«, fragte ich.

»Mein Gespräch mit Miss Stayton war sehr aufschlussreich«, begann meine Großmutter und legte die Hände aneinander. »Sie ist eine selbstbewusste Frau, die mit dem schweren Schicksalsschlag einer fehlenden Mutter offenbar gut umgegangen ist.« Ich konnte das *aber* förmlich hören. »Aber auf der anderen Seite stehen der wenig vorzeigbare Beruf ihres Vaters und ihre vorlaute, eigensinnige Art. Man könnte sagen, ihr beide seid auf die gleiche Art davon überzeugt, die alleinigen Herrscher über die Wahrheit zu sein. Außerdem ist sie viel zu verliebt in dich, um auch nur ansatzweise klarzusehen – oder dich auf die richtige Weise zu beeinflussen. Ich persönlich traue ihr nicht zu, eine Henderson in dem Sinne zu werden, wie diese Familie es braucht.«

Wut stieg in mir hoch. »Das bedeutet?«, brachte ich mit zusammengepressten Zähnen hervor. Was Grandma von Kenzie hielt, war egal, weil der Rat gemeinsam entschied. Ich hatte es ausgerechnet – Mum, Logan und Moira hatten auf jeden Fall für Kenzie gestimmt, Fiona war also der entscheidende Faktor. Ich hatte keine Gelegenheit gehabt, sie vorher zu kontaktieren und daran zu erinnern, dass ich ein Druckmittel gegen sie in der Hand hatte: ihre Beziehung zu Isla, der Concierge des *Grand*. Aber Fiona war schlau genug, um zu wissen, was es bedeutete, wenn sie nicht in meinem Sinne entschied. Oder nicht?

»Der Rat war unentschieden.« Meine Großmutter sah mich an. »Und da meine Stimme in diesem Fall entscheidet, ist dein Antrag hiermit offiziell abgelehnt.«

Ich starrte sie an, fassungslos. Das konnte nicht wahr sein. Das konnte einfach nicht wahr sein. »Ich bringe Fiona um«, knurrte ich leise, aber Grandma hörte mich dennoch.

»Fiona hat *für* Miss Stayton gestimmt«, sagte meine Großmutter. »Deine Cousine meinte, sie sei der Ansicht, dass ihr beide sehr gut zueinander passen würdet.«

Fiona war also nicht diejenige, die mir in den Rücken gefallen war. Damit blieb nur eine andere Person übrig: Moira. Ausgerechnet Moira, die Kenzie nach Mum am besten kannte und genau wusste, was für ein wunderbarer Mensch sie war? Die Erkenntnis drohte mir den Boden unter den Füßen wegzureißen, aber ich wusste, ich war nicht am Ende. Ich hatte immer noch die Wahl.

»Was, wenn ich auf dein Urteil pfeife?«, fragte ich und hob das Kinn. »Wenn ich trotzdem mit Kenzie zusammen sein will?« Ich kannte die Antwort, aber ich wollte sie von ihr hören.

»Das kannst du natürlich tun.« Grandma lächelte eines ihrer überheblichen Lächeln. »Aber dann verlierst du das Anrecht auf einen Platz am Tisch. Genauso wie jede Chance auf eine Karriere in der *Henderson Group*. Die Entscheidung liegt ganz bei dir. Falls du dafür Bedenkzeit brauchen solltest …« Das Lächeln blieb, wandelte sich aber in die Version, die Grandma zur Schau trug, wenn sie genau wusste, dass sie gewonnen hatte. Ihr Wort war Gesetz in dieser Familie und sie hatte uns alle in der Hand. Demokratisches Prinzip hin oder her.

Und plötzlich wurde mir klar, dass mein Plan von Anfang an zum Scheitern verurteilt gewesen war. Dass ich diese verdammten Regeln nie ändern würde. Denn eigentlich wollte niemand außer mir tatsächlich, dass sie geändert wurden. Edina würde sich und Finlay auch dann keine Chance geben, wenn man ihnen die Erlaubnis erteilte. Logan taten die Regeln nicht sehr weh, Moira und Mum folgten ihnen, als wäre es eine beschissene Religion. Jamie war der Einzige, für den sich dieser Kampf lohnte, und er hätte niemals gewollt, dass ich mein eigenes Glück dafür aufgab. Und wenn doch einer der anderen ausbrechen wollte, um wieder Kontakt zu ihm zu haben – sie hatten alle die Möglichkeit, sich zu befreien.

Genau wie ich.

»Ich brauche keine Bedenkzeit«, entgegnete ich hart.

Meine Großmutter nickte gönnerhaft. »Ja, das dachte ich mir. Gute Entscheidung, Junge. In dir steckt ja doch etwas Vernunft.«

»Ich glaube, du hast mich nicht verstanden«, sagte ich. »Wenn die Voraussetzung für einen Platz im Rat ist, dass ich nicht mit der Frau zusammen sein darf, die ein besserer Mensch ist als ihr alle zusammen, dann verzichte ich darauf.«

»Lyall!«, rief meine Mutter erschrocken aus. »Bist du verrückt geworden?«

»Nein, Mum.« Ich schüttelte den Kopf. »Ihr wolltet diese Regeln, also lebt damit. Aber ich muss das nicht. Ich muss eure dämlichen Spielchen nicht spielen, wenn ich es nicht will. Und ich will nicht mehr.«

Meine Großmutter sah mich an, und ich erkannte Wut in ihren grauen Augen, eine Wut, die ich noch nie bei ihr gesehen hatte. Mit dieser Antwort hatte sie niemals gerechnet, das wurde mir in diesem Moment klar. Sie ließ uns alle so gerne an ihren Fäden tanzen. Und nun wagte ich es, sie durchschneiden zu wollen? Das musste für sie wie ein Schlag ins Gesicht sein.

»Du weißt hoffentlich, was das bedeutet, Lyall.« Sie schaute mich streng an, hielt ihren Zorn in Schach. »Ein Henderson, der mit einer nicht von uns gestatteten Person zusammen ist, findet in der Öffentlichkeit nicht statt.«

»Ist mir recht.« Das ersparte mir schließlich diese ganzen affigen Empfänge, zu denen Finlay immer genötigt wurde.

»Und du wirst nicht im Unternehmen arbeiten, nicht von uns gefördert werden. Keines der Projekte umsetzen, die du geplant hattest!« Meine Mutter sah mich flehend an. »Lye, bitte überleg dir das noch mal. Wir haben so lange darauf hingearbeitet und du bist in diesem Jahr endlich mit deinem Studium fertig. Da warten so viele großartige Chancen auf dich.«

Ich schüttelte den Kopf. »Und was bringt mir das, Mum? Ich habe keinen Bock auf ein Leben an der Kette! Ein Leben, in dem ich immer einsam sein werde, weil ich nicht mit der Person zusammen sein darf, die ich liebe – aber dafür mit jemandem zusammen sein soll, der nicht zu mir passt. Das ist es nicht wert, und Kenzie ist diejenige, die mir das gezeigt hat. Ich verzichte eher auf den Job und auf den Platz am Tisch als auf sie. Das ist meine Entscheidung.«

»Das willst du also?« Meine Großmutter schien zu wissen,

dass ich es ernst meinte. »Du willst das alles für ein Mädchen aufgeben, das du nicht einmal richtig kennst?«

Ich lächelte sie an. »Verdammte Scheiße, und wie ich das will.«

Ohne auf eine Antwort zu warten, stand ich auf und verließ den Raum. Als ich aus der Tür trat, hatte ich eine Menge Angst, aber gleichzeitig fühlte ich mich so frei wie niemals zuvor in meinem Leben. Ich wusste, es war die richtige Entscheidung. Die einzig mögliche Entscheidung. Denn selbst wenn sie mir in ein paar Jahren unter einem Vorwand den Treuhandfonds streichen würden, ich durfte weiterhin Kontakt zu Edina, zu Finlay oder Mum haben. Und ich konnte mit Kenzie zusammen sein. Alles, worauf ich dafür verzichten musste, war mein Plan, die Regeln zu ändern. Das konnte ich verschmerzen. Sehr gut sogar.

Jetzt musste ich es nur noch Kenzie sagen. Schnell lief ich den Gang entlang zu dem Zimmer, das wir seit zwei Wochen zusammen bewohnten, und trat in den Türrahmen. Sie stand mit dem Rücken zu mir und packte gefaltete Kleidung in ihre Tasche. Ich blieb einen Moment stehen und betrachtete sie, während mein Herz vor Zuneigung zu platzen drohte. Erst dann klopfte ich sacht an die offene Tür.

Als sie es hörte, drehte Kenzie sich um und sah mich nicht nur fragend, sondern auch unsicher an. Ich ging zu ihr, schloss sie fest in die Arme und drückte sie an mich, bevor ich sie wieder losließ und ihr Gesicht in beide Hände nahm.

»Wie ist es gelaufen?«, fragte sie leise.

»Ich bin raus«, stieß ich hervor.

»Du bist raus?« Kenzies Augen wurden groß. »Was soll das heißen?«

»Sie haben mich vor die Wahl gestellt – du oder ein Platz im Rat. Das war eine verflucht leichte Entscheidung.« Ich lächelte und strich sanft mit den Daumen über ihre Wangen.

Kenzie machte sich erschrocken los. »Bist du wahnsinnig? Du kannst doch nicht einfach alles wegwerfen! Dein Plan, deine Zukunft –«

»Ich scheiß auf den Plan, er war von Anfang an Mist. Und was meine Zukunft angeht … wenn du darin eine Rolle spielst, ist das alles, was ich brauche.« Ich wusste, wie das auf sie wirken musste – als wäre ich nicht ganz dicht, nachdem ich so lange darauf hingearbeitet hatte, meine Großmutter zu entmachten. Aber wenn ich ehrlich war, fühlte ich mich so gut wie noch nie. Und das verdankte ich ihr.

Sie sah mich an, nach wie vor völlig perplex. »Du solltest darüber nachdenken. Darüber schlafen, dir ein paar Tage Zeit geben …«

»Das muss ich nicht.« Ich schüttelte den Kopf. »Seit Ada sich umgebracht hat, habe ich geglaubt, dass ich es nicht verdient hätte, jemals glücklich zu sein. Also habe ich meine Energie auf etwas anderes verlagert – die Ungerechtigkeit, die in meiner Familie herrscht. Das hat geholfen, es hat mir einen Sinn gegeben. Nur dass es nie ein echter Sinn war. Ich will mein eigenes Leben, Kenzie. Ich will selbst darüber bestimmen können, was ich tue und was nicht. Und das kann ich nur, wenn ich mich von ihren Vorschriften befreie.« Ich holte Luft. »Wenn die nicht erkennen, dass du das Beste bist, was ihnen passieren könnte, dann bin ich bei ihnen falsch.«

Kenzies Gesichtsausdruck wandelte sich bei diesen Worten, und sie lächelte, während ihr Tränen in die Augen traten. »Du hast keine Ahnung, wie stolz ich auf dich bin«, sagte sie leise.

»Was, weil ich mich für dich entschieden habe?«, grinste ich.

»Nein, weil du dich *für dich* entschieden hast.« Sie lachte. »Wobei ich zugeben muss, dass die Entscheidung mir ein bisschen schmeichelt. Mister Darcy hätte sicher nicht Pemberley für Lizzy aufgegeben.«

»Mister Darcy ist ein Idiot.«

Sanft strich ich ihr die Haare zurück, und in diesem Moment formten sich meine Gefühle zu Worten, ohne dass ich darüber nachdenken konnte.

»Ich liebe dich, Kenzie«, sagte ich. »Schon in Kilmore habe ich gewusst, dass ich dich eines Tages lieben werde, und es ist nicht weggegangen, obwohl ich dachte, dass ich das mit uns verbockt hätte. Aber jetzt … jetzt weiß ich, dass du, dass diese Sache zwischen uns genau das ist, was ich immer wollte. Und glaub mir, ich würde viel mehr dafür aufgeben als ein bisschen Macht und einen Job.«

Kenzie sah mich an, und in diesem Moment wünschte ich mir, ich könnte das Gefühl, das ich gerade hatte, für immer konservieren und wieder hervorholen, wenn ich es wollte. Ihre hellbraunen Augen waren so voller Wärme, dass mein ganzer Körper kribbelte, als sie die Hand hob und mir über die Wange strich.

»Ich liebe dich auch«, sagte sie leise und sparte sich jede weitere Erklärung, indem sie mich küsste – wahrscheinlich der beste Kuss aller Zeiten. Ich umfing sie mit meinen Armen, vergrub meine Finger in ihren Haaren, konnte ihr nicht nah genug sein. Als wir uns wieder voneinander lösten, waren wir beide völlig außer Atem.

Kenzie sah mich an.

»Und was machen wir jetzt?«, fragte sie.

»Jetzt?« Ich hob die Schultern und grinste. »Jetzt fliegen wir nach Hause.«

44
Kenzie

Die Verabschiedung am nächsten Morgen war ein wahres Ereignis, weil jeder von uns am heutigen Tag Flüge in sämtliche Teile der Welt gebucht hatte und alle zwei Stunden jemand anderes von einem Wagen abgeholt wurde. Bella ging als Erste, und wir jubelten laut, als Elliott sie zum Abschied vor aller Augen formvollendet küsste, bevor er spontan entschied, sie persönlich zum Flughafen zu bringen. Um kurz vor elf begannen dann Lyall und ich, uns von den anderen zu verabschiedeten. Ich bestand auf einem letzten Kontrollgang durch die Anlage, um auch den Handwerkern Tschüs zu sagen.

Lyall hatte entschieden, erst in ein paar Tagen zurück nach Chicago zu fliegen und mich vorher noch nach Hause zu begleiten. Also hatte er sich ein Ticket für meinen Flug gebucht und wollte dann von London am kommenden Montag in die USA weiterreisen. Das gab ihm genug Zeit, von meinen Schwestern belagert zu werden – etwas, auf das er sich angeblich freute.

Wir standen auf dem Parkplatz vor Finlays Mietwagen, den er dagelassen hatte und mit dem wir zum Flughafen fahren würden. Agatha war noch am vorhergehenden Abend abgereist – nachdem Lyall ihr und ihren Regeln eine Abfuhr erteilt hatte, hatte sie im Eilschritt in Theodoras Begleitung die Anlage in Augenschein genommen und war im Anschluss sofort abgeholt worden. Sie hatte verlangt, dass Edina sie begleitete, aber die hatte sich geweigert und damit klargemacht, auf wessen Seite sie stand. Und obwohl wir alle wussten, dass ihre Großmutter das alles sicher nicht einfach hinnehmen würde, hatten wir noch ein schönes Abschiedsessen und einen tollen letzten Abend auf Korfu miteinander verbracht.

Theodora schloss mich fest in die Arme.

»Ich hoffe, du weißt – für mich gehörst du zur Familie«, lächelte sie.

»Das weiß ich zu schätzen.« Ich nickte und lächelte ebenfalls. »Solange Edina, Finlay und du es in Ordnung finden, dass wir zusammen sind, ist es mir egal, was der Rest sagt.«

Zwar war für mich klar, dass ich wohl nie für die *Henderson Group* arbeiten würde, weil Agatha das nicht zulassen würde, und ich auch keinen Job in einer Firma annehmen wollte, zu der Lyall der Zugang verwehrt blieb. Aber das konnte ich verschmerzen. Zum einen gab es viele interessante Agenturen in England und auf der Welt – und zum anderen wusste ja niemand, ob das *Kefi Palace* nicht so gut laufen würde, dass Theodora weitere persönliche Projekte umsetzen wollte.

Sie sah zu Lyall, der sich gerade von Martha verabschiedete. »Ich werde Lye als Architekt noch eine Weile nachtrauern, aber als meinem Sohn wünsche ich ihm einfach nur, dass er glücklich ist. Und du bist genau das, was er dafür braucht. Ich bin froh, dass er das erkannt hat, auch wenn ich deswegen in der Firma auf ihn verzichten muss.« Sie senkte die Stimme. »Oh, und ich habe mir übrigens den Designer dieses Hochzeitskleides von gestern aufgeschrieben. Solltest du also mal Bedarf haben …«

»Ich glaube, dafür ist es etwas zu früh«, lachte ich. »Aber ich komme bei Gelegenheit gerne darauf zurück.«

Theodora umarmte mich noch einmal herzlich. »Pass gut auf ihn auf, okay?«

»Das mache ich.«

Unter wildem Winken und dem Versprechen von Edina, dass wir uns bald in London sehen würden, fuhren wir schließlich vom Parkplatz. Ich atmete aus, als ich das Fenster schloss.

Lyall legte seine Hand auf mein Knie. »Und, bereit, nach Hause zu fahren?«

»Ja, schon. Ich freue mich, die Meute wiederzusehen. Die letzten Wochen haben gutgetan, aber ich vermisse es ein bisschen, Juliet anzubrüllen, weil sie ihren dämlichen Hip-Hop zu laut aufgedreht hat.«

Er lachte. »Wenn ich das gewusst hätte … Musik laut aufzudrehen ist eine meiner Spezialitäten.«

»Ach, wirklich?«, machte ich gespielt beeindruckt. »Die Anzahl deiner Talente ist ja schier endlos.«

»Nicht wahr?« Lyall grinste zufrieden. »Ich muss sagen, darauf bin ich besonders stolz.« Und dann drehte er tatsächlich das Radio auf, und wir sangen fürchterlich falsch irgendwelchen Pop des letzten Sommers, der auf den griechischen Sendern rauf und runter gespielt wurde, bis wir am Flughafen ankamen.

Die Check-in-Schalter waren heillos überfüllt, weil die Saison in diesem Monat begonnen hatte, aber wir hatten ausreichend Puffer eingeplant, um nicht in Stress zu geraten. Im Gegenteil, es war genug Zeit, damit wir uns nach der Sicherheitskontrolle noch ein ruhiges Plätzchen am Gate suchen konnten, um aufs Boarding zu warten.

»Willst du einen Kaffee?«, fragte mich Lyall, als er seinen Rucksack auf dem Polster abstellte.

»Bist du sicher, dass Kaffee eine gute Idee ist?« Ich grinste ihn an und deutete dann einmal an ihm herauf und wieder herunter. Lyall Henderson, der die meiste Zeit totale Gelassenheit ausstrahlte, schien neuerdings keine Sekunde stillstehen zu können. Seit er seiner Grandma gesagt hatte, dass sie ihn mal sonst wo konnte, trug er eine unruhige Energie mit sich herum, die vermutlich einige Kilometer Laufen oder ein paar Bahnen Schwimmen gebraucht hätte – aber kein Koffein.

»Kaffee ist immer eine gute Idee.« Er wippte auf und ab, bevor er mich schließlich in seine Arme zog.

»Auch, wenn man eh schon total überdreht ist?«

»Ich bin doch nicht überdreht«, sagte er empört. »Ich bin glücklich, das ist ein Unterschied.«

Ich lachte. »Okay, du Glücklicher, dann nehme ich gerne einen Kaffee.« Ich drückte ihm einen Kuss auf den Mund und seufzte leise auf, als Lyall ihn vertiefte. Als allerdings ein missbilligendes Räuspern von einer Mutter zu hören war, dessen kleiner Sohn uns interessiert anstarrte, ließ ich Lyall los, und er machte sich davon. Knapp zehn Minuten später kam er mit zwei großen Kaffee zurück – die wir gerade geleert hatten, als das Boarding losging.

Ich hatte einen Fensterplatz, und als wir gestartet waren, sah ich hinunter aufs Meer, wo Korfu immer kleiner und kleiner wurde. Ein bisschen Wehmut machte sich in mir breit. Diese Insel würde für mich immer etwas Besonderes sein, das war mir klar. Denn es war der Ort, der Lyall und mich wieder zusammengeführt hatte.

»Was hast du jetzt eigentlich vor?« Ich schob meine Hand in seine und sah ihn an.

»Keine Ahnung. Erst mal machen wir unseren Urlaub, und dann suche ich mir einen Job in London, schätze ich. Oder ich mache noch einen Master. Vielleicht sogar in Innendesign, damit ich mit dir in den Seminaren hitzige Streitgespräche führen kann.«

»Untersteh dich.« Ich hob den Zeigefinger. »Sonst verliere ich noch jedes Ansehen bei meinen Dozenten, weil man uns ständig irgendwo erwischt, wie wir uns wieder versöhnen. Am Ende schmeißen die mich noch raus.«

»Okay, ich lasse dich in Ruhe studieren, ich verspreche es.«

Er hob die Finger zum Schwur. »Aber im Ernst … ich lasse es auf mich zukommen. Ich habe gute Noten, bestimmt findet sich irgendwo ein Platz für mich.«

Ich holte Luft. »Dann macht es dir nichts aus, dass alles, was du dir vorgestellt hast, jetzt keine Option mehr ist?«

»Komisch ist es schon«, gab er zu. »Meine Mum und ich haben uns seit Jahren ausgemalt, welche Art Hotels wir bauen wollen, wenn ich erst im Team bin.« Er hob die Schultern. »Aber ganz ehrlich? Es ist auch ein gutes Gefühl, so frei zu sein. Ich kann machen, was ich will, und arbeiten, für wen ich will. Meine berufliche Zukunft war so klar vorgezeichnet, dass ich mir nie Gedanken darum gemacht habe, ob ich mit meinem Studium vielleicht etwas anderes machen möchte. Jetzt habe ich die Gelegenheit dazu.«

Ich strich ihm über die Wange. »Und vorher fahren wir erst mal in den Urlaub. Bei den Schweden hast du eine Menge Zeit, dir zu überlegen, was du mit deiner Zukunft anfangen willst.«

Lyall nickte. »Wer weiß, vielleicht gefällt es uns da oben so gut, dass wir gar nicht mehr zurückwollen.«

Ich lehnte mich zurück und atmete aus. »Eigentlich ist es mir völlig egal, was wir tun«, antwortete ich. »Solange du bei mir bist.«

Darauf bekam ich keine Antwort, sondern einen Kuss. Aber der war mir Antwort genug.

In London gab es einen Notfall auf einem anderen Flug, der gerade angekommen war, deswegen mussten wir ganz am Ende des Terminals parken und hatten einen langen Weg bis zum Gepäckband. Lyall und ich waren mit die Letzten, die das Flugzeug verließen und durch die Schiebetüren ins Innere des Gebäudes gingen – und im Gegensatz zu den hektischen Geschäftsreisenden, die an uns vorbeieilten, ließen wir uns Zeit. Die Gänge waren ungewöhnlich leer, als wir in Richtung

Gepäckausgabe liefen, und ich wunderte mich ein bisschen darüber, weil ich Heathrow nur als großes, lautes Chaos kannte, in dem ich noch nie so eine Ruhe erlebt hatte. War irgendetwas passiert? Eine Terrorwarnung oder so etwas?

»Leer hier, oder?«, sprach Lyall aus, was ich dachte, und klang ebenso verwirrt, wie ich es war.

»Ja, das dachte ich auch schon.« Ich nahm mein Handy hervor, aber ich hatte keine Nachricht bekommen, die mich warnte. Auch die News-App, die ich installiert hatte, meldete keine Katastrophen. »Vielleicht renovieren die nur«, mutmaßte ich mit einem Blick auf ein Gerüst, das vor einer Glasscheibe stand, einige leere Farbeimer daneben. »Es wird schon nichts sein. Sonst hätten die uns doch gar nicht erst landen lassen.«

Lyall zeigte nach vorne. »Was machen *die* dann hier?«

Eine Gruppe von uniformierten Polizisten kam in unsere Richtung, mit eiligem Schritt, zwei Typen in Zivil an ihrer Spitze. Wir traten zur Seite, um ihnen Platz zu machen und zu warten, bis sie vorbeigegangen waren. Aber dann wurden sie plötzlich langsamer, sahen uns an. Und wie in Zeitlupe wurde mir klar, die wollten nicht vorbei.

Die wollten zu uns.

Ich verspannte mich, eine fürchterliche Vorahnung in meinem Kopf, die ich weder greifen noch benennen konnte. Da nahm einer der Kerle in Zivil Lyall ins Visier, während ein anderer ihm etwas zuraunte, das ich nicht verstand, aber von seinen Lippen ablesen konnte.

Das ist er.

Der Typ im Mantel stoppte direkt vor Lyall und klappte einen Ausweis auf. »Inspector David Miller von Scotland Yard. Sind Sie Lyall Henderson?«

»Ja«, antwortete er, und ich hörte das angespannte Zittern in seiner Stimme. »Das bin ich. Wie kann ich Ihnen helfen, Sir?«

Der Polizist steckte den Ausweis weg und trat noch einen Schritt auf ihn zu.

»Ich verhafte Sie wegen des Mordes an Adaline Warner. Sie haben das Recht, zu dem Vorwurf zu schweigen. Alles, was Sie sagen, kann jedoch vor Gericht gegen Sie verwendet werden.«

»Was?!«, rief Lyall. Er war wie ich starr vor Schock, während die Bedeutung der Worte des Polizisten nur tröpfchenweise in mein Bewusstsein sickerten. *Ich verhafte Sie wegen des Mordes an Adaline Warner.* Mord. An Ada Warner. Das konnte nicht sein. Das war nur ein Missverständnis, ein dämlicher Streich, irgendwas Dummes. Lyall hatte Ada nicht getötet. Das hatte sie selbst getan und es war fast vier Jahre her. Was zur Hölle sollte das?

Der Inspector trat hinter Lyall und zog Handschellen heraus, die er ihm um die Handgelenke legte. Das Klicken war schrecklich laut in der Stille. Als ich es hörte, erwachte ich endlich aus meiner Starre. »Lassen Sie ihn sofort los!«, fuhr ich diesen Miller an und trat auf ihn zu. »Er hat das nicht getan!« Der Inspector, der Lyall festhielt, ließ ihn bei meinem Vorstoß überrascht los, aber im nächsten Moment fasste mich jemand fest von hinten an den Schultern.

»Bitte machen Sie keinen Ärger, Miss«, sagte eine tiefe Stimme und die Hände zogen mich von Lyall weg. »Sonst müssen wir Sie auch mitnehmen.«

»Dann nehmen Sie mich mit!«, schrie ich ihn an. »Ich habe ebenso viel getan wie er – nämlich absolut gar nichts! Wie können Sie einfach hier auftauchen und ihn festnehmen?!« Ich war völlig außer mir, ich spürte, wie ich die Kontrolle verlor. Aber es war mir egal. Ich musste das verhindern.

»Es liegt ein hinreichender Tatverdacht vor«, sagte der Inspector nur, ich hörte ihm jedoch nicht zu, ich sah nur Lyall, der mich anschaute, als würde er fürchten, ich glaubte das Gleiche wie die.

»Bitte, Kenzie.« Er sah mich flehend an. »Du weißt, dass ich das nicht getan habe.«

»Natürlich weiß ich das!« Ich machte mich los und umarmte ihn, spürte, wie sein ganzer Körper steinhart vor Anspannung war. »Ich kümmere mich darum, okay? Es ist nur irgendein dummes Missverständnis. Ich rufe Finlay an, deine Mum … wir kriegen das hin, hörst du? Wir kriegen das hin.«

Er nickte, seine Augen waren trotzdem voller Panik. Ich wollte sie ihm nehmen, aber ich konnte es nicht. Ich konnte gar nichts tun.

»Abführen«, befahl Miller kühl.

Ich konnte nur dastehen und zusehen, während sie Lyall in ihre Mitte nahmen und wegführten, weg von mir, weg von dem, was wir als unsere Zukunft geplant hatten. Sie verschwanden einfach mit dem Mann, den ich liebte, brachten ihn fort, und ich blieb zurück, stumm vor Schock und Angst.

Vollkommen allein.

Vollkommen hilflos.

Ich hatte mich noch nie so verloren gefühlt wie in diesem Moment.

Stammbaum der Familie Henderson

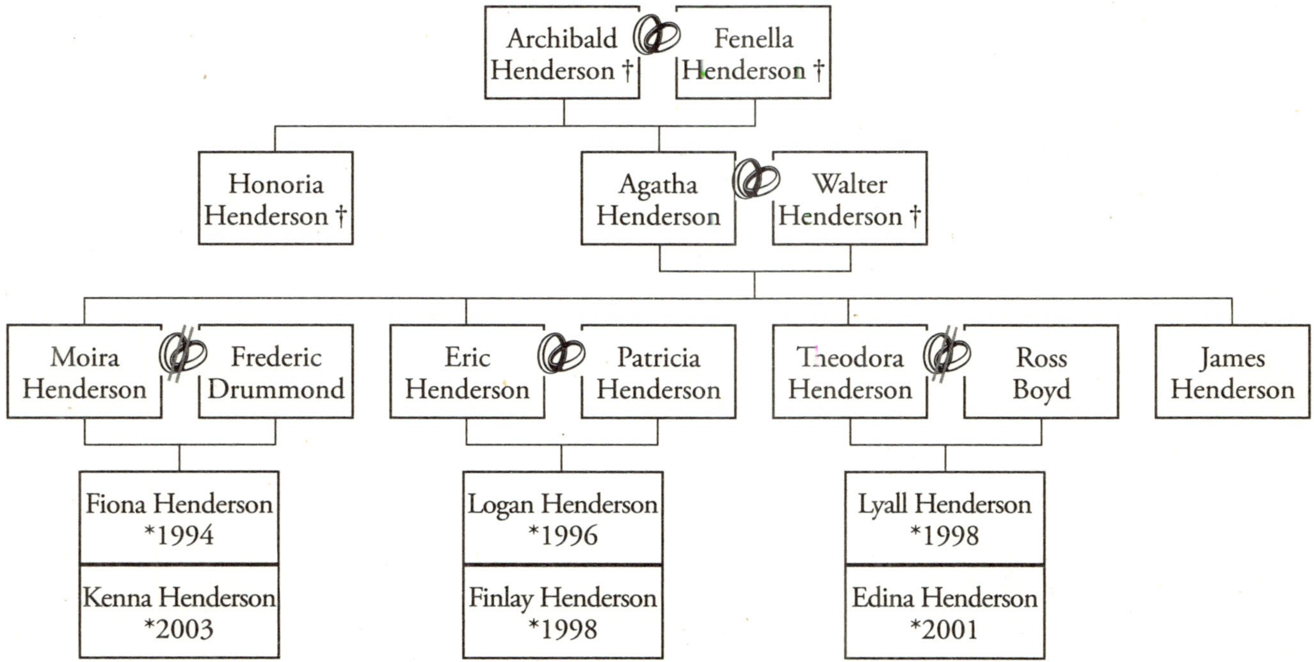

Dank

Hier sind wir wieder, nur zwei Monate nach dem letzten Mal – ich hoffe, ihr seid mich noch nicht leid. Diesmal ging es für Kenzie und Lyall in den sonnigen Süden, vielleicht gar keine schlechte Idee, wo doch Dezember ist, wenn dieses Buch erscheint, und wir vermutlich alle frieren. Ich wünsche mir, dass es euch auch diesmal gefallen hat und ihr euch zusammen mit mir auf den finalen Band freut, in dem es für Lyall und Kenzie buchstäblich um alles geht.

Zunächst danke ich meiner Lektorin Stefanie Hester, die sich quasi aus dem Nichts in dieses Projekt eingefuchst und dabei großartige Arbeit geleistet hat. Mit niemandem diskutiere ich lieber über die Bösartigkeit von Großmüttern oder die Eindeutigkeit von Gefühlen. Ich wäre sogar bereit, Finlay mit dir zu teilen – und das will echt was heißen.

Vielen Dank an all diejenigen aus dem cbj Verlag, die das Abenteuer New Adult mit mir gewagt und Lyall und Kenzie ihr Vertrauen geschenkt haben. Ganz besonders danke ich Vertriebskönigin Christina Wätjen, die mit vollem Einsatz und unter den in diesem Jahr widrigen Bedingungen dafür gesorgt hat, dass Don't LOVE Me so viele LeserInnen erreichen konnte.

Gerlinde Moorkamp von der Agentur Silke Weniger: Auch wenn du jetzt wieder viele Neuanfragen bekommen wirst, ich werde nicht müde, zu erwähnen, wie unglaublich du bist. Gerade in diesem Jahr musstest du nicht nur einmal für mich in die Schlacht ziehen und hast jede Einzelne davon mit deiner einmaligen Mischung aus Beharrlichkeit und Besonnenheit gewonnen. Vielen, vielen Dank dafür.

Gar nicht genug danken kann ich dir, Kira, für den kreativen Austausch, das gemeinsame Blödfinden von Sachen, für Tipps zur Auswahl der richtigen Handtücher und jeden medizinischen Rat. Ohne deine Sprachnachrichten wäre meine Welt ein schlechterer Ort – und meine Arbeitstage deutlich einsamer. Wie praktisch für mich, dass du auch noch wahnsinnig tolle Bücher schreibst, die ich vor allen anderen lesen darf.

Beril, my dear, so nette Menschen wie dich findet man wirklich selten auf der Welt – und dann sind sie mit Sicherheit nicht so erstklassige Testleserinnen. Danke für deine hilfreichen Anmerkungen, die du immer in so viel Wohlwollen verpackst, dass sie nicht einmal mich als diplomierte Perfektionistin schmerzen. Und natürlich für dein Zitat, das hinten auf diesem Buch steht.

Danke an Nena, dass du das Manuskript vorab gelesen und nicht nur in Sachen Griechenland auf Herz und Nieren geprüft hast – deine Begeisterung gibt mir immer einen Motivationskick. Und an Emma, der ich den schönen Namen Kefi Palace für Theodoras Hotel verdanke, inklusive seiner wundervollen Bedeutung.

Vielen Dank an meine Eltern, die immer Verständnis haben, wenn ich mal wieder mit der »Ich habe so viel zu tun«-Fahne winke und die voller Geduld all meinen (sicher nicht immer spannenden) Ausführungen zur Buchbranche lauschen. An meine Schwester, die meine Bücher immer als eine der Ersten liest und liebt. Und wie immer zuletzt an Felix, ohne den ich keine Liebesgeschichten schreiben könnte, weil ich nicht wüsste, wie es sich anfühlt, den Richtigen gefunden zu haben. Unter uns: Es ist okay, dass du mehr Finlay bist als Lyall. Ich mag dich trotzdem.

Noch ein Hinweis am Ende: Die Eselauffangstation, die bei dem Empfang erwähnt wird, gibt es wirklich. Sie heißt *Corfu Donkey Rescue* und wird mit viel Herzblut und allein aus Spenden von Judy Quinn und ihren freiwilligen HelferInnen betrieben. Mein Mann und ich waren bei unserem Urlaub auf Korfu da und haben gesehen, was für tolle Arbeit dort geleistet wird. Falls ihr also mal nach einer guten Sache suchen solltet, die ihr unterstützen möchtet, ist das auf jeden Fall die richtige Adresse. (Auch Hamlet gibt es – er ist mein Patenesel und musste deswegen einen Gastauftritt bekommen.)

Autorin

Lena Kiefer wurde 1984 geboren und war schon als Kind eine begeisterte Leserin und Geschichtenerfinderin. Einen Beruf daraus zu machen, kam ihr jedoch nicht in den Sinn. Nach der Schule verirrte sie sich in die Welt der Paragraphen, fand dann aber gerade noch rechtzeitig den Weg zurück zur Literatur und studierte Germanistik. Bald darauf reichte es ihr nicht mehr, die Geschichten anderer zu lesen – da wurde ihr klar, dass sie Autorin werden will. Heute lebt Lena Kiefer mit ihrem Mann in der Nähe von Bremen und schreibt in jeder freien und nicht freien Minute. Mit der »Don't«-Reihe startet sie nach dem Erfolg ihrer »Ophelia Scale«-Trilogie nun ihr erstes New-Adult-Projekt.

Von Lena Kiefer sind bei cbj erschienen:

Don't LOVE me (Band 1: 16598)
Don't KISS me (E-Short: 26832)

Ophelia Scale – Die Welt wird brennen (Band 1: 16542)
Ophelia Scale – Der Himmel wird beben (Band 2: 16543)
Ophelia Scale – Die Sterne werden fallen (Band 3: 16557)
Ophelia Scale – Wie alles begann (E-Short: 24246)

Mehr über cbj auf Instagram unter @hey_reader
Mehr zur Autorin auf Instagram unter @kieferlena

Lena Kiefer

Don‘t LOVE me

eOnly

Don‘t LOVE me
Band 1, 432 Seiten,
ISBN 978-3-570-16598-0

Don‘t HATE me
Band 2, 432 Seiten,
ISBN 978-3-570-16599-7

Don‘t LEAVE me
Band 3, ca. 350 Seiten,
ISBN 978-3-570-16600-0
Erscheint im März 2021

Don’t KISS me
Exklusive Bonusstory,
ISBN 978-3-641-26832-9

KENZIE ist nicht gerade begeistert davon, in den schottischen Highlands ihr Design-Praktikum zu absolvieren. Doch als sie bei ihrem ersten Auftrag dem jungen Erben der Luxushotelkette begegnet, ändert sich alles. Der attraktive Lyall fasziniert sie von der ersten Minute an. Doch welches Geheimnis verbirgt er hinter seinem abweisenden Verhalten?

LYALL bleibt ein Sommer, um sich am Stammsitz seiner altehrwürdigen Familie zu bewähren. Gelingt ihm das nicht, ist seine Zukunft in Gefahr. Als er der Designstudentin Kenzie begegnet, gerät sein Plan ins Wanken. Denn ihrer Anziehungskraft kann er einfach nicht widerstehen. Doch keiner weiß besser als er, wie verhängnisvoll eine Beziehung zu ihm für sie enden könnte.

20312_3

cbj

www.cbj-verlag.de